Rebecca Michéle
Die Farben der Schmetterlinge

AF177336

REBECCA MICHÉLE

DIE
FARBEN
DER
SCHMETTERLINGE

ROMAN

dtv

Von Rebecca Michéle
ist bei dtv außerdem erschienen:
Das Geheimnis des blauen Skarabäus

Originalausgabe 2025
© 2025 dtv Verlagsgesellschaft mbH & Co. KG, München
Umschlaggestaltung: wildesblut –
Atelier für Gestaltung Stephanie Weischer
Umschlagmotive: shutterstock.com / Kate Romenskaya,
VolodymyrSanych, the palms
Satz: Uhl + Massopust, Aalen
Gesetzt aus der Adobe Caslon Pro
Druck und Bindung: Druckerei C.H.Beck, Nördlingen
Printed in Germany · ISBN 978-3-423-22076-7

Die Frau soll studieren, weil jeglicher Mensch Anspruch
hat auf die individuelle Freiheit, ein seiner Neigung
entsprechendes Geschäft zu betreiben.

Hedwig Dohm, 1893
Deutsche Schriftstellerin und Frauenrechtlerin

PROLOG

Straßburg – 1894

Auf den ersten Blick war Maria verliebt. Verliebt in die großen schiefen Fachwerkhäuser und die engen verwinkelten Gassen mit den schmalen Durchlässen. Verliebt in die Delikatessengeschäfte und Patisserien, in deren Schaufenstern die feinsten herzhaften und süßen Köstlichkeiten lagen. Allein beim Anblick lief ihr das Wasser im Mund zusammen. Leichtfüßig erklomm Maria die über dreihundert Stufen zum Turm der Cathédrale Notre-Dame. Von der Aussichtsplattform ging der Blick weit über die Dächer der Stadt bis hin zum Elsass, zum Schwarzwald und zu den Vogesen, die im Sonnenlicht bläulich schimmerten. Auch die Menschen schloss Maria sofort in ihr Herz. Obwohl Straßburg und Elsass-Lothringen mehr als zwanzig Jahre zuvor dem Deutschen Reich zugesprochen worden waren, fühlte sich Maria wie in Frankreich. Sie liebte das Land und die sanfte, melodische Sprache seit ihrer Kindheit. Hier perlte das Leben wie Champagner in einem edel geschliffenen Glas. Auch die Luft roch anders, köstlicher als in Marias Heimat. Sie schnupperte Zwiebeln, Knoblauch und Gewürze, die ihr unbekannt waren. Die Gerüche drangen aus den Restaurants rund um die mächtige Kathedrale, und überall waren Tische und Stühle vor die Lokale gestellt.

Heute war Maria unterwegs zu einer Adresse am nordwestlichen Stadtrand. Keinesfalls wollte sie sich in Pierres Privatleben einmischen, denn er hatte sie um einen Besuch bei seiner Familie, über die er sich sowieso ausschwieg, nicht gebeten. Obwohl Maria seit Wochen mit dem Franzosen zusammenarbeitete, war ihr Pierres Vergangenheit ein Rätsel. Sie wusste über sein Leben in Straßburg nahezu nichts.

»Was ist schon dabei, seinen Eltern *bonjour* zu sagen und zu erzählen, dass sich Pierre in Tübingen gut eingelebt hat?«, murmelte Maria, während sie zügig ausschritt. Leider hatte eine vordringliche Forschungsarbeit verhindert, dass Pierre sie auf der Reise in seine Heimatstadt begleitete.

Etwas mulmig war ihr schon zumute, denn Pierre war weit mehr als nur Marias Mitarbeiter. Er war ihr Freund und Geliebter. Der Mann, mit dem sich Maria eine Zukunft vorstellen konnte. Heiraten, Kinder, ein kleines hübsches Haus … Ob in Tübingen oder im Elsass, das war gleichgültig. Wobei sie sich einen dauerhaften Wohnsitz im zauberhaften Straßburg durchaus vorstellen konnte. Von einer Ehe hatte Pierre bisher nicht gesprochen, ihre intime Freundschaft war aber auch noch jung. Zu Hause sollte vorerst niemand davon erfahren. Maria fand es aufregend, ein Geheimnis zu haben. Das war wie das Salz in der Suppe dieser Beziehung und machte jedes verstohlene Treffen zu einer prickelnden Begegnung.

Nachdem Maria ihr Ziel erreicht hatte, blieb sie stehen und betrachtete die dreistöckige Villa aus dunklen Klinkersteinen und den weißen Fensterrahmen auf der gegenüberliegenden Straßenseite. Das Haus mit seinem hübschen Vorgarten lag in einer guten Wohngegend und war gepflegt. Jetzt klopfte ihr Herz schneller. Wie Pierres Familie wohl war? Seine Mutter, die den Haushalt führte, und sein Vater, der, wie Maria wusste, Rechtsanwalt war? Maria überquerte die Straße, stieg fünf Stufen zur Eingangstür hinauf und betätigte zweimal den Messingklopfer.

Ein Hausmädchen in einem dunkelgrauen Kleid mit einer blütenweißen Schürze und ebensolcher Haube öffnete die Tür. *»Bonjour. Ils souhaitent?«*

Maria nannte ihren Namen. »Ich möchte Madame Beaudemont Grüße von ihrem Sohn Pierre ausrichten. In Württemberg arbeiten wir zusammen, und ich weile zu Forschungszwecken derzeit in Straßburg«, sagte sie auf Französisch.

»Ihrem Sohn?« Das Mädchen stutzte und runzelte die Stirn, öffnete die Tür dann ganz und bat Maria herein.

Maria trat in eine kleine quadratische Vorhalle mit hellem Fliesenboden, geschmackvoller mintgrüner Tapete und einer filigran gearbeiteten Kommode, über der ein goldgerahmter Spiegel hing. Marias erster Eindruck bestätigte sich. Die Familie war bestimmt finanziell gut gestellt.

Das Mädchen bat um Marias Mantel. »Ich gebe Madame Beaudemont Bescheid«, sagte das Mädchen und bat um Marias Mantel. Es vergingen nur ein paar Minuten, dann kehrte sie zurück. »Madame erwartet Sie im Salon.«

Sie öffnete eine der drei Türen, die von der Halle abgingen, und ließ Maria an sich vorbei eintreten. Auf einem mit Chintz bezogenen Diwan saß eine Frau mit einer bunt bestickten Decke über Bauch und Beinen. Sie war noch jung, jünger als Maria, und mit ihrem goldblonden Haar ausgesprochen schön.

»Bitte verzeihen Sie, dass ich nicht aufstehe«, sagte die Frau mit heller, klarer Stimme. In ihren hellblauen Augen lag ein trauriger Ausdruck. »Das Mädchen sagt, Sie kommen aus Tübingen?«

»Ja, Madame Beaudemont. Ich bin Maria von Linden und arbeite zusammen mit Monsieur Beaudemont im Laboratorium der Universität«, antwortete Maria, während ihr der Gedanke durch den Kopf schoss, dass diese junge Frau unmöglich Pierres Mutter sein konnte. Vielleicht seine Schwester? Pierre hatte aber nie von einer Schwester gesprochen, sondern nur zwei Brüder erwähnt. »Sie sind doch Madame Beaudemont?«, fragte sie vorsichtig.

»Sicherlich«, erwiderte die Frau lächelnd, aber der Ausdruck in ihren Augen hatte etwas Trauriges. Mit einer Handbewegung deutete die Frau auf den nächststehenden Stuhl. »Bitte, setzen Sie sich. Ihr Französisch ist ausgezeichnet.«

Maria ließ sich auf der Kante des Stuhls nieder. Jetzt erst bemerkte sie unter der Decke die deutliche Wölbung. Marias Magen krampfte sich zusammen. Ihr feines Gespür sagte ihr, dass sie gar nicht erfahren wollte, was unweigerlich folgen würde.

»Sie bringen Nachrichten von meinem Mann?«, fragte Madame Beaudemont prompt. »Hat er gesagt, wann er wieder nach Hause kommt? Jetzt, wo es nicht mehr lange dauern wird …« Ihre Hand legte sich auf ihren Bauch.

»Professor Eimer wird Verständnis zeigen, wenn P… Docteur Beaudemont bald wieder bei seiner Familie sein möchte.« Ihre eigene Stimme klang fremd in Marias Ohren, und als würde sie aus weiter Ferne kommen. Jahrelang in Disziplin geschult, zeigte keine Regung in Marias Gesicht ihre innere Erregung und Enttäuschung. Zugleich empfand sie Empörung und eine grenzenlose Wut. »Nächste Woche kehre ich nach Tübingen zurück, dann wird Ihr Mann bestimmt entbehrlich sein«, fügte sie unter großer Selbstbeherrschung hinzu. Ihre Zunge schien wie Blei in ihrem Mund zu liegen.

»Das wäre schön.« Pierres Frau seufzte. »Es ist unser erstes Kind, Mademoiselle de Linden. Natürlich verstehe ich, dass für meinen Mann die Arbeit Vorrang hat und der Aufenthalt in Deutschland für seine Forschungen unverzichtbar ist und ihn auf dem Weg, Professor zu werden, voranbringt. Ich wusste, auf was ich mich einlasse, als ich einen ehrgeizigen Wissenschaftler heiratete. Trotzdem wäre ich froh, wenn er gerade jetzt an meiner Seite wäre.«

»Wie lange sind Sie denn schon verheiratet?«

Die Frage schien Madame Beaudemont nicht zu stören. »Etwas über zwei Jahre«, antwortete sie offen. »Da ist eine so lange Trennung besonders schmerzhaft.«

Maria stand auf. Ihre Knie zitterten, die Beine vermochten sie kaum zu tragen. »Danke für Ihre Zeit, Madame Beaudemont. Ich werde Ihre Grüße Monsieur Docteur ausrichten.«

»*Merci, Mademoiselle de Linden.* In einem seiner Briefe erwähnte mein Mann Ihren Namen und schrieb wohlwollend über Sie.« Marias Herzschlag setzte für einen Moment aus. »Sie sind die erste Studentin in Ihrem Königreich, außerordentlich begabt, zielstrebig und ehrgeizig. Gegen alle Widerstände werden Sie Karriere als Wissenschaftlerin machen. Ich bewundere Sie für Ihre Entschlossenheit und Energie.«

Marie neigte den Kopf. »*Merci beaucoup*, Madame Beaudemont. Ich wünsche Ihnen alles Gute.« Maria wusste nicht, wie es ihr gelang, so gelassen zu bleiben und dabei noch zu lächeln.

»*Merci*, Mademoiselle de Linden, ebenfalls für die Grüße meines Mannes.« Die Frau lächelte verlegen und legte eine Hand auf ihren Bauch. »Das Kleine meldet sich gerade wieder mit kräftigen Stößen. Sie werden es eines Tages, wenn Sie das Glück der Mutterschaft ereilt, selbst erleben, Mademoiselle.«

»Davon ist auszugehen.«

Mit einem hastig gemurmelten *Au revoir* floh Maria geradezu aus dem geschmackvoll eingerichteten Zimmer, durch die Halle, aus dem Haus hinaus und die Straße entlang. Erst an der zweiten Straßenkreuzung blieb sie stehen. Sie japste nach Luft, und ihre Augen brannten, ohne dass Tränen aufgestiegen wären. Das Blut rauschte in ihrem Kopf. Die Wut wuchs wie ein hässliches Geschwür in ihrem Magen. Am liebsten hätte sie laut geschrien und mit den Fäusten gegen die nächstbeste Hausmauer getrommelt. Ihr Leben lang daran gewöhnt, ihre Gefühle unter Kontrolle zu halten, straffte sie jetzt die Schultern und setzte ihren Weg gemächlichen Schrittes fort. Neben der grenzenlosen Enttäuschung war sie so zornig wie nie zuvor in ihrem Leben. Wie hatte sie nur derart blind sein können?

»Mich trifft keine Schuld«, sagte sie laut zu sich selbst.

Es hatte keine Anzeichen gegeben, dass Pierre Beaudemont ein so gerissener Lügner und Betrüger war.

Maria erreichte den großen Platz vor der Kathedrale. An dem sonnigen, warmen Frühlingstag herrschte dort rege Betriebsamkeit. Männer und Frauen eilten geschäftig an ihr vorbei, Kinder spielten mit Bällen und Reifen, Fuhrwerke ratterten über das Kopfsteinpflaster und Händler lieferten ihre Waren aus. Eine elegant gekleidete Dame, etwa in Marias Alter, saß auf einer der grün gestrichenen Bänke und blätterte in einer kleinen handlichen Zeitung. Sie trug keine Kopfbedeckung. Das war es aber nicht, warum sie Marias Aufmerksamkeit auf sich zog.

Zielstrebig trat Maria näher. »*Excusez-moi, Mademoiselle.* Sind Sie so freundlich, mir zu verraten, wer Ihnen das Haar geschnitten hat?«

»Mein Haar?« Die Dame griff sich an den Kopf und sah Maria skeptisch an. »Gefällt es Ihnen nicht?«

»Im Gegenteil!«, versicherte Maria. »Deswegen möchte ich den Namen Ihres Coiffeurs gern erfahren.«

»Charles. Er ist der Beste der ganzen Stadt.« Die Frau mit dem ungewöhnlichen Kurzhaarschnitt, der gerade ihre Ohrläppchen bedeckte, deutete auf eine der Gassen, die von dem Platz abgingen. »Seinen Salon finden Sie gleich da vorn.«

Maria bedankte sich höflich und betrat wenige Minuten später den Frisiersalon.

»Schneiden Sie mir bitte die Haare ab«, forderte sie den Coiffeur auf, während sie die Nadeln aus dem Knoten an ihrem Hinterkopf zog. Ihr dichtes brünettes Haar ergoss sich über ihre Schultern. »So kurz wie bei einem Mann«, fügte sie entschlossen hinzu.

»Aber Mademoiselle!« Der Mann rang verzweifelt die Hände. »Sie haben wundervolles Haar! Es wäre eine Schande –«

»Ich bezahle Sie gut dafür«, fuhr Maria ihm ins Wort und setzte sich unaufgefordert auf einen der freien Stühle. Der Coiffeur seufzte zwar, tat dann aber seine Arbeit. Ein solch exzentrisches Äußeres einer Dame war in Straßburg ja nicht selten, wie Maria bei der Frau auf der Bank selbst gesehen hatte.

Eine Stunde später suchte Maria ein Herrenbekleidungsgeschäft auf. Auch hier äußerte sie ihre Wünsche, auch hier erntete sie verständnislose Blicke und zunächst ablehnende Worte. Dann jedoch eilte ein Geselle herbei und nahm ihre Maße ab. Schließlich war der Kunde König, außerdem war Maria eine Ausländerin.

»Wahrscheinlich ist in Deutschland Herrenkleidung für

Damen derzeit in Mode«, hörte sie den Schneider seinem Gesellen zuraunen. »Es soll nicht unsere Angelegenheit sein. Tun wir Mademoiselle einfach den Gefallen.«

Drei Tage später nahm Maria ein Päckchen in Empfang, entrichtete den Preis und verließ den Laden. Ein silbernes Glöckchen bimmelte, als sie auf die Straße trat. Ein zarter, dezenter Klang – für Maria der Beginn eines neuen Lebensabschnittes.

Bitter lächelnd presste sie das Päckchen an ihre Brust. Sie hatte ihre Entscheidung getroffen. Eine Entscheidung, die überfällig gewesen war. Auch wenn andere hinter ihrem Rücken wieder tuscheln würden, sie sei nicht *normal*, sei keine richtige Frau, nicht das weibliche Geschöpf, das die Gesellschaft erwartete und einforderte. Dabei fühlte sich Maria ganz als Frau, wollte sich aber nicht in eine Rolle zwängen lassen, weil es eben immer schon so gewesen war.

Bereits als Kind hatte Maria sich über geltende Ordnung hinweggesetzt, hatte Menschen vor den Kopf gestoßen. Immer aber war sie sich selbst treu geblieben, war der Weg auch steinig gewesen.

Und die Zukunft würde in der von Männern dominierten Welt auch nicht einfach sein. Maria war bereit, weiterhin auf die Barrikaden zu gehen und diese, wenn möglich, niederzureißen. Pierres schamlose Lügen waren nur ein weiterer Mosaikstein in dem ganzen Gefüge. Maria hatte die Enttäuschung wohl gebraucht, um den nächsten Schritt zu gehen. Wenn man sie als Frau nicht akzeptierte, musste sie sich eben auch äußerlich den Herren angleichen. Vielleicht erhielt sie dann endlich die Anerkennung, die ihr zustand. Und nach der sie sich schon ihr ganzes Leben lang sehnte.

Seit Marias Kindheit hatte ihre Zielstrebigkeit so manchen an den Rand der Verzweiflung gebracht. Trotzdem war sie nie von ihrem Weg abgekommen und hatte unermüdlich für ihre Träume gekämpft. Sie hatte auch geliebt, geweint und gelacht. Zurückblickend hatten die schönen, glücklichen Momente die Oberhand gehabt. Auch den Verlust Pierres würde sie überstehen. Sie würde sich nicht unterkriegen lassen und ihren Weg unermüdlich fortsetzen.

EINS

Ein Sonnenstrahl fiel auf den dicken runden Leib und ließ das helle Braun golden aufleuchten. Wie mit einem feinen Pinsel gemalt, war der Körper von weißen Tupfen übersät, die wie ein kunstvoll gearbeitetes Kreuz wirkten.

Vorsichtig streckte Maria einen Finger aus. Kurz vor dem Kopf des Tieres mit den dunklen kreisrunden Augen hielt sie inne. Sie wollte es nicht erschrecken, wollte nicht, dass es davonlief. Maria wollte sich an seiner Schönheit erfreuen, an dem Liebreiz der Natur, wie nur Gott ihn hervorbringen konnte.

»Maria!« Laut klang der Ruf über die steile Wiese mit den alten Obstbäumen bis hin zu der Hecke, hinter der sie saß. Um sie herum blühten weiße und gelbe Rosen in voller Pracht und verströmten einen betörenden Duft. Maria tat, als höre sie nichts.

»Maria! Kind! Wo steckst du nur wieder?«

Leichtfüßige Schritte kamen näher. Maria wünschte, sie könne mit der Hecke eins und nicht gesehen werden, wusste aber gleichzeitig, dass sie sich nicht länger verstecken konnte. Langsam richtete sie sich auf.

»Hier bin ich, Fräulein Bonne.« Sie legte einen Finger an

ihre Lippen. »Sehen Sie, was ich gefunden habe! Sie müssen ganz leise sein, sonst läuft sie fort. Sind ihre filigranen und doch kräftigen Beine nicht faszinierend?«

Die noch junge Frau in dem dunkelgrauen Kleid, die aschblonden Haare zu einem Dutt aufgesteckt, der sie deutlich älter wirken ließ, seufzte. »Filigran! Wo hast du denn das Wort aufgeschnappt? Du weißt doch gar nicht, was es bedeutet.«

»Das weiß ich sehr wohl!« Unwillig verzog Maria das Gesicht. Ihre Wangen waren gerötet. Dem Impuls, mit dem Fuß aufzustampfen, widerstand sie jedoch.

Wenn sie zornig oder bockig war, würde Fräulein Bonne sie nur wieder ermahnen: »Komtess, Sie müssen lernen, Ihre Gefühle zu beherrschen und sich nicht wie das Kind armer Leute zu benehmen.« Auch von der Mutter würde sich Maria dann eine ausufernde Strafpredigt anhören müssen.

Ruhig und mit der Andeutung eines Lächelns fügte Maria hinzu: »Ich bin immerhin schon sechs Jahre alt.«

»Ja, und zwar genau seit heute, Komtess. Die gnädige Frau ist bereits vor einer halben Stunde eingetroffen. Nach dem langen Weg aus Stuttgart ist sie durstig und möchte ihren Tee trinken.« Sie musterte Maria von Kopf bis Fuß und schlug die Hände über dem Kopf zusammen. »Meine Güte, wie siehst du wieder aus? Deine Haare sind zerzaust, dein Kleid voller Erde und ein Ärmel zerrissen.«

Betreten zog Maria an der rechten Armmanschette des zartgelben Sommerkleides. Tatsächlich klaffte ein etwa fingerlanger Riss in dem duftigen Stoff. Es musste passiert sein, als sie auf der Suche nach Insekten durch die Rosenhecke gekrochen war. Dabei hatte ihr die Mutter eingeschärft, sich nicht schmutzig zu machen. Schließlich wurde die strenge Großmutter erwartet, deren scharfem Auge nicht der kleinste Fleck entging.

»Ich komme sofort«, murmelte Maria. Vom Kindermädchen unbemerkt schloss sich ihre Hand um das Tierchen. Sie pflückte es aus der Hecke und ließ es in der Tasche ihres Kleides verschwinden. Später in ihrem Zimmer wollte sie die Schönheit und den perfekten Körperbau der Spinne in aller Ruhe betrachten und eine Zeichnung anfertigen.

Während Maria dem Kindermädchen, das sie, ans Französische angelehnt, *Fräulein Bonne* nannte, zum Haus folgte, strich sie sich mehrmals über das dunkle Haar, um es zu bändigen. Es war ein sinnloses Unterfangen. Marias Haare waren dick, gewellt und so widerborstig wie die eines Ferkels.

Wenn ihre Eltern nur erlauben würden, die Haare abzuschneiden, dachte Maria. Mit dieser Bitte durfte sie ihnen aber nicht kommen. Maria verstand nicht, warum. Ihr Bruder hatte schließlich auch kurze Haare. Das Argument der Mutter, Wilhelm sei ja schließlich ein Junge, konnte Maria nicht gelten lassen. Welche Privilegien genoss denn ein Junge noch? Warum durfte er wählen, wie er das Haar trug? Die Locken ihres Cousins Bertie ringelten sich bis auf dessen Schultern, aber bei ihm mäkelte niemand herum und forderte, er möge sich die Locken kürzen, weil er wie ein Mädchen aussah.

Maria seufzte so herzergreifend, dass sich Fräulein Bonne zu ihr umdrehte. »Geht es dir gut, Maria?«, fragte sie besorgt. »Du freust dich sicher, dass deine Großmutter den weiten Weg aus der Stadt gekommen ist, um dir zum Geburtstag zu gratulieren.«

Maria nickte, weil es von ihr erwartet wurde. Natürlich mochte sie die Großmutter. Gleichzeitig fürchtete sie sich auch ein bisschen vor der alten Frau mit dem strengen Gesicht. Ihre steingrauen Augen schienen direkt in Marias Seele zu blicken. Es war unmöglich, vor der Freiin Hiller von Gaertringen, der Mutter ihrer Mutter, etwas zu verbergen.

Auf dem Steilhang lief das Kind dem Fräulein Bonne leichtfüßig davon und huschte vor ihr durch eine niedrige Pforte in den westlichen Flügel des Wohnhauses. Das Gebäude, in dem Maria von Linden geboren worden war, als Haus zu bezeichnen, wurde dem fünfstöckigen Bau nicht gerecht. Schloss Burgberg war, wie der Name es schon sagte, ein mittelgroßes Schloss, erbaut auf den Überresten einer festungsartigen Burg aus dem 15. Jahrhundert. 1838 hatte Marias Großvater, Graf Edmund von Linden, den gesamten Burgberg gekauft und das einst marode Gemäuer zu einem wohnlichen Schloss umbauen lassen. Maria liebte ihr Heim mit seinen zahlreichen Räumen, den Kämmerchen und verwinkelten Fluren und Treppenhäusern. Sie war der festen Überzeugung, irgendwo müsse ein Geheimgang existieren, der vom Burgberg hinunter zu dem Fluss Hürbe und zu der Mühle aus dem 14. Jahrhundert führte. Durch den verborgenen Stollen flohen einst Menschen, um bei Belagerungen ihr Leben zu retten. Allerdings lagen die letzten Kampfhandlungen um den Burgberg über zweihundert Jahre zurück. Seither lebten sie in einer ruhigen und friedvollen Gegend. Wenn Maria ihrer Mutter von ihren Fantasien erzählte, lachte diese sie nicht aus. Im Gegenteil, die Mutter beruhigte sie, dass Schloss Burgberg zwar einmal stark beschädigt, nie jedoch belagert worden war, auch nicht in dem furchtbaren Dreißigjährigen Krieg. Maria hingegen war von der Überzeugung nicht abzubringen, dass sich in den alten Mauern tragische Schicksale abgespielt haben *mussten*, von denen nur niemand mehr wusste.

Vor der Tür im ersten Stock des Haupthauses, hinter der sich der kleine Salon befand, in dem der Tee serviert wurde, holte Fräulein Bonne Maria wieder ein. Sie war ein wenig außer Atem geraten.

»Warte, Kind.« Aus der Rocktasche holte die junge Frau ein weißes Taschentuch, spuckte zweimal darauf und fuhr mit dem Tuch über Marias Gesicht. Maria rümpfte die Nase. Sie fand es ekelig, aber offenbar war das eine Angewohnheit von Kindermädchen, denn bisher hatten alle ihr das Gesicht mit Speichel geputzt, besonders, wenn Besuch im Schloss war. Dann klopfte Fräulein Bonne an die Tür des Salons und öffnete sie. »Komtess Maria, gnädige Frau«, rief sie hinein.

Mit durchgestrecktem Rücken betrat Maria den Raum, das Kinn hoch erhoben. Auf dem zierlichen Sofa mit den gedrechselten Beinen saß die Großmutter, daneben *Maman*, wie Maria ihre Mutter nannte, am Tisch gegenüber auf einem Stuhl der Vater.

»Du hast uns warten lassen, Maria«, sagte Marias Mutter, Gräfin Eugenie, geborene Hiller von Gaertringen, tadelnd. »Warst du wieder im Garten?«

Bevor Maria antworten konnte, dröhnte die tiefe, raue Stimme der alten Freiin durch den Raum: »Sei nicht so streng, Eugenie. Es ist Marias Geburtstag, da darf sie die Zeit ruhig vergessen. Komm her zu mir, Kind.«

Maria trat dicht vor die Großmutter und hielt ihrem kritischen, abschätzenden Blick stand, ohne die Lider zu senken. Trotz ihrer jungen Jahre hatte Maria längst festgestellt, dass die Großmutter selbstbewusste Menschen lieber mochte als Duckmäuser, die kuschten und ihr nach dem Mund redeten.

»Herzlichen Glückwunsch, Maria von Linden. Ich finde, du bist recht hochgewachsen für dein Alter. Hoffentlich wirst du nicht so riesig, dass kein Mann dich heiraten will. Männer wollen zu ihren Frauen nämlich nicht aufsehen.«

»*Maman*, bitte …«, sagte Gräfin Eugenie. »Bis Maria sich Gedanken über eine Ehe machen muss, ist es noch lange hin.«

Ein strenger Blick traf Gräfin Eugenie. »Für ein Mädchen ist es nie zu früh, sich mit der Zukunft zu beschäftigen«, betonte die Freiin. »Das Kind muss lernen, wo sein Platz im Leben ist. Ihr erzieht Maria viel zu nachlässig und lasst ihr Freiheiten, die einer Komtess unwürdig sind.« Mit zwei Fingern hob die Großmutter Marias Kinn und sah ihr in die Augen. »Ich werde eine Woche hierbleiben. Die Zeit werden wir nutzen, um deine Stick- und Strickkünste voranzutreiben. Wenn du mich zu Weihnachten in Stuttgart besuchen kommst, erwarte ich von dir mindestens ein Paar Wollstrümpfe und einen dicken Schal, der mich bei eisigen Temperaturen warmhält.«

Maria verzog die Mundwinkel zu einem Lächeln. Sie verabscheute Handarbeiten! Beim Sticken stach sie sich ständig in den Finger, Blut tränkte die feinen Stoffe, und die Stricknadeln verhedderten sich ständig ineinander, und sie ließ Maschen fallen. Aus dem Augenwinkel schielte Maria zu ihrem Vater. Graf Edmund schwieg, wie meistens, wenn es um Marias Erziehung ging.

»Sicher wartest du schon gespannt auf dein Geschenk«, fuhr die Großmutter fort. Hinter ihrem Rücken zog sie ein in buntes Papier gewickeltes, längliches Paket hervor und reichte es Maria mit einem wohlwollenden Lächeln.

»Danke, *Grand-mère*«, sagte Maria artig und nahm das Geschenk entgegen. Sie wusste, was es beinhaltete: eine weitere Puppe. Die Großmutter schenkte ihr ständig Puppen, allesamt hochwertig gefertigt und bestimmt sehr teuer. Puppen rangierten in Marias Prioritätenliste jedoch gleich hinter Handarbeiten – am liebsten hatte sie mit beidem nichts zu tun. Wieder dachte sie an ihren vier Jahre älteren Bruder. Zum letzten Christfest hatte Wilhelm eine kleine Maschine bekommen. Wenn man sie mit Wasser füllte und eine Kerze darunter stellte, zischte und dampfte sie. Man konnte sogar ein Hämmerchen anschließen, das sich durch den Druck des Dampfes auf und nieder bewegte. Stundenlang konnte Maria zusehen, wenn sich der Bruder mit der Maschine beschäftigte. Warum bekam sie nicht auch so etwas? Ein solches Gerät war nicht nur interessant, sondern auch nützlich. Eine Puppe hingegen war zu gar nichts nutze, saß nur auf dem Sofa und schien sie aus regungslosen Glasaugen vorwurfsvoll anzustieren, weil Maria sich nicht um sie kümmerte.

Pflichtschuldig bedanke sich Maria ein weiteres Mal, als sie das Geschenk ausgepackt hatte und die Puppe in den Händen hielt. Sie hatte ein fein gearbeitetes, lebensecht bemaltes Gesicht aus Porzellan und trug ein hellblaues Kleid mit zart geklöppelten elfenbeinfarbigen Borten.

Eines der Hausmädchen, Elsa, trat in den Salon und brachte den Tee für die Erwachsenen und für Maria warmen Kakao, dazu eine Kuchenplatte. Maria lief das Wasser im Mund zusammen. So wenig sie Puppen mochte, so sehr liebte sie den saftigen Kuchen, den die Köchin zur Kirschenzeit buk und mit dunklen, im Mund zart schmelzenden Schokoladenstreuseln verzierte. Maria setzte sich auf den freien Stuhl neben ihren Vater, entfaltete die blütenweiße Serviette aus feinstem Leinen und legte sie auf ihren Schoß. Aber kaum hatte Elsa den Kakao eingeschenkt und ein Stück Kuchen für Maria bereitgelegt, ließ sie den Teller mit einem gellenden Schrei unvermittelt fallen. Mit erhobenen Händen wich sie vom Tisch zurück.

»Meine Güte, Elsa, bist du von Sinnen?«, herrschte Gräfin Eugenie das am ganzen Körper zitternde Hausmädchen an.

»Da, da …« Mit einem Ausdruck von Panik im Gesicht, als sei sie dem Beelzebub persönlich begegnet, deutete Elsa auf Marias Rock.

Erstaunt sah Maria an sich hinunter und lächelte. Sie hatte völlig vergessen, dass sie sich das Tierchen in die Tasche gesteckt hatte. Jetzt krabbelte es über Marias Schoß. Vorsichtig nahm sie die Spinne auf die Hand und setzte sie dann auf den Tisch direkt neben der Kuchenplatte. In die Freiheit entlassen, lief das Tierchen schnell davon und verbarg sich unter dem Rand der Platte. Während sich die Gräfin Eugenie die Serviette vor den Mund presste, um ihr Glucksen zu verbergen, zog die Großmutter scharf die Luft ein.

»Pfui, Maria! Wie kannst du nur?«, schimpfte sie zwar, zeigte aber kein Anzeichen von Ekel.

»Ist sie nicht wunderschön?«, fragte Maria versonnen. Ganz anders als beim Auspacken der Puppe zuvor leuchteten ihre Augen jetzt. »Gartenkreuzspinnen sind ganz besondere Tiere. Sie spinnen sehr große Netze, und sie können – «

»Es reicht, Maria! Geh sofort auf dein Zimmer.« Zum ersten Mal erhob Marias Vater das Wort. Trotz der Strenge war sein Tonfall bedächtig, beinahe schleppend. Er sah zu dem immer noch bebenden Hausmädchen. »Elsa, schaffe das Viech aus dem Zimmer.«

Maria sprang auf. »Ich mache das, Elsa könnte ihr weh-tun.«

Bevor sie jemand aufhalten konnte, hatte Maria die Spinne wieder in die Hand genommen. Sie wusste genau, dass sich das Hausmädchen vor dem kleinen harmlosen Tierchen nicht nur ekelte, sondern sich derart fürchtete, als könne es jeden

Moment an ihren Hals springen und sie erwürgen. Fassungslos schüttelte Maria den Kopf und fing den Blick ihrer Mutter auf. *Maman* lächelte verhalten und zwinkerte Maria verstohlen zu.

»Zum Abendessen darfst du wieder herunterkommen«, rief der Vater ihr nach, als Maria das Zimmer verließ.

»Es ist doch ihr Geburtstag, Edmund …«, hörte sie die Großmutter noch sagen, aber der Vater blieb unnachgiebig.

Maria war es recht. So konnte sie sich in Ruhe der Spinne widmen und die Steine sortieren, die sie in den letzten Tagen gesammelt hatte. Um den Kirschkuchen und den Kakao tat es ihr indes leid.

In ihrem Zimmer im dritten Stock öffnete Maria einen Fensterflügel und ließ die Spinne auf den Sims krabbeln. Rund um das Fenster rankte sich Efeu, darin würde sich das Tier ein neues Netz weben können. Die Spinne schien zu spüren, dass ihr von Maria kein Leid drohte, und blieb noch ein paar Minuten im Sonnenlicht sitzen und hob ein Beinchen in die Höhe, als würde sie Maria zuwinken.

Maria gluckste. Sie liebte alle Lebewesen. Angefangen von den stolzen, edlen Rössern mit ihren glänzenden Leibern, die ihre Eltern ritten, über die kräftigen Kutschpferde mit den stämmigen Beinen; die Schafe, die von Mai bis Oktober auf den Wiesen rund um den Burgberg weideten, die Milchkühe des Nachbarhofes; ebenso die zahlreichen Katzen, die Haus und Hof frei von Mäusen und Ratten hielten. Wobei es Maria jedes Mal beinahe das Herz zerriss, wenn sie eine der Katzen mit einer toten Maus im Maul sah, denn auch Mäuse waren faszinierende Geschöpfe, deren Anatomie zu studieren sich besonders lohnte. Drei Katzen lebten ständig im Schloss und wurden nicht zum Jagen hinausgelassen. Marias Lieblingskatze hieß Souris, sie war eine stolze Schönheit mit einem weiß-schwarzen Fell, einem langen, buschigen Schwanz und großen Ohren.

Die Spinne hatte von der Sonne nun wohl genug und verschwand zwischen den Efeublättern. Maria wandte sich ab, ließ das Fenster aber offen, damit die warme, nach Lindenblüten duftende Luft ins Zimmer strömen konnte. Sie konnte sich nicht erinnern, dass es an ihrem Geburtstag jemals geregnet hätte. Am Tag ihrer Geburt war es, das wusste sie, sogar ungewöhnlich heiß gewesen. Maria fand das nur gerecht, schließlich hatte sie an einem Sonntag das Licht der Welt erblickt, und Sonntagskinder standen bekanntlich auf der Sonnenseite des Lebens. Immer wieder bat sie die Mutter, vom Tag ihrer Taufe zu berichten, und die Gräfin wurde nicht müde, Maria an ihren Erinnerungen teilhaben zu lassen.

»Es ist Vorschrift, Taufen in der Dorfkirche von Burgberg vorzunehmen. Da es aber ein außergewöhnlich heißer Julitag und der Weg vom Schloss ins Dorf steil und beschwerlich war, bat dein Vater den Patronatsgeistlichen, deine Taufe hier durchzuführen. Außerdem fühlte ich mich noch sehr schwach, und hier oben konnte ich dabei sein, als du in die heiligen Hände Gottes gegeben wurdest, mein Kind. Der Geistliche entsprach zwar dem Wunsch, es war eine kleine, sehr feierliche Zeremonie, danach aber erstattete der Mann Anzeige gegen uns. Dein Vater musste ein ärztliches Zeugnis beibringen, dass bei der großen Hitze die Fahrt dein Leben in Gefahr gebracht hätte, denn du warst ein sehr zarter Säugling. So wurde deinem Vater recht gegeben. Auf sein Bestreben hin wurde der Patronatsgeistliche in eine andere Gemeinde versetzt, und der neue Pfarrer zeigt sich nicht derart engstirnig. Mit ihm kommen wir gut zurecht.«

Maria liebte diese Geschichte. Zeigte sie nicht, dass sie bereits unmittelbar, nachdem sie ins Leben getreten war, gegen bestehende Konventionen gehandelt hatte? Obwohl noch so jung, begriff Maria, dass ihr Vater nicht ohne Einfluss in der Gegend war. Nun ja, er war schließlich ein Graf. Eigentlich hatte Edmund von Linden seinen Weg in der Armee gesehen, er war aber immer von zarter Konstitution gewesen. Mit erst fünfzehn Jahren erkrankte er im österreichischen Militärdienst schwer an Typhus und Malaria und musste den Dienst quittieren. Über diese Krankheiten wusste Maria nichts, sie mussten aber sehr schlimm sein, denn der Vater war stets etwas schwermütig und in sich gekehrt. Ganz anders Maria. Sie konnte sich nicht erinnern, in ihrem jungen Leben jemals ernsthaft krank gewesen zu sein. Mal einen kleinen Schnupfen, einmal – im Winter des vergangenen Jahres – hatte sie auch ein leichtes Fieber gehabt, und es hatte in ihrem Hals gekratzt. Fräulein Bonne hatte sie ins Bett gesteckt und kalte Wickel um Marias Waden geschlungen. Nach zwei oder drei Tagen war Maria die Untätigkeit langweilig geworden, sie musste aber noch eine ganze Woche im Bett ausharren. Daraufhin hatte Maria beschlossen, in ihrem Leben niemals wieder krank zu werden.

Sie zog eine der Schubladen ihrer Frisierkommode auf. Fein säuberlich nebeneinander aufgereiht verwahrte sie hier zwei Dutzend Steine. Manche schlicht grau, andere mit schwarzen oder weißen Maserungen, in zweien funkelten kleine Einsprenkelungen wie die Diamanten an *Mamans* Halskette, die diese zu besonderen Anlässen trug. Zärtlich strich Maria über ihre Fundstücke. Rund um den Burgberg gab es eine Vielzahl von kleinen und größeren Steinen. Alle waren sie verschieden und übten auf Maria großen Reiz aus. Sie wünschte sich, auch einmal Steine mit Fossilien darin zu finden. Bisher kannte sie dieses Wunderwerk der Natur nur von Zeichnungen. Sie lebten im Nordosten der Schwäbischen Alb, und vor Jahrmillionen war das Mittelgebirge ein riesiger Ozean gewesen. Wobei Maria keine rechte Vorstellung hatte, wie lange *Jahrmillionen* wirklich waren. Sicher länger, als sie, ihre Eltern und sogar ihre uralte Großmutter auf der Welt waren. Auf jeden Fall hatten sich früher an der Stelle, wo heute das Schloss auf dem Burgberg in die Höhe ragte, Fische und anderes Getier im Wasser getummelt. Eines ihrer Kindermädchen, die sich sehr für die Natur interessierte, hatte Maria erzählt, dass viele dieser Tiere in Stein eingeschlossen worden seien, als das Wasser verschwand, und dass es Stellen gebe, wo man solche Versteinerungen fand. Seit Maria das wusste, richtete sie den Blick bei ihren Streifzügen durch die Umgebung immer auf das Erdreich in der Hoffnung, eine Muschel oder sogar einen ganzen Fisch in einem Stück Felsen zu finden. Bisher leider ohne Erfolg.

Marias Magen knurrte so laut, dass sie laut auflachte. Bis zum Abendessen war es aber nicht mehr lange hin, und Maria war sicher, dass die Mutter ihr ein oder zwei Stücke von dem Kirschkuchen aufgehoben hatte, den sie zum Nachtisch essen konnte. Bedauern, dass sie die Spinne in den Salon gebracht hatte, empfand Maria nicht. Vielmehr absolutes Unverständnis für die dumme Elsa, die wegen eines winzigen Tierchens ein derartiges Theater veranstaltete. Ein Mann hätte sich nicht so gehen lassen. Es gab Momente, und jetzt war wieder einer davon, in denen sich Maria fragte, ob Gott nicht einen Fehler gemacht hatte, weil er sie als Mädchen auf die Erde geschickt hatte. Schnell leistete sie stumme Abbitte. Alles, was Gott tat, war richtig und gut und hatte einen tieferen Sinn. Sie seufzte. Wahrscheinlich war sie tatsächlich noch zu jung, um alles zu verstehen. Trotzdem würde nichts und niemand sie je dazu bringen, mit Puppen zu spielen und langweilige Socken und Schals zu stricken!

Während Maria diese für ein sechsjähriges Kind außergewöhnlichen Gedanken durch den Kopf gingen, ahnte sie nicht, dass das Gespräch unten im Salon um sie kreiste.

»Ihr lasst dem Kind zu viele Freiheiten«, sagte die Freiin schmallippig. »Jetzt bringt sie schon Ungeziefer ins Haus!«

Gräfin Eugenie sprang für ihre Tochter in die Bresche: »Spinnen sind sehr nützliche Tiere, *Maman*. Sie halten uns anderes Ungeziefer fern.«

»Trotzdem!« Die Freiin runzelte unwillig die Stirn. »Das Mädchen verwildert regelrecht. Im Winter werde ich alle Hände voll zu tun haben, um Maria wieder zu zähmen und ihr etwas Kultur beizubringen.«

»Im September bekommt Maria einen Hauslehrer«, sagte Graf Edmund. »Herr Fischer ist der Dorfschullehrer, er wird zwei- oder dreimal in der Woche ins Schloss heraufkommen, um Maria zu unterrichten.«

Diese Nachricht schien die Freiin nicht zu beruhigen, eher das Gegenteil war der Fall. »Ein Dorfschullehrer?«, sagte sie mit verächtlichem Unterton. »Wie gewöhnlich! Aber kein Wunder, ihr lasst das Kind ja auch mit den schmutzigen Dorfkindern spielen.«

»Die einzigen Kinder in Marias Alter sind nun mal die des Verwalters«, erwiderte Gräfin Eugenie äußerlich ruhig, denn sie wusste, dass sie bei ihrer dominanten Mutter keinen Schritt weiterkam, wenn sie sich entrüstete. »Maria spielt ohnehin nicht oft mit ihnen. Sie hält sie nämlich für dumm und kann sich mit ihnen nicht richtig unterhalten, wie sie findet.«

Von Graf Edmund kam ein Glucksen. »Nun, da hat sie

nicht unrecht«, murmelte er. »Keines der Verwalterkinder spricht Französisch. Ich muss meiner Frau recht geben: Maria ist viel zu sehr mit der Natur, ihren Steinen und den Tieren beschäftigt, als dass sie an wilden Spielen mit Gleichaltrigen interessiert ist.«

Erleichtert atmete Gräfin Eugenie auf. Es war gut, dass ihr Mann auch einmal Partei für die Tochter ergriff. »Manchmal werden Maria und Fräulein Bonne von der netten Familie Danner, die Müller unten an der Hürbe, zu Kaffee und Kakao eingeladen«, fügte sie hinzu. »Wenn es meine Zeit erlaubt, begleite ich sie, wobei die Frau des Müllers immer kaum ein Wort herausbringt und sich ständig nervös die Schürze glattstreicht. Als sei ich die Königin höchstpersönlich.«

»Keine Königin, aber eine Gräfin«, bemerkte die Freiin trocken. »Und eine Adlige deines Standes verkehrt nun mal nicht im Hause eines Müllers.«

»*Maman*, hier auf dem Land ist es zwangloser als in Stuttgart«, erwiderte Gräfin Eugenie. »Ich …«, sie sah zu ihrem Mann, der aber wieder seinen teilnahmslosen Blick aufgesetzt hatte, »wir stellen nicht fest, dass Maria in irgendeiner Weise Schaden nimmt, weder physisch noch psychisch. Sicher hast du ihre roten Wangen und die gesunde Statur bemerkt, *Maman*. Kinder, die ständig über ihren Schulbüchern sitzen, anstatt sich in der Natur aufzuhalten, wirken kränklich und sind wenig ansehnlich.«

Zwar nicht überzeugt, aber wohl, weil sie erkannte, dass der Wille ihrer Tochter ihrem ähnelte, lächelte die Freiin versöhnlich und schenkte sich eine zweite Tasse Tee ein. »Marias geistliche Erziehung darf allerdings auch nicht vernachlässigt werden«, konnte sie sich nicht verkneifen noch hinzuzufügen.

»Maria ist ein gottesfürchtiges Kind«, sagte die Gräfin.

»Regelmäßig besuchen wir die Kirche, und Marias Liebe zur Natur und den Tieren zeigt doch, wie sehr sie alles von Gott Geschaffene ehrt.«

Die Freiin trank einen Schluck Tee. »Wenn Maria älter ist, in zwei oder drei Jahren«, schlug sie dann vor, »kann sie zu mir nach Stuttgart kommen. In der Stadt gibt es ausgezeichnete Schulen für junge Mädchen ihres Standes. In ihrer Freizeit werde ich mich um das Kind kümmern, damit sie der Familie einst keine Schande machen wird.«

Das hielt Gräfin Eugenie für übertrieben, wollte das Thema für heute jedoch beenden. Sie warf ihrem Mann einen Blick zu. Dieser hielt den Kopf weiterhin gesenkt und schwieg. Gräfin Eugenie unterdrückte einen Seufzer. Sie liebte Edmund, er war ihr immer ein guter Ehemann gewesen, und auf seine Art liebte er auch seine beiden Kinder. Manchmal jedoch wünschte sie sich, er wäre entschlossener und würde seine Meinung äußern – bei allem Verständnis dafür, dass sein Leben nicht so verlaufen war, wie er es sich erträumt hatte. Auch hatte er Schloss Burgberg eigentlich nie übernehmen wollen, sein Vater hatte ihm aber keine andere Wahl gelassen. Gräfin Eugenie wünschte sich, Edmund wäre nicht nur ihr Ehemann, sondern auch ihr Freund. Ein Kamerad, mit dem sie alles teilen und auf den sie sich stets verlassen konnte.

»Träumst du, Kind?«

Die Worte ihrer Mutter rissen die Gräfin aus ihren Gedanken. »Was hast du gesagt, *Maman*?«, fragte sie pflichtschuldig, denn sie hatte wirklich nicht zugehört.

»Ich möchte wissen, wann mit eurer Ankunft in Stuttgart zu rechnen ist.«

»Es sind noch fünf Monate bis Weihnachten, *Maman*!«

Die Freiin lehnte sich zurück. »Du weißt, ich muss rechtzeitig Bescheid wissen, um alle Angelegenheiten zu regeln«, erklärte sie leicht vorwurfsvoll und seufzte verhalten. »Eigentlich wollte ich nur eine Woche bei euch bleiben, denke nun aber, ich sollte meinen Besuch bis zum Ende des Sommers ausdehnen. So kann ich mich hinlänglich um Maria kümmern und außerdem den Dorfschullehrer in Augenschein nehmen. Es muss schließlich geprüft werden, ob er für die Erziehung meiner Enkelin befähigt ist.«

Die Gräfin griff nach einem zweiten Stück Kuchen und wich dem Blick ihrer Mutter aus, die nie Anstalten machen würde zu fragen, ob ein so langer Aufenthalt der Familie überhaupt gelegen kam. Tatsächlich hatten sie den Sommer über keine Vorhaben, und sie konnte die eigene Mutter schlecht bitten, wieder abzureisen. Und Gräfin Eugenie wusste auch, wie Maria reagieren würde. Fraglos liebte das Kind seine Großmutter, und eigentlich waren sie sich auch ähnlich: Beide hatten einen eisernen Willen und feste Vorstellungen. Gräfin Eugenie ließ ihrer Tochter gern ihre Freiheiten. Der Bürde des Lebens, der Bürde, eine adlige Frau im Königreich Württemberg zu sein, würde sich Maria noch früh genug stellen müssen.

ZWEI

Schloss Burgberg auf der Ostalb – September 1876

Vor der Fensterscheibe surrten zwei Wespen, umspielten sich gegenseitig, als würden sie zu einer unhörbaren Musik tanzen. Obwohl Maria einige Meter vom Fenster entfernt war, erkannte sie, dass es sich um gemeine Faltenwespen handelte. Für Hornissen waren die gelb-schwarz gestreiften Leiber zu klein, für Bienen die Zeichnung zu ausgeprägt. Ein drittes Insekt gesellte sich zu dem Duo, gleich darauf ein viertes. Maria vermutete, dass die Wespen sich in den Streben unterhalb der Dachkante ein Nest gebaut hatten. Sie würde sich hüten, ihre Beobachtung jemandem mitzuteilen. Im vergangenen Frühjahr wurde ein solches Genist nämlich zerstört und die Insekten dem Tod preisgegeben.

»Wespen sind gefährlich«, hatte ihr Vater gesagt und Maria befohlen, sich von der südlichen Burgmauer fernzuhalten, bis das Nest entfernt worden war. Er wusste nicht, dass Maria regelmäßig Wespen, Bienen und auch Hornissen, die aus den vielfältigen Blüten im Garten ihren Nektar schöpften, aus nächster Nähe eingehend studierte.

Die faszinierenden Tierchen genossen die Sonnenstrahlen des Septembertages. In der Luft lag schon der Geruch des Herbstes, aber die Tage waren noch sonnig und für die Jahreszeit warm. In den Morgenstunden waberte bereits dichter Nebel über das Land, selbst der hoch gelegene Burgberg verschwand in der grauen Masse. Wenn sich der Dunst dann jedoch lichtete, zeigte sich der Herbst von seiner ganzen Schönheit.

Maria seufzte verhalten. Draußen schien die Sonne, und sie hockte in dem kleinen, düsteren Studierzimmer mit den dunkel getäfelten Wänden und der niedrigen Decke. Wenn sie wenigstens das Fenster öffnen dürfte, denn die Luft war zum Schneiden dick.

»Träumst du wieder, Kind?« Die Stimme von Herrn Fischer riss Maria aus ihren Gedanken. Sofort streckte sie den Rücken durch, richtete sich kerzengerade auf dem unbequemen Holzstuhl auf und wandte ihren Blick vom Fenster ab. »Warum seufzt du während meines Unterrichtes, als läge alle Last der Welt auf deinen Schultern, Maria?«

»Verzeihen Sie, Herr Lehrer, aber hier drinnen ist es so warm.« Zur Bestätigung ihrer Worte fuhr sich Maria mit zwei Fingern in den eng anliegenden eierschalenfarbenen Kragen ihres grauen Kleides.

»Ich empfinde es als angenehm, und in den Ländern, über die wir gerade sprechen, ist es noch viel wärmer.« Er tippte auf die aufgeschlagene Seite des Atlasses, der vor Maria auf dem Tisch lag. »Noch einmal, Maria: Welcher ist der größte Fluss in Südamerika?« Maria zögerte, die Antwort wollte ihr partout nicht einfallen, wohl auch, weil sie in den letzten Minuten durch die Wespen abgelenkt gewesen war. »Kind, denk nach! Wir haben die Länder Südamerikas in den letzten Unterrichtsstunden durchgenommen.«

Daran erinnerte sich Maria, ebenfalls, dass sie sich die ganze Zeit über fragte, warum sie etwas über einen Kontinent lernen sollte, der auf der anderen Seite eines riesigen Ozeans lag.

»Der größte Fluss Südamerikas ist der Nil«, reagierte sie schließlich auf den fragenden Blick des Lehrers. Ein anderer Name fiel ihr nicht ein.

»Ach, Maria, Maria …« Aus der Westentasche zog der Lehrer ein beiges Taschentuch, nahm seine Brille mit dem dünnen Drahtgestell von der Nase und polierte bedächtig die Gläser. Als würde er zu sich selbst und nicht zu einem siebenjährigen Kind sprechen, philosophierte er: »Der Nil ist der längste Strom Afrikas. Er entspringt tief im Süden im undurchdringbaren Urwald und mündet an der Nordküste Ägyptens in das Mittelmeer. Der Fluss, nach dem ich dich fragte, Kind, ist der Amazonas. An manchen Stellen ist er so breit, dass das gegenüberliegende Ufer mit bloßem Auge nicht zu erkennen ist und man den Eindruck gewinnt, man stünde an einem großen Meer.«

»Waren Sie schon am Ama… Amasonis?«, fragte Maria.

»Amazonas!« Herr Fischer schüttelte den Kopf. »Wo denkst du hin, Kind! Südamerika ist weit weg, dorthin kann man nicht einfach so reisen.«

»Woher wissen Sie dann, dass der Fluss wirklich so breit ist, wenn Sie die Weite nicht mit eigenen Augen gesehen haben?«

»Es steht in den Büchern«, antwortete Herr Fischer geduldig. »Die Pyramiden in Ägypten habe ich auch nicht besucht, trotzdem weiß ich, wie imposant und beeindruckend die uralten Bauwerke sind. Nahezu alle Antworten auf alle Fragen findest du in Büchern.«

Maria verzog das Gesicht. Das Lesen von Büchern mochte sie ebenso wenig wie die Lehrstunden über fremde Länder und Kontinente. Dementsprechend schlecht war ihre Orthografie.

Wenn sie den Griffel führte, wollten sich die Buchstaben auf der Schiefertafel einfach nicht in der richtigen Reihenfolge zusammensetzen. Zumindest nicht in der Reihenfolge, die der Lehrer für richtig hielt. Für sie selbst ergaben die Wörter durchaus Sinn. Wenigstens in dieser Woche musste sich Maria nicht mit Lesen und Grammatik plagen, denn auf dem Plan standen Geografie und Naturgeschichte, zu Marias Bedauern mit Schwerpunkt auf Ersterem. Geografie mochte Maria ebenso wenig wie Grammatik. Dorfschullehrer Fischer folgte nämlich der Methodik, nicht jede Stunde ein anderes Fach zu bearbeiten, sondern sich eine ganze Woche einem oder zwei Themen zu widmen. Trotz ihrer jungen Jahre spürte Maria, dass das keine schlechte Sache war, kamen sie doch mit dem Stoff rascher voran, und das zu erledigende Pensum war über- schaubar. Der Lehrer beließ es allerdings nicht bei den drei bis vier Stunden Unterricht am Vormittag. Täglich erhielt Maria Aufgaben, die sie am Nachmittag selbst lösen musste.

Seit über einem Jahr stapfte der hochgewachsene, hagere Lehrer nun schon bei Wind und Wetter zwei- oder dreimal pro Woche den steilen Weg aus dem Dorf zum Schloss empor. Maria mochte den jungen Mann, der oft wirkte, als befände sich sein verklärter Geist in einer anderen Welt. Das täuschte jedoch. Herr Fischer war hochgebildet, klug und liebenswür- dig, ein ebenso guter Lehrer wie ein geduldiger Pädagoge, der es verstand, auf die Bedürfnisse eines Kindes einzugehen. Langsam führte er Maria an den Stoff heran. In den ersten Wochen hatte es reinen Anschauungsunterricht gegeben. Marias erste Schreibübungen hatten aus dem Zeichnen von Linien und Strichen bestanden, dann musste sie ein Schön- schreibheft führen. Auch nach über einem Jahr war ihre Schrift krakelig und so groß, dass auf jeder Seite nur wenige Wörter

Platz fanden. Maria störte sich nicht daran, ebenso wenig, dass sie beim Lesen die Wörter häufig anders interpretierte und aussprach, als sie in den Büchern standen.

Herr Fischer, die Brille immer noch in der Hand, lehnte sich zurück und begann über den großen Fluss Amazonas, den dichten Urwald und das Kaiserreich Brasilien zu referieren. Maria machte es sich auf ihrem Stuhl, so gut es ging, bequem, schloss die Lider und döste vor sich hin. Der Lehrer war derart kurzsichtig, dass er ohne Brille nicht bemerkte, dass seine Schülerin längst abgeschweift war. In den letzten Monaten hatte Maria diese Taktik entwickelt. Besonders an schönen Tagen wie heute, an denen sie am Morgen vor dem Unterricht draußen herumgetollt war, überfiel sie eine bleierne Müdigkeit. Ein paar Minuten Schlaf – dann fühlte sie sich wieder frisch und erholt.

In einer Stunde würde es Mittagessen geben, an dem auch Herr Fischer teilnahm. Seine hagere Statur ließ nicht vermuten, dass der Lehrer ein großer Esser war, aber er ließ sich stets nachlegen und aß bis zum letzten Krümel alles auf. Maria vermutete, dass die einzigen warmen Mahlzeiten des Lehrers die auf Schloss Burgberg waren. Da er allein lebte und auch niemanden hatte, der ihm den Haushalt führte, würde Herr Fischer wohl auch nicht kochen können.

An Marias Ohr drangen das Getrappel von Hufen und das Knirschen der Räder einer Kutsche auf dem Kopfsteinpflaster im Innenhof. Mit einem Schlag war sie hellwach, eilte zum Fenster, öffnete einen Flügel und beugte sich weit hinaus.

»Es ist die Kutsche meines Onkels«, rief Maria und klatschte begeistert in die Hände. »Ich wusste nicht, dass er zu Besuch kommt.«

Bedächtig setzte Herr Fischer die Brille auf seine lange, spitze Nase, schlug den Atlas zu und stand auf. »Dann beenden wir die heutige Lektion. Ich glaube nicht, dass ich weiterhin deine Aufmerksamkeit erringen kann. Erstelle als Hausaufgabe eine Liste mit allen Ländern Mittel- und Südamerikas und deren Hauptstädte. Nächste Woche widmen wir uns dann wieder der Grammatik.«

Maria rümpfte die Nase. Was jedoch nächste Woche sein würde – darüber wollte sie sich heute nicht den Kopf zerbrechen. Sie eilte die steinernen Stufen des engen Treppenhauses hinunter. In der Eingangshalle traf sie mit ihrer Mutter zusammen.

»Es ist Onkel Ferdinand!«, rief Maria mit roten Wangen.

Gräfin Eugenie nickte, sie war nicht minder aufgeregt. Mutter und Tochter verließen die Halle und traten in den Innenhof. Aus der schwarzen Equipage stieg gerade ein großer, schlanker Mann mit hellen gewellten Haaren. Er trug die blaue Uniform seines Reiterregiments, den württembergischen Ulanen, in dem er viele Jahre als Hauptmann gedient hatte.

Beim Anblick seiner Nichte breitete Ferdinand Hiller von Gaertringen die Arme aus und Maria flog in sie hinein. »Du bist schon wieder gewachsen, Kind.«

»Ich muss doch groß werden wie du, Onkel, damit ich auch eine so schöne Uniform tragen kann«, erwiderte Maria im Brustton der Überzeugung.

»Sie wird dir ausgezeichnet stehen, Maria, und mit deinem ebenmäßigen, ansprechenden Gesicht wirst du die schönste Hauptmännin des ganzen Regimentes sein.«

Das Kompliment versetzte Maria nicht in Verlegenheit. Sie wusste, dass sie hübsch war, aber es war ihr nicht wichtig. Sie legte bei sich und bei anderen keinen Wert auf Äußerlichkeiten.

Gräfin Eugenie lachte. »Setz dem Mädchen keine Flausen

in den Kopf, Ferdi, sonst will sie eines Tages wirklich zum Militär.«

Ferdinand löste sich von Maria und begrüßte seine jüngere Schwester mit einem Wangenkuss. »Auch du siehst gut aus, Eugenie. Ich hoffe, du verzeihst unser unangemeldetes Erscheinen. Ich hatte in Geislingen zu tun und dachte, wir könnten ja mal wieder den schönen Burgberg besuchen.«

»Wir?«, fragte Eugenie. In diesem Moment kletterte auch schon ein neunjähriger Junge aus der Kutsche.

»Bertie!«, rief Maria erfreut, und die Kinder umarmten sich. »Warum bist du nicht in der Schule?«

»Im Realgymnasium sind die Masern ausgebrochen, die Schule ist für zwei Wochen geschlossen«, antwortete Marias Cousin. Mit erstem Namen hieß er zwar Edmund, Berthold war jedoch sein zweiter Taufname, und er wurde stets Bertie genannt, um Verwechslungen in der Familie zu vermeiden. Verschmitzt zwinkerte er Maria zu. Der Cousin war ein guter und eifriger Schüler, die unerwarteten Ferien kamen ihm dennoch nicht ungelegen.

»So nahm ich Bertie mit auf die Fahrt«, erklärte Ferdinand. »Reisen bildet, und der Junge ist alt genug, um erste geschäftliche Kontakte zu knüpfen. Mimmi hingegen musste zu Hause bleiben, ihren Unterricht darf sie nicht verpassen.«

»Sehr zu ihrem Verdruss«, warf Bertie ein. »Ich soll dich herzlich von Mimmi grüßen, Maria. Sie freut sich schon auf Weihnachten, wenn du wieder zu Großmama nach Stuttgart kommst.«

Maria winkte ab. »Das ist lange hin, noch ist Sommer. Jedenfalls ist es heute fast so warm wie im Sommer.«

»Wie lange könnt ihr bleiben?«, erkundigte sich Gräfin Eugenie.

»Ich dachte, übers Wochenende, wenn es keine Umstände macht.«

»Nie und nimmer!« Die Gräfin hakte sich bei ihrem Bruder ein. »Ich lasse schnell zwei Zimmer richten, und jetzt ist es ohnehin Zeit fürs Mittagessen. Es gibt nur einfache Kost, da wir mit Gästen nicht gerechnet haben.«

»Selbst Wasser und Brot munden köstlich, wenn man es mit lieben Menschen teilt«, erwiderte Ferdinand galant.

Das Mittagessen bestand natürlich nicht aus Wasser und Brot, sondern aus einer kräftigen Gemüsesuppe mit Rindfleisch, dazu frisch gebackenes Weißbrot, und zum Nachtisch wurde Apfelkompott aufgetragen. Graf Edmund von Linden zeigte keine Regung, ob er sich über den Besuch seines Schwagers und Neffen freute. Er nahm es einfach hin. Aber Maria bemerkte, wie ihre Mutter auflebte. Sie und Ferdinand waren sich immer sehr zugetan gewesen. Der diplomatische Dienst zwang Ferdinand regelmäßig zu Reisen, die ihn auch ins Ausland führten. Dementsprechend selten sahen sich die Geschwister.

Unter dem Tisch zappelte Maria ungeduldig mit den Beinen. Kaum, dass der letzte Bissen vertilgt war und ihre Mutter die Serviette vom Schoß nahm und neben den Teller legte, sprang Maria auf.

»Komm, Bertie, wir wollen in den Stall, es gibt ein neues Fohlen.« Pflichtschuldig sah Maria zu ihrer Mutter. »Wir dürfen doch nach draußen, *Maman*?«

»Geht nur, Kinder, und genießt die Sonne«, antwortete Eugenie lächelnd.

Sich an den Händen haltend liefen Maria und ihr Cousin über den Hof zum Pferdestall. Das vor drei Tagen geborene Fohlen stand auf staksigen Beinen neben seiner Mutter, einer Fuchsstute, und sah die Kinder aus seinen schönen dunklen

Augen an. Sie begnügten sich damit, das neue Leben durch die Gitterstäbe zu betrachten, denn die Box zu öffnen war streng verboten.

»Hat es schon einen Namen?«, fragte Bertie.

Maria schüttelte den Kopf. »Es ist ein Hengst, und Vater denkt über einen Namen noch nach.«

Nach ein paar Minuten verloren sie das Interesse an dem Fohlen, der Sonnenschein lockte sie wieder nach draußen. Maria führte ihren Cousin in das nahe gelegene Wäldchen und dort zu einer Lichtung mit einem Weiher. Sie setzten sich auf einen gefällten Baumstamm, sammelten kleine Steine und warfen sie in das von Entengrütze überzogene Wasser.

»Im Sommer habe ich hier eine fette, enorm hässliche Kröte eingefangen«, erzählte Maria. »Ich habe sie Magda genannt.«

»Magda?« Bertie grinste. »Heißt nicht eure Köchin so?«

»Wie die Köchin hatte auch die Kröte eine dicke Warze am Kinn. Am Abend habe ich sie dem Fräulein Bonne ins Bett gesetzt. Die hat vielleicht geschrien, dann musste erst die ganze Wäsche gewechselt werden, bevor das Fräulein sich schlafen legte.«

Bertie gluckste. »Warum hast du das getan?«

»Dieses Fräulein war dumm und einfältig, fürchtete sich vor allen Tieren, selbst vor meiner Souris«, antwortete Maria mit unwillig gerunzelter Stirn. »Sie sagte, Katzen seien schmutzig und schleppten Krankheiten ins Haus. Ich bin froh, dass sie Hals über Kopf gegangen ist, nachdem sie wenige Tage später einen Feuersalamander zwischen ihren Laken vorgefunden hatte.«

Bertie sah Maria bewundernd an. »Was du dich traust! Mein Vater hätte mir eine Tracht Prügel verabreicht, dass ich drei Tage lang nicht mehr hätte sitzen können.«

»Ach, meinen Vater interessiert es nicht sonderlich, was ich mache, und *Maman* mochte das sauertöpfische Fräulein ebenfalls nicht sehr. Sie hat es zwar nicht offen gezeigt, aber sie war immer sehr kühl zu ihr.«

»Hast du ein neues Kindermädchen?«

Maria nickte, nun strahlten ihre Augen. »Sie heißt Molla. Sie kommt zwar nicht aus Frankreich, sondern aus dem Schwarzwald und spricht deswegen einen lustigen Dialekt. Mit *Maman* spreche ich aber oft Französisch, die Sprache mag ich. Das neue Fräulein mag Tiere, hat nichts dagegen, wenn Souris in meinem Bett schläft, und ekelt sich weder vor Kröten noch vor Spinnen.«

Bertie seufzte. »Ich hätte auch gern ein Haustier, am liebsten einen schönen Hund mit langem Fell. Meine Eltern sind aber der Meinung, in der Stadt könne man keine Hunde halten.«

»Dann musst du mich eben öfters besuchen kommen. Ich teile meine Tiere gern mit dir, Bertie.«

»Nun ja, die Echsen, Spinnen und Schnecken kannst du ruhig für dich behalten, Maria«, erwiderte er lachend. »Wenn wir heiraten, ziehen wir aufs Land und halten uns ganz viele Tiere.«

Maria knuffte Bertie in die Seite und stimmte in sein Lachen ein. Am letzten Weihnachtsfest hatte die Großmutter gesagt, Maria und Bertie könnten einander heiraten, wenn sie erwachsen seien, weil sie sich ständig neckten und so gut verstanden. Dass sie Cousin und Cousine waren, sollte sie nicht daran hindern, eine solche Eheschließung würde von der Kirche akzeptiert. Maria hatte eingewilligt, aber nur, wenn sie täglich Rehbraten essen und Champagner trinken würden. Bertie hingegen hatte gefordert, als seine Frau müsse Maria

Harfe spielen lernen. Er wusste genau, dass die Cousine das Instrument nicht mochte, während seine Schwester Mimmi das Harfenspiel nahezu in Perfektion beherrschte.

Maria betrachtete den Cousin von der Seite. Er war ein schöner Junge, hatte hellblondes welliges Haar und himmelblaue Augen. Sein schlanker Wuchs ließ erahnen, dass er seinem Vater an Größe nicht nachstehen würde. Sie wusste, dass sie eines Tages würde heiraten müssen. Das taten alle Frauen, außer sie traten in ein Kloster ein, wie eine entfernte Verwandte. Da Maria zur Religion noch weniger Zugang als zur Grammatik fand, schied dieser Weg für sie aus. Bertie war sicher eine gute Wahl, besser, als die Frau eines Fremden zu werden.

»Wer weiß, was noch alles passiert, bis wir heiraten«, sagte sie mit Blick auf den Weiher. »Wir müssen erst erwachsen werden.«

»Das geht schneller, als man denkt«, erwiderte Bertie. »Ich jedenfalls will dich als Frau, niemanden sonst mag ich so gern wie dich, Maria.«

»Das hast du lieb gesagt.« Sie seufzte. »Ich wünschte, Wilhelm wäre ein bisschen wie du. Mein Bruder ist immer so ernst, und mit seinen Sachen darf ich nicht spielen. Wenn er in der Schule ist, schließt er sogar den Schrank ab, dass ich ja nichts anfasse. Wilhelm fürchtet, ich könne etwas kaputt machen, ohnehin seien seine Spielsachen nichts für Mädchen.«

Bertie zuckte mit den Schultern. Seinen Cousin kannte er kaum, denn wenn die Familie von Linden das Weihnachtsfest in Stuttgart verbrachte, zog sich Wilhelm lieber mit einem Buch auf sein Zimmer zurück, anstatt mit den Verwandten Zeit zu verbringen.

Der Nachmittag schritt voran und im Schatten unter den

Bäumen wurde es kühl. Die Kinder liefen zurück zum Haus. Maria freute sich, dass Bertie noch drei Tage auf Schloss Burgberg bleiben würde. Morgen könnten sie die Familie des Müllers unten am Fluss besuchen. Trotz ihres niedrigen Standes und einfacher Herkunft konnte Maria die Töchter des Müllers gut leiden. Bertie würde sie bestimmt auch mögen.

Maria hatte sich nicht getäuscht. Da es ein unterrichtsfreier Tag war, brachen sie und Bertie in Begleitung von Fräulein Bonne zu einem Besuch in der Mühle auf. Das Kindermädchen war in Marias Augen uralt und von wenig ansprechendem Äußeren. Das Haar mausbraun, ihre Gesichtszüge eckig, ihre Nase spitz und die Lippen schmal, aber das Fräulein mochte Tiere, interessierte sich für Floristik und sprach mit dem ulkigen Dialekt ihrer Heimat, der Maria oft zum Lachen brachte. Nur dass auch dieses Kindermädchen den Hang dazu hatte, ein Taschentuch mit ihrem Speichel zu benetzen und Marias Gesicht zu säubern, störte das Mädchen. Maria beschloss: Wenn sie erwachsen war, würde sie sich von niemandem mehr das Gesicht putzen lassen! Ach, es gab so vieles, dem sich Maria nicht mehr beugen und was sie tun wollte, ohne gegängelt zu werden. »Das tut ein Mädchen nicht«, hieß es ständig. Die Zeit schien stillzustehen, es würde noch ewig dauern, bis sie endlich erwachsen sein würde.

Heute wollte sich der Nebel nicht lichten, und die Luft war feucht und kühl. Die Kinder störte es nicht, sie stoben den steilen, in Serpentinen angelegten Weg ins Dorf hinunter. Bertie tat, als könnte er Maria nicht einholen und müsste sich in dem Wettrennen geschlagen geben. Am Steg, der über die Hürbe führte, warteten die Kinder auf Fräulein Bonne, die ihnen gemächlichen Schrittes gefolgt war. Das Mühlrad ratterte und quietschte, in dem hoch aufragenden Gebäude knirschte der Mühlstein. Die Gäste waren bemerkt worden, und die Tür unter dem steinernen Bogen wurde von einer kleinen, untersetzten Frau geöffnet.

»Frau Danner, ich hoffe, Sie verzeihen diesen unerwarteten Besuch«, sagte Fräulein Bonne. »Aber –«

»Mein Cousin ist zu Besuch«, fiel Maria ihr ins Wort. »Er kommt aus Stuttgart und hat noch nie eine richtige Mühle von innen gesehen.«

Die Müllersfrau lachte und machte eine einladende Handbewegung. »Sie sind uns immer willkommen, Komtess. Wahrscheinlich haben Sie meine frisch gebackenen Waffeln bis ins Schloss hinauf gerochen. Sie reichen für alle, und ich brühe gleich den Kaffee auf.«

Maria, Bertie und das Fräulein folgten der Müllerin durch einen engen Flur, in dem es nach dem süßen Gebäck duftete, in ein geräumiges Wohnzimmer. Die Einrichtung war schlicht, aber geschmackvoll, die Bezüge der Stühle und des Sofas waren in einwandfreiem Zustand, das gehäkelte Deckchen auf dem Tisch strahlte schneeweiß. Die Gäste nahmen Platz, und Frau Danner ging in die Küche, um für sich und das Fräulein Kaffee aufzubrühen, für die Kinder würde es Milch geben.

Zwei ältere Mädchen kamen herein.

»Maria, wie schön, dass du uns besuchen kommst«, sagte Lotte, die Ältere der beiden, die wie ihre Mutter ein wenig zur Üppigkeit neigte. Ihre jüngere Schwester Martha, dünn und mit blassen Wangen, nickte den Gästen mit gesenktem Blick zu.

Obwohl die Töchter des Müllers deutlich älter als Maria waren, verstanden sich die drei Mädchen gut miteinander. Vorrangig lag es daran, dass die beiden Maria nicht wie ein kleines Kind behandelten. Marias Vater störte es, dass die Müllerstöchter Maria einfach duzten und ohne Titel ansprachen. Da Graf Edmund aber bei den Besuchen nie anwesend war – Maria konnte sich nicht erinnern, dass ihr Vater jemals einen Schritt in die Mühle gesetzt hätte – und das Fräulein keinen Anstoß nahm, hatte es sich so eingebürgert.

»Das ist mein Cousin Bertie aus Stuttgart«, stellte Maria ihren Cousin ein weiteres Mal vor.

Bertie stand auf und deutete eine Verbeugung an. Lotte und Martha kicherten. Schnell schlugen sie sich die Hände vor den Mund. Auch wenn Bertie jünger war, stand er gesellschaftlich über ihnen, es mutete seltsam an, wenn er sich vor ihnen verbeugte.

In diesem Moment kehrte Frau Danner zurück, ein Tablett mit einer Kanne und Tassen in Händen. »Lotte, du kannst Herrn von …«

»Hiller von Gaertringen«, half Fräulein Bonne der Müllersfrau auf die Sprünge.

»Lotte, du zeigst dem Herrn nachher die Mühle«, fuhr Frau Danner fort. »Passt aber auf, Vater nicht zu stören.«

Lotte nickte, während Martha aus der Küche eine Platte mit fingerdicken, köstlich duftenden Waffeln brachte. Dazu gab es Zucker und von Frau Danner selbst eingekochte Brombeermarmelade.

Maria und Bertie ließen es sich schmecken. Durstig tranken sie die frische kalte Milch.

»Wie gut, dass Adolf nicht dabei ist«, sagte Maria, nachdem auch noch die letzte Waffel verspeist war. »Für ihn hätten sie nämlich nicht ausgereicht. Seine Mutter betont ständig, was für ein guter Esser ihr Sohn ist.«

»Adolf muss noch kräftig wachsen«, warf das Fräulein ein, »und manche Kinder haben von Haus aus einen guten Appetit.«

Skeptisch zog Maria eine Braue hoch. »Fresser werden nicht geboren, sondern erzogen.«

Das Fräulein und Frau Danner zuckten zusammen, Bertie hingegen prustete los.

»Das war nicht freundlich, Maria«, wies Fräulein Bonne sie zurecht.

»Aber es stimmt doch.« Trotzig streckte Maria das Kinn vor. »Der Sohn unseres Verwalters ist furchtbar dick. *Maman* achtet streng darauf, dass mein Bruder und ich maßvoll speisen und das Essen nicht hinunterschlingen. Das tust du doch ebenfalls, Bertie.«

Ihr Cousin nickte zustimmend.

»Lotte soll dem jungen Herrn jetzt die Mühle zeigen«, sagte Frau Danner mit hochrotem Kopf.

»Ich hörte, die Komtess erhält Unterricht durch Herrn Fischer«, sagte Frau Danner, nachdem die beiden losmarschiert waren. »In der Dorfschule wurden meine Töchter von ihm unterrichtet. Er ist ein angenehmer Lehrer.«

»Er kommt gut mit Maria zurecht, und ihr macht der Unterricht Freude«, erwiderte Fräulein Bonne und zwinkerte Maria zu. »Zumindest meistens.«

Maria nickte und wandte sich dann an Martha. »Du bist doch schon mit der Schule fertig. Was wirst du jetzt machen?«

Martha errötete. Sie war ein schüchternes, stilles Mädchen. Wenn sie sprach, dann mit leiser Stimme. »Ich helfe im Haushalt und in der Mühle, ebenso wie Lotte. Sie hat die Schule bereits vor zwei Jahren verlassen.«

»Sonst nichts?« Maria runzelte die Stirn. »Ihr könntet doch

eine weiterführende Schule besuchen. Nicht hier in Burgberg, da gibt es keine, aber sicher in Heidenheim, auf jeden Fall in Stuttgart.«

Martha schüttelte den Kopf und sah wieder zu Boden.

»Komtess, für die Kinder eines Müllers ist es nicht üblich, länger als nötig die Schule zu besuchen«, erklärte Frau Danner sanft. »Ich bringe meinen Töchtern alles bei, was sie brauchen, um einen eigenen Hausstand zu gründen.«

Heiraten … Maria erinnerte sich an das Gespräch mit ihrem Cousin tags zuvor. Ja, die Töchter des Müllers waren fast schon im heiratsfähigen Alter, und Maria hielt es für ungerecht, dass die beiden nicht die Möglichkeit bekamen, etwas anderes aus ihrem Leben zu machen, als Ehefrau und Mutter zu sein.

»Wir müssen aufbrechen.« Fräulein Bonne schob ihren Stuhl zurück und erhob sich. »Sonst kommen wir zu spät zum Mittagessen.«

Nun lachte Maria wieder unbeschwert. »Ich fürchte, ich werde keinen Bissen mehr hinunterbringen.« Sie ergriff Frau Danners Hand. »Lieben Dank für Ihre freundliche und köstliche Bewirtung.«

»Kommen Sie jederzeit wieder, Komtess. Unsere Tür steht Ihnen immer offen«, erwiderte die Müllerin herzlich.

Im Hof trafen sie auf Bertie, der gerade an Lottes Seite das Mühlengebäude verließ. Seiner Miene nach zu urteilen, hatte es ihm gefallen zuzuschauen, wie das Korn zu feinem Mehl gemahlen wurde.

Die drei traten den Rückweg an. Langsam schritten sie den Weg hinauf. Ihre Bäuche waren so gut gefüllt, dass weder Maria noch Bertie Lust auf ein Wettrennen hatte.

»Maria, die Töchter des Müllers genießen nicht das Privileg, eine weiterführende Schule zu besuchen«, kam das Fräulein auf das Thema zu sprechen. »Schulen kosten Geld, und in einer fremden Stadt müssten die Mädchen zusätzlich für Kost und Logis bezahlen. So viel Geld kann ein einfacher Müller nicht aufbringen.«

»Warum bezahlt nicht der König, er hat doch viel Geld?«, fragte Maria.

Fräulein Bonne unterdrückte ein Schmunzeln. Maria fragte ständig und viel. In der Regel war die Berechtigung ihrer Überlegungen nicht von der Hand zu weisen und die Fragen daher nicht leicht zu beantworten. Bedächtig wählte sie die richtigen Worte. »Der König tut sehr viel für unser Land, besonders Königin Olga setzt sich für ärmere Menschen ein. Sie steht einem Wohltätigkeitsverein und einer Kinderheilstätte in Stuttgart vor. Dort wird auch den Menschen geholfen, die sich keine teure Behandlung durch Ärzte leisten können.«

»Und was ist mit den Schulen?« So leicht ließ sich Maria nicht von ihrem Thema abbringen. »In ein paar Jahren werden Wilhelm und Bertie die Militärakademie besuchen. Warum müssen Mädchen mit dem Lernen aufhören, wenn sie vierzehn Jahre alt sind?«

»Ach, Maria, weil sie eben Mädchen sind«, beantwortete Bertie die Frage in einem belehrenden Tonfall. »Gott hat Frauen und Männer geschaffen, weil beide unterschiedliche Aufgaben haben. Wir Männer sorgen für die Frauen. Sie bereiten uns ein gemütliches Heim und ziehen unsere Kinder groß. Alles, was sie dafür können müssen, lernen sie von ihren Müttern und von den Erzieherinnen. Naturwissenschaften können Frauen gar nicht begreifen, dafür sind ihre Gehirne zu klein.«

Das Kindermädchen nickte wohlgefällig. »Besser hätte ich es nicht ausdrücken können, Bertie.«

Maria blieb stehen, zog die Stirn kraus und stampfte mit dem Fuß auf. »Es ist ungerecht! Außerdem verstehe ich sehr wohl die Naturwissenschaften.«

»Es gibt sicher Ausnahmen«, lenkte Fräulein Bonne ein. »Deine Eltern, Maria, sind überaus aufgeschlossen. Sie fördern deine Begabungen, und ich bin überzeugt, dass du eine weiterführende Schule besuchen wirst, wenn du älter bist.«

»Das werde ich auf jeden Fall!«, rief Maria. »Ich werde so lange zur Schule gehen, bis ich alles weiß, was es zu wissen gibt, und heiraten tue ich nicht. Niemals!«

Bertie griff nach ihrer Hand. »Gestern hast du noch anders gesprochen, Maria. Aber was soll's: Warte nur, in ein paar Jahren denkst du anders. Du magst mich nämlich, und ich mag dich.«

Maria lächelte verkrampft, dann deutete sie auf einen kaum sichtbaren Trampelpfad, der in den Wald hineinführte.

»Lass uns die Abkürzung nehmen, ich habe Lust, zu klettern.«

Ohne eine Antwort abzuwarten, fasste sie ihren Cousin an der Hand, und gleich darauf waren die Kinder im Wald verschwunden.

Fräulein Bonne lächelte und seufzte zugleich. Bevor sie sich zum Mittagessen niedersetzen konnten, würde sie Marias Haar und ihr Kleid von Kletten und Schmutz säubern müssen. Maria in dieser Hinsicht etwas zu verbieten, war aussichtslos. Und eigentlich liebte sie das Kind gerade deswegen. Maria war anders als andere Mädchen in ihrem Alter – und würde es wohl auch bleiben. Fräulein Bonne hoffte, das Leben würde Maria nicht enttäuschen und ihre Träume zerstören. Letztlich würde sich die Komtess den Konventionen allerdings fügen müssen.

DREI

Schloss Burgberg auf der Ostalb –
im Winter 1876

Anfang November ging der Herbst mit tagelangem heftigem Schneefall nahtlos in den Winter über. Eisige Temperaturen folgten. Die Familie bewohnte jetzt nur noch wenige Räume. Marias Vater hatte das Schloss zwar aus- und umgebaut, dennoch zog es durch alle Fensterritzen, und in kaum einem Raum wurde es mollig warm. Da der Lehrer, Herr Fischer, bei der widrigen Wetterlage nicht zum Burgberg hinaufsteigen konnte, entfielen Marias Unterrichtsstunden. Gräfin Eugenie jedoch sprach täglich Französisch mit ihrer Tochter, und Maria widmete sich ihrer Steinsammlung. Sie fertigte Zeichnungen an und suchte in den Lexika, die in der Bibliothek reichlich vorhanden waren, nach den Bezeichnungen verschiedener Felsformationen und nach Beschreibungen einzelner Petrefakte. Urgroßvater Hiller von Gaertringen war im Besitz einer umfangreichen Sammlung an Versteinerungen. Wenn der alte Herr die Ostalb besuchte, brachte er stets eine Auswahl neuer Stücke mit, die Maria ein ums andere Mal in Verzückung versetzte. In den letzten zwei Jahren hatte sein Gesundheitszustand eine solche Reise leider nicht mehr zugelassen, Maria jedoch schrieb regelmäßig an den geliebten Uropi. Dass auch hier ihre Grammatik und Orthografie den Lehrer zur Verzweiflung brachten, störte den Urgroßvater offenbar nicht, denn er antwortete mit liebevollen Worten, ohne Marias Fehler zu kritisieren. Manchmal legte er der Korrespondenz auch ein neues Petrefakt bei, welches Maria tagelang mit sich herumtrug und nächtens unter ihrem Kopfkissen aufbewahrte.

Kaum aber war der Weg hinauf zum Burgberg wieder passierbar, wurden Marias Unterrichtsstunden fortgesetzt. Jedoch nur bis zum Mittagessen, dann hielt nichts und niemand Maria im Haus. Eingepackt in zwei oder drei Unterröcke, wollene Leibchen, dicke Strümpfe, Handschuhe und auf den dunkelbraunen Locken eine von *Maman* gestrickte Mütze stob Maria hinaus. Der stahlblaue frostige Himmel machte die Luft so rein und klar wie sonst das ganze Jahr nicht. Anfang Dezember kam Marias Bruder aus der Schule nach Hause. Wenngleich die Geschwister nicht immer ein Herz und eine Seele waren – nun sausten sie mit dem hölzernen Schlitten den Burgberg hinunter. Wilhelm vorne, Maria hinter ihm, ihre Arme fest um seinen Oberkörper geschlungen und laut jauchzend.

»Schneller, schneller!«, rief sie und trieb den Bruder mit hochroten Wangen an.

Manchmal musste Wilhelm seine Hacken fest in den Schnee pressen, um vor einer Kehre abzubremsen. Dann schafften sie trotz der Geschwindigkeit die Kurve, oft aber auch nicht. Der Schlitten schoss über den Wegesrand hinaus, kopfüber purzelten die Kinder in den weichen Schnee. Maria war nicht zimperlich, Kratzer und den einen oder anderen Bluterguss bemerkte sie überhaupt nicht. An solchen Tagen war Wilhelm weniger still und in sich zurückgezogen als sonst.

Er lachte und strahlte, behandelte Maria nicht von oben herab, und sie fühlte sich ihrem Bruder nahe.

War die Abfahrt ins Hürbetal vollbracht, wurden die Kinder von Frau Danner erwartet und mit Kuchen, heißen Waffeln und warmer Milch bewirtet. Manchmal schlossen sich die Söhne des Verwalters an, auch sie besaßen einen eigenen Schlitten. Karl und Friedrich waren im Alter von Maria und Wilhelm; Adolf, den Maria als Vielfraß bezeichnet hatte, war bereits älter und musste seinem Vater bei der Arbeit auf dem Burgberg helfen. Zeit, um im gemütlichen Wohnzimmer der Danners Waffeln zu essen, fand er jedoch fast immer.

Mitte Dezember begannen die Vorbereitungen für die Reise nach Stuttgart. Obwohl Großmutter Hiller von Gaertringen ständig versuchte, Maria zu erziehen, und den Umgang mit den einfachen Dorfkindern missbilligte, freute sich Maria auf die Weihnachtszeit, die sie im großmütterlichen Haushalt verbrachten. Alles, was benötigt wurde – bei Maria waren das auch jede Menge Bücher und sogar Steine –, packten die Hausangestellten in große Koffer, Taschen und Truhen.

Am Tag der Abreise galt es, früh aufzustehen. Das Frühstück fiel schmal aus. Auf einem Schlitten war das Gepäck bereits verstaut und mit dicken Seilen festgebunden worden, auf den zweiten setzten sich das Fräulein, ein Diener und ein Hausmädchen, die mit nach Stuttgart reisten. Das größte und bequemste Gefährt war dem Grafen, der Gräfin, Maria und Wilhelm vorbehalten. Unter dicken Decken kuschelte sich die Familie eng aneinander, um sich zu wärmen, obwohl sie wie zu einer Nordpolexpedition gekleidet waren. Die Fahrt mit den jeweils von einem starken Ross gezogenen Schlitten in die Oberamtsstadt Heidenheim, wo sie Anschluss an die Eisenbahn hatten, dauerte gute zwei Stunden. Wenn die Wege frei waren, nahmen sie die Kutsche und sparten mit ihr fast eine Stunde Zeit. In diesem Jahr lag der Schnee aber so hoch, dass mit Equipagen auf den Straßen kein Durchkommen war. Für Maria waren die Fahrten nach Heidenheim eine Qual. Tobte sie sonst ständig in der Natur herum und raste mit dem Schlitten den Burgberg hinunter – jetzt wurde es ihr flau im Magen. Unter der Decke presste sie die Hände auf den Bauch.

»Ist dir wieder übel?«, erkundigte sich Gräfin Eugenie besorgt.

Maria nickte, sprechen wollte sie lieber nicht, denn sie fürchtete, sich zu übergeben.

»Im Zug wird es besser, mein Kind. So war das auch letztes Jahr.«

Sie legte einen Arm um Marias schmale Schultern und zog sie an sich. Sofort fühlte sich Maria besser. Die Mutter war warm und weich und duftete leicht nach Verbenen. Graf Edmund nahm von der Unpässlichkeit seiner Tochter keine Notiz. Emotionslos starrte er in die winterweiße Landschaft. Da Wilhelm stets seinem Vater nacheiferte, tat auch der Junge, als ginge es ihn nichts an, dass die Schwester unter der Reisekrankheit litt.

Schließlich erreichten sie den Bahnhof ohne Zwischenfälle. Der Diener verlud das Gepäck, während die Familie die erste Klasse bestieg. In einem kleinen eisernen Ofen prasselte ein Holzfeuer, in dem Abteil war es mollig warm. Die erste Etappe mit der Bahn war nur kurz, denn bereits in Aalen gab es einen Zugwechsel. Der damit verbundene längere Aufenthalt wurde für ein leichtes Mittagessen im Bahnhofsrestaurant genutzt. Maria fühlte sich wieder wohl und voller Vorfreude auf Stuttgart und ließ sich die kräftig gewürzte Erbsensuppe mit dicken Wurstscheiben schmecken.

Dann ging es mit Dampf und Geratter gen Stuttgart. Während der Fahrt drückte Maria ihre Nase gegen die Scheibe und sog die vorbeirauschende Landschaft in sich auf. Den Namen einer jeden Station schrieb sie in eine kleine Kladde und verzierte ihn mit Skizzen von Blumen, die ihr passend erschienen. Schwäbisch Gmünd bekam eine Dotterblume, Lorch den Storchenschnabel, bei Remshalden zeichnete Maria eine Rose.

Gräfin Eugenie sah ihrer Tochter über die Schultern und sagte anerkennend: »Du zeichnest sehr schön, besonders, weil keine Blumen blühen und du sie aus der Fantasie zu Papier bringen musst.«

Über das Lob strahlte Maria. »Blumen sehe ich immer vor mir. Ich muss nur die Augen schließen.«

»Pah, Kinderkram«, schnaubte Wilhelm. »Mal doch lieber die Burgen oder das Kloster in Lorch. Wie Blumen aussehen, weiß doch jeder. Bauwerke könntest du den Daheimgebliebenen zeigen.«

»Du bist nur neidisch, weil du überhaupt nicht zeichnen kannst.« Maria schnitt eine Grimasse und streckte dem Bruder die Zunge heraus.

»Maria, das gehört sich nicht!«, rügte die Gräfin scharf. »Du entschuldigst dich sofort bei Wilhelm.«

»Tut mir leid«, murmelte Maria mit einer Miene, die genau das Gegenteil zum Ausdruck brachte.

Je näher sie Stuttgart kamen, desto mehr nahm der Schnee ab. In Cannstadt im Neckartal lagen nur noch schmutzig-graue Flecken auf den Wiesen und Feldern. Endlich lief der Zug in den Zentralbahnhof von Stuttgart ein. Die Familie stieg aus, ohne sich um das Gepäck zu kümmern. Das überließ man den mitgereisten Angestellten. Gräfin Eugenie packte Maria fest an der Hand, damit sie im Trubel nicht verloren ging. So

eilten sie durch die Arkaden zum Ausgang an der Schloss-
straße, wo bereits zwei Droschken auf sie warteten: die erste
für die Familie, die zweite für Diener und Gepäck.

Immer wenn Maria in Stuttgart war, staunte sie, wie viele
Menschen unterwegs waren – ihrer Ansicht nach mussten es
Abertausende sein. Lärm und die hektische Betriebsamkeit
schüchterten sie fast ein. Welch großer Unterschied zur Be-
schaulichkeit auf dem Burgberg und in Giengen!

Geschickt lenkte der Kutscher das Gefährt zwischen Kar-
ren, Reitern und Fußgängern hindurch gen Süden. Bald ging
es steil bergan, den Bopser hinauf, dann in eine breite Straße
hinein, die linksseitig von herrschaftlichen Anwesen gesäumt
war. Die hellen, mehrgeschossigen Häuser lagen am Hang und
waren von weitläufigen Gärten umgeben. Ein livrierter Diener
öffnete den Schlag der Droschke, klappte die Stufen hinunter
und half der Familie beim Aussteigen.

Durch einen Torbogen stiegen sie Stufen empor – es
waren fünfzehn, Maria zählte sie jedes Mal, als erwartete sie,
dass sich die Anzahl ändern würde – bis zu der zweiflügeligen
halbrunden Tür aus dunklem Holz, die von einem weiteren
Diener geöffnet wurde. Kaum betrat Maria das quadratische
fensterlose Vestibül mit niedriger Decke, stieg ihr schon der
Duft nach Äpfeln, Orangen, Vanille, Zimt und Kardamom
in die Nase. Am anderen Ende der Vorhalle führte eine Tür
in den Dienstbotentrakt und zur Küche, aus der die Gerüche
drangen. Der Diener nahm die Mäntel, Mützen und Handschuhe entgegen, dann stiegen die von Lindens die breite hölzerne Treppe mit dem blank polierten Eichengeländer hinauf.
Im ersten Stock öffnete die Gräfin die Tür zu dem weitläufigen Salon mit einem großen ovalen Deckenornament aus
Stuck.

Im Sessel vor dem bereits gedeckten runden Tisch saß Mathilde Hiller von Gaertringen den Rücken durchgestreckt, und blickte den Ankömmlingen entgegen.

»Hattet ihr eine gute Reise?«, fragte sie anstelle einer Begrüßung.

»Anstrengend wie immer, *Maman*, aber reibungslos, und der Zug traf pünktlich in Stuttgart ein«, antwortete Gräfin Eugenie. Sie drehte sich zu den Kindern um. »Wilhelm, Maria, sagt eurer Großmutter guten Tag.«

Zuerst trat Wilhelm vor Mathilde Hiller von Gaertringen und verbeugte sich. »Ich freue mich, dich in guter Gesundheit zu sehen.« Dann knickste Maria und wiederholte die Worte des Bruders.

Die alte Freiin betätigte die zierliche silberne Klingel auf dem Tisch. Sofort wurde die Tür geöffnet, und ein Diener rollte den Teewagen herein, dicht gefolgt von Marias Cousine Mimmi und dem Cousin Bertie. Diese Begrüßung fiel weitaus inniger aus als mit der Großmutter. Die Kinder umarmten und herzten sich, Wilhelm hielt sich jedoch zurück und verschränkte abwehrend die Arme vor der Brust. Leider konnten Ferdinand und Anne Hiller von Gaertringen das Fest in diesem Jahr nicht mit der Familie zusammen verbringen. Tante Annes Großmutter lag im Sterben, so waren sie ins Rheingau gereist, um ihr in den letzten Stunden beizustehen. Bertie und Mimmi, ihre Kinder, wohnten solange im Haus der Großmutter. Wie Bertie wurde auch die Cousine nicht bei ihrem Taufnamen gerufen, denn dieser lautete Mathilde, nach der Großmutter. Sie wurde Mimmi genannt. Dass ihr eigener Name so wie der von Mimmi und von der Großmuttter mit demselben Buchstaben anfing, schuf ein unsichtbares Band zwischen ihnen, fand Maria.

In der nächsten Stunde ließen sich alle die obligatorischen dick mit goldgelber Butter bestrichenen Laugenbrezeln schmecken, die Erwachsenen tranken dazu Kaffee und Tee, die Kinder Kakao. Obwohl es auf der Ostalb ebenfalls Brezeln gab, schmeckten sie Maria nirgendwo so gut wie in Stuttgart.

Als von draußen laute derbe Stimmen in den Salon drangen, zuckte die alte Freiin zusammen.

»Das Nachbargrundstück wurde verkauft, nachdem der bisherige Besitzer im Herbst gestorben war«, erklärte sie. »Das Gebäude wird zu einer Bank umgebaut.«

»Das ist doch wunderbar, wenn das Haus nicht leer steht«, bemerkte Gräfin Eugenie.

»Aber ausgerechnet eine Kreditanstalt!«, erwiderte Mathilde Hiller von Gaertringen abschätzig. »Hinz und Kunz werden in unsere Straße kommen, einfaches Volk, womöglich Dienstboten. Bisher verkehrten in der Gegend anständige Menschen.«

»Wer sich ein Konto einrichtet, wird wohl aufrichtig sein, sonst würde er nicht über Geld verfügen, um es einer Bank anzuvertrauen«, warf Graf Edmund nüchtern ein.

Seine Schwiegermutter zog zweifelnd eine Augenbraue hoch. »Man kann nicht wissen, wie die Leute zu ihren Barschaften gekommen sind. Fräulein von Fersen teilt meine Meinung, und wir werden die Sache im Auge behalten. Ausgerechnet eine Kreditanstalt!«, wiederholte sie.

Fräulein von Fersen war die Nachbarin auf der anderen Seite. Eine unverheiratete Dame im Alter der Großmutter, die Frauen verbrachten regelmäßig Zeit miteinander.

Nun richtete sich der strenge Blick der Großmutter auf Maria. »Spielst du immer noch mit den Kindern eures Verwalters und den Töchtern des Müllers?«, erkundigte sie sich streng.

Maria hatte den Mund voll, sie musste erst schlucken. Das bescherte ihr Zeit, sich die Antwort gut zu überlegen. »Die Müllerstöchter sind zu alt, um mit ihnen zu spielen, aber ihre Mutter backt die besten Waffeln auf der ganzen Welt.«

»Die Kinder vom Verwalter sind die einzigen in Marias Alter in Burgberg«, gab Gräfin Eugenie zu bedenken.

»Was ist mit deiner Freundin Amélie?«, fragte die Großmutter weiter. »Die Familie von Spitzemberg ist ehrbar und ein ausgezeichneter Umgang.«

»Amélie mag ich von allen am meisten«, antwortete Maria, »aber sie wohnt doch hier in Stuttgart, deswegen können wir uns nur schreiben. Jetzt bin ich zwar in der Hauptstadt, Amélie mit ihrer Familie aber bei Verwandten auf Schloss Wain in Oberschwaben. So können wir uns leider nicht treffen.« Maria drehte den Kopf und lächelte Bertie und Mimmi zu. »Aber ich habe ja euch, und ihr seid mir auch sehr lieb.«

Bertie stand auf und deutete eine kindliche Verbeugung an. »Das ehrt uns außerordentlich, Komtess von Linden.«

Die Kinder, die Freiin und Gräfin Eugenie lachten, während Graf Edmund und sein Sohn ernst blieben, als hätten sie das Gespräch überhaupt nicht verfolgt.

Die alte Freiin gab nun mit einem Wink zu verstehen, man möge die Erwachsenen allein lassen. Maria war es recht. So gern sie das Weihnachtsfest in Stuttgart verbrachte, vor ihrer Großmutter fürchtete sie sich stets ein bisschen, denn sie residierte einer Königin gleich in ihrem Heim. Außerdem warteten die Hunde Lulla, Bella und Ami darauf, von den Neuankömmlingen begrüßt zu werden. Marias Bruder schloss sich zwar an, blieb aber abseits an der Hauswand stehen. Am ausgelassenen Spiel mit den Hunden beteiligte er sich nicht. Dass es bereits dunkel war, störte die Kinder und Tiere nicht. Unermüdlich warfen sie Bälle und Stöckchen, die die Hunde freudig apportierten.

Beim Abendessen hatte Maria Mühe, die Augen offen zu halten. Das frühe Aufstehen und die lange, aufregende Reise forderten ihren Tribut. Sie aß nur ein wenig Braten und Gemüse, dann klingelte Gräfin Eugenie nach dem Fräulein Bonne.

Das Zimmer, das Maria während ihres Aufenthaltes im Haus der Großmutter mit der Cousine teilte, wurde mit einem Kachelofen geheizt, sodass es angenehm warm war. Widerstandslos ließ Maria geschehen, von Fräulein Bonne ausgekleidet zu werden und mit einem Waschlappen das Gesicht gewaschen zu bekommen. Eingehüllt in ein Leinennachthemd schlüpfte Maria unter die nach Lavendel duftende Decke. Das Kindermädchen hatte das Zimmer noch nicht verlassen, als Maria bereits eingeschlafen war.

Bei den Besuchen in Stuttgart war es Sitte, der Großmutter Mathilde einen guten Morgen zu wünschen, wenn sie noch zu Bett lag. Dem Ritual musste unbedingt Folge geleistet werden, sonst war die Großmutter den ganzen Tag über verstimmt. Bei der Erinnerung an das letzte Jahr schluckte Maria. Aber sie war jetzt ja ein Jahr älter, vielleicht würde es ihr nun besser gelingen, dem Wunsch nachzukommen. Trotzdem grummelte ihr Magen, als sie gewaschen und angekleidet auf den Flur trat. Marias Beine waren wie aus Blei, als sie die Treppe hinunterstieg und den Korridor zum Schlafzimmer der alten Frau entlangging. Vor der Tür zögerte sie, aber es half nichts. Sie klopfte.

»Herein!«

Maria öffnete die Tür. »Guten Morgen, *Grand-mère*«, rief

sie in das halbdunkle Zimmer hinein. »Ich hoffe, du hast gut geschlafen.«

»Komm näher, mein Kind, und gib mir einen Kuss«, hörte Maria die Stimme ihrer Großmutter.

Zögernd trat sie weiter in den Raum hinein. Schließlich ließ es sich nicht mehr vermeiden, ins Bett zu blicken. Obwohl Maria wusste, dass hier mit dem strengen Gesicht und der weißen Nachthaube ihre Großmutter lag, lief ein Schauer über ihren Rücken. Es hatte sich seit dem vergangenen Jahr nichts verändert – die alte Frau sah aus wie der verkleidete böse Wolf in *Rotkäppchen*, der seinem nächsten Opfer auflauerte. Maria besaß ein Märchenbuch, in dem diese Szene farbig abgebildet war, und die Ähnlichkeit war verblüffend. Aber es half nichts, den Wunsch konnte Maria nicht ausschlagen, und so schloss sie die Augen, beugte sich hinunter und küsste die faltige Wange der alten Frau.

»Hast du auch gut geschlafen?«, erkundigte sich die Freiin. »Was man in der ersten Nacht in einem fremden Bett träumt, geht nämlich in Erfüllung.«

»Ich habe nichts geträumt«, murmelte Maria. »Dafür war ich wohl zu müde.«

Die Großmutter lächelte milde. »Dann lauf jetzt zum Frühstück. Du musst großen Hunger haben.«

Froh, der beklemmenden Atmosphäre entfliehen zu können, eilte Maria aus dem Schlafzimmer. Im Korridor lehnte sie sich schwer atmend gegen die Wand. Jetzt, der unmittelbaren Gefahr entflohen, die doch gar keine war, ärgerte sie sich maßlos, dass sie ihre Nerven nicht besser im Griff hatte. Zwischen Märchen und Wirklichkeit lag ein himmelweiter Unterschied! Angestrengt dachte sie nach, dann huschte ein Lächeln über ihr Gesicht. Sie kehrte in ihr Zimmer zurück, entnahm ihrer Geldbörse ein paar Münzen und steckte sie in die Rocktasche. Von ihren Eltern erhielt sie dreißig Kreuzer im Monat, die sie in der Regel sparte, benötigte sie auf dem Burgberg ja kein Geld.

»Zehn Kreuzer werden wohl ausreichen«, murmelte sie, dann ging sie leicht und beschwingt nach unten, wo ihre Eltern, Mimmi und Bertie bereits im kleinen Speisezimmer versammelt waren.

Maria wartete, bis alle mit dem Frühstück fertig waren, dann nahm sie Bertie beiseite und zog ihn am Arm in das Vestibül. Dort drückte sie dem Cousin die Münzen in die Hand und flüsterte ihm etwas ins Ohr, woraufhin er erst überrascht, dann amüsiert reagierte.

»Das lässt sich machen. Aber fürchtest du dich gar nicht vor Ärger?«

»Ich muss es einfach ausprobieren, vielleicht …« Maria brach ab. Selbst mit Bertie, dem Freund, vor dem sie keine Geheimnisse hatte, konnte Maria die Furcht vor der Großmutter mit der Nachthaube nicht teilen. Das wäre doch zu beschämend. »Bitte, kannst du mir den Gefallen tun?«

»Natürlich, Maria, ich gehe nachher gleich in die Stadt.«

Am nächsten Morgen zog Maria die Pappmaske, die der Cousin ihr besorgt hatte, aus der Papiertüte. Sie stellte das Gesicht eines dunkelhäutigen Knaben dar und wurde am Hinterkopf gebunden. Derart verkleidet betrat Maria das Schlafgemach der Großmutter und brummte tief wie ein Bär. Erschrocken fuhr die alte Freiin aus den Kissen auf, auch ihre Jungfer Frieda, die bereits anwesend war, keuchte und schlug beide Hände vors Gesicht. Maria näherte sich dem Bett, weiterhin brummend und mit beiden Armen wild durch die Luft fuchtelnd.

»Ja, wer kommt denn da?«, fragte die Freiin, die sich vom Schrecken erholt hatte, mit einem belustigten Funkeln in den Augen. »Frieda, sieh, wir haben überraschend Besuch von einem Bären bekommen, der sich wie ein schwarzhäutiger Junge verkleidet hat. Ob er uns wohl fressen will?«

»Wie der böse Wolf die Großmutter verschlungen hat«, knurrte Maria mit tiefer Stimme. »Du siehst nämlich wie der Wolf aus, aber Rotkäppchen hat ihn überlistet.«

»Oh, Gräfin, was sollen wir jetzt tun?«, rief Frieda, die Maria natürlich auch erkannt hatte. »Wir sind verloren!«

»Guter schwarzer Bär, bitte, verschone uns«, flehte die Großmutter. »Du musst auch nicht wieder am frühen Morgen in mein Zimmer kommen. Wenn du mir künftig beim Frühstück einen guten Morgen wünschst und mir einen Kuss gibst, ist mir das Ehrerbietung genug.«

Ohne die Maske abzulegen, verließ Maria das Schlafzimmer und ging kichernd in Richtung Speisezimmer.

Beim Frühstück machte der kleine Scherz die Runde unter den Anwesenden. Bis auf ihren Vater fanden alle Marias Verhalten erheiternd.

»Dennoch verbiete ich dir, ihn zu wiederholen«, sagte Gräfin Eugenie, um einen strengen Gesichtsausdruck bemüht. »Du hättest *Grand-mère* zu Tode erschrecken können!«

»So gebrechlich bin ich nun auch wieder nicht«, warf die alte Freiin ein. »Noch stehe ich mit beiden Beinen im Leben.«

»Marias Verhalten war dumm und infantil«, ergriff nun Graf Edmund mit einem strengen Blick auf Maria das Wort. »Wenn du dich nicht benehmen kannst, sehe ich mich gezwungen, nach Hause zu reisen.«

»Aber Edmund«, riefen Gräfin Eugenie und die Freiin wie aus einem Mund.

Marias Vater winkte ab. »Kein Wort mehr dazu.«

Der Rest der Mahlzeit verlief schweigend.

Später, als sie allein waren, knuffte Bertie Maria in die Seite. »Du hast wirklich Schneid, Cousine. Aber dein Vater ist ziemlich verärgert.«

»Ach, Vater ist immer irgendwie sauertöpfisch«, erwiderte Maria. »Die Sache hat ihren Zweck erfüllt, und ich muss nicht mehr allmorgendlich zur Großmutter ins Zimmer.« Sie lächelte verschmitzt. »Die zehn Kreuzer waren wirklich gut investiert.«

In der Nacht auf Heiligabend begann es wieder zu schneien. Bis zum Nachmittag lag Stuttgart unter einer dicken weißen Pracht. Zu Mittag gab es Hühnersuppe und Brot, und danach wurden die Kinder, wie jedes Jahr, in dicke Mäntel, wollene Strümpfe und warme Schuhe gekleidet und in den Garten geschickt, damit das Personal den Christbaum im Salon aufstellen und schmücken konnte. Vor dem Abend durften sie den Baum nicht zu Gesicht bekommen.

Maria, Mimmi, Bertie und selbst Wilhelm tollten ausgelassen mit den Hunden herum, bewarfen sich mit Schneebällen und bauten einen dicken Schneemann, dem die Köchin eine krumme Karotte als Nase spendierte. Aus dem Keller holte Bertie zwei Kohlen für die Augen, und Maria setzte dem kalten Freund ihre Wollmütze auf den Kopf. Gegen vier Uhr gab es für die rotbäckigen Kinder heißen süßen Kakao, dann zogen sich alle um und es ging mit der Kutsche zum Gottesdienst. Vor dem Portal der Stiftskirche im Stuttgarter Talkessel standen zwei Männer in mittleren Jahren. Kaum war der Schlag geöffnet, hüpfte Maria hinaus.

»Onkel Bebi!« Sie warf sich in die ausgebreiteten Arme

ihres zweiten Lieblingsonkels, eines großen, schlanken Mannes mit Backenbart. »Hast du mir ein Geschenk mitgebracht?«

Josef von Linden, der jüngste Bruder von Marias Vater, gemeinhin Bebi genannt, lachte schallend. »Selbstverständlich, Maria, aber du wirst dich bis zur Bescherung gedulden müssen. Dann sehen wir, was der Weihnachtsmann mir für dich mitgegeben hat.«

Maria winkte schnaubend ab. »Ach, den gibt es gar nicht, Onkel Bebi. Ich bin doch kein Säugling mehr.«

»Wahrlich nicht.« Liebevoll strich Josef von Linden über Marias Wange. »Sag jetzt unserem Bruder Karl Guten Tag, dann gehen wir in die Kirche. Wir möchten den Beginn des Gottesdienstes doch nicht verpassen.«

Maria wandte sich dem mittelgroßen, hageren Mann mit buschigem Schnurr- und gepflegtem Kinnbart zu. Im rechten Auge trug er einen Zwicker, durch den er Maria aufmerksam musterte. Sein dunkelgrauer Mantel war von allerbester Qualität.

Maria trat vor ihn und knickste. »Guten Tag und frohe Weihnachten, Onkel Karl.«

»Ein gesegnetes Weihnachtfest, Maria«, antwortete Karl von Linden mit sonorer Stimme, kein Muskel regte sich in dem langen, schmalen Gesicht. »Was machen deine Studien, und warst du immer artig?«

»Selbstverständlich, Onkel, und das Lernen geht voran«, antwortete Maria. Anders als bei Onkel Bebi fühlte sich Maria vom anderen Bruder ihres Vaters eingeschüchtert. Der studierte Rechts- und Volkswissenschaftler stand als Hofmarschall und Kammerherr in Diensten des württembergischen Königs. Dementsprechend dominant war sein Auftreten. Beide Brüder des Vaters waren unverheiratet, was Maria bei Onkel Karl nicht wunderte. Er lachte kaum und wirkte schrecklich streng. Diesen Eindruck behielt Maria wohlweislich für sich, denn Karl von Linden war vermögend und verfügte über großen Einfluss im Königreich Württemberg.

Maria war erleichtert, als ihre Mutter alle aufforderte, die Kirche zu betreten. In Burgberg gingen sie jeden Sonntag ins Gotteshaus, aber der Weihnachtsgottesdienst in der imposanten Stiftskirche war etwas so Besonderes, dass Maria in der nächsten Stunde vergaß, darüber nachzudenken, welche Geschenke wohl für sie unter dem Baum liegen würden.

Bei ihrer Rückkehr war die große Tafel im Esszimmer festlich gedeckt und mit Tannenzweigen, Orangen und Nüssen dekoriert. Das Abendessen bestand aus einem einfachen und schmackhaften Mahl: Schweinebraten und Kartoffelsalat. Am ersten Feiertag würde es zu Mittag dann ein opulentes Menü geben.

Endlich erhob sich Marias Mutter und schob die Tür zum Salon auf. Sie schloss sie aber rasch hinter sich, und es dauerte noch einige Minuten, bis der silberhelle Klang des Glöckchens erklang. Maria, ungeduldig zwar, aber beherrscht, wartete, bis die Erwachsenen den Salon betreten hatten, erst dann durften die Kinder folgen. Mit staunenden Augen, die Lippen zu einem stummen O geformt, bewunderte Maria den bis zur Decke reichenden, mit zahlreichen hölzernen Figuren, Strohsternen, Walnüssen und kandierten Äpfeln geschmückten Christbaum. Der Duft der brennenden Wachskerzen mischte sich mit dem der Tannennadeln. Unter den ausladenden Zweigen lagen bunte Päckchen, jedes mit dem Namen seines Empfängers versehen.

Als Maria das Geschenk der Großmutter in Empfang nahm, klopfte ihr Herz schneller. Es war quadratisch und so groß, dass ihre Arme es kaum halten konnte. Darin konnte sich unmöglich eine weitere Puppe verbergen! Sorgfältig wickelte Maria das Papier ab und öffnete die Schachtel. Hervor kam ein Rittergut aus Holz, dazu jede Menge an geschnitzten Kühen, Schafen und Pferden.

»Wie wundervoll!«, rief sie mit freudig glänzenden Augen. Sie lief zu der Großmutter und umarmte sie. »Danke, liebe *Grand-mère*.«

Die Freiin lächelte verschmitzt und kniff Maria liebevoll in die Wange. »Ich habe verstanden, dass du nicht gern mit Puppen spielst, mein Kind. Zugegebenermaßen kostete es mich Überwindung, einem Mädchen ein Rittergut zu schenken, das ist eher was für Jungen. Deine Freude zeigt mir jedoch, dass es die richtige Entscheidung war.«

»Niemals habe ich ein schöneres Geschenk erhalten«, erwiderte Maria. »Wer bestimmt eigentlich, welche Spielsachen für Jungen und welche für Mädchen sind?«, fragte sie. »Jedes Kind sollte doch selbst entscheiden können, womit es spielen möchte.«

Graf Edmund schnappte nach Luft. Bevor er aber etwas sagen konnte, warf Marias Mutter ein: »Maria hat durchaus recht. Glücklicherweise schreibt kein Gesetz vor, welches Spielzeug für wen geeignet ist.«

»Ungewöhnlich ist es dennoch«, murmelte die Freiin.

»Maria ist eben ein ungewöhnliches Kind«, verteidigte Gräfin Eugenie die Tochter. Sie strich Maria sanft übers Haar. »Bleib, wie du bist, denn so haben wir dich lieb.« Sie sah zu ihrem Mann, der die Szene aus zusammengekniffenen Augen verfolgt hatte. »Wir *alle* haben dich lieb, Maria«, fügte sie hinzu.

Schweigend starrte Graf Edmund auf seine Hände. Obwohl Maria an die lieblose Art des Vaters gewöhnt war, spürte sie jetzt einen Stich ins Herz. Sie wusste, dass sie seine Erwartungen nicht erfüllte, obwohl sie ein Kind war und sich erst noch entwickeln musste, was immer das bedeutete.

Maria straffte die Schultern. Sie freute sich aufrichtig über das Rittergut und die vielen Tiere. Nichts und niemand würde ihr das verderben! Dann fiel ihr Blick auf die Geschenke ihres Bruders. Wilhelm hatte von der Großmutter farbenfroh bemalte Zinnsoldaten erhalten und dazu drei Kanonen. Maria wollte eine der Figuren in die Hand nehmen. Sofort erntete sie einen so grimmigen Blick des Bruders, dass sie die Hand schnell zurückzog und sich auf einen Fußschemel neben dem Sessel von Onkel Bebi setzte. Er hatte sich eine Zigarre angezündet und inhalierte tief den Rauch. Maria mochte den Geruch von Zigarren und Pfeifen.

»Ich höre, dein Lehrmeister Fischer ist ein kluger, gebildeter Mann«, sagte der Onkel, »und du kommst gut mit ihm zurecht.«

Maria nickte. »Der Unterricht macht mir Freude. Nun ja, zumindest meistens.«

Joseph von Lindens Lippen zuckten. »Allerdings ist mir auch zu Ohren gekommen, dass deine Orthografie und Grammatik mangelhaft sind und dein Interesse an Geografie zu wünschen übrig lässt.«

»Ach, das ist doch unwichtig.« Maria runzelte die Stirn. »Wozu soll ich etwas lernen, das mich nicht interessiert? Außerdem will ich –«

»Esel wollen, Menschen möchten«, unterbrach der Onkel sie tadelnd.

»Entschuldigung«, murmelte Maria verlegen und setzte neu an: »Ich möchte viel mehr über die Tiere, die Steine und die Natur meiner Heimat lernen. Nicht, welcher Fluss der längste der Erde ist und welcher Berg in welchem Land steht.«

Sanft legte Joseph von Linden eine Hand auf Marias Haupt. »Mag sein, dass dir im Augenblick die Welt uninteressant vorkommt, Maria, dennoch ist im Leben ein umfangreiches Wissen überaus wichtig, man nennt es Allgemeinbildung. Und«, er senkte die Stimme, um bei Marias Vater keinen Unmut auszulösen, »auch Mädchen sollen fleißig lernen. Die Welt hält viel bereit, das wert ist, erkundet zu werden. Du scheinst eine besondere Begabung für die Wissenschaft zu haben, die meines Erachtens gefördert werden sollte. Darüber hinaus denkst du für dein Alter logisch und hinterfragst Dinge, anstatt alles wortlos hinzunehmen.« Maria verstand nicht, was genau er mit *gefördert* meinte, es war aber schön, sich mit jemandem zu unterhalten, der ihr Interesse an der Natur, an Tieren und der Mathematik nicht abtat. »Noch ist Zeit«, fuhr der Onkel fort, »aber wenn du älter bist, werde ich mich dafür einsetzen, dass du deinen Neigungen nachgehen kannst, Maria.«

»Danke, Onkel Bebi«, sagte Maria und drückte seine Hand.

Von der anderen Seite des Raums kam ein entschiedenes Räuspern. Maria wandte sich Onkel Karl zu, der sich jetzt aus seinem Sessel erhob und in die Runde sah.

»Ich habe eine Ankündigung zu machen«, sagte er in seiner sonoren Stimme. »Im nächsten Mai werde ich heiraten.«

Die lapidar hingeworfene Neuigkeit versetzte alle in Erstaunen. Die Großmutter fasste sich als Erste. »Wer ist sie? Woher kennst du sie? Passt sie denn zur Familie?«, fragte sie.

»Keine Sorge, Mathilde, Maria Elisabeth Bech stammt zwar nicht aus einer adligen Familie, als Tochter eines Diplomaten ist sie jedoch auf jedem gesellschaftlichen Parkett sicher«, antwortete Karl von Linden in einer Weise, als berichtete er von einem neuen Möbelstück, das er gerade erworben hatte.

»Wo habt ihr euch denn kennengelernt?«, fragte Gräfin Eugenie.

»Während eines Empfangs im Stuttgarter Schloss. Meine Braut wurde zwar in New York geboren, lebt aber schon viele Jahre in Württemberg.«

»Warum hast du sie nicht gebeten, uns an Weihnachten zu besuchen?«, meinte Mathilde Hiller von Gaertringen ein wenig spitz.

»Es erschien mir unpassend, solange wir noch nicht Mann und Frau sind«, antwortete Karl von Linden. »Darüber hinaus verbringt meine Braut das Fest bei Verwandten in Tübingen. Ihr werdet sie bei unserer Hochzeit kennenlernen, die ebenfalls in Tübingen stattfinden wird.«

Sein hageres Gesicht verschloss sich, und er zündete sich eine Zigarre an. Maria wusste, dass die Angelegenheit für Onkel Karl im Moment erledigt war. In diesem Punkt waren sich die Brüder sehr ähnlich. Auch in den Zügen Graf Edmunds erschien ein ganz bestimmter abweisender Ausdruck, wenn er ein Thema für beendet hielt. Maria indessen freute sich auf die Hochzeit. Sie war noch nie in Tübingen gewesen, wusste aber, dass die älteste und renommierteste Universität des Königreichs dort ansässig war.

Bald darauf konnte Maria ein Gähnen nicht länger unterdrücken und wurde zu Bett geschickt. Obwohl sie sich ungern von den anderen trennte, war sie doch rechtschaffen müde, und morgen war auch noch ein Tag. Sie würden über den Jahreswechsel bis in die zweite Januarwoche hinein in Stuttgart bleiben. Genügend Zeit, um die Stadt zu erkunden, mit den Hunden zu spielen und sich von Cousine Mimmi kleine Melodien auf dem Klavier beibringen zu lassen. Zu Marias Bedauern wollte die Großmutter sie, wie jedes Jahr, zu Strickarbeiten und anderen weiblichen Tätigkeiten anhalten. Das Beisammensein mit Mimmi und Bertie und mit Onkel Bebi, der ebenfalls über den Jahreswechsel hinaus in Stuttgart bleiben wollte, wog das Unliebsame aber auf.

VIER

Karlsruhe – September 1883

Maria konnte sich nicht erinnern, jemals derart aufgeregt gewesen zu sein. Nicht, wenn es zu den Jahrmärkten nach Giengen oder Heidenheim gegangen war, ebenfalls nicht bei den Reisen nach Stuttgart. Gespannt sah sie sich um, nachdem ihre Mutter und sie aus der Eisenbahn gestiegen waren. Geschäftig liefen die Menschen umher, manche fielen sich zur Begrüßung in die Arme, andere verabschiedeten sich tränenreich voneinander, und Zeitungsverkäufer priesen lautstark die neusten Nachrichten an.

»Hier sieht es aus wie in Stuttgart«, meinte Maria, nachdem ihre Mutter einen Träger gerufen und ihn aufgefordert hatte, sich um ihr umfangreiches Gepäck zu kümmern.

Die vergangenen Tage hatten Maria und ihre Mutter in Stuttgart verbracht. Dort war Maria von Kopf bis Fuß neu eingekleidet worden, um für das kommende Unternehmen angemessen ausgestattet zu sein. Sie fühlte sich nahezu fürstlich gewandet und wusste, dass sie die abgelegten Hosen und Hemden ihres Bruders künftig wohl nicht mehr würde tragen können. Trotzdem hatte sie darauf bestanden, die praktischen Kleidungsstücke ebenfalls einzupacken. Darüber hinaus führte Maria einen Riesenkoffer mit sich, der Teile ihrer Steinsammlung und alle ihre naturwissenschaftlichen Bücher und Zeichnungen enthielt.

Außerdem hatte Maria viel Zeit im Naturalienkabinett und im Zoologischen Garten, der *Wilhelma*, verbracht. Und allen Verwandten war ein Besuch abgestattet worden, um ihnen Adieu zu sagen. Schließlich hatten sie am Morgen die Reise nach Karlsruhe angetreten.

»Ich denke, Bahnhöfe ähneln sich überall, zumindest im Deutschen Reich«, erwiderte Gräfin Eugenie.

»Ich dachte, weil wir doch im Ausland sind …«

Marias Mutter schmunzelte. »Wir haben unser schönes Württemberg zwar verlassen, aber ich bin sicher, es wird dir im Großherzogtum Baden ebenfalls gefallen.«

Dass Maria ein Pensionat in Karlsruhe besuchen sollte, war seit zwei Jahren mit allem Für und Wider besprochen worden. Als die Wahl auf das Victoria-Pensionat in Karlsruhe gefallen war, fühlte sich Maria hin- und hergerissen. Weit über die Landesgrenzen hinaus hatte das Institut einen ausgezeichneten Ruf, und die Broschüren mit bunten Zeichnungen und Fotografien waren ansprechend gestaltet. Maria war es dennoch bange, so weit von zu Hause weg zu sein, war sie doch noch nie zuvor längere Zeit von ihrer Familie getrennt gewesen. Aufgrund der Entfernung würde Maria nur an Weihnachten nach Stuttgart und erst wieder im nächsten Sommer auf die Ostalb reisen können. Die Aussicht aber, mit Gleichaltrigen zusammen zu sein und endlich mehr lernen zu können, als Herr Fischer ihr vermitteln konnte, siegte rasch über den aufkommenden Trennungsschmerz.

Auf dem Burgberg war es still geworden. Seit drei Jahren besuchte Wilhelm eine Kadettenschule am Bodensee. Obwohl der Bruder für Maria nie ein richtiger Spielkamerad gewesen war, vermisste sie ihn dennoch. Die Freundschaft zu den Kindern des Verwalters war eingeschlafen. Diese hatten ein Alter erreicht, in dem sie von morgens bis abends auf dem Gut mitarbeiten mussten. Auch zu Töchtern des Müllers war der Kontakt nahezu abgebrochen. Lotte hatte tatsächlich im letzten Jahr geheiratet, war nach Ulm gezogen und inzwischen Mutter. Die gleichaltrige Amélie von Spitzemberg hatte Maria in den vergangenen fünf Jahren nur zweimal wiedergesehen, da deren Familie oft auf Reisen war. Dennoch war Amélie Marias allerbeste Freundin, und die Mädchen schrieben sich häufig.

Obwohl sich Maria durchaus allein beschäftigen konnte und intensiv ihren Studien nachging, vermisste sie den regelmäßigen Kontakt zu Gleichaltrigen. Auch ihr Cousin Bertie ging auf eine Kadettenanstalt, und einziges Ziel ihrer Cousine Mimmi schien zu sein, eine gute Partie zu machen. Auch mit nun vierzehn Jahren konnte Maria den typischen weiblichen Tätigkeiten nichts abgewinnen. Im Pensionat würde sie um diese zwar nicht gänzlich herumkommen, der Lehrplan beinhaltete darüber hinaus aber auch viele andere Fächer, für die Maria Interesse zeigte.

Mit einer Droschke gelangten die Gräfin und Maria in das nahe gelegene Victoria-Pensionat in der Sophienstraße. Die Schule war ein rechteckiges Gebäude mit zwei Stockwerken und einem Dachgeschoss. Das Anwesen wirkte gepflegt und ansprechend. Marias Mutter betätigte die Glocke, und die Tür wurde geöffnet. Ein Hausmädchen begrüßte sie mit einem Knicks und schloss die Tür hinter ihnen wieder. Marias Herz schlug schneller, in ihrem Magen grummelte es, und ihre Hände wurden feucht. Für sie begann ein neuer Lebensabschnitt, dem sie mit großer Spannung entgegensah.

Nach einer kurzen Verabschiedung von der Mutter und einer Litanei von weiteren Ermahnungen, sie möge fleißig und artig sein, wurde Maria zu ihrem Schlafraum geführt, den sie sich mit drei anderen Schülerinnen teilen musste. Die Schlafzimmer lagen im zweiten Stock, waren klein und eng, aber hell, und die Betten verfügten über weiche Matratzen. Jedem Mädchen standen ein schmaler Kleiderschrank und ein Bücherbord über dem Bett zur Verfügung.

Von Marias Zimmergenossinnen war nur eine in ihrem Alter: Gabriele von Andrian-Werburg, ein zartes Mädchen mit einem laschen Händedruck. Sie wich Marias Blick aus, murmelte eine kaum hörbare Begrüßung und wirkte ernst und hochmütig. Die zwei Jahre ältere Cornelia Hofmann, genannt Conny, eine Tochter des bekannten Chemikers August Wilhelm Hofmann, war praktisch und zupackend veranlagt. Fest drückte sie Marias Hand, hieß sie willkommen und bot sogleich ihre Hilfe beim Auspacken an.

Die ebenfalls ältere Ursula Walther-Beyer lehnte mit vor der Brust verschränkten Armen am Türsturz. Bei all den Schätzen, die Maria nach und nach dem großen Reisekoffer entnahm, wurden ihre Augen kugelrund.

»Meine Güte, warum schleppst du Steine mit dir herum?«, fragte sie.

»Ich betreibe naturwissenschaftliche Studien«, erklärte Maria.

»Studien?«, wiederholte Ursula ungläubig. »Was soll an hässlichen, schmutzigen Steinen schon interessant sein? Eines sage ich dir gleich, Maria: Wenn du dir Ärger mit mir ersparen willst, schleppst du besser keinen Dreck herein.«

»Das habe ich nicht vor«, erwiderte Maria kühl. »Es sei denn, du bist der Meinung, Bücher seien Unrat.«

Ursula trat näher und warf einen Blick auf die Bücher, die Maria auf dem Bett ausgebreitet hatte.

»Geologie der Schwäbischen Alb? Heimische Gehäuseschnecken? Schnecken mag ich, am liebsten mit Kräuterbutter. Die gibt es bei mir zu Hause häufig, auch Lachs und Kaviar. An das Essen in diesem Institut wirst du dich gewöhnen müssen, es ist doch recht einfach.« Sie schnaubte abwertend. »Maria, du siehst nicht aus, als würdest du Köstlichkeiten zu würdigen wissen. Kommst du nicht aus der Provinz, wo sich Fuchs und Hase Gute Nacht sagen? Außerdem klingt deine Stimme tief und dunkel wie die eines Mannes, und deine Frisur entbehrt jeglicher Eleganz.«

»Ursula, lass Maria in Ruhe. Sie muss doch erst mal bei uns ankommen«, meldete sich Conny resolut zu Wort. »Hast du nicht gleich eine Nähstunde bei Fräulein Werth? Ich erinnere mich, dass sie heute Morgen meinte, deine Nähte seien krumm und schief und sie könne dir nur eine schlechte Note für die Näharbeit geben.«

Ursula öffnete den Mund, entschied sich dann aber dafür, auf eine Widerrede zu verzichten. Sie verließ das Zimmer und schloss die Tür hinter sich.

»Nimm dir Ursulas Worte nicht zu Herzen.« Conny lächelte Maria aufmunternd zu. »Ihrem Vater gehört eine Fabrik für Farben und Lacke. Die Familie ist dadurch reich geworden. Ursula benimmt sich, als sei es ihr Verdienst und als sei sie etwas Besseres. Auf Mädchen, deren Eltern nicht so viel Geld haben, sieht sie herab. Anfangs war auch ich Ziel ihres Spottes, inzwischen habe ich Ursula im Griff. Mein Vater verdient zwar ausreichend, uns fehlt es an nichts, aber reich sind wir nicht. Die Familie muss mächtig sparen, damit ich das Institut besuchen kann.«

Es mutete Maria seltsam an, dass eine Fremde derart offen über Geld sprach. Das war selbst in ihrer Familie verpönt. Es war wohl Conny Hofmanns nichtadliger Geburt geschuldet. Trotzdem war ihr das Mädchen sympathisch. Maria konnte sich vorstellen, Freundschaft mit Conny zu schließen. Mit Ursula und der stillen, arroganten Gabriele verband sie hingegen wenig. Nun, sie würden nur zum Schlafen zusammenkommen. Außerdem war Maria ins Pensionat gekommen, um so viel wie möglich zu lernen und ihren geistigen Horizont zu erweitern. Allerdings hatten Connys Worte Maria dazu gebracht, über die Kosten ihres Aufenthaltes im Pensionat nachzudenken. Mit keinem Wort hatten die Eltern diese erwähnt. Die Familie von Linden litt keine Not, im Gegenteil. Auf dem Burgberg gab es alles, was das Herz begehrte, wenngleich sie nicht in Pomp und Prunk lebten. Ob der Vater wohl auch sparen musste, um ihr die Ausbildung zu ermöglichen?, überlegte Maria und beschloss, durch Fleiß und gute Noten die Eltern stolz zu machen.

Insgesamt waren sie vierundzwanzig Pensionärinnen im Alter zwischen zwölf und sechzehn Jahren. Geleitet wurde das Institut von Fräulein Schneemann, einer kleinen, untersetzten Dame mit einem klugen Gesichtsausdruck und lebhaften Augen, trotz ihrer Kurzsichtigkeit. Ihr glattes graues Haar trug sie zu einem Knoten geschlungen. Auf Maria wirkte die Direktorin herb und unnahbar, da sie niemals lächelte und streng auf die Einhaltung der zahlreichen Regeln achtete, die Maria am Nachmittag sogleich mitgeteilt wurden. Es gab genaue Zeiten, wann und wann nicht miteinander gesprochen werden durfte; die Essenszeiten waren strikt einzuhalten – erschien man nur fünf Minuten zu spät zu einer Mahlzeit, wurde man von dieser ausgeschlossen. Rennen und Toben innerhalb des Pensionats-gebäudes waren streng verboten. Punkt zehn Uhr am Abend wurde das Licht gelöscht, danach zu sprechen war ebenfalls verboten. Unter der Woche begann der Tag um sechs Uhr mit dem Wecken und … und … und …

Die Liste war lang, und Fräulein Schneemann fügte ernst hinzu: »Maria von Linden, wie mir mitgeteilt wurde, fand dein Unterricht bisher zu Hause statt und du musstest dich kei-nerlei Vorschriften fügen. Auch scheinen mir deine Eltern sehr …«, sie zögerte, suchte nach den richtigen Worten, »sehr liberal eingestellt zu sein. Sie haben dir viele Freiheiten ge-währt, die einem jungen Mädchen deines Standes wenig an-gemessen sind. Daher ist es gut, dass du nun in diesem Pen-sionat bist, wir werden dir den richtigen Weg weisen. Du bist alt genug, um zu lernen, dass im Leben Regeln herrschen, die unbedingt zu befolgen sind. Zuwiderhandlungen werde ich be-strafen, im schlimmsten Fall droht der Ausschluss.«

Und welcher ist der richtige Weg?, dachte Maria. Der, den andere für mich festlegen, oder der, den ich gehen will? Sie wusste aber, dass es besser war zu schweigen, wollte sie den Rückweg auf die Ostalb nicht gleich wieder antreten.

Fräulein Schneemann hatte Marias Betroffenheit wohl be-merkt. »Deine Mutter berichtete mir von deinem außerordent-lichen Interesse an den Naturwissenschaften«, fuhr sie etwas freundlicher fort. »Nun, auch diese Fächer wirst du hier be-legen. Die Lehrkräfte und ich fördern fleißige Schülerinnen gern. Hast du alles verstanden?«

»Selbstverständlich, Fräulein Schneemann«, erwiderte Maria mit niedergeschlagenem Blick. Gegen die Institutslei-terin war ihre *Grand-mère* eine sanfte, verständnisvolle Dame, und Maria fragte sich, ob sie den strengen Vorgaben gerecht werden konnte. Sie war froh, von der strengen Direktorin nun entlassen zu werden. Mit Zweifel und auch etwas Wehmut kehrte sie in ihr Zimmer zurück. Dort jedoch straffte sie die Schultern. Nein, sie würde sich zwar nicht verbiegen lassen, die Chance des Lernens, die das Pensionat ihr bot, wollte sie sich aber auf keinen Fall entgehen lassen, auch wenn es hieß, einige Zugeständnisse zu machen.

Die Schuluniform bestand aus einem bordeauxfarbenen Kleid mit hohem weißem Stehkragen, der von einer ebenfalls bordeauxroten Schleife zusammengehalten wurde. Aber auch wenn sie recht kleidsam war, fühlte sich Maria darin unwohl.

»Ich finde, du siehst recht hübsch aus«, sagte Conny, als Maria beim Ankleiden wie jeden Morgen unwillig murrte.

»Der Rock ist zu lang, die Taille zu eng«, erwiderte Maria und zupfte an dem festen Stoff herum, der sich dadurch aber nicht weiten ließ. »Ich kann mich in dem Kleid kaum bewegen.«

»Tja, du wirst dich daran gewöhnen müssen, sich wie eine Frau und nicht so schlampig wie ein einfacher Kerl zu kleiden«, bemerkte Ursula spöttisch. »Ohnehin bist du schon so groß wie mein Bruder, und der ist zwei Jahre jünger als du.«

Conny warf Ursula einen bösen Blick zu.

»Meine Kleidung war niemals schlampig«, erwiderte Maria. »Und Spitzen und Rüschen finde ich einfach nur affig.«

Vielsagend zog Ursula eine Augenbraue hoch, verzichtete jedoch auf eine weitere Beleidigung.

Sehnsuchtsvoll dachte Maria an die Hosen und Hemden ihres Bruders, die ganz hinten im Kleiderschrank lagen. Dort würden sie bis zu ihrer Heimkehr wohl auch bleiben. Als Conny Maria auf dem Weg zum Unterricht erzählte, dass zu

Festivitäten ein weißes Batistkleid getragen wurde, schwante Maria Schlimmes. Bei ihr hatte weiße Kleidung die Eigenschaft, binnen weniger Minuten schmutzig grau zu wirken.

Voller Elan und Vorfreude, ihren Geist zu erweitern und durchaus auch mit ihrem Wissen zu glänzen – Bescheidenheit war keine Tugend von Maria –, war sie nach Karlsruhe gekommen. Schnell musste sie jedoch feststellen, dass sie den anderen Mädchen deutlich hinterherhinkte, insbesondere, was ihre Kenntnisse in Englisch, Geografie, Orthografie und Grammatik betraf. Die für Maria unliebsamen und unbedeutenden Fächer bildeten das Fundament des Instituts. Mathematik und Naturwissenschaften, Fächer, in denen Maria hätte beeindrucken können, spielten eine eher untergeordnete Rolle.

Obwohl es Jahre zurücklag, erinnerte sich Maria an die Worte ihres Onkels Bebi, der sie gerügt hatte, weil sie einige Wissensgebiete abgetan und für unnötig gehalten hatte. Der Onkel hatte recht behalten, jetzt rächte es sich, dass Maria geglaubt hatte, alles, was sie nicht interessierte, wäre im Leben nicht wichtig. Ihrem Alter entsprechend wäre sie der zweiten Klasse zugeteilt worden, besonders jedoch ihre mangelnden Englischkenntnisse und die schlechte Orthografie und Grammatik machten sie für diese Stufe ungeeignet. Mademoiselle Meylan, die Französischlehrerin, hingegen hätte Maria einer höheren Klassenstufe zugeteilt, dem allerdings widersprach Monsieur Möry, der französische Literatur unterrichtete.

»Komtess von Linden«, meinte er, »ist des Französischen zwar außerordentlich gut kundig, ihre Kenntnisse in der Literatur weisen dagegen beachtliche Lücken auf. Selten ist mir ein Kind begegnet, dass meine Muttersprache nahezu perfekt beherrscht, gleichzeitig über die großen Literaten und Poeten Frankreichs und deren Werke so gut wie nichts weiß.«

Fräulein Schneemann nickte zustimmend. »Ähnliches lässt sich über Marias Kenntnisstand in der deutschen Sprache sagen. Sie versteht es, sich gewandt auszudrücken, häufig auch recht altklug. Gibt man Maria aber Feder und Tinte, dann bringt sie ein kaum verständliches Gekritzel bar jeder Regel zu Papier. Von den grammatikalischen Fehlern abgesehen, ist ihre Handschrift ein einziges Chaos.«

»Nicht nur von französischer Literatur hat die Komtess keine Ahnung«, warf Professor Mangelsdorf ein. »Auch die deutschen Klassiker sind dem Mädchen nahezu fremd.«

»Ich bin überzeugt, mit regelmäßigen Nachhilfestunden können Marias Defizite rasch behoben werden«, entgegnete Miss Streuly, die Englischlehrerin. »Für ihr Alter ist Maria von Linden bereits recht groß, macht einen eigenständigen Eindruck und zeigt einen ausgeprägten eisernen Willen. Für das Mädchen wäre es eine Schmach, zusammen mit jüngeren, kleineren Mädchen lernen zu müssen.«

Fräulein Schneemann wiegte nachdenklich den Kopf. »Prinzipiell teile ich Ihre Meinung, Miss Streuly«, sagte sie dann zögerlich. »Unser Neuzugang ist aufgeweckt und lern-begierig und in den Naturwissenschaften ihren Altersgenos-sinnen weit voraus. Trotzdem muss sich Maria fest auf den Hosenboden setzen, um ihre Defizite zu beheben.«

So wurde Maria schließlich der zweiten Klasse zugeteilt, die auch Gabriele von Andrian-Werburg besuchte. Die Mit-teilung, an einem Nachmittag in der Woche und am sonst un-terrichtsfreien Samstagvormittag müsse sie mittels Nachhilfe ihre Lücken füllen, schmeckte Maria bitter. Für ihre Zimmer-genossin Ursula war es ein gefundenes Fressen.

»Nachhilfe bekommen nur dumme Menschen«, sagte sie abfällig. »Anstatt schmutzige Steine zu sammeln, hättest du lieber Bücher gelesen, so wie meine Mutter es mich lehrte. *Ich habe noch nie Nachhilfestunden benötigt.*«

Maria schwieg und lächelte sanft. Wenige Tage im Pensionat hatten ausgereicht, um festzustellen, mit welchen Mädchen sie näheren Kontakt haben wollte und welchen sie lieber aus dem Weg ging. Ursulas Meinung, mochte ihre Familie noch so vermögend sein, war Maria herzlich gleichgültig, außerdem schnarchte sie entsetzlich.

Ebenso verhielt es sich mit Gabriele, die keine Freundin im Pensionat hatte und nie mit anderen Mädchen zusammen gesehen wurde. Gabriele verbrachte die Freizeit mit sich allein, meistens mit einem Buch, und schien niemanden zu brauchen und wohl auch nicht zu mögen. Inzwischen wusste Maria, dass die Familie Andrian-Werburg ein altes österreichisches Adelsgeschlecht mit direkter Verbindung zum Kaiserhaus war. Von allen Mädchen der zweiten Klasse bekleidete Gabriele den höchsten Stand, und dessen war sie sich bewusst. Sie gab sich hochmütig und wollte mit den anderen nichts zu tun haben.

Eines Tages überraschte Gabriele Maria mit einem Vorschlag. »Meine Noten in Geografie sind sehr gut, denn die Welt interessiert mich. Wir nehmen gerade die Bergmassive der Alpen durch. Wenn du willst, kann ich dir helfen. Meine Eltern haben ein Haus in der Steiermark, in dem wir immer den Sommer verbringen.« Sie hatte ihr Angebot ohne die Spur eines Lächelns und mit kühler Stimme vorgetragen und, wie üblich, Maria dabei nicht direkt angesehen.

»Das ist sehr freundlich«, erwiderte Maria und sah notgedrungen auf die fast einen Kopf kleinere Klassenkameradin herunter.

»Dann ist es abgemacht«, meinte Gabriele nüchtern. »Wir lernen immer am Dienstagabend nach dem Essen eine Stunde.«

Sie drehte sich um und ließ Maria perplex stehen. Vielleicht war Gabriele gar nicht so hoffärtig, wie sie bisher gedacht hatte.

Auch Conny, die zwei Klassen über Maria war, bot zu helfen an. Ihre Schwerpunkte lagen in Handarbeit und Haushaltsführung, Fächer, in denen es Maria an jeglichem Talent und Interesse mangelte. Zwar hatten diese Fächer nicht die gleiche Bedeutung wie andere, da sie aber zum Lehrplan gehörten, musste Maria sich fügen. Als Gegenleistung half sie der Freundin in Mathematik und Physik. In diesen Fächern entsprachen Marias Kenntnisse nämlich denen der höheren Klassenstufe.

Die Näh-, Strick- und Stickstunden zogen sich für Maria endlos hin, ihre Arbeiten waren mangelhaft und die fertigen Stücke kaum zu gebrauchen. Den regelmäßigen Tadel ließ Maria stoisch über sich ergehen, meistens dachte sie an die letzte Physikstunde, in der sie allen anderen weit überlegen war. Aber Maria stürzte sich in die Arbeit, oft lernte sie bis spät in die Nacht hinein. Nicht, weil sie ein plötzliches Interesse an der englischen Sprache, der französischen Literatur und der deutschen Orthografie entdeckt hatte – nein, die Schmach der Extrastunden wollte sie so schnell wie möglich loswerden. Ihr Ehrgeiz war geweckt, auch in diesen Fächern gute Noten zu erhalten. Und so kam sie gut voran. Als Fräulein Streuly meinte, Maria besäße eine außergewöhnlich schnelle Auffassungsgabe und großen Eifer, daher würde sie ab dem kommenden Jahr in Englisch keine weitere Nachhilfe benötigen, fühlte Maria neben der Freude über das Lob eine tiefe Zufriedenheit wie nie zuvor. Mit Fleiß und Ausdauer konnte man im Leben alles erreichen, selbst wenn einem das Neue zunächst wenig interessant erschien.

Im November, Maria war nun schon über zwei Monate im Pensionat, erwartete sie eine freudige Überraschung. Zunächst war Maria beunruhigt, als ein älteres Mädchen den Deutschunterricht störte und sagte: »Maria von Linden soll sofort zur Direktorin kommen.«

Auf dem Weg über den langen Korridor mit den schmucklosen Wänden ging Maria in Gedanken die vergangenen Tage durch. Ihr wollte partout nicht einfallen, wo sie gegen die geltenden Regeln verstoßen hatte, auch ihre Noten boten keinen Grund, aus dem Unterricht gerissen und zu Fräulein Schneemann beordert zu werden.

Vor dem Büro am Ende des Flures strich sich Maria übers Haar, holte tief Luft und klopfte. Auf das unverzüglich erfolgte »Herein« öffnete sie die Tür – und blieb wie erstarrt auf der Schwelle stehen.

»Maria!« Ein gleichaltriges Mädchen sprang vom Stuhl auf und eilte ihr entgegen.

Maria ergriff die ausgestreckten Hände, drückte sie fest und rief: »Amélie! Wie kommst du denn hierher?«

»Unsere Tochter gab keine Ruhe, bis wir sie auf dieses Institut schickten«, sagte eine Stimme aus dem Hintergrund.

Erst jetzt wurde sich Maria der Anwesenheit von Amélies Eltern bewusst. Pflichtschuldig knickste sie erst vor der Freiin, dann vor Hugo von Spitzemberg, einem Generaladjutanten des Königs. »Warum hast du mir nicht geschrieben, dass du kommst?«, fragte sie dann die Freundin, die sie schon so lange nicht mehr gesehen hatte.

»Es sollte eine Überraschung sein, die offenbar geglückt ist«, antwortete Amélie.

»Maria, deine Briefe an deine Großmutter klangen vielver-
sprechend«, ergänzte ihre Mutter, »sodass wir uns entschlossen,
Amélie ebenfalls nach Karlsruhe zu bringen.«

Maria legte einen Arm um die zart gebaute Freundin. »Du
wirst dich hier wohlfühlen, die meisten Mädchen sind recht
nett, und mit den anderen brauchen wir nicht zu sprechen.«
Sie sah zu Fräulein Schneemann und bat: »Darf ich Amélie
ihr Zimmer zeigen?« Sie stutzte und fügte hinzu: »In meinem
Zimmer sind ja nur vier Betten, und für ein fünftes ist es zu
eng –«

»Es tut mir leid, Maria, aber deine Freundin wird in einem
anderen Schlafraum unterkommen«, unterbrach die Direktorin sie und hob die Hand, als Maria Einspruch erheben wollte.
»Eben, weil ihr Freundinnen seid, halte ich getrennte Zimmer
für angebracht, sonst schwatzt ihr bis spät in die Nacht miteinander. Zudem soll Amélie hier weitere Kontakte zu anderen
Mädchen knüpfen.«

»Das entspricht ganz unserem Wunsch«, sagte Amélies
Vater. »Neben einer guten Ausbildung möchten wir, dass
unsere Tochter mit einem erweiterten sozialen Umfeld vertraut wird.«

Beide Mädchen verzogen zwar enttäuscht das Gesicht, aber
Maria begriff, dass in Fräulein Schneemanns Worten ein Funken Wahrheit lag. Die wenigen Wochen im Pensionat hatten
sie die Notwendigkeit gelehrt, andere Menschen mit all ihren
Ecken und Kanten anzunehmen und mit ihnen auszukommen.

»Kehre jetzt wieder zum Unterricht zurück, Maria«, sagte
Fräulein Schneemann. »Deine Freundin und du werdet ausreichend Gelegenheit haben, euch auszutauschen und Zeit miteinander zu verbringen.«

Die Direktorin behielt recht. Die Mädchen teilten zwar

kein Schlafzimmer, gingen aber in dieselbe Klasse – wobei Amélie in allen Fächern glänzte – und fanden immer wieder Gelegenheit, sich zu treffen, selbst in den Abendstunden, in denen sie häufig miteinander plauderten und lachten, bis alle Schülerinnen von Frau Salzer, der Haushälterin, in ihre Zimmer geschickt wurden und das Licht erlosch. Auch Amélie half Maria beim Lernen in den ungeliebten Fächern, während Maria die Freundin zu regelmäßigen Spaziergängen in der Natur drängte, denn Amélie war eher eine Stubenhockerin.

»Es regnet in Strömen«, maulte Amélie, als Maria sie nach dem Mittagessen zu einem Spaziergang im Park überreden wollte.

»Na und? Sind wir etwa aus Zucker?«, gab Maria zurück. »Wir haben Regenumhänge und Schirme.«

Amélie gab nach, und nach wenigen Minuten gestand sie Maria, dass ihr die frische Luft tatsächlich guttat.

Auch Conny mochte Amélie, was Maria nicht überraschte, denn die Freundin war durch ihr lebhaftes und freundliches Wesen allseits beliebt. Mitte Dezember, das Pensionat war weihnachtlich geschmückt, verspätete sich Gabriele beim Frühstück. Sie kam erst in den Speisesaal, als alle schon bei Tisch saßen. Die Lehrkräfte waren bereits gegangen, um sich auf den kommenden Unterricht vorzubereiten.

Mit gesenktem Kopf murmelte Gabriele: »Guten Morgen. Entschuldigung, ein Schnürsenkel ist gerissen, ich musste mir erst einen neuen einfädeln« und huschte mit roten Wangen an ihren Platz. Keines der anderen Mädchen schenkte ihr Aufmerksamkeit.

Mit gerunzelter Stirn erhob sich Amélie. »Warum erwidert ihr denn Gabrieles Gruß nicht?«, rief sie.

Einige sahen verlegen auf ihre Teller, ein älteres Mädchen

erwiderte jedoch schnippisch: »Weil sie hochmütig und einge-bildet ist. Es ist uns egal, ob sie grüßt oder nicht.«

Empört stemmte Amélie die Arme in die Seiten. Auch Maria sprang verärgert auf. »Uns ist es nicht gleichgültig, denn jeder Mensch verdient es, mit Respekt behandelt zu werden. Wenn ihr Gabriele nicht grüßen wollt, dann grüße ich euch künftig auch nicht mehr.«

»Das gilt auch für mich!«, fügte Amélie hinzu, und Conny ergänzte: »Ich schließe mich an.«

»Pah, darauf können wir gern verzichten«, bemerkte Ursula. Sie erntete aber nur wenig Zustimmung, die Mehrheit der Mädchen wirkte beschämt.

Maria sah zu Gabriele. Wie ein Häufchen Elend und mit hochrotem Kopf kauerte sie auf ihrem Platz, mühsam be-herrscht, nicht vor allen in Tränen auszubrechen. Sanft legte Maria eine Hand auf Gabrieles Schulter. »Ab jetzt bist du meine, Amélies und Connys Freundin, wenn du willst.«

»Wirklich?«, hauchte Gabriele ungläubig.

Maria nickte. »Ich bin dir sehr dankbar, dass du mir beim Lernen hilfst, und ich glaube, du bist gar nicht so eingebildet, sondern nur schüchtern. Da man mir Schüchternheit nicht gerade nachsagen kann«, Maria grinste breit, »werde ich dir beibringen, wie du sie ablegen kannst.«

»Und ich helfe Maria dabei«, ergänzte Amélie, »denn ich glaube, du bist ein patentes Mädchen, Gabriele.«

Ein Leuchten, wie es Maria nie zuvor auf Gabrieles hüb-schem Gesicht gesehen hatte, ließ sie erstrahlen.

»Jetzt lasst uns endlich frühstücken, sonst knurren im Un-terricht unsere Mägen so laut, dass wir Professor Mangelsdorf nicht verstehen können«, schloss Maria betont burschikos, um ihre Rührung zu verbergen.

Amélie knuffte sie in die Seite. »Das müsste dir doch recht sein, meine liebe Maria. Goethes *Faust* langweilt dich doch entsetzlich.«

Die Mädchen lachten, setzten sich auf ihre Plätze und griffen schnell zu Brot, Butter und Marmelade, um ihre hungrigen Bäuche zu füllen.

Seit diesem Tag bildeten die Mädchen ein unzertrennliches Kleeblatt. Jede lernte und profitierte von den anderen. Maria hatte eine Lektion gelernt, die nicht auf dem Stundenplan stand: Es lohnte sich, nicht nur für sich selbst, sondern auch für andere einzustehen. In ihrem bisherigen Leben hatte sie fast immer ihren Willen durchgesetzt. Die Mutter konnte ihr kaum etwas abschlagen, der Vater hielt sich aus allem heraus, selbst die strenge Großmutter hatte Maria nicht nur einmal um den Finger gewickelt. Wie oft hatte sie aus Eigensucht die Kindermädchen vergrault, weil sie Marias Interessen nicht teilten. Maria erkannte: Freundinnen, auf die man sich in allen Lebenslagen verlassen konnte, waren ungemein wichtig. Auch wenn es bedeutete, die eigenen Belange zurückzustellen.

Nun fühlte sich Maria im Pensionat vollständig angekommen und glücklich.

Weihnachten nahte und damit Marias erste Ferien. Gemeinsam mit Amélie und in Begleitung von Mademoiselle Meylan reiste sie nach Stuttgart. Die Lehrerin wollte ebenfalls Verwandtschaft in der Stadt besuchen. Wie üblich trafen pünktlich zum Fest die restlichen Familienmitglieder ein, mit Ausnahme von Onkel Karl, der beruflich verhindert war. Das war Maria nicht unrecht, zu ihm und auch seiner spröden und humorlosen Ehefrau hatte sie immer noch keinen herzlichen Kontakt. Obwohl Maria nur knappe vier Monate von ihrem Bruder Wilhelm und dem Cousin Bertie getrennt gewesen war, erschienen ihr die Jungen nun wie richtige junge Männer. Stolz trugen sie ihre Kadettenuniformen, die sie, wie Maria vermutete, selbst in den Nächten nicht ablegten. Die Weihnachtstage und der Jahreswechsel verliefen wie gewohnt. Von der Großmutter und Onkel Ferdinand bekam Maria mehrere Bücher über Geologie und Biologie geschenkt. Waren die Weihnachtsferien sonst ein Höhepunkt in Marias Jahr gewesen, konnte sie deren Ende dieses Mal kaum abwarten, um ins Pensionat zurückzukehren und die anderen Mädchen wiederzusehen.

Kaum hatte die Schule im neuen Jahr wieder begonnen, wurde Maria krank. Beim Aufwachen spürte sie ein unangenehmes Kratzen im Hals. Im Laufe des Vormittags wurden die Beschwerden schlimmer, und beim Mittagessen brannten die Speisen in ihrem Hals wie ein loderndes Feuer.

»Was ist mit dir?«, fragte Amélie. »Bist du krank?«

»Es ist nur eine leichte Erkältung. Kein Wunder, bei der Kälte und dem Schnee.«

Besorgt musterte Amélie die Freundin. »Deine Stimme hört sich wie ein Reibeisen an. Du musst in die Krankenstation gehen.«

Maria schüttelte den Kopf. »Keinesfalls will ich die Physikstunden am Nachmittag versäumen. Ich werde weniger sprechen, dann ist es morgen wieder gut.«

Es kam Maria entgegen, dass der Lehrer sie Formeln abschreiben ließ und kaum Fragen an die Schülerinnen richtete. Sie versuchte, die Beschwerden zu ignorieren, und ging am Abend früh zu Bett. Am nächsten Morgen brachte Maria kaum einen Ton heraus, trotzdem gelang es ihr, die Krankheit auch den Freundinnen gegenüber zu verbergen, indem sie kaum sprach und auf Fragen einsilbig antwortete. Beim Mittagessen – Maria hatte mit Mühe etwas Gemüse und Kartoffelbrei zu sich genommen – hatte sie plötzlich einen seltsamen Geschmack im Mund und begann so schnell zu fiebern, dass sie, einer Ohnmacht nahe, in sich zusammensackte und den schmerzenden Kopf auf den Tisch legte.

»Maria!«, rief Amélie erschrocken, und Conny eilte davon, um Fräulein Schneemann zu holen.

Wie durch einen dichten Nebel nahm Maria wahr, dass die Direktorin und Monsieur Möry sie ins Krankenzimmer schleppten. Der Geschmack in ihrem Mund war ekelerregend, sie fühlte sich unsäglich schwach, kaum fähig, sich auf den Beinen zu halten. Hitzewellen jagten durch ihren Körper. Die Krankenschwester entkleidete sie und steckte sie ins Bett. Maria wusste nicht, wie viel Zeit vergangen war, bis Hofrat Winter, der grauhaarige Arzt, der die Schülerinnen des Pensionats betreute, an ihr Bett trat und sie mit besorgter Miene durch sein Monokel eingehend musterte.

»Machen Sie den Mund auf und strecken Sie die Zunge so weit heraus, wie es Ihnen möglich ist, Komtess«, befahl er.

Maria tat wie geheißen. Ihr war alles egal, Hauptsache, die schrecklichen Halsschmerzen verschwanden.

»Sie haben eine schwere Angina, wahrscheinlich schon seit ein paar Tagen, und ein Abszess ist geplatzt«, erklärte der Hofrat. Als Maria zusammenschrak, fügte er schnell hinzu: »Es ist zwar schmerzhaft und lästig, Sie werden aber bald wieder gesund werden.« Aus seiner Tasche holte er eine mittelgroße dunkelbraune Flasche. »Geben Sie ihr fünfmal täglich einen großen Esslöffel«, wandte er sich an die Schwester. »Außerdem verordne ich ein absolutes Sprech- und Besuchsverbot.«

»Ich werde mich um das Mädchen kümmern, Herr Hofrat«, erwiderte die Schwester und ging davon, um einen Löffel zu besorgen.

»Ich sehe morgen wieder nach Ihnen, Komtess«, sagte Hofrat Winter. »Steigt das Fieber an, soll man mich sofort benachrichtigen.«

Maria nickte schwach. Die Schwester kehrte zurück und flößte Maria die klebrige, abscheulich bittere Tinktur ein. Weil die Schmerzen aber inzwischen kaum auszuhalten waren, fügte Maria sich widerspruchslos. Nur flüchtig dachte sie an den verpassten Lehrstoff und dass sie wahrscheinlich wieder Nachhilfestunden nehmen musste, um den Anschluss nicht zu verpassen, dann sank sie in tiefen Schlaf.

In den nächsten Tagen waren die Krankenschwester und Hofrat Winter, der täglich seine Visite abhielt, die einzigen Personen, die Maria zu Gesicht bekam. »Komtess Maria, das Schlimmste scheint überstanden zu sein«, sagte der Arzt nach einer Woche.

»Dann bin ich also gesund und kann wieder aufstehen?«, krächzte Maria. Ihre körperliche Schwäche und die noch andauernden Schmerzen straften ihre Worte sogleich Lügen.

Hofrat Winter schüttelte den Kopf. »Sie müssen das Bett noch etwa zwei, eher drei Wochen hüten, Komtess, und das Sprechen auf ein Minimum reduzieren.«

Mit wem sollte ich mich hier schon unterhalten?, dachte Maria und flüsterte: »Ich muss wieder in den Unterricht, Herr Hofrat! Ich habe viel Stoff versäumt, und ich muss …«

Er unterbrach sie mit einer Handbewegung. »Zunächst müssen Sie vollständig gesunden, die Entzündung muss restlos abheilen«, sagte er streng. »Es ist niemandem damit gedient, wenn die Krankheit chronisch wird und die Angina immer wieder auftritt.«

Maria erschrak. »Bedeutet das, ich werde immer wieder so schwer erkranken?«

»Nicht, wenn Sie meine Anweisungen strikt befolgen, Komtess«, erwiderte Hofrat Winter beruhigend lächelnd. »Weiterhin Bettruhe, gute, nahrhafte Mahlzeiten und so wenig wie möglich sprechen.«

»Darf ich denn lesen, um den Anschluss nicht völlig zu verpassen?«

Hofrat Winter nickte. »Aber nur zwei bis drei Stunden am Tag. Schlafen Sie so viel wie möglich, Komtess. Schlaf ist immer noch die beste Medizin.«

Obwohl sich Maria ärgerte, so krank und geschwächt zu sein wie nie zuvor in ihrem Leben, hatte das kurze Gespräch sie sehr angestrengt. Sie vertraute dem grauhaarigen Hofrat mit dem gütigen Blick und wollte seine Anweisungen befolgen. Trotzdem empfand sie den Aufenthalt im Krankenzimmer als demütigende Strafe und ärgerte sich über ihren schwachen, kranken Körper, dem sie nicht befehlen konnte, ohne Beeinträchtigung zu funktionieren.

Von ihrer Familie kamen lange, liebevolle Briefe, selbst ihr Bruder Wilhelm hatte sich zu ein paar aufmunternden Worten hinreißen lassen. Maria fühlte sich in der Lage, mit wenigen Zeilen auf die Briefe zu antworten. Sie versicherte, sie sei so gut wie genesen, niemand solle sich Sorgen machen, auch eine Reise nach Karlsruhe war für die Mutter nicht notwendig, lag der Schnee in diesem Januar doch wieder meterhoch.

Von einer so kleinen Sache lasse ich mich nicht aus der Bahn werfen, schrieb sie nach Hause. *Es ist nur ein Berg, den es zu erklimmen gilt, und ich habe das Rüstzeug und die Stärke, diesen steinigen Weg zu gehen …*

Nach weiteren drei Wochen konnte Maria wieder am Unterricht teilnehmen. Mit der Unterstützung der Freundinnen schloss sie die Lücken schnell, Nachhilfestunden waren nicht nötig, und Ende Februar war die *kurze Unpässlichkeit*, wie Maria ihre Erkrankung rückblickend nannte, nahezu vergessen.

FÜNF

Karlsruhe – 1886

Inzwischen standen auf Marias Stundenplan auch Turn- und Musikunterricht. Letzteren jedoch hatte Maria nur einige wenige Male besucht.

Nachdem Maria vorgesungen hatte, hatte Lehrer Steinwarz sie vom Unterricht befreit. »Komtess, bei allem Respekt, aber mit Ihrer Stimme werden Sie nie ein Kind in den Schlaf wiegen. Sie sollten es besser vermeiden, um dem Kind keine Albträume zu bereiten.«

Maria hatte ihm seine direkten Worte nicht übel genommen, im Gegenteil. »Da ich nicht vorhabe, jemals Mutter zu werden, werde ich bestimmt keinem Kind Schaden zufügen«, hatte sie lachend erwidert.

Erstaunt und auch etwas betroffen zog Herr Steinwarz eine Augenbraue hoch.

Maria war es recht. Musik, Gesang und Tanz waren weder ihr persönlich noch für den Gesamtnotenspiegel wichtig, und deshalb ärgerte sie sich auch nicht, dass man ihr das Talent absprach.

Später nahm Amélie Maria beiseite. »Es war sicher Spaß, dass du nie Mutter werden willst, nicht wahr?«, fragte sie besorgt. »Du wolltest den Lehrer bestimmt nur ärgern, oder?«

»Es ist mein voller Ernst«, widersprach Maria. »Ich sehe mich nicht als Ehefrau und Mutter – für den Rest meines Lebens ans Haus gefesselt.«

»Ich bin ebenfalls der Meinung, dass für uns Frauen mehr möglich sein muss, als einen Haushalt zu führen und Kinder aufzuziehen«, stimmte Amélie nachdenklich zu. »Wenn du allerdings verliebt bist, ich meine so richtig, mit Herzflattern und Magendrücken, ändert das alles. Dann willst du dem Mann nahe sein und alles tun, damit er glücklich ist.«

Amélies Augen glänzten, und sie war damit nicht allein. Seit einiger Zeit war das Strahlen bei vielen der älteren Schülerinnen zu bemerken. Grund dafür war der neue Turnlehrer Zahn, der im Frühjahr eingestellt worden war. Herr Zahn war groß, mit schlankem, dennoch kräftigem Körperbau, hatte rötlichblonde Haare, einen ebensolchen kurzen Backenbart und hellgraue Augen. Stets hatte er einen Scherz auf den Lippen und behandelte alle Schülerinnen zuvorkommend und freundlich. Nachdem Edith Leader, eine englische Mitschülerin, herausgefunden hatte, dass Herr Zahn unverheiratet war, wurde er von vielen angehimmelt.

Maria schmunzelte wissend. »Herr Zahn ist unser Lehrer und viel zu alt für dich. Und für alle anderen, die seinem Charme erliegen, ebenfalls«, ermahnte sie die Freundin übertrieben.

»Aber er sieht so gut aus«, erwiderte Amélie. »Ich frage mich, warum er noch nicht verheiratet ist.«

»Es wird Gründe haben, die uns, am Rande bemerkt, nichts angehen und auch nicht zu kümmern haben«, sagte Maria. Auch sie mochte Herrn Zahn, auch sie verwirrte seine Nähe. Ihr Verstand behielt aber Oberhand über ihre Gefühle. Es war nichts weiter als eine Jungmädchenschwärmerei. Abgesehen davon schenkte der Lehrer weder ihr noch einem der anderen Mädchen mehr Aufmerksamkeit, als es sein Unterricht erforderte. »Apropos – wir müssen uns beeilen, in einer halben Stunde fängt der Unterricht an.«

Die Freundinnen eilten in ihre Zimmer, um sich umzukleiden. Seit Kindesbeinen daran gewöhnt, in der freien Natur herumzustreifen, war Marias Körper sportlich und gelenkig. Einzig Edith war besser im Turnen, was Maria fuchste und ihren Ehrgeiz weckte, noch bessere Leistungen zu bringen. Sosehr ihr der Turnunterricht Freude bereitete, sosehr verabscheute sie es, dabei einen langen Rock mit bauschigem Unterrock und das Oberteil mit der engen Taille tragen zu müssen. Meine Güte, gerade bei sportlichen Aktivitäten war es wichtig, uneingeschränkt atmen zu können, was in dem Turnkleid schier unmöglich war. Maria drehte ihr widerspenstiges Haar zu einem festen Strang, den sie mit einem Dutzend Nadeln am Hinterkopf feststecke, und sagte zu Amélie: »Wenn meine Haare kurz wie die eines Jungen wären, müsste ich beim Turnen weniger schwitzen.«

Lachend entgegnete die Freundin: »Was du immer für Ideen hast, Maria! Aber ich traue dir zu, dass du dein Haar wirklich abschneiden lässt.«

»Meine Mutter würde mich wohl eigenhändig erwürgen«, scherzte Maria und öffnete die Tür zur Turnhalle. »Jetzt aber hurtig! Wir wollen doch keinen Eintrag wegen Zuspätkommens riskieren.«

Die beiden betraten zuletzt die Halle, der Barren war bereits aufgestellt worden. Als Maria an der Reihe war, über die Stange zu schwingen, verhedderte sich ihr Rock am Holm. Sie rutschte mit den Händen ab und schlug hart auf der Matte auf.

Sofort war der Lehrer bei ihr, beugte sich über sie und fragte: »Ist Ihnen etwas passiert?«

»Nein, alles noch dran.« Dankbar ergriff Maria Herrn Zahns helfende Hand. Ein Schauer lief durch ihren Arm, und das Blut schoss in ihren Kopf. »Wenn wir beim Turnen Hosen und lockere Hemden tragen würden, wäre es einfacher und wir könnten bessere Leistungen erzielen«, sagte sie betont burschikos.

»Maria von Linden, es ist nicht wichtig, als Dame außerordentliche sportliche Leistungen zu erzielen«, ermahnte Herr Zahn sie mit strenger Stimme, aber einem belustigenden Zwinkern. »Zudem ist Ihr Vorschlag unschicklich!«

»Aber berechtigt!«, beharrte Maria, und ihre Mitschülerinnen kicherten.

Die restliche Turnstunde verlief ohne weitere Vorfälle, und später gelang es Maria, beim Schwingen an den Ringen eine bessere Benotung als Edith zu erhalten. Das machte den kleinen Unfall wieder wett. Und dass Herr Zahn ihr die Hand gereicht hatte, war es allenfalls wert gewesen!

Nachdem im Jahr zuvor das Victoria-Pensionat von der Sophienstraße in die Kaiserstraße umgezogen war, bewohnte Maria ein eigenes Zimmer in dem nun größeren Haus. Amélies Raum lag auf ihrer linken, Gabrieles auf der rechten Seite. Ursula von Walther-Beyer und Conny Hartmann hatten das Institut inzwischen verlassen, beide mit guten Noten. Mit Conny führte Maria einen regen Briefverkehr, während ihr das Schicksal von Ursula herzlich gleichgültig war.

Mit nun sechzehn Jahren durfte Maria nach dem Kirchgang an den Sonntagen Besuche in der Stadt machen. Marias Vater schrieb an den General von Stranz, den er seit Jugendjahren kannte, und bat ihn, Maria zu empfangen. Der General und seine Frau waren ältere, freundliche und sehr gebildete Leute, so freute sich Maria auf die Sonntagnachmittage.

Frau von Stranz zeigte sich gegenüber Marias Vorstellungen von der Zukunft aufgeschlossener, als es Maria von einer älteren Dame ihres Standes erwartet hätte.

»Ich verstehe, dass du studieren möchtest«, sagte sie nachdenklich. »Allerdings gilt es, Hürden zu bewältigen, die so hoch und unüberwindbar sind wie eine Reise zum Mond.«

Maria seufzte. »Nicht nur, dass es im Königreich Württemberg Frauen untersagt ist zu studieren, zuvor müsste ich das Abitur ablegen.«

»Nicht nur in Württemberg, auch hier in Baden ist es nicht möglich«, erwiderte Frau von Stranz. »Im gesamten Deutschen Reich hat noch nie eine Universität ihre Tore für eine Frau geöffnet. Wenn du meine Meinung hören willst, Maria: Ich halte es für eine Schande! Es studieren genügend dumme junge Männer, ohne eine Ahnung zu haben, was sie überhaupt tun. Sie verbringen mehr Zeit in Wirtshäusern als in Hörsälen, während für intelligente junge Frauen wie dich …« Sie brach ab und sah Maria vielsagend an.

»Während für Frauen wie mich nur der Weg in die Ehe bleibt«, vollendete Maria. »Meine Noten sind in fast allen Fächern sehr gut, in den Naturwissenschaften sogar ausgezeichnet.« Marias Stimme wurde lauter. »Selbst ein ausgezeichneter Abschluss der höheren Töchterschule bringt mich im Leben keinen Schritt weiter! Manchmal frage ich mich, warum ich überhaupt auf der Schule bin. Ob es nicht eine sinnlose Zeitverschwendung ist, wenn mein Schicksal sowieso in einer Ehe endet?«

»Maria, bitte, beruhige dich!«, mahnte Frau von Stranz erschrocken. »Wenngleich ich gewisses Verständnis für deine Erregung zeige, darfst du meinen Mann solch rebellische Worte nicht hören lassen.«

»Es tut mir leid, Frau Generalin. Manchmal muss ich einfach sagen, was ich denke, sonst habe ich das Gefühl zu platzen.«

Frau Stranz ergriff Marias Hand und drückte sie. Obwohl sie allein im Salon waren, flüsterte sie: »Zweifle niemals an dir und deinen Fähigkeiten, lerne aber deine Gefühle zu beherrschen. Häufig ist es klüger, zu schweigen, um andere nicht gegen sich aufzubringen.«

Die Meinung teilte Maria nicht, denn eines war sie nicht und wollte sie niemals sein: ein Duckmäuser. Da sie der Generalin aber für ihr offenes Ohr dankbar war und sie nicht verärgern wollte, bat Maria ein weiteres Mal um Verzeihung.

»Möchtest du heute Abend mit uns essen und mich dann ins Theater begleiten?«, schlug Frau von Stranz nun vor, wohl um das Thema zu wechseln.

»Am Abend muss ich zurück im Pensionat sein.«

»Ich gebe Fräulein Schneemann Bescheid, die Dame ist mir wohlbekannt. Es wird ein Stück aus der Feder von Molière in französischer Sprache aufgeführt, der Besuch ist also eine Art Fortbildung.«

Frau von Stranz ging zum Schreibpult, setzte ein paar Zeilen auf, klingelte dann nach einem Boten und befahl ihm, den Brief ins Victoria-Pensionat zu bringen und auf Antwort zu warten. Diese lag keine Stunde später vor: Die Direktorin gestattete Maria den Theaterbesuch.

Zunächst hatte Maria nur zugestimmt, um die freundliche Generalin nicht zu enttäuschen, aber bereits wenige Minuten reichten aus, und sie war von dem Geschehen und den Akteuren auf der Bühne fasziniert. Ihr Französisch reichte aus, dass sie dem Stück gut folgen konnte.

Die Besuche im Schauspielhaus, und zuvor das Abendessen bei der Familie Stranz, wurden für Maria zu einer festen Einrichtung. Einer der Diener von Frau Stranz brachte sie dann zu später Stunde ins Pensionat zurück, wo sie schon von der Haushälterin Fräulein Salzer erwartet wurden. Häufig gab es dann noch einen kleinen Imbiss, damit Maria nicht mit knurrendem Magen zu Bett gehen musste.

An einem milden Sonntag im Frühsommer schlüpfte Maria nach dem Kirchgang in das weiße Batistkleid und betrachtete sich im schmalen Wandspiegel ihres Zimmers.

»Du siehst sehr hübsch aus«, sagte Amélie. »Lass mich dir helfen, dein Haar festzustecken. Wir müssen schließlich einen guten Eindruck machen.«

Geschickt befestigte Amélie zwei Haarsträhnen mit silbernen Spangen an Marias Hinterkopf. Jetzt hielt die Frisur perfekt und würde den Tag überstehen. Wenn Maria es selbst versuchte, gelang es ihr kaum, ihre dichte Mähne zu bändigen.

Maria dankte der Freundin. »Für den Besuch hätte es auch mein gutes dunkelblaues Sonntagskleid getan.«

»Nichts da!«, sagte Gabriele und winkte lachend ab. »Immerhin werdet ihr einer richtigen Prinzessin vorgestellt. Die Großherzogin ist sehr freundlich, du brauchst keine Angst vor ihr zu haben.«

»Ich habe keine Angst«, murmelte Maria. Das entsprach der Wahrheit, eine gewisse Aufregung konnte sie dennoch nicht leugnen. Sie hoffte, alles richtig zu machen, den feinen weißen Stoff nicht zu beschmutzen und Fräulein Schneemann keinen Grund zu geben, sich ihrer zu schämen.

Regelmäßig wurden ältere Schülerinnen, zu denen Maria jetzt zählte, in das Schloss eingeladen – begleitet von Lehrkörpern, die aufgeregter zu sein schienen als die Mädchen selbst. Galt es doch, die Schülerinnen in geziemender Weise vorzuführen und gegenüber der Gönnerin der Einrichtung das Victoria-Pensionat in gutem Licht erscheinen zu lassen. Für Maria und Amélie sollte es heute der erste Besuch im Schloss sein, Gabriele war bereits einmal eingeladen worden und sah dem Besuch entspannt entgegen. Seit Wochen waren die Mädchen von Fräulein Schneemann instruiert worden, wie man sich korrekt verhielt, wie und wann man richtig knickste und, vor allen Dingen, wann es zu sprechen und wann zu schweigen galt.

Neben Fräulein Schneemann wurden die acht für den heutigen Besuch ausgewählten Schülerinnen von Monsieur Möry und Miss Streuly begleitet. Die Lehrkräfte waren ganz in Schwarz gekleidet, das Haupt von Miss Streuly zierte eine in Weiß eingefasste Samtschleife. Gesitteten Schrittes und gesenkten Hauptes gingen sie durch die Stadt zum Schloss, jedes Mädchen hing ihren eigenen Gedanken nach.

Je näher sie dem Schloss kamen, desto mehr grummelte es in Marias Bauch. Sie war den Umgang mit herrschaftlichen Personen durchaus gewohnt, einer richtigen Prinzessin war sie aber noch nie vorgestellt worden. Luise Maria Elisabeth war die einzige Tochter des deutschen Kaisers Wilhelm und tat als Ehefrau des badischen Großherzogs sehr viel für das Land, etwa, was die Bildung von Mädchen und Frauen anging.

Der Himmel war zwar bedeckt und es wehte ein kühler Wind, aber es regnete nicht. Welchen Eindruck hätte es gemacht, wenn die kleine Gruppe durchnässt das Schloss erreicht hätte. Nach ihrer Ankunft wurden sie von livrierten Dienern durch endlose Korridore geführt, es ging treppauf und treppab und durch weitere Flure. Ihrer aller Schritte hallten laut von den Wänden wider. Schließlich betraten sie einen sich über zwei Stockwerke erstreckenden großen Saal. Eine Front bestand aus bodentiefen Fenstern, die den Blick auf die hinteren Schlossgärten freigab. Die goldgelben Vorhänge harmonierten mit dem flauschigen Teppich. Einzeln stehende Tischchen mit zierlichen Stühlen, vier Sessel, eine Couch und zwei Kommoden aus Mahagoni bildeten die Einrichtung. Die Mädchen mussten sich der Größe nach nebeneinander aufreihen, flankiert von den Lehrkörpern. Fräulein Schneemann, auf dem Haar ein weißes Spitzenhäubchen, stand einen Meter vor ihnen. Für Maria verging eine schier endlose halbe Stunde, in der sie sich weder bewegen noch ein Wort sprechen durfte. Selbst als ihr Nasenrücken juckte, wagte sie nicht, die Hand zu heben, um sich zu kratzen.

Endlich öffneten zwei Diener eine der drei Türen, und die Großherzogin trat ein, begleitet von vier ihrer Hofdamen. Wie es ihr beigebracht worden war, versank Maria in einen tiefen Knicks, in Wirklichkeit war die Bewegung jedoch nicht so harmonisch wie Dutzende Male zuvor geprobt. Aus dem Augenwinkel sah sie, dass es den anderen nicht besser erging. Amélie war bereits wieder in aufrechter Position, während Gabriele noch am Boden verharrte, mit einem Gesichtsausdruck, als wären ihre Beine erstarrt. So gelassen, wie die Freundin getan hatte, war Gabriele dann doch nicht.

Der Blick der Großherzogin glitt über die Mädchen, dann lächelte sie gütig und trat vor Fräulein Schneemann.

»Wie freundlich, uns mit einer Auswahl Ihrer Anvertrauten zu besuchen«, sagte die Fürstin mit feiner, sanfter Stimme.

Die Direktorin knickste ein weiteres Mal. »Es ist uns eine Ehre und Freude, Eure Hoheit, und wir danken für Eure Großherzigkeit und Güte.«

Die Großherzogin wandte sich nun den Mädchen zu, und Monsieur Möry stellte die neuen vor.

»Maria, Komtess von Linden«, sagte der Lehrer, als die Reihe an Maria war. »Eine unserer besten Schülerinnen, insbesondere im Bereich der Naturwissenschaften, der Geologie und Ökologie.«

Zu Marias Erstaunen legte die Fürstin ihre Hand, die in einem elfenbeinfarbenen Spitzenhandschuh steckte, an Marias Kinn und hob es an. Maria sah direkt in die rehbraunen Augen der preußischen Prinzessin.

»Du interessierst dich für Naturwissenschaften, mein Kind?«

»Außerordentlich, Eure Hoheit«, brachte Maria hervor, wobei sich ihr Hals anfühlte wie damals, als sie an der schweren Angina erkrankt gewesen war.

»Und wie steht es mit deinen Kenntnissen und Fähigkeiten in Musik, Gesang, Tanz und Handarbeiten?«

Maria schluckte und suchte krampfhaft nach einer Antwort, die sowohl aufrichtig als auch nicht brüskierend gegenüber der Fürstin war. Schließlich sagte sie: »Meine Stimme ist zu rau, um in den Ohren der Zuhörer melodiös zu klingen, meine Füße sind zu groß und zu plump, um eine elegante Tanzdame abzugeben, aber ich verfüge über Kenntnisse in allen gängigen Näh- und Strickarbeiten.«

Fräulein Schneemann kam Maria zu Hilfe. »Komtess von Lindens Fähigkeiten liegen auf anderen Gebieten, Eure Hoheit. Ich bin der Überzeugung, Maria wird ihren Weg gehen, und es wird ein guter Weg sein.«

Prinzessin Luise lächelte ein weiteres Mal, nahm ihre Hand von Marias Kinn und wandte sich Amélie zu. Sie ließ sich zwar deren Namen sagen, stellte ihr aber keine Fragen.

Tee und kleine Kuchen wurden serviert und auf den Tischen verteilt, die Gäste durften sich nun setzen. Maria, die großen Hunger verspürte, beherrschte sich, nicht gleich zwei oder drei der Küchlein zu nehmen, sondern nur kleine Bissen abzubeißen, langsam zu kauen und den Tee in Schlückchen zu trinken. Die Großherzogin und Fräulein Schneemann saßen an einem Tisch am anderen Ende des Saals, zu weit entfernt, um deren angeregte Unterhaltung hören zu können. Maria bemerkte jedoch, wie der Blick der Fürstin immer wieder zu ihr glitt. Unwillkürlich streckte sie den Rücken durch und setzte sich kerzengerade auf. Gleichgültig, was die Direktorin sagte – sie, Maria, war in nahezu allen Fächern eine gute Schülerin geworden, und es gab keinen Grund, ihre wahren Interessen und Neigungen zu verbergen.

Als die Großherzogin aufstand und den Saal mit einem Abschiedsgruß verließ, erhoben sich alle, denn auch für sie war es Zeit, das Schloss zu verlassen. Auf dem Rückweg zum Pensionat schnatterten die Mädchen laut durcheinander, was von den Lehrkräften nicht unterbunden wurde. Jede hatte einen anderen Eindruck von der Fürstin gewonnen.

Gabriele stupste Maria in die Seite. »Sie interessiert sich für dich. Die Großherzogin mag Menschen, die anders sind.«

»Ich bin nicht anders«, erwiderte Maria mit gerunzelter Stirn. »Ich interessiere mich nur für wichtigere Dinge als Tanzen, Singen und Stricken.«

Gabriele lächelte verhalten und sah Maria beinahe mitleidig an. »So bekommst du niemals einen Mann. Ich fürchte, du wirst eine alte Jungfer werden.«

Bevor Maria eine unwillige Erwiderung äußern konnte, meldete sich Amélie zu Wort. »Maria wird ihren Cousin Bertie heiraten, das ist seit Jahren beschlossen.«

»Das werde ich nicht tun!«, widersprach Maria.

Amélie zog eine Augenbraue hoch. »Weiß Bertie das? Du kannst nicht ernsthaft darauf hoffen, an einer Universität zu studieren? Maria, ich bin deine beste Freundin, und Freundinnen sollten sich immer die Wahrheit sagen. Nichts spricht dagegen, wenn du lernst und in aller Stille die Themen studierst, die Männern vorbehalten sind. Schlussendlich ist unser Schicksal festgeschrieben, und es läuft darauf hinaus, Ehefrau und Mutter zu sein.«

»Höchste Zeit, die bestehende Ordnung zu verändern«, erwiderte Maria, drehte sich um und stapfte davon. Bis sie wieder im Pensionat waren, sprachen die Mädchen nicht mehr miteinander.

Von diesem Tag an wurde Maria zu jedem Empfang im großfürstlichen Schloss geladen, zu denen sich ab und zu auch der Großherzog gesellte. Friedrich von Baden sprach nur wenig, seinen aufmerksamen Blicken entging jedoch nichts. Mit der Zeit verlor Maria ihre Scheu gegenüber der Großherzogin, insbesondere, da diese aufrechtes Interesse an Marias Beschäftigungen und ihrer Meinung zeigte. Maria erzählte von ihrer weitläufigen Familie und ihrem Zuhause auf dem Burgberg. Einmal besuchte Prinzessin Luise auch die Schule, als einige Mädchen ein Theaterstück in französischer Sprache einstudiert hatten und es zur Aufführung kam. Es war *Femmes savantes* aus der Feder von Molière, nach wie vor der bevorzugte Literat von Monsieur Möry. Maria verkörperte die Rolle des Schöngeistes Trissotin, Gabriele dessen Gegner Vadius.

Anders als in der unpraktischen Turnbekleidung und besonders dem weißen Batistkleid fühlte sich Maria in dem Kostüm
ihrer Rolle ausgesprochen wohl. Bequeme Hosen, ein leichtes Leinenhemd, ein locker sitzendes Wams, die Haare streng
zurückgekämmt und unter einem Hut mit einer wippenden
Feder verborgen – Maria konnte sich von ihrem Spiegelbild
nur schwer lösen.

»Du könntest wirklich ein Mann sein, auch deine tiefe
Stimme passt perfekt«, raunte ihr Gabriele zu. »Vielleicht
solltest du Schauspielerin für Männerrollen werden«, fügte sie
scherzend hinzu.

»Das Auswendiglernen der Texte fiel mit leicht, und die
Proben haben mir Spaß gemacht«, erwiderte Maria. »Meine
Bestimmung ist die Schauspielerei aber sicherlich nicht.«

Nun breitete sich Hektik hinter den Kulissen aus. Das
Stück war bereits einmal aufgeführt worden, allerdings nur
unter Anwesenheit der Lehrkörper und der anderen Schülerinnen. Heute jedoch wurde die Großherzogin mit ihren Hofdamen und einer Anzahl von der Fürstin geladenen Herren
erwartet.

Fräulein Schneemann wuselte zwischen den Akteurin-
nen hindurch, zupfte hier an einem Kostüm, rückte dort eine
Kappe zurecht und sagte: »Mädchen, macht es einfach so wie
bei der Premiere. Nur weil die Großherzogin im Publikum
sitzt, braucht ihr nicht nervös zu sein.«

Maria und Gabriele grinsten sich an. Sie hatten den Eindruck, die Person, die nahezu kopflos herumlief, war die Direktorin selbst.

Tatsächlich war die Atmosphäre unnatürlich steif, alle Mädchen fühlten sich befangen. Monsieur Möry verhielt sich reizend,
klatschte an den passenden Stellen und nickte den Mädchen

aufmunternd zu. Nach der Aufführung kam er in Begleitung der Großherzogin zu ihnen in die Garderobe, und Maria hatte die Ehre, die Hand der hohen Dame küssen zu dürfen.

»In dem Kostüm siehst du aus wie ein richtiger Mann. Aus der Ferne war es mir unmöglich, dich zu erkennen«, stellte auch die Großherzogin fest.

Maria wusste nicht, ob es als Kompliment gemeint war.

»Deine Aussprache ist nahezu perfekt, Maria. Du hast einen äußerst kundigen Lehrer und solltest deine Studien in Richtung der französischen Literatur vertiefen.«

Ob dieses Lobes strahlte Monsieur Möry über das ganze Gesicht und konnte sich kaum beherrschen, nicht freudig in die Hände zu klatschen. Maria lächelte wortlos. Besser, sie verschwieg, dass sie hoffte, die Rolle noch oft spielen zu dürfen – einzig aus dem Grund, das Männerkostüm tragen zu können.

Wenige Tage später wurde Maria von einem der Hausmädchen mitgeteilt, sie habe Besuch und möge ins Gesellschaftszimmer kommen. Auf dem Weg vom Studierzimmer zum Empfangsraum im Erdgeschoss überlegte Maria fieberhaft, wer es sein könnte. Ihre Eltern sicherlich nicht, auch niemand von der Stuttgarter Verwandtschaft, denn mit allen hatte sie erst vor wenigen Tagen Briefe ausgetauscht. Auch ihre Onkel Bebi und Ferdinand kamen nicht in Betracht, da derzeit beide verreist waren, wie Maria durch die Briefe ihrer Eltern erfahren hatte.

Maria öffnete die Tür. »Onkel Karl!«, rief sie überrascht aus. Mit diesem Gast hatte sie nun gar nicht gerechnet. Sie besann sich auf die guten Manieren und knickste vor Tante Elisabeth, die auf einem der Stühle Platz genommen hatte. »Tante Elli, Onkel Karl, ich freue mich über euren Besuch.«

Das Monokel fest ins rechte Auge gepresst, musterte Karl von Linden seine Nichte.

»Du bist groß geworden«, stellte er fest und setzte sogleich hinzu: »Fast zu groß und auch zu dünn für eine Frau.«

»Sie wird wohl nicht noch weiter wachsen«, bemerkte die Tante. Elisabeth von Linden war eine kleine, hagere Frau mit einem spitzen Kinn, einer langen Nase und eingefallenen Wangen. Sie wirkte herb, etwas verhärmt und älter, als sie war, was mit daran lag, dass die Ehe bisher kinderlos geblieben war und wohl auch bleiben würde.

Maria läutete das silberne Glöckchen auf dem Tisch. »Ich lasse uns Tee, Kaffee und Gebäck bringen, dann erzählt ihr, was euch nach Karlsruhe führt.«

Ein Mädchen erschien, und wenige Minuten später ließen sich die drei aromatischen Mokka und leckere Mandelkekse schmecken. Karl von Linden war kein Mann, der um den heißen Brei herumredete. Schnell kam er auf den Grund seines Besuches zu sprechen.

»Maria, auch wenn du mir und deiner Tante nur selten schreibst, bin ich durch meinen Bruder und seine Frau, deine Mutter, im Genauesten über dich informiert.« In Maria regte sich Schuldbewusstsein, denn in den letzten Jahren hatte sie dem Onkel vielleicht zwei, höchstens drei Briefe und jeweils eine Karte zu Weihnachten gesandt. Er fuhr fort: »Elli und ich haben ausgiebig über dich gesprochen, und sie ist der Meinung – «

»Dass deinem Wunsch, das Abitur abzulegen, Folge geleistet werden sollte«, fiel ihm die Tante ins Wort. Sie beugte sich vor, ergriff Marias Hand und sah ihr fest in die Augen. »In den letzten Monaten habe ich mich erkundigt, mit verschiedenen Personen korrespondiert, einige interessante Gesichtspunkte entdeckt und schließlich deinen Onkel überzeugt, alles in seiner Macht Stehende zu unternehmen, damit dein Wunsch in Erfüllung geht.«

»Das kann man durchaus so ausdrücken«, brummte Onkel Karl. »Wenn sich meine Frau etwas in den Kopf gesetzt hat, bringt sie so schnell niemand davon ab.«

Maria sah die Tante überrascht an. Ausgerechnet Elisabeth, mit der sie sich nie verbunden gefühlt hatte, wollte sie unterstützen, ihre Träume zu verwirklichen? Mithilfe von Karl von Linden, der für Maria nie ein so liebevoller Onkel wie Ferdinand oder Bebi gewesen war.

»Wie du weißt«, fuhr Karl von Linden fort, »verfüge ich in Württemberg über einige Beziehungen, auch mein Bruder Josef hat gewissen Einfluss an höheren Stellen. Weitere Unterstützung erhältst du von der Großherzogin von Baden, die du offensichtlich beeindruckt hast. Da Josef nach Sachsen reisen musste und seine Geschäfte ihn dort einige Monate festhalten werden, beauftragte er mich, dir ein Angebot zu unterbreiten.«

»Ein Angebot?«, wiederholte Maria skeptisch. Sie hatte keine Ahnung, in welche Richtung die Unterhaltung führen könnte.

»Josef und ich werden versuchen, eine Ausnahmegenehmigung zu erwirken, damit du das Abitur ablegen kannst«, erklärte Karl von Linden so ruhig und emotionslos, als wäre er sich der Bedeutung der Worte für Maria nicht bewusst.

»Was?« Maria fuhr vom Stuhl auf. »Das … das … Aber wie …?« Es kam selten vor, dass ihr die Worte fehlten.

»Die Bestimmungen verbieten Frauen zwar einen derartigen Abschluss«, erklärte Tante Elli lächelnd, »aber das Gesetz weist Lücken auf. Es wird kein einfacher Weg werden, Maria, und es wird einige Zeit ins Land gehen, denn behördliche

Stellen arbeiten langsam, besonders bei einem so problematischen Anliegen.«

»Es wäre aber möglich?«, fragte Maria unsicher. Noch wollte sie sich über die Aussicht, vielleicht das Abitur ablegen zu können, nicht freuen. Die Enttäuschung, wenn die Onkel keinen Erfolg hätten, wäre zu groß.

»Ich habe mir erlaubt, mit deinen Lehrern zu sprechen«, fuhr Karl von Linden fort. »Während sich alle überaus anerkennend zu deinem Charakter äußern, lassen deine Leistungen in einigen Fächern nach wie vor zu wünschen übrig. Du hast noch ein gutes Jahr an diesem Institut, daher wirst du ab sofort wieder regelmäßige Nachhilfestunden erhalten. Vorrangig in Grammatik, Geografie, Mathematik und Physik.«

»In Mathematik und besonders in Physik bin ich die Beste!«, begehrte Maria auf. »Nicht nur in meiner Klasse, sondern an der ganzen Schule. Fräulein Schneemann sagte, in diesen Fächern hätte sie noch nie eine aufmerksamere und begabtere Schülerin gehabt.«

Onkel Karl nickte bedächtig, zum ersten Mal zeichnete sich ein Lächeln auf seinem Gesicht ab, was ihm sogleich einen freundlicheren Ausdruck verlieh. »In einer Klasse, die aus Mädchen besteht und in der Naturwissenschaften eine untergeordnete Rolle spielen, mag das wohl stimmen. Am Realgymnasium in Stuttgart, das ich für dich in Erwägung ziehe, sind die Lehrpläne und die Voraussetzungen für die Abiturprüfung auf junge Männer ausgerichtet, die seit Jahren gezielt in diesen Fächern unterrichtet werden. Du wirst die Klausur unter denselben Bedingungen wie die Jungen schreiben müssen, niemand wird Rücksicht darauf nehmen, dass du eine junge Frau bist.«

»Das liegt vollständig in meinem Interesse. Ich möchte

keine Extrawürste bekommen.« Selbstbewusst reckte Maria das Kinn.

»Mit den Nachhilfestunden bist du also einverstanden?«, hakte Onkel Karl nach. »Maria, die nächsten Monate, wenn nicht Jahre, werden sehr arbeitsintensiv werden. Zeit für anderes wird wenig bleiben, und niemand kann versprechen, dass du dann auch wirklich zum Abitur zugelassen wirst. Bist du trotzdem entschlossen und bereit, den Weg zu gehen?«

Langsam stand Maria auf, legte die rechte Hand auf ihr Herz und sagte voller Inbrunst: »Vor den Erfolg hat Gott den Schweiß gesetzt. Ich werde alles tun, was von mir gefordert wird, und meine ganze Kraft und Energie aufbringen, um die erste Frau zu sein, die in Württemberg die Reifeprüfung erlangt.«

SECHS

Großherzogtum Baden – Juli 1887

Marias Zeit im Pensionat neigte sich dem Ende zu. Einerseits freute sie sich auf das Kommende, auf einen neuen Lebensabschnitt, gleichzeitig empfand sie große Wehmut, denn in den vergangenen vier Jahren war das Institut zu ihrer zweiten Heimat geworden. Selbst die Monate, in denen Maria unermüdlich gelernt, alle Bücher, die ihr Onkel Karl und Onkel Bebi zugesandt hatten, intensiv studiert und fast allen Vergnügungen entsagt hatte, würden ihr in allerbester Erinnerung bleiben. Im letzten Jahr neu hinzugekommen war Latein, denn für das Abitur waren Kenntnisse in dieser Sprache Voraussetzung. Dreimal in der Woche war Maria von einem Privatlehrer unterrichtet worden. Von den Kameradinnen wurde Maria für Fleiß und Ausdauer überwiegend bewundert, es fielen aber auch spöttische Kommentare.

So bemerkte Hedwig Krüger, mit der sich Maria noch nie besonders verstanden hatte: »Maria bildet sich wohl ein, Arzt, Pfarrer oder Richter zu werden, denn nur solche Personen müssen Latein beherrschen. *Ich* würde mich niemals von einem weiblichen Arzt behandeln lassen.«

Gabriele von Andrian-Werburg stemmte die Arme in die Seiten, trat vor Hedwig und sagte in einem energischen Tonfall, den man selten von ihr hörte: »Du bist nur neidisch, weil du zu dumm bist, jemals einen einzigen lateinischen Satz auswendig lernen oder gar verstehen zu können.«

Später drückte Maria Gabrieles Hand und flüsterte: »Danke.« Inzwischen mochte sie die österreichische Adlige recht gern. Nicht so sehr wie ihre Freundin Amélie, aber Gabriele akzeptierte Maria so, wie sie war.

Beim Abschluss war Maria mit der lateinischen Formenlehre gut vertraut, las mühelos Cicero und Ovid, und in Mathematik löste sie die Abituraufgaben eines humanistischen Gymnasiums. Allerdings gab es in den Bestrebungen, Maria zum Abitur zuzulassen, keine Fortschritte. Onkel Karl lief gegen Mauern an, selbst der Einfluss der Großherzogin hatte noch nicht zum gewünschten Erfolg geführt. Maria übte sich in Geduld. Ihre Privatlehrer schlugen vor, zu Hause weiterzuarbeiten, sodass sie das Gelernte nicht wieder vergaß und sich ständig weiterbildete.

Seit Wochen hatte sich in Maria ein Gedanke festgesetzt, und als wieder einmal die Post verteilt und Maria ein Brief von zu Hause ausgehändigt wurde, schlug ihr Herz schneller. Ungeduldig riss sie den Umschlag auf, schnell huschten ihre Augen über die kleine geschwungene Handschrift der Mutter.

Mag Dein Anliegen auch noch so ungewöhnlich sein, es passt doch zu unserer Maria. Dein Vater und ich haben es lange besprochen und sind zu dem Entschluss gekommen, Deinem Wunsch stattzugeben …

»Hurra!«, rief Maria so laut, dass sich alle nach ihr umdrehten.

Amélie spähte über Marias Schulter. »Gute Nachrichten von daheim?«

»Außerordentlich gute!« Lachend reichte Maria das Schreiben der Freundin. »Sieh selbst.«

Beim Lesen weiteten sich Amélies Augen. »Du willst tatsächlich den Schwarzwald durchwandern?«, fragte sie ungläubig. »Ganz allein? Als Frau?«

»Denkst du, eine Frau ist dazu nicht in der Lage?«

»Wenn es eine ist, dann du, Maria von Linden«, erwiderte Amélie grinsend. »Und ganz allein wirst du ja nicht sein, eure Haushälterin wird dich begleiten.«

Zu diesem Passus im Brief war Maria noch nicht gekommen. Schnell las sie den Rest der Zeilen. Die Eltern würden ihr Franziska Boser nach Karlsruhe schicken. Die burschikose, selbstsichere Frau, ein Vierteljahrhundert älter als Maria, war für das Unternehmen bestens geeignet. »Fränze« sollte auf die junge Abenteurerin aufpassen, da sie in früheren Zeiten selbst allein gereist war. Ihr würde auch die Reisekasse anvertraut werden.

Da es unmöglich ist, das eben erst flügge gewordene Schwälblein allein in der Welt herumirren zu lassen und Dein Vater nur so überzeugt worden konnte …, las Maria weiter. Das trübte Marias Vorfreude in keiner Weise, im Gegenteil. Es war sicher von Vorteil, nicht immer allein zu sein und eine Gesprächspartnerin bei dem Abenteuer zu haben.

Der Gedanke, nach Ende des Pensionats nicht gleich auf den Burgberg zurückzukehren, war Maria von einem Tag auf den anderen durch den Kopf geschossen. Vier Jahre hatte sie in Karlsruhe zugebracht, von der schönen Landschaft Badens aber hatte sie so gut wie nichts gesehen. Gerade der Schwarzwald wurde von Sommerfrischlern aus dem In- und Ausland besucht. So wollte Maria die Gegend, um die sich zahlreiche Sagen und Mythen rankten, mit eigenen Augen sehen.

»Dir, meine liebe Freundin, kann ich es gestehen«, raunte sie Amélie zu. »Ich bin wirklich glücklich und dankbar, so viel lernen zu dürfen, Vergnügen ist mir aber zu einem Fremdwort geworden. Die vielen Nachhilfestunden haben mich erschöpft, ich muss neue Kraft schöpfen.« Fragend sah sie Amélie an. »Wenn du mitkommen möchtest …«

»Das würden meine Eltern niemals erlauben«, erwiderte die Freundin. »Ebenso wenig die von Gabriele. Wenn ich ehrlich bin, habe ich auch keine Lust, jeden Tag zu wandern und in zweifelhaften Gasthöfen zu übernachten.«

»Fränze und ich werden ausreichend Geld zur Verfügung haben, um in besseren Häusern abzusteigen«, erwiderte Maria. Sie umarmte die Freundin und drückte sie. »Ach, ich freue mich wahnsinnig!«

Fränze sollte einen Tag vor dem geplanten Aufbruch in Karlsruhe eintreffen. Zuvor galt es, Abschied zu nehmen von dem ehrwürdigen Gebäude, den lieb gewonnenen Räumen und Klassenzimmern und von den Menschen, die Maria ins Herz geschlossen hatte. Großherzogin Luise ließ alle, die im Sommer aus dem Institut austraten, zu sich ins Schloss kommen. Zum Abschied erhielt jede Schülerin ein Buch, in dem die Fürstin allerlei weise Sprüche gesammelt hatte. Die Broschur, die Maria überreicht wurde, war auf der ersten Seite von der Großherzogin persönlich signiert: *Maria von Linden zur Erinnerung an Jahre tadellosen Fleißes.*

Diese Anerkennung erfüllte Maria mit größerem Stolz als alle guten Noten.

Maria packte ihre Sachen, das Gepäck wurde abgeholt und auf den Weg nach Burgberg gebracht. Tags drauf machten sich die Haushälterin und Maria zum Bahnhof in Karlsruhe auf. Bei der Wanderung trugen sie und Fränze lediglich je einen praktischen Ranzen, umgehängt eine Kartentasche und einen Regenschirm. Für das Unterfangen hatte Maria die Hosen ihres Bruders tragen und sich auch sonst eher männlich kleiden wollen. Dann aber musste sie feststellen, dass sie aus den alten Sachen herausgewachsen war. Außerdem legte Fränze lautstark ihr Veto ein.

»Dass eine junge Frau wie eine Magd durch die Lande zieht, habe ich zu akzeptieren, aber ich werde darauf achten, dass Sie sich so verhalten, wie es einer Komtess gebührt. Das bin ich allein Ihrer guten Frau Mutter schuldig. Sie schlägt mir den Kopf ab, sollte Ihnen etwas geschehen, Komtess.«

Maria lachte. »So schlimm wird es schon nicht werden, gute Fränze, und die Zeiten des Köpfens sind glücklicherweise vorbei. Gut, ich ziehe ein praktisches Reisekleid an, aber an meinen Schuhen hast du wohl nichts auszusetzen?«

Sie hob den Rocksaum und zeigt Fränze ihre neuen Schnürschuhe: breit und derb wie die eines Arbeiters.

»Ich denke, das ist in Ordnung«, antwortete Fränze mit gespielt ernstem Gesichtsausdruck. »Für eine Wanderung ist gutes Schuhwerk unabdingbar. Wenngleich ich vermute, der Schuster hat es für einen Mann angefertigt.«

Marias Lächeln war Antwort genug.

In Achern verließen Maria und Fränze den Zug und wanderten bei herrlichstem Sonnenschein über die Straße nach Ottenhöfen. Dort wollten sie zur Hornisgrinde hinaufsteigen. Eine stete leichte Brise brachte an dem heißen Sommertag Erfrischung. Tief atmete Maria die klare, nach Tannen duftende Luft ein. Schon nach wenigen Stunden in der nahezu unberührten Natur wusste sie, dass ihre Entscheidung richtig gewesen war. Unterwegs stillten sie ihren Durst mit kristallenem Wasser aus den Bächen, die aus den Höhen der Berge ins Tal herabsprudelten, und füllten ihre blechernen Trinkkannen auf. Außer die der Schwäbischen Alb hatte Maria noch keine Berge gesehen. Und so beeindruckten sie die dunkel bewaldeten Anhöhen enorm, die dem Schwarzwald seinen Namen gaben. Vereinzelt trafen sie auf andere Wanderfreunde, ältere Herren, junge Burschen, eine Familie mit zwei halbwüchsigen Kindern. Maria und Fränze riefen ihnen ein fröhliches »Guten Tag« zu, der Gruß wurde zwar erwidert, begleitet jedoch von skeptischen Blicken.

»Es geht«, hörte Maria einmal einen jüngeren Mann seinem Begleiter zuraunen, »bergab mit unserem Land, Theodor. Jetzt ziehen schon Frauen ohne Begleitung wie Handwerksburschen umher, als wäre nichts dabei. Was kommt als Nächstes? Wollen die Weibsleute etwa noch in der Politik mitmischen?«

Maria blieb stehen, drehte sich um, und bevor Fränze sie daran hindern konnte, rief sie den Männern zu: »Ja, es mag ungewöhnlich sein, aber es ist das schönste Erlebnis meines Lebens! In die Politik will ich nicht gehen, aber bald werde ich an der Universität studieren.«

Zunächst war der Mann verblüfft, dann erwiderte er kühl: »Vielleicht sollte ich in der nächsten Irrenanstalt nachfragen, ob zwei Insassinnen vermisst werden.«

»Komm weiter, Armin«, sagte sein Begleiter versöhnlich, »diese einfachen Weiber haben uns nichts getan. Glücklicherweise wissen unsere Bräute, wie sich richtige Frauen zu benehmen haben.«

Fränze packte Maria am Arm und zog sie weiter, denn

Maria hatte eine Miene aufgesetzt, als wollte sie den Männern an den Kragen.

»Lasst sie reden, Komtess«, flüsterte die Haushälterin. »Es ist nicht das erste Mal, dass Ihre Unternehmungen auf Unverständnis stoßen.«

»Und es wird nicht das letzte Mal sein«, gestand Maria seufzend zu. Über das, was an Missbilligung und Schwierigkeiten auf sie zukam, wenn sie tatsächlich an einer Universität aufgenommen würde, wollte sie noch gar nicht denken. Dafür war der Tag zu schön.

Bald darauf wurde Marias Aufmerksamkeit wieder auf die wundervolle Natur um sie herum gelenkt. Auf dem schmalen Pfad durch ein dichtes Waldstück wies sie Fränze auf die zahlreichen Insekten und Pflanzen am Wegesrand hin.

»Das ist ein Admiral, daneben zwei Aurorafalter und sieh dort, Fränze: jede Menge Kohlweißlinge.« Maria bückte sich und ließ einen besonders fetten Käfer mit kastanienbraunem und schwarzem Leib auf ihre Hand krabbeln, wo sich das Tierchen kugelförmig einrollte. Fränze schüttelte sich und trat einen Schritt zurück, als könnte das Insekt sie anspringen.

Maria lachte hell auf. »Das ist ein Exemplar aus der Familie der Leiodidae, besser bekannt als Schwammkugelkäfer. Du brauchst keine Angst zu haben, Fränze, die Käfer ernähren sich von Pilzen, und dieses Exemplar ist dick und kugelrund – bestimmt ist es nicht hungrig.«

Behutsam setzte Maria den Käfer wieder auf den Waldboden, und die Frauen setzten ihren Weg fort. Wenig später schrie Fränze unvermittelt auf und machte einen Satz zur Seite. Mit zitternder Hand deutete sie auf den Wegesrand.

»Vorsicht, Komtess! Eine Schlange!«

Maria näherte sich dem langen, dünnen silbrig glänzenden

Leib und lachte erneut. »Ach, meine gute Fränze, das ist doch keine Schlange, sondern eine *Angus fragilis*, sie gehört zur Gattung der Echsen. Du wirst doch eine harmlose Blindschleiche von einer gefährlicheren Schlange unterscheiden können! Auf dem Burgberg gibt es zahlreiche der eleganten Echsen.«

Fränze, die ihren Irrtum bemerkte, schoss das Blut in die Wangen. »Im ersten Moment dachte ich … Verzeihen Sie, Komtess.«

Maria fasste nach der Hand der Haushälterin. »Da wir für die kommenden Tage Reisegefährten und aufeinander angewiesen sind: Nenn mich Maria und bitte duze mich.«

»Das schickt sich nicht, Komtess. Ihre Mutter würde es tadeln.«

Maria winkte ab. »Ach was, wir sind einfach nur zwei Frauen, die den Sommer und die Natur genießen, und *Maman* wird es nicht erfahren, außerdem hast du mich früher auch geduzt. Besonders, wenn du mich ausgeschimpft hast, wenn ich mit schmutzigen Stiefelchen über deinen frisch geputzten Boden gelaufen bin.«

»Da waren Sie … Da warst du noch ein Kind, Maria, jetzt bist du eine junge Dame.«

Maria zwinkerte ihr zu. »Ich fühle mich gar nicht wie eine Dame, jedenfalls möchte ich auf unserem Weg keine sein. Lass uns weitergehen, Fränze, damit wir vor Einbruch der Dunkelheit unser erstes Nachtquartier erreichen.«

Am Abend erreichten sie einen kleinen Gasthof an einem Bach, der einen einladenden Eindruck machte. Der Preis für eine Dachkammer war erschwinglich, und die Wirtin begrüßte die Gäste überaus freundlich. Über die beiden Frauen, die allein unterwegs waren, schien sie sich nicht zu wundern. Ein Wirt war nicht auszumachen, und so vermutete Maria, dass die Frau die Gastwirtschaft allein betrieb. Maria und Fränze ließen sich frisch gefangene Forellen aus dem kleinen Fluss schmecken, dazu tranken sie eine Flasche Wein. Diese extravagante Ausgabe riss ein größeres Loch in die Reisekasse, Maria genoss es dennoch. Kaum hatte sie nach dem Essen ihr Haupt auf das weiche Kopfkissen gebettet, schlief sie auch schon ein. Der lange Wandertag forderte seinen Tribut.

Sie erwachten früh und mussten warten, bis um sieben Uhr die Wirtin das Frühstück servierte. Es war im Preis der Kammer inbegriffen, und Maria und Fränze langten bei den warmen Wecken, der Butter, Marmelade und dem Käse kräftig zu und ließen sich je zwei Tassen Kaffee schmecken. Für das Vesper für unterwegs musste Fränze aber weitere siebzig Pfennige bezahlen. Neben Brot, Wurst und Käse erhielten sie noch vier rotbäckige Äpfel.

Erneut war der Tag sonnig und warm. Beschwingt setzten die Frauen ihren Weg fort. Um Geld einzusparen, kehrten sie nicht ein, sondern verzehrten ihr Mittagsvesper in der angenehmen Kühle der Allerheiligen-Wasserfälle. Am Abend erreichten sie Oppenau, wo sie im Gasthaus *Post* Quartier bezogen. Hier wurden Maria und Fränze von den anderen Gästen neugierig beäugt, auch von Frauen, die in Begleitung ihrer Männer reisten. Demonstrativ breitete sich eine Gesellschaft, bestehend aus drei Paaren in mittleren Jahren, an einem Tisch aus, sodass kein Platz mehr blieb.

»Setzen wir uns dorthin«, flüsterte Maria Fränze zu und deutete auf die andere Seite des Gastraums. »In der Ecke ist es sowieso gemütlicher.«

Während sie sich eine herzhafte Gemüsesuppe und Graubrot schmecken ließen, ignorierte Maria das Getuschel vom großen Tisch. Die Damen echauffierten sich offen. »Wie peinlich! Wenn das meine Tochter wäre!«, und derlei Bemerkungen mehr drangen an ihr Ohr.

Maria war es gleichgültig, dem Wirt ebenfalls, solange er sein Geld für das Essen und die Übernachtung bekam.

Am nächsten Morgen litt Fränze nicht nur unter Muskelschmerzen von der ungewohnten Anstrengung, sondern auch unter Blasen an beiden Füßen. Maria verspürte ebenfalls ein Ziehen in den Oberschenkeln und Waden, ihre Füße waren jedoch gesund und bereit für die nächste Etappe. Den Plan, übers Petertal und Griesbach auf den Kniebis zu wandern und dann weiter bis Wolfach, wo sie die Schwarzwaldbahn nach Triberg nehmen wollten, musste Maria wohl oder übel verwerfen.

»In einer halben Stunde fährt der Müller mit einer Ladung nach Griesbach«, erklärte der Wirt, als Maria ihm von Fränzes Beeinträchtigung berichtete. »Er verlangt nicht mehr als ein kleines Trinkgeld, wenn er euch mitnimmt.«

Eingeklemmt zwischen Mehlsäcken kauerten Maria und Fränze auf der Ladefläche des Karrens. Die Fahrt durch den taufrischen Morgen war außerordentlich erholsam. Fränze hatte Schuhe und Strümpfe ausgezogen, und Sonne und frische Luft taten ihren wunden Füßen gut. Am Zielort angekommen, forderte der Kutscher allerdings eine Summe, die die Höhe eines Trinkgeldes deutlich überstieg. Maria wollte nicht feilschen, und zähneknirschend zählte Fränze die Münzen ab. Sie sahen sich genötigt, auf ein Mittagessen zu verzichten, auch ein Vesper hatten sie am Morgen nicht eingepackt. Glücklicherweise waren die Wege rund um den Kniebis reich an Wildkirschen und Heidelbeeren. Maria war zuversichtlich, ihr Tagesziel Wolfach doch noch zu erreichen, und auch Fränze schritt nun wieder munter drauflos.

Am Nachmittag zogen Wolken auf, die sich schnell zu einer dunklen Wand verdichteten. Bald grollte dumpfer Donner und Blitze zuckten über den Himmel.

»Wir müssen einen Unterstand finden«, sagte Maria.

Sie befanden sich im einsamen Rankachtal, waren seit Stunden niemandem begegnet und hatten keine Ansiedlung oder Hütte passiert.

Fränze sah sich um. »Eichen sollst du weichen, Buchen sollst du suchen. Ich sehe hier nur Tannen«, murmelte sie.

Die letzten Worte gingen in lautem Krachen unter, gleich darauf blitzte es erneut, und der Donner ließ nur wenige Sekunden auf sich warten. Das Gewitter war nahezu über ihnen.

»Fränze, das ist Unsinn, Bäume sind Bäume!«, schalt Maria. »Der Blitz entscheidet nicht zwischen Eichen oder Buchen.« Sie deutete auf einen steilen Grashang. »Schau, da oben ist ein Verschlag. Rasch, wir müssen uns beeilen.«

Sie rafften die Röcke und erklommen, so schnell sie konnten, den Hügel. Urplötzlich öffnete der Himmel seine Schleusen, der Platzregen durchnässte sie binnen weniger Minuten. Blitz und Donner erfolgten fast zeitgleich. Erleichtert atmete Maria auf, als sie die Hütte erreichten und die Tür unverschlossen vorfanden. Im Inneren war es schummrig, und es lagerten einige verrostete alte Werkzeuge herum, die lange nicht mehr in Gebrauch waren. Der Regen prasselte auf das Dach. Maria und Fränze breiteten ein paar leere Leinensäcke auf der Erde aus und setzten sich. Das Gewitter tobte unvermindert weiter, und in den Regen mischten sich kleinere Hagelkörner.

»Dabei war es am Morgen noch so schön«, murmelte Fränze. »Hätten wir doch nur etwas zu essen!«

»Das Unwetter wird nicht mehr lange andauern«, erwiderte

Maria, deren Magen ebenfalls knurrte. »Wolfach werden wir heute aber nicht mehr erreichen. Morgen fährt sicher ein Zug nach Triberg.«

Drei Stunden waren die Frauen gezwungen, in der Hütte auszuharren, dann endlich ließen Gewitter und Hagel nach, der Regen peitschte jedoch ohne Unterlass gegen die Bretterwände. Da sie die Nacht nicht hier verbringen wollte, beschloss Maria, weiterzugehen. Der Abstieg ins Tal war schwierig. Sie kamen nur langsam voran, glitten mehrmals aus und stürzten auf dem matschigen Weg.

Als sie endlich die Straße erreicht hatten, sagte Maria hoffnungsvoll: »Vielleicht kommt ein Wagen vorbei, der uns mitnehmen kann.«

Leider blieb der Wunsch unerfüllt. Nach etwa einer Stunde machten sie endlich einen Hof aus, hoch über dem Tal liegend. Die Wolken hingen tief und die Dunkelheit brach schnell herein, und so folgten Maria und Fränze dem steilen, unebenen Weg den Berg hinauf. Es war ein typisches Schwarzwaldhaus, erbaut aus dunklem Holz mit einem an den Seiten weit herabgezogenen Krüppelwalmdach.

Maria klopfte an die hölzerne Tür. Es dauerte ein paar Minuten, bis eine ältere Frau öffnete. Mit der Petroleumlampe leuchtete sie den späten Besuchern ins Gesicht.

»Verzeihen Sie, gute Frau«, sagte Maria freundlich. »Wir sind zwei Wandersfrauen, die Schutz vor dem Regen, ein Abendbrot und ein Dach für die Nacht suchen.«

Skeptisch runzelte die Frau die Stirn. »Wir nehmen keine Herumtreiber auf.«

Maria behielt ihr Lächeln bei. »Selbstverständlich bezahlen wir für Kost und Logis.«

Sofort wurde die Miene der Frau freundlicher. Sie öffnete

die Tür vollends, und Maria und Fränze traten in einen langen, schmalen Flur. Es roch stark nach Dung, denn rechter Hand war die Tür zum Kuhstall geöffnet. Für Maria war es unverständlich, warum sich im Schwarzwald die Stallungen direkt in den Wohnhäusern befanden. Das war auf der Ostalb ganz anders. Im Moment aber war sie froh, dem Regen entflohen zu sein, ihre Kleidung trocknen zu können und ein hoffentlich warmes, stärkendes Mahl zu erhalten.

Die Küche war quadratisch und hatte eine niedrige Decke. Die Bäuerin stellte die Lampe auf den Tisch, der von einer Eckbank umgeben war.

»Ihre Umhänge können Sie neben dem Ofen aufhängen«, sagte sie und deutete auf den Kamin mit dunkelgrünen Kacheln. »Angefeuert wird um diese Jahreszeit nicht mehr, bis morgen früh werden die Sachen aber wohl getrocknet sein.«

Maria und Fränze schälten sich aus den nassen Umhängen und zogen auch die Schuhe aus. Glücklicherweise waren Marias Strümpfe trocken, während Fränze feuchte Füße bekommen hatte.

Durch eine niedrige Tür auf der anderen Seite trat ein großer, kräftiger Mann mit grauem Haar und einem struppigen Bart.

»Anton, wir haben Gäste«, erklärte die Frau, und dann an Maria und Fränze gewandt: »Das ist mein Mann Anton Winterhalder, ich bin Irma, und Sie sind hier auf dem Winterhalder Hof. Über zweihundert Jahre lebt unsere Familie bereits hier.«

»Irma, das interessiert die Frauen nicht«, murrte der Bauer. »Warum sind Sie allein und bei dem Wetter unterwegs?«

»Meine Begleiterin und ich«, antwortete Maria freundlich, »durchwandern den schönen Schwarzwald. Wir wurden von dem Unwetter überrascht, so konnten wir unser Ziel Wolfach nicht mehr erreichen. Wir sind sehr dankbar, dass Sie uns Obdach gewähren.«

»Sie bezahlen dafür«, warf Frau Winterhalder hastig ein, da ihr Mann unwillig das Gesicht verzog. »Sie können in der obigen Kammer schlafen.«

»In Ordnung«, brummte der Mann. »Weib, trag das Abendbrot auf, ich habe Hunger. Viel ist es nicht, es wird für vier aber ausreichen.«

Maria vermutete, dass das Paar den Hof allein bewirtschaftete, vielleicht gab es noch einen Knecht und eine Magd, die nicht zusammen mit den Bauersleuten aßen. Ihre Hoffnung auf ein warmes Essen erfüllte sich, denn die Frau tischte eine kräftig gewürzte Hühnersuppe auf, in der reichlich Fleisch schwamm, dazu Roggenbrot, Käse und Kräutertee. Selten hatten Maria und Fränze eine Mahlzeit so gut geschmeckt. Inzwischen war es draußen stockfinster geworden, unvermindert prasselte der Regen gegen die Fensterscheiben.

»Wird sich das Wetter morgen bessern?«, fragte Maria.

Der Bauer zuckte nur mit den Schultern.

»Wenn es weiterhin regnet: Haben Sie einen Wagen, der uns nach Wolfach bringen kann?«, fuhr Maria fort.

»Mal sehen«, brummte Bauer Winterhalder. »Hab was anderes zu tun, als den Kutscher zu spielen.«

Während des Essens hatte die Bäuerin geschwiegen. Erst als alle Schüsseln geleert und die letzte Brotscheibe verspeist waren, stand sie auf. »Ich zeige Ihnen jetzt die Kammer, wir gehen nämlich früh zu Bett.«

Maria und Fränze schlüpften in ihre noch klammen Schuhe.

»Das kostet vier Mark, zwei für jede«, sagte der Bauer, als

sie bereits an der Tür waren. »Ich will das Geld gleich, nicht dass Sie morgen früh klammheimlich verschwunden sind.«

Maria schluckte. Das war viel Geld für eine Suppe und eine einfache Kammer, aber sie hatten keine andere Wahl. Das bedeutete weitere Einsparungen bei ihrer Reise. Kühl sagte sie: »Wir sind ehrliche, rechtschaffene Leute, die nicht betrügen.«

»Ganz recht!«, bekräftigte Fränze verärgert. »Das ist nämlich Maria …«

»Lass gut sein, Fränze«, sagte Maria schnell, »und gib Herrn Winterhalder die gewünschte Summe.«

Fränzi öffnete ihre Tasche, kramte tief und ihre Wangen röteten sich. Dann nahm sie jeden einzelnen Gegenstand heraus und legte alles auf die Ofenbank. Schließlich stülpte sie den Stoff von innen nach außen. Von der Börse keine Spur. »Das Geld ist weg!«

»Ach was, das kann nicht sein«, meinte Maria. »Hattest du die Börse heute Morgen nicht in die Rocktasche gesteckt?«

Auch diese wurde durchsucht, genau wie die Taschen am Umhang. Die Reisekasse war und blieb verschwunden.

»So ist das also!« Ungeduldig und verärgert trommelte der Bauer mit den Fingerspitzen auf der Tischplatte. »Das ist ja ungeheuerlich! Man behauptet, bezahlen zu wollen, schlägt sich den Bauch voll und hat dann keinen blanken Heller.«

»Guter Mann«, widersprach Maria entschlossen. »Wir müssen das Geld verloren haben. Ich vermute, beim Auf- oder Abstieg zur Hütte, in der wir vor dem Gewitter Zuflucht suchten. Oder gar schon auf dem Wagen, der uns nach Griesbach brachte.«

»Dann einen schönen Abend, meine *Damen*«, erwiderte der Bauer spöttisch und gab ihnen mit einer Handbewegung zu verstehen, das Haus zu verlassen.

Empört schnappte Maria nach Luft. »Sie wollen uns doch nicht mitten in der Nacht und bei dem Wetter vor die Tür setzen?«

»Anton, das ist wenig gottgefällig«, wandte Irma Winterhalder ein. »Vielleicht stimmt es ja, und die Frauen haben das Geld verloren.«

Der Bauer zögerte, brummte etwas in seinen Bart und lenkte schließlich harsch ein: »Gut, aber sie schlafen im Heuschober, der ist gut genug, und für Kost und Logis werden sie arbeiten.« Grimmig sah er Maria an. »Können Sie melken?«

»Ich kann es!«, rief Fränze.

»Dann machen Sie sich morgen früh rechtzeitig an die Arbeit, und der Stall muss ausgemistet werden. Wir stehen um halb fünf auf.«

Maria straffte die Schultern. »Wir werden alles zu Ihrer Zufriedenheit erledigen.«

Im Heuschober war es kühl, aber immerhin trocken. Die Bäuerin hatte ihnen Wolldecken überlassen. Darin eingewickelt lagen Maria und Fränze nebeneinander im Stroh und wärmten sich gegenseitig.

»Es tut mir so leid, Komtess«, sagte Fränze. Tränen rannen über ihre Wangen. »Nun müssen Sie arbeiten wie eine Stallmagd! Wenn das Ihre liebe Frau Mutter wüsste! Und alles ist meine Schuld.«

»Hör auf zu jammern! Ich habe dir das gesamte Geld einfach überlassen. Ebenso hätte ich es verlieren können.«

»Vielleicht gibt es in Wolfach ein Telegrafenamt, dann können wir nach Burgberg kabeln, damit Ihr Vater Geld schickt.«

Maria setzte sich empört auf. »Das werden wir auf keinen Fall tun! Wir wollen doch nicht bei der ersten kleinen Widrigkeit aufgeben, nicht wahr? Sobald wir die Arbeit erledigt haben, gehen wir den Weg zurück und suchen die Börse. Die Gegend ist einsam, wahrscheinlich liegt sie noch irgendwo herum.«

»Außer, ich habe sie schon auf dem Wagen verloren«, gab Fränze zu bedenken.

Maria seufzte. »Dann müssen wir das Geld als verloren ansehen, denn der Müller wirkte nicht gerade ehrlich auf mich. Jetzt aber genug geschwätzt, Fränze! Wir müssen schlafen, ich fürchte, die Kühe mögen keine müden Gesichter.«

»Dass Sie noch scherzen können, Komtess!«

»Hör endlich mit der Komtess und dem Sie auf! Und noch etwas, Fränze: Das kleine Abenteuer bleibt unser Geheimnis. Es ist nicht notwendig, dass jemand davon erfährt und sich nachträglich um uns sorgt.«

»Das liegt ganz in meinem Interesse, Maria.«

Seit ihrer Kindheit war es Maria gewohnt, bei Wind und Wetter an der frischen Luft und dadurch gestählt zu sein. Und so stellte das Ausmisten des Stalles für sie keine große Schwierigkeit dar. Die bequemen Jahre im Pensionat hatten ihre Muskeln zwar etwas geschwächt, die Tage der Wanderschaft aber hatten ihr neue Kraft gegeben. Von Irma Winterhalder erhielt sie ein paar klobige Holzschuhe, damit ihre Schuhe nicht im Mist versanken, und eine derbe Schürze. An den Geruch gewöhnte sich Maria schnell. Auf dem Burgberg hielten sie zwar keine Rinder, aber eigentlich war es nicht anders als im Pferdestall oder in einem der zahlreichen Schafställe der Ostalb, in denen Maria sich häufig aufhielt, um die Tiere zu studieren und zu zeichnen.

Fränze molk die sechs Milchkühe, dann fütterten sie die

Hühner, sammelten die Eier ein und reinigten auch diesen Stall. Der Bauer war offensichtlich zufrieden. Zum Frühstück gab es Rührei mit Speck, noch warmes Brot mit goldener Butter und einen kräftigen, herb schmeckenden Kräutertee.

»Wenn Sie länger in der Gegend bleiben wollen, können Sie bei mir arbeiten«, bot Anton Winterhalder an, deutlich freundlicher als am Abend zuvor.

Lachend winkte Maria ab. »Wir sind keine Vagabunden, wir haben ein festes Ziel. Zunächst müssen wir die verlorene Börse finden.«

Der Bauer bedachte sie mit einem nachdenklichen Blick. Maria hatte den Eindruck, dass er nun an den Verlust des Geldes glaubte. Irma Winterhalder packte sogar noch ein paar belegte Brote und Äpfel für sie ein, dann wünschte sie Maria und Fränze einen guten und sicheren Weg.

Der Himmel war noch immer wolkenverhangen, aber es regnete nicht mehr. Die Luft roch wie frisch gewaschen. Sie folgten dem Weg zurück bis zu der Stelle, von der aus der Unterstand auf dem Hügel zu erkennen war. Das Erdreich war matschig, Maria versank bis zu den Knöcheln im Morast. Nach einer Weile stieß sie einen Jubelschrei aus, bückte sich und hob die Geldbörse auf.

Fränze sah hinein. »Es ist noch alles da.«

»Natürlich. Seit gestern Nachmittag war niemand hier, und selbst wenn: Wer findet schon eine Börse und klaut nur einen Teil des Geldes?«

Just in diesem Moment brach die Sonne durch die Wolken, und Fränze konnte wieder lachen. Beschwingt setzten die Frauen ihre Wanderung fort.

Mit einem Tag Verspätung kamen sie in Wolfach an und erreichten den Abendzug nach Triberg. In dem hübschen Städtchen mit dem imposanten Wasserfall herrschte jedoch Hochsaison, und alle Gasthöfe waren überfüllt. Maria und Fränze pilgerten von Pension zu Pension, ernteten aber nur ablehnende Worte und kritische Blicke. Und als in einem der Gasthöfe noch eine Kammer frei war, sagte der Wirt unverhohlen: »Für herumstreunende Weiber habe ich keinen Platz. Ich führe ein anständiges Haus!«, und knallte die Tür vor Marias Nase zu.

»Du solltest sagen, wer du bist«, schlug Fränze vor. »Und erwähne deinen Onkel Karl, er ist schließlich sehr einflussreich.«

Maria zuckte mit den Schultern. »Wir sind weit weg von zu Hause, zudem noch in Baden, so ist nicht anzunehmen, dass der Name von Linden hier von Bedeutung ist. Außerdem möchte ich um meiner selbst willen Aufnahme finden.«

»Das ist grundsätzlich eine gute Einstellung«, erwiderte Fränze nachdenklich, »allerdings füllt sie weder unsere Mägen, noch gibt sie uns ein Nachtlager.«

Es war bereits nach zehn Uhr und stockdunkel, als sie schließlich eine kleine Kammer im *Rössle* bekamen. Es war ein primitiver Gasthof. Die Tapeten hingen in Fetzen von den Wänden, die Betten waren jedoch mit reinem weißem Linnen bezogen und dufteten frisch. Die daneben liegende Kammer war nur mit einem Bretterverschlag abgetrennt, und noch vor Sonnenaufgang wurden Maria und Fränze vom lauten Gepolter zweier Hausierer aus dem Schlaf gerissen. Da das karge Abendessen nicht auf einen guten Kaffee schließen ließ, erklommen Maria und Fränze den steilen Weg zu dem Restaurant über den Wasserfällen hinauf. Dort war das Frühstück ausgezeichnet, aber auch recht teuer. Mit einer deutlich leichteren Geldbörse setzten sie ihre Wanderung fort.

»Maria, in Anbetracht unserer Geldknappheit: Sollten wir nicht besser mit dem Zug zu deinem Großonkel nach Sulz fahren?«, fragte Fränze gegen Mittag.

»In der Tat waren die bisherigen Ausgaben höher, als von mir erwartet«, gab Maria zu. »Ich habe jedoch keine Lust, unsere Wanderung vorzeitig abzubrechen. Wir müssen eben zusehen, billigere Unterkünfte zu bekommen.«

Sie setzten ihren Weg fort, der sie an diesem Tag bis nach Waldkirch führte. Dort fanden sie eine gute und gar nicht teure Unterkunft mit freundlichen Wirtsleuten, die reges Interesse an den Schilderungen der Wanderinnen zeigten. Besonders die korpulente Wirtin sparte nicht an Bewunderung, dass zwei Frauen es wagten, den Schwarzwald zu erkunden.

Am nächsten Morgen ging es mit dem Zug weiter nach Freiburg, wo sie von Conny Hofmann erwartet wurden, denn Maria hatte Conny von der Wanderung, die sie auch nach Freiburg führen sollte, geschrieben. Die Freundinnen fielen sich in die Arme und herzten sich. Ein glücklicher Zufall wollte es, dass die Freundin den Sommer bei einer Tante in Freiburg verbrachte und Maria nebst Begleitung einlud. An diesem Tag mussten sie nicht fasten, denn im Haus der Tante bog sich der Mittagstisch unter schmackhaften Speisen. Während sich Fränze darum kümmerte, dass Marias und ihre Kleidung gewaschen und die Schuhe geputzt wurden, schwatzten die Freundinnen ausgiebig. Maria erfuhr, dass die Freundin verlobt war und in weniger als vier Wochen heiraten wollte.

»Schade, dass dein Bräutigam nicht in der Stadt ist«, bedauerte Maria. »Ich hätte ihn gern kennengelernt und gesehen, ob er der Richtige für dich ist.«

»Einer solchen Prüfung musste er sich bereits durch meinen Vater unterziehen. Außerdem ist Eduard ein entfernter Verwandter, meine Eltern halten ihn für sehr passend.«

»Du liebst ihn aber und er dich?«, fragte Maria skeptisch, da die Freundin recht emotionslos von der bevorstehenden Ehe sprach.

Conny zuckte mit den Schultern. »Wir sind uns sympathisch, teilen ähnliche Interessen und unsere Verbindung wurde von unseren Eltern gefördert. An Eduards Seite wird es mir gut gehen und ich bin versorgt.«

Bereits im Pensionat hatte Conny keinen Hehl daraus gemacht, dass sie ihr Leben einer eigenen Familie und Kindern widmen wollte, daher ließ Maria das Thema fallen. Sie hoffte, die Freundin würde in einer arrangierten Ehe glücklich werden.

Den nächsten Tag verbrachten sie mit der Erkundung der ehrwürdigen alten Stadt und dem imposanten Münster. Der Weg führte Maria auch zur Universität. Das Gelände lag verlassen da. Vor Marias innerem Auge sah sie sich selbst als Studentin zu einem Teil dieser Welt werden. Wobei nicht Freiburg, sondern die Universität im württembergischen Tübingen ihr erklärtes Ziel war. Aber solange sie das Abitur nicht abgelegt und bestanden hatte, waren Gedanken an ein Studentenleben nur eine süße Zukunftsmusik.

Gegen Abend begleitete Conny sie zum Zug, der Maria und Fränze ins Höllental bringen sollte. Kaum hatten sie sich herzlich verabschiedet und einander versprochen, sich regelmäßig zu schreiben, setzte die Bahn sich in Bewegung. Schnell verschwanden Freiburg und seine Türme in der Ferne. Nach einigen Minuten stutzte Maria und blickte konzentriert aus dem Fenster.

»Sieh, Fränze, die Schwarzwaldberge sind nicht mehr zu sehen«, sagte sie erstaunt. »Und schlägt der Zug für eine Bummelbahn nicht ein höllisches Tempo an?«

Auch Fränze runzelte die Stirn. Da sie allein im Abteil waren, verließ sie es auf der Suche nach einem Schaffner. Maria sah sofort, dass etwas nicht stimmte, als Fränze zurückkehrte.

»Das ist nicht die Bahn ins Höllental«, erklärte die treue Bedienstete, »sondern der Blitzzug nach Basel.«

»Basel?«, wiederholte Maria überrascht. »In der Schweiz?«

Fränze nickte und rang die Hände. »Ein Umkehren ist ausgeschlossen, da die Bahn keine Station mehr macht. Was sollen wir jetzt machen?«

Maria lachte. »Tja, wohl nichts, Fränze, oder willst du etwa die Notbremse ziehen und auf offener Strecke aussteigen? Von dem Ärger, der einer Notbremsung folgt, ganz abzusehen.«

»Dann fahren wir nach Basel?«, fragte Fränze skeptisch. »Wie soll es dort weitergehen?«

»Das entscheiden wir, wenn wir dort sind«, antwortete Maria. Aber so unbeschwert, wie sie Fränze gegenüber tat, war ihr nicht zumute, denn sie wusste, die Eltern würden sie ausschelten, nicht besser aufgepasst zu haben. Dass sie beim Schaffner zwei teure Billetts nachlösen mussten, riss ein weiteres Loch in die Reisekasse. Der Grenzübertritt aber verlief problemlos, beide Frauen führten alle erforderlichen Dokumente mit sich.

Es war bereits dunkel, als Maria und Fränze Schweizer Boden betraten. Zielstrebig marschierte Maria zu einem direkt dem Bahnhof gegenüberliegenden Hotel, das einen ordentlichen, aber nicht allzu teuren Eindruck machte.

Der Mann hinter der Rezeption begrüßte sie freundlich. »Ja, wir haben freie Kapazitäten«, erklärte er. »Die Damen teilen sich ein Zimmer?«

»Bitte, ja«, antwortete Maria und erkundigte sich nach dem Preis. Als sie diesen genannt bekamen, schluckte sie. Es half aber nichts, wenn Fränze und sie die Nacht nicht unter freiem Himmel verbringen wollten.

In dem gemütlich eingerichteten kleinen Raum erwartete sie eine junge Frau, etwa in Marias Alter.

»*Grüezi miteinand*«, sagte sie. »Ich bin Mirjam. Soll ich Ihnen beim Auspacken helfen?«

»Das ist nicht nötig«, wiegelte Maria ab, denn die Frau würde dafür bestimmt ein Trinkgeld erwarten. »Wir bleiben auch nur bis morgen früh. Können Sie uns vielleicht sagen, wen wir fragen können, wie wir von Basel in Richtung Bodensee und von dort weiter ins Württembergische kommen?«

Mirjam nickte. »Ich weiß es, denn ich reise oft und gern. Sie nehmen die Bahn über Schaffhausen nach Kreuzlingen, dort über die Grenze nach Konstanz. Eine Schifffahrt über den Bodensee nach Friedrichshafen ist sehr schön. Verläuft nicht die Grenze zwischen Baden und Württemberg nahe Friedrichshafen?«

»Das kann sein«, antwortete Maria ein wenig unsicher. »Vom Bodensee erreichen wir Ulm, und dort habe ich Verwandte. Ist die Reise sehr teuer?«

Mirjam schüttelte den Kopf. »Ich habe sie schon mehrmals gemacht, und ich muss auch sehr sparen. Ich arbeite hier in meiner Heimatstadt nämlich nur während der Ferien, sonst studiere ich, was eine Menge Geld kostet.«

»Sie studieren?« Marias Müdigkeit war verflogen. »Etwa am Polytechnikum in Zürich, wo Frauen willkommen sind?«

»Ja, ich bin im dritten Semester«, antwortete die junge Frau, sichtlich überrascht über Marias Interesse.

»Maria, wir sollten jetzt schlafen«, warf Fränze ein, »es war ein langer Tag. Vielleicht könnt ihr morgen früh über die Universität sprechen.«

»Wecken Sie uns um sechs Uhr«, bat Maria, »denn ich möchte mehr über das Leben einer Studentin erfahren.«

Während sich Fränze am nächsten Morgen grummelnd umdrehte und weiterschlief, sprang Maria frisch und erholt aus dem Bett. In Gegenwart von Mirjam gönnte sie sich einen wunderbar aromatischen Kaffee und erzählte der jungen Studentin von ihren Plänen. Mirjam hingegen berichtete von der Universität in Zürich. Inzwischen gab es dort ein Dutzend Studentinnen, sie kamen aus ganz Europa.

»Ich studiere Medizin, auch wenn die Aussichten, später als Ärztin zu praktizieren, selbst in der Schweiz gering sind«, erklärte ihr Mirjam. »Naturwissenschaften sind ebenfalls möglich, wenn du dich bewerben willst, Maria.«

Schnell waren sie zum du gewechselt, teilten sie doch die gleichen Interessen.

»Noch habe ich nicht einmal die Reifeprüfung«, erwiderte Maria. »Außerdem würde ich ungern so weit weg von zu Hause sein.«

Auf einen Zettel notierte Mirjam ihre Adresse in Zürich. »Wenn du es dir anders überlegst, schreib mir. Ich würde mich freuen, dich wiederzusehen.«

»Ich ebenfalls«, erwiderte Maria aufrichtig. Sie bedauerte, die neue Bekanntschaft nicht fortsetzen zu können, aber die Reisekasse ließ einen längeren Aufenthalt in Basel nicht zu.

Mirjam hatte die Route gut beschrieben. Maria bedauerte, nicht am Rheinfall bei Schaffhausen verweilen zu können, aber sie mussten so schnell wie möglich nach Ulm gelangen.

»Dort suchen wir eine Tante auf«, erklärte Maria. »Ich habe sie zwar seit Jahren nicht mehr gesehen, aber bestimmt können wir bei ihr übernachten, und sie wird uns mit den notwendigen Münzen aushelfen, um nach Hause zu gelangen.«

In Ravensburg mussten sie ein weiteres Mal in einer einfachen Unterkunft übernachten, ihre Mägen wurden mit einem kargen Mahl gefüllt, und am nächsten Morgen verzichteten sie auf ein üppiges Frühstück.

Der Zug brachte sie nach Ulm, wo Maria das Haus der besagten Tante verwaist vorfand. Von der Nachbarin erfuhr sie, dass sich die Dame zur Kur in Baden-Baden befand und vor dem Herbst nicht heimkehren würde. Die letzten Pfennige im Beutel reichten gerade noch aus, um Fahrkarten nach Hermaringen und zwei Laugenbrezeln zu kaufen und ein Telegramm nach Hause zu senden, dass am Nachmittag mit ihrer Ankunft in Hermaringen zu rechnen sei.

Maria erinnerte sich, dass sich in Ulm der Fleischer befand, der regelmäßig den Burgberg mit Würsten belieferte. Da ihre Mägen knurrten, machte Maria einen Vorschlag. »Fränze, du begibst dich zu dem Metzger und besorgst uns ein reichhaltiges Vesper mit den besten Würsten, und zwar auf Verrechnung. Jetzt sind wir wirklich mittellos, arm wie Kirchenmäuse, lediglich ein blanker Pfennig ist uns geblieben.«

Im Zug, der den Bahnhof pünktlich verließ, hielten sie sich an den dicken fetten Würsten schadlos, die Maria besser schmeckten als jedes Festmahl.

Da die Eltern das Telegramm rechtzeitig erhalten hatten, wurde Maria von ihrer Mutter auf dem Bahnsteig erwartet und mit einer herzlichen Umarmung empfangen, Fränze erhielt einen kräftigen Händedruck. Die Gräfin musterte ihre Tochter von oben bis unten.

»Vor vier Jahren brachte ich ein Mädchen nach Karlsruhe«, sagte sie mit einem feuchten Schimmer in den Augen. »Jetzt kehrt eine erwachsene junge Frau nach Hause zurück.«

»*Maman*, diese Zeit war die beste meines Lebens«, erwiderte Maria ernst. »Ich danke dir und Vater für den Aufenthalt im Pensionat. Ich habe nicht nur viel gelernt, sondern auch neue Freundinnen gefunden. Allerdings hat das Lernen kein Ende gefunden, im Gegenteil. Jetzt geht es erst richtig los, da ich fest entschlossen bin, das Abitur abzulegen.«

Gräfin Eugenie lächelte zwar, wirkte zugleich auch wehmütig. »Karl und Joseph haben mir von ihren Bestrebungen berichtet. Du kannst dir denken, dass dein Vater andere Pläne hat, er wird dir aber nicht im Weg stehen. Wenn du die Reifeprüfung abgelegt hast, sehen wir weiter.« Sie legte einen Arm um Maria. »Von eurer Wanderschaft musst du mir ausführlich berichten, Maria. Es scheint alles gut gegangen zu sein, allerdings wundere ich mich über dein Telegramm aus Ulm. Wolltest du nicht unsere Verwandten in Sulz besuchen und von dort heimkehren?«

»Ach, *Maman*, das ist eine lange Geschichte …«

Gräfin Eugenie verstand. »Eine Geschichte, die deinem Vater wohl besser nicht zu Ohren kommt, nicht wahr?« Maria nickte schmunzelnd. »Aber mir wirst du sie berichten?«

»Sehr gern, *Maman*, aber nicht hier auf dem quirligen Bahnsteig.«

»Du hast recht, Maria. Lass uns rasch nach Hause fahren. Die Köchin hat einen Kalbsbraten im Ofen, wir wollen ihn doch nicht verderben lassen. Und heute Abend unterhalten wir uns ausführlich.«

 # SIEBEN

Schloss Burgberg – 18. Juli 1888

In der Hoffnung, meine Zeilen erreichen Dich, liebste Maria, rechtzeitig zu Deinem Geburtstag, sende ich Dir die herzlichsten Glückwünsche. Auch im Namen meiner ganzen Familie, denen ich so viel von Dir erzählt habe, dass sie alle eine liebe Freundin in Dir gefunden haben, obwohl sie Deiner noch nie Angesicht geworden sind …

Maria schmunzelte bei Gabrieles hochtrabenden Worten. Sicher hatte Frau von Andrian-Werburg der Freundin beim Schreiben über die Schulter gesehen, damit sich Gabriele ihrem Stand angemessen ausdrückte. Die Glückwünsche waren gestern eingetroffen, also rechtzeitig zu Marias heutigem Geburtstag. Sie las weiter:

Aus Deinen Briefen lese ich heraus, dass Du unermüdlich Deine Studien betreibst. Dafür bewundere ich Dich. Ich weiß, was das Ablegen des Abiturs für Dich bedeutet. Vielleicht lernst Du aber auch zu viel und vergisst, das Leben zu genießen, daher möchte ich Dir eine Einladung aussprechen: Komm für eine Zeit zu uns nach Aussee. Die Steiermark ist um diese Jahreszeit besonders reizend, und meine Familie möchte Dich unbedingt endlich kennenlernen. Wie Dir bekannt ist, war mein Vater Präsident der Anthropologischen Gesellschaft, sein Fachgebiet ist die Geologie, so werdet

Ihr einen regen Austausch miteinander führen. Auch ich vermisse
Dich, liebste Freundin. Ich denke, wir haben einander viel zu be-
richten …

> *Es umarmt Dich aus der Ferne*
> *Deine Gabriele*

Maria lächelte versonnen. Vor ihrem inneren Auge erschienen die fein geschnittenen Gesichtszüge der österreichischen
Freundin. Wie falsch hatte sie Gabriele von Andrian-Werburg
anfangs eingeschätzt. Mit Conny Hofmann schrieb sie eher
unregelmäßig, denn seit sie verheiratet war – und in wenigen
Wochen auch Mutter sein würde –, hatten sich die beiden
Frauen nicht mehr viel zu sagen. Auch Amélie von Spitzemberg war verlobt, der Hochzeitstermin stand noch nicht fest.
In Stuttgart engagierte sich Amélie in wohltätigen Einrichtungen und setzte sich für eine gute Schulbildung für Jungen
und Mädchen gleichermaßen ein. Dementsprechend bestand
eine rege Korrespondenz zwischen dem Burgberg und Stuttgart, und Maria freute sich jedes Mal, die Freundin zu sehen,
wenn sie die Landeshauptstadt besuchte.

Maria war unentschlossen, ob sie die Einladung nach Österreich annehmen sollte. Gleich nach Erhalt des Briefes hatte sie
im Atlas nachgeschlagen und den Ort Aussee im steirischen
Salzkammergut gesucht. Es schien eine hübsche Gegend zu
sein, umgeben von hohen Bergen und tiefen Tälern. Maria erinnerte sich an die Wanderung durch den Schwarzwald, und
die Berge in Österreich waren noch viel höher. Einerseits besaß eine derartige Reise großen Reiz, andererseits kostete sie
viel Zeit, in der Maria ihre Studien würde unterbrechen müssen. In dem knappen Jahr, seit sie wieder zu Hause war, hatte

sich Maria keine längere Ruhepause gegönnt. Wie vereinbart sandten ihr die Lehrer aus Karlsruhe vielfältige Aufgaben, die Maria löste, zurückschickte, um wenig später die Korrekturen zu erhalten. Maria hatte sich einen genauen Tagesablauf erstellt. Früh morgens um sieben Uhr saß sie hinter ihren Büchern, zwei Stunden später begrüßte sie ihre Eltern beim Frühstück, das sie schnell hinter sich brachte, um gleich an ihren Schreibtisch zurückzukehren. Beim Mittagessen fand die Familie wieder zusammen, danach bestand Marias Mutter darauf, dass Maria einen etwa eine Stunde dauernden Spaziergang in unmittelbarer Umgebung unternahm, der zwar Bewegung, aber keine große Abwechslung bot. Er fand bei jedem Wetter statt, Gräfin Eugenie kannte kein Erbarmen.

»Maria, wenigstens einmal am Tag musst du an die frische Luft«, sagte sie streng. »Du hast alle Freiheiten, das zu tun, woran dir so sehr liegt, ich werde allerdings nicht zulassen, dass du blass und krank wirst.«

»Aber ich gehe doch regelmäßig mit Fränze in die Steinbrüche«, wandte Maria ein. »Wir schleppen jede Menge Steine nach Hause, oft auch mit dem Leiterwagen, somit habe ich durchaus körperliche Betätigung an der frischen Luft.«

Dem konnte die Mutter zwar nicht widersprechen, die täglichen Spaziergänge wurden dennoch aufrechterhalten.

Am Nachmittag widmete sich Maria wieder ihren Studien. Nach dem Abendessen dann verbrachte sie Zeit mit der Familie. In der Regel lasen sie gemeinsam ein Buch, das sich Maria aussuchen durfte, und spätestens um zehn Uhr legte sich Maria schlafen, um am nächsten Morgen frisch und ausgeruht zu sein. Gleichförmig verliefen ihre Tage. Die Routine wurde lediglich an den Sonntagen vom Kirchgang unterbrochen und vom Schreiben der Gutsrechnungen, die sie übernommen hatte. Marias Handschrift war zwar groß und krakelig, im Rechnen war sie dem Verwalter aber deutlich überlegen. Inzwischen beherrschte sie sowohl die Differenzial- als auch die Integralrechnung, die selbst für ihren Vater ein Buch mit sieben Siegeln waren. Für die Aufgabe erhielt sie eine geringfügige Bezahlung. Maria sparte das Geld, denn sie ahnte, dass sie – sollte sie studieren können – jeden Pfennig benötigen würde.

»Maria! Wo bist du denn schon wieder?«

Maria faltete Gabrieles Brief zusammen, steckte ihn in die Rocktasche und stand von der Gartenbank auf, wo sie die letzte Stunde verbracht hatte. Durch die üppig blühenden Blumenbeete näherte sich raschen Schrittes ihre Mutter.

»Hier bin ich, *Maman*.«

»Immer muss man dich an deinem Geburtstag suchen«, sagte Eugenie lachend. »Schon als Kind hast du dich im Garten versteckt, wenn Besuch kam.«

»Die Kindermädchen haben mich immer gefunden«, erwiderte Maria schmunzelnd. Sie sah an sich hinunter. »Doch heute ist mein Kleid makellos und es besteht kein Grund, mein Gesicht mit Spucke abzuwischen.«

Fröhlich hakte sich Gräfin Eugenie bei ihrer Tochter unter. »Das wäre in deinem Alter auch wenig angemessen, wenngleich du manchmal noch ein richtiger Kindskopf bist, Maria. Komm, wir wollen jetzt Kaffee trinken, und du musst deinen Geburtstagskuchen anschneiden.«

»Kirschkuchen mit Schokoladenstreuseln?«, fragte Maria hoffnungsvoll.

Gräfin Eugenie nickte. »Manche Dinge ändern sich nie, auch wenn mein kleines Mädchen nun schon neunzehn Jahre alt ist.«

Im Salon waren die Gäste versammelt, die gekommen waren, um Maria zu gratulieren. Onkel Karl und Tante Elli, die Maria längst zu schätzen gelernt hatte, Onkel Bebi, dessen Haupthaar und der buschige Backenbart mittlerweile weiß geworden waren. Onkel Ferdinand und Tante Anna mit ihren Kindern Mimmi und Bertie fehlten natürlich auch nicht. Komplettiert wurde der Kreis durch Wilhelm, der ebenso wie Cousin Bertie im württembergischen Ulanenregiment diente und eigens zum Geburtstag der Schwester Urlaub genommen hatte und auf den Burgberg gekommen war. Zu Marias Bedauern fehlte die Großmutter. Im Frühjahr war die alte Freiin an einer schweren Lungenentzündung erkrankt, von der sie sich nicht so weit erholt hatte, um reisen zu können. Maria hatte einen langen, liebevollen Brief von *Grand-mère* erhalten. Nachdem Maria zuvor in einem Schreiben erwähnt hatte, dass sie für ihre Studien das Buch *Analytische Geometrie des Raumes* von Salmon/Fiedler benötige, das bestimmt in Stuttgart zu erwerben sei, hatte die Großmutter das Gewünschte als Geschenk schicken lassen.

Diese für mich unverständliche Literatur macht Dich offensichtlich glücklicher als jede Puppe, hatte die Freiin hinzugefügt und damit auf die Vergangenheit angespielt.

Nachdem alle ihre Glückwünsche ausgesprochen und sie sich zu Kaffee und Kuchen an den Tisch gesetzt hatten, ergriff Onkel Bebi das Wort: »Kommen wir nun zu meinem Geschenk, liebe Nichte. Es ist nicht materiell, denn ich habe dem württembergischen Kulturminister Exzellenz von Sarwey die Frage vorgelegt, wie er dazu stehe, wenn eine Dame mit der nötigen Vorbildung an der Landesuniversität studieren möchte.«

»Vorausgesetzt, die besagte junge Dame verfügt über eine gute Reifeprüfung«, warf Onkel Karl ein.

Maria sprang so hastig auf, dass sie ihre Tasse vom Tisch gefegt hätte, hätte ihre Mutter nicht im letzten Moment danach gegriffen. Dennoch schwappte ein Teil Kaffee über und hinterließ einen hässlichen Fleck auf dem blütenweißen Damasttischtuch.

»Und was hat Seine Exzellenz geantwortet?«, fragte Maria atemlos.

»Maria, beherrsche dich!«, mahnte Graf Edmund, der für die Aufregung seiner Tochter kein Verständnis zeigte. »Kein Professor wird eine so aufbrausende junge Frau an seinem Institut dulden.«

»Ja, Vater.« Langsam setzte sich Maria wieder, den Blick gespannt auf Onkel Bebi gerichtet.

Seiner Jackentasche entnahm Josef von Linden ein Schreiben und reichte es Maria. »Du kannst seine Zeilen später in Ruhe lesen. Zusammenfassend muss ich Karl zustimmen: Sobald du durch das Abitur die notwendigen Voraussetzungen vorlegst, ist der Staatsminister bereit, mit der naturwissenschaftlichen Fakultät Tübingen zu sprechen und deine Möglichkeiten auszuloten.«

»Das heißt, ich darf studieren?«

»Unter Umständen ist es möglich«, sagte Tante Ellie mit einem aufmunternden Lächeln. »Deine Mühe wird sich auszahlen.«

Maria seufzte, ihre Hochstimmung verflog schlagartig, denn es gab noch einen großen Haken bei der Sache. »Oberstudienrat Dillmann vom Realgymnasium in Stuttgart«, sagte sie leise, »ist bisher nicht bereit, mir überhaupt die Chance zu geben, an seiner Schule zur Prüfung anzutreten. Ohne Abitur kein Studium, so einfach ist das. Weder in Tübingen noch an einer anderen Universität, auch in der Schweiz nicht.«

Tante Elli beugte sich vor und drückte Marias Hand. »Du musst Geduld haben. Es wäre eine Idee, Professor Dillmann persönlich aufzusuchen und sich seine Argumente anzuhören, warum eine Frau das Abitur nicht absolvieren soll. Und zu widerlegen«, fügte sie augenzwinkernd hinzu.

»Das werde ich tun«, gab Maria mit Nachdruck zu verstehen. »Ich werde mich allen Anforderungen stellen.«

»Erst das Abitur und dann studieren wollen«, murrte Graf Edmund mit gerunzelter Stirn. »Das ist doch ein Wahnwitz! Was soll Maria mit einer Dissertation überhaupt anfangen? Es gibt gute Gründe, warum die Universitäten den Frauen verschlossen sind. Wer sind wir denn, dass wir an der bestehenden Ordnung rütteln wollen?«

»Nicht nur rütteln, Vater, sondern sie zum Einstürzen bringen«, bemerkte Maria ernst. »Sollte es mit der Zulassung in Tübingen nicht klappen, könnte ich immer noch in die Schweiz gehen. An der Universität zu Zürich sind Frauen seit Jahren zugelassen. Dort liegt der Schwerpunkt zwar im Bereich der Medizin, was nicht mein angestrebtes Ziel ist, wenn es aber keine andere Möglichkeit gibt …«

»Ich rate dir, in Württemberg zu bleiben«, sagte Onkel Bebi. »Einerseits weil deine Familie dich nicht so weit entfernt wissen möchte, dazu noch im Ausland, andererseits aber, und das ist noch wichtiger, weil du in unserem Königreich eine Art Pionierin sein und anderen Frauen den Weg ebnen wirst.«

Pionierin … Der Ausdruck gefiel Maria, und wenn sie ehrlich zu sich selbst war, wollte sie die Heimat nicht verlassen.

Bertie räusperte sich. »Maria, hast du Lust auf einen Spaziergang? Ich fürchte, ich habe zu viel Kuchen gegessen und muss mir die Beine vertreten.«

»Sehr gern.« Maria stand auf und sah in die Runde. »Möchte

sich uns jemand anschließen?« Niemand meldete sich, Maria bemerkte jedoch, wie ihre Eltern einen Blick tauschten, den sie nicht deuten konnte. Ihr Vater wirkte zufrieden, die Mutter runzelte allerdings die Stirn und wirkte nachdenklich.

Schweigend verließen die beiden das Schloss und schlugen den Weg zum Wäldchen ein.

»Geht es dir gut?«, fragte Maria nach einer Weile besorgt. »Du hast bisher kaum ein Wort gesprochen.«

»Es geht mir ausgezeichnet.« Bertie blieb stehen und spähte in den kleinen Wald. »Gibt es den Weiher noch?«

»Ich nehme an, aber ich war lange nicht mehr dort.«

Zum ersten Mal an diesem Nachmittag lächelte Bertie. »Du fängst keine Kröten mehr?«

»Es gibt kein Kindermädchen mehr, dem ich eine Kröte ins Bett setzen könnte, um es aus dem Schloss zu vertreiben.«

Der Trampelpfad war von hohen Hecken, Gestrüpp und allerlei Unkraut überwuchert und kaum noch als Weg auszumachen. Prompt blieb Maria mit dem Ärmel an einer Ranke hängen. Mit einem Ruck machte sie sich frei und lachte. »Nun habe ich es doch geschafft, mein Kleid zu zerreißen.«

Am Weiher angekommen setzten sie sich wie früher auf den alten Baumstamm, der langsam vor sich hin rottete. Über ihnen zwitscherten Vögel im Geäst und Maria fühlte sich an ihre Kindheit erinnert.

»Der Dienst im Regiment gefällt mir gut«, hob Bertie an, »und ich fühle mich in der Garnison in Stuttgart wohl.«

»Aber?«, hakte Maria nach, denn sie spürte, dass Bertie etwas auf dem Herzen lag. »Gibt es Probleme mit Wilhelm?«

»Mit deinem Bruder?« Bertie schüttelte den Kopf. »Wilhelm und ich sehen uns nur selten, er dient in einer anderen

Einheit. Was ich sagen möchte …« Er brach ab und scharrte mit der Stiefelspitze im weichen, von Blättern übersäten Waldboden. »Ich bewohne ein Zimmer in der Garnison und verdiene noch nicht viel, man bestätigt mir aber gute Aussichten. In zwei, drei Jahren werde ich in der Lage sein, eine eigene Wohnung anzumieten. Ich denke, die Kleinstadt Kirchheim unter Teck wäre eine gute Wahl, dort sind die Ulanen ebenfalls stationiert. Kirchheim ist schon auf dem Land, und nach Stuttgart ist es nicht weit, sodass man auf die Privilegien der Stadt nicht verzichten muss.«

Maria hatte keine Ahnung, warum Bertie es in Erwägung zog, in ein paar Jahren an den Fuß der Schwäbischen Alb zu ziehen. »Wenn du lieber in Kirchheim als in Stuttgart leben möchtest, solltest du es tun«, sagte sie vage.

Durch Berties Körper ging ein Ruck. Er starrte auf die mit Entengrütze überzogene Wasseroberfläche. »Nicht ich, sondern wir, Maria.«

»Wir?«

Er nickte. »Einst versprachen wir uns, dass wir zusammen aufs Land ziehen würden, um Tiere zu halten. In der Nähe von Kirchheim, in Holzmaden, gibt es einen Schiefersteinbruch mit jeder Menge Fossilien. Die Petrefakte werden in die ganze Welt verschickt, du wirst deine Sammlung immens vergrößern können.«

Langsam dämmerte es Maria, worauf Bertie hinauswollte. »Bertie, ich werde das Abitur ablegen und dann studieren«, sagte sie leise.

»Das sollst du auch tun, Maria, nun ja, auf jeden Fall die Reifeprüfung machen. Selbstverständlich kannst du deine Studien zu Hause weiterführen, ich werde dich in allen Belangen unterstützen, sofern es deine Pflichten zulassen.«

»Du meinst die Pflichten einer Ehefrau und Mutter«, stellte Maria fest und konnte nicht verhindern, dass ein enttäuschter, bitterer Unterton mitschwang.

»Verzeih, Maria, ich habe dich noch gar nicht gefragt.« Bertie wandte den Kopf und sah sie an. »Möchtest du meine Frau werden, Maria, so, wie wir es uns einst versprochen haben?«

Marias Mundwinkel zuckten. »Wir waren Kinder, als Großmutter meinte, wir sollen einander heiraten. Versprochen habe ich es dir niemals.«

»Aber du magst mich doch gut leiden?«

»Selbstverständlich, ich liebe dich sogar«, erwiderte Maria ernst. »Ich liebe dich wie einen Bruder, mehr sogar als Wilhelm, und du bist mein bester Freund.«

»Dann kannst du lernen, mich auch als Mann zu lieben.« Bertie hatte seine Selbstsicherheit wiedergefunden. »In einer Ehe sind Freundschaft und Verbundenheit wichtiger als romantische Gefühle, die schnell verfliegen. Wir kennen und verstehen uns, und wie schon gesagt, werde ich von dir nicht verlangen, deine Studien aufzugeben. Du kannst so viel lesen und forschen, wie du möchtest, wenn ich nicht zu Hause bin, was leider häufig der Fall sein wird.«

»Du wirst mir aber nicht erlauben, zur Universität zu gehen«, stellte Maria sachlich fest.

Er zuckte mit den Schultern. »Wie sollte das möglich sein? Du wirst einen Haushalt führen, anfangs zwar einen kleinen, das wird sich aber schnell ändern. Und du wirst Verpflichtungen gegenüber den Honoratioren der Stadt haben und dich um unsere Kinder kümmern. Trotzdem wird dir Zeit bleiben, zu lernen.«

»Im stillen Kämmerchen, hinter geschlossenen Türen und

bei vorgezogenen Vorhängen«, bemerkte Maria sarkastisch. »In der Öffentlichkeit bin ich die devote Ehefrau, die schön den Mund hält, immerzu lächelt und bewundernd zu ihrem Gatten aufsieht.«

»Was ist daran auszusetzen?«, fragte Bertie überrascht. »Ich kann dir ein gesellschaftliches Leben bieten, das deiner Herkunft angemessen ist, ohne deinen Wissensdurst verkümmern zu lassen.«

»Du hast alles schon genau geplant«, murmelte Maria fassungslos. »Wahrscheinlich auch mit deinen und meinen Eltern abgesprochen, nicht wahr?«

»Selbstverständlich, Maria, und alle sind sehr erfreut, dass wir heiraten werden. Es dauert zwar noch zwei oder drei Jahre, bis ich finanziell auf eigenen Füßen stehe, aber – «

»Stopp!« Unterbrechend hob Maria die Hand und stand langsam auf. »Ich habe nicht vor zu heiraten«, sagte sie ernst. »Weder dich noch sonst jemanden.«

»Ich verstehe, dass du verärgert bist, weil ich nicht zuerst mit dir gesprochen habe – «

Erneut unterbrach Maria den Cousin. »Das ist es nicht. Du sagst, du willst dein Leben mit mir teilen, aber du scheinst mich überhaupt nicht zu kennen, Bertie, wenn du denkst, ich lehne deinen Antrag ab, weil ich beleidigt bin. Die Ehe ist einfach nichts für mich.«

»Was willst du denn sonst machen?«, fragte Bertie verständnislos. »Wohin wirst du gehen, wovon leben? Der Burgberg wird nicht ewig deine Heimat bleiben.«

Damit traf er einen wunden Punkt.

»Mein Vater ist nicht gesund, es wäre vermessen zu glauben, er würde noch ewig leben«, erwiderte Maria bekümmert. »Das Schloss wird niemals mir gehören, nach Vaters Tod ist

Wilhelm der alleinige Erbe, nach ihm seine Söhne. Sollte er keine haben, sind Vaters Brüder und deren männliche Nachkommen an der Reihe. Eines Tages vielleicht auch du, Bertie. So will es das Fideikommiss.«

»Ich habe kein Interesse an Schloss Burgberg, mein Leben gehört dem Militär. Aber du hast meine Frage nicht beantwortet, Maria: Was willst du tun, wenn du eine Ehe nicht in Betracht ziehst?«

»Auf keinen Fall ein Schmarotzerleben führen und von Verwandten abhängig sein«, antwortete Maria entschlossen. »Meinen Lebensunterhalt werde ich selbst verdienen.«

»Als Gräfin von Linden willst du wie eine Bürgerliche arbeiten?« Bertie lächelte zwar, es lag aber ein abfälliger Ausdruck auf seinem Gesicht.

»Auf meine Herkunft und meinen Namen habe ich keinen Einfluss, meine Zukunft allerdings kann ich selbst gestalten.« Maria stand auf. »Wir sollten jetzt besser ins Haus zurückkehren.«

»Du weist meinen wohlgemeinten Antrag also zurück? Du schlägst eine gute Verbindung und ein gesichertes Leben zugunsten eines Hirngespinstes aus, das niemals wahr werden und Früchte tragen wird? Du willst eine Studentin sein? Das ist doch absolut lächerlich! Mögen die Onkel noch so sehr intervenieren, Gesetz ist Gesetz, und eine Frau an einer württembergischen Universität ist ebenso unrealistisch wie eine Reise zum Mond.«

Maria straffte die Schultern. Plötzlich war der Cousin und geschätzte Freund ihr fremd. »Eines Tages werden Menschen vielleicht zum Mond fliegen können. Wenn man sich immer auf das Bestehende berufen und nicht stetig geforscht hätte, würden wir heute immer noch glauben, die Erde sei eine

Scheibe, um die die Sonne kreist. Stillstand bedeutet Rückschritt, und eines Tages wird sich auch die Stellung der Frau in der Gesellschaft zu deren Gutem verändern.«

»Jetzt sprichst du wie ein Blaustrumpf! Wie eine alte Jungfer, die keinen Mann abbekommen hat«, erwiderte Bertie verächtlich. »Dabei biete ich dir alles, was du dir nur denken kannst.«

Alles, außer Verständnis für meine Wünsche und Neigungen, dachte Maria. »Nein, Bertie, ich werde dich nicht heiraten«, sagte sie laut und entschlossen. »Aber ich würde mich sehr freuen, wenn wir Freunde blieben.«

Bertie zuckte mit den Schultern, seine Miene zeigte keine Regung. »Das Regiment lässt mir wenig Zeit, um Freundschaften zu pflegen.«

Maria seufzte verhalten, gleichzeitig war sie auch erleichtert. Immerhin hatte Bertie nicht von Liebe gesprochen. So hoffte sie, mit ihrer Ablehnung nur seinen Stolz, nicht jedoch seine Gefühle verletzt zu haben. Sie zürnte ihm nicht. Er war ein Mann seiner Zeit – einer Zeit, in der Frauen nur etwas galten, wenn sie verheiratet waren.

Seite an Seite gingen sie zum Schloss zurück, schweigend und ohne sich anzusehen.

Am selben Abend reiste Bertie ab, obwohl sein Aufenthalt auf Schloss Burgberg für mehrere Tage geplant war. Er gab unaufschiebbare Termine vor, die seine sofortige Anwesenheit in der Garnison erforderlich machten. Es war offensichtlich, dass Graf Edmund und Gräfin Eugenie über Marias Entscheidung informiert waren, ebenso Onkel Ferdinand, aber weder sprachen sie sie daraufhin an, noch machten sie ihr Vorwürfe.

Wenige Tage später überraschte Gräfin Eugenie ihre Tochter beim Mittagessen mit einem Vorschlag. »Heute Nachmittag werden wir einen Besuch in Herbrechtingen machen.«

»In Herbrechtingen?«, wiederholte Maria erstaunt. »Wir kennen dort doch niemanden.«

Gräfin Eugenie winkte ab. »Als du noch klein warst, Maria, stand ich in Kontakt zu einer gewissen Frau Frommeyer, ihr Ehemann führt ein erfolgreiches Textilunternehmen. Eine sehr nette Person, wir lernten uns über gemeinsame Bekannte kennen. Ich dachte, es ist eine gute Idee, alte Beziehungen aufzufrischen, so schrieb ich ihr. Sie erwartet uns heute zum Kaffee.«

Maria stutzte. Von einer Familie Frommeyer in Herbrechtingen hatte die Mutter nie zuvor gesprochen.

»Muss ich dich unbedingt begleiten, *Maman*?«

»Kind, du tust, worum dich deine Mutter bittet«, sagte Graf Edmund streng. »Du bist nun erwachsen und es wird Zeit, dich unseren Bekannten vorzustellen.«

»Und zieh dir etwas Hübsches an«, fügte Gräfin Eugenie hinzu.

Diese Bemerkung machte Maria hellhörig, blitzschnell zählte sie eins und eins zusammen und ahnte, welchem Zweck der überraschend beschlossene Besuch dienen sollte.

»Selbstverständlich, *Maman*, Vater«, sagte sie betont artig.

In Marias Kleiderschrank hing als Reliquie aus der Pensionszeit wohl verwahrt ihr einstiges Sonntagskleid, das sie zu den Kirchgängen getragen hatte. Beige, mit schmalen roten Linien, einfach und schlicht, wie es sich für ein Pensionatsmädchen geziemte. Ursprünglich hatte es Maria gut gestanden, inzwischen war die Taille zu eng und der Rock zu kurz, und der Schnitt entsprach nicht Marias Alter. Maria zwängte sich in das Kleid, betrachtete sich lächelnd im Spiegel und setzte sich den dazugehörigen Hut auf, der ebenfalls nicht mehr der aktuellen Mode entsprach. Um dem Wunsch ihrer Mutter zu entsprechen, sie möge sich hübsch machen, steckte sie sich eine auffällige silberne Brosche mit Granatsteinen in Form einer Blüte ans Revers und legte sich eine hübsch bestickte helle Stola um. In dieser Aufmachung begab sich Maria nach unten. Der Wagen stand schon bereit.

Graf Edmund starrte seine Tochter an, als wäre sie ein Wesen aus einer anderen Welt. »Eugenie, veranlasse, dass Maria sofort etwas anderes anzieht«, herrschte er seine Frau an.

Die Gräfin seufzte, musterte Maria ebenfalls von oben bis unten. »Es hat keinen Zweck, sonst geht sie überhaupt nicht mit.«

Maria bemerkte ein belustigtes Funkeln in den Augen der Mutter, das sie wohlweislich vor ihrem Mann verbarg.

Die Fahrt in der offenen Equipage an dem herrlichen Sommernachmittag war angenehm. Das herrschaftliche Haus der Familie Frommeyer war von einem gepflegten Park umgeben. Dort wurden Tee und Kaffee serviert, zu dem sich auch der Fabrikant gesellte. Man plauderte über vergangene Zeiten, und die Dame des Hauses tat, als bemerkte sie Marias seltsame Aufmachung nicht.

Nach einer Weile stieß ein junger rotblonder Mann mit einem ebensolchen Backenbart zu ihnen und stellte sich als Gustav, Sohn des Hauses, vor. Maria schätzte ihn auf Mitte zwanzig. Nun sah sie ihre Ahnung bestätigt, was Sinn und Zweck des Besuches anging.

»Mein Sohn ist mir eine große Stütze in der Fabrik«, erklärte Herr Frommeyer mit unverhohlenem Stolz. »Wenn ich mich eines Tages aus der Leitung zurückziehe, wird Gustav ein solides und ertragreiches Werk übernehmen.«

»Nicht zu vergessen die Villa und den schönen Landbesitz«, ergänzte Frau Frommeyer mit vor Eifer geröteten Wangen.

Sie preisen ihren Sprössling an wie auf einer Viehauktion, dachte Maria. Mit gesenktem Blick rührte sie in ihrer Kaffeetasse, obwohl sie weder Milch noch Zucker hineingegeben hatte.

Der schüchterne junge Mann lächelte zurückhaltend. »Papa, du wirst noch viele Jahre arbeiten, denn du bist gesund und munter.« Dann sah er Maria an. »Ich hörte, Sie streben das Ablegen der Reifeprüfung an, Komtess von Linden?«

»Ach, Kinder, warum so förmlich?«, warf Frau Frommeyer ein. »Nennt euch doch beim Vornamen.«

»Sehr gern … Gustav«, sagte Maria, hob den Kopf und schenkte ihm ein strahlendes Lächeln. »Bald werde ich das Abitur machen, danach an der naturwissenschaftlichen Fakultät in Tübingen studieren. Vielleicht gehe ich auch in die Schweiz und werde Ärztin.« Sie sah Gustav unschuldig in die Augen, als wäre all das das Normalste auf der Welt. »Auf jeden Fall möchte ich an Gottes Kreaturen forschen, das Sezieren ist meine Leidenschaft. Nahezu täglich fange ich Käfer, Mäuse, Ratten oder fette Kröten, schneide sie auf und erforsche ihr Innenleben. Dabei muss ich natürlich aufpassen, die Schnitte mit dem scharfen Skalpell sorgsam auszuführen, um die inneren Organe nicht zu zerstören. Beim Medizinstudium gehört das Sezieren zur Grundausbildung. Wie faszinierend muss es sein, Tote aufzuschneiden, um mehr über unser Innenleben zu erfahren! Ob es da drinnen ebenso aussieht wie in einer Ratte? Oder eher wie in einer

Kröte?« Ihre Worte unterstreichend legte Maria eine Hand auf ihre Brust.

Frau Frommeyer sog scharf die Luft ein, und Gustav verschluckte sich so sehr am Tee, dass er husten musste. Gräfin Eugenie presste die Serviette gegen die Lippen, um ihr Glucksen zu verbergen.

»Das … das ist … wirklich bemerkenswert«, stammelte Gustav mit hochrotem Gesicht. Er schob seinen Stuhl zurück und stand auf. »Es war nett, Sie kennenzulernen, Gräfin, Komtess. Sie müssen mich jetzt leider entschuldigen. Mir fällt gerade ein, dass eine wichtige Besprechung mit einem der Vorarbeiter anberaumt ist.«

Maria hatte den Eindruck, Gustav Frommeyer enteile so überstürzt, als fürchte er, Marias nächstes Opfer einer Sektion zu werden.

Gräfin Eugenie und Maria verabschiedeten sich wenig später, zur offensichtlichen Erleichterung der Frommeyers. Maria war sicher, dass es zu einem solchen Besuch nicht noch einmal kommen würde. Als die Kutsche die Stadt verließ und gen Burgberg rollte, nahm die Gräfin Marias Hand und drückte sie. »Ach, Kind, was soll ich nur mit dir machen?«

»Mich meinen Weg gehen lassen, *Maman*. Im Übrigen habe ich mich dazu entschlossen, Gabrieles Einladung anzunehmen und sie in Österreich zu besuchen. Ich werde die Reise allein antreten. Ich bitte dich und Vater, meine Entscheidung zu respektieren.«

Gräfin Eugenie zögerte einen Moment, dann stimmte sie zu. »In letzter Zeit bist du oft nervös und unausgeglichen. Das viele Lernen belastet dich mehr, als du es zugeben möchtest. Etwas Zerstreuung und eine Luftveränderung werden dir guttun. Der Sommer ist eine herrliche Zeit in den Bergen.« Sie zwinkerte Maria zu. »Und dass du allein nach Österreich reisen willst, überrascht mich nicht. Überlass es mir, mit deinem Vater zu sprechen.«

»Danke, *Maman.*«

Erleichtert lehnte Maria den Kopf an die Schulter ihrer Mutter. Von ihr fühlte sie sich wirklich verstanden.

ACHT

Aussee, Steiermark – August 1888

Die Villa Andrian stand auf einer kleinen Anhöhe des Ortes Fischerndorf, nordwestlich des Altausseer Sees. Von ihrem hellen, luftigen und elegant eingerichteten Zimmer genoss Maria einen prächtigen Ausblick auf die Gletscher des Dachsteingebirges. Seit ihrer Ankunft eine Woche zuvor war das Wetter vorrangig sonnig, die Oberfläche des Sees glitzerte in strahlendem Blau. Sie bedauerte, die Berge immer vor Augen zu haben, sie aber nicht besteigen zu können. An Mut fehlte es ihr nicht, es siegte jedoch die Vernunft, dass nur Bergsteiger mit jahrelanger Erfahrung einen solchen Aufstieg wagen konnten. Bewegung hatte Maria dennoch genug. Nahezu täglich machten sie und Gabriele einen Spaziergang in den Ort Markt Aussee. Vom dortigen Delikatessengeschäft fühlte sich Maria besonders angezogen, gab es doch zahlreiche herzhafte und süße Speisen aus der Steiermark, die sie alle kosten musste: süßsauer eingelegte Kürbisspalten, geröstete Kürbiskerne, von denen Maria zum Naschen stets ein Tütchen in der Rocktasche verwahrte, geräucherte Karpfen und Forellen. Und die rotbäckigen Äpfel schmeckten vollmundiger als die heimischen. Dazu kamen kleine Pralinen, Zuckerstangen und andere süße Köstlichkeiten.

Am späten Vormittag waren sie zu einem Imbiss in die Weinstube Hozgethan eingekehrt. Das Mahl aus Kalbsbäckchen, jungen Kartoffeln und Kürbis war derart reichhaltig und der goldene Wein so süffig gewesen, dass den Freundinnen der Appetit zum Mittagessen vergangen war. Gabrieles Mutter schalt die jungen Frauen nicht, im Gegenteil.

»Ich freue mich, dass unser lieber Sommergast den Aufenthalt genießt«, sagte Cäcilie Freifrau von Andrian-Werburg. Sie war eine zart gebaute Frau mit lebhaften blauen Augen.

Gabriele war der Mutter wie aus dem Gesicht geschnitten, während ihr Bruder ein Abbild seines Vaters war. Allerdings hatte er nicht das Temperament von Ferdinand Freiherr von Andrian-Werburg geerbt. Leopold war ein in sich gekehrter, schüchterner, noch kindlich wirkender Junge von dreizehn Jahren, der wenig sprach und sich den Spaziergängen nur selten anschloss. Ein wenig fühlte sich Maria bei Leopold an ihren Bruder Wilhelm erinnert.

Mit Gabrieles Vater hatte sich Maria bereits an zwei Abenden angeregt unterhalten. Die beiden hatten sich über Bücher ausgetauscht und Farbtafeln, Listen und zahlreiche Zeichnungen studiert. Freiherr Ferdinand sah überhaupt nicht auf Maria herab und zeigte sich keineswegs befremdet, dass sich eine Frau derart intensiv für Geologie und Anthropologie interessierte. Er wünschte Maria von ganzem Herzen, sie möge ihre Studienpläne umsetzen können.

»Wenn es in Württemberg nicht klappt, kommst du einfach zu mir nach Wien«, sagte er, allerdings mit einem Augenzwinkern, und so wusste Maria nicht, ob sein Angebot aufrichtig gemeint war. »Wenngleich auch kein Studium möglich ist, könntest du uns nützlich sein.«

1870 hatte Freiherr Ferdinand die Anthropologische Gesellschaft in Wien gegründet, der er auch vorstand. Seine Arbeit führte ihn oft auf Reisen, unter anderem auf den Balkan. Er genoss die Sommerwochen, die er stets in der Steiermark verbrachte. Zu diesem Zwecke hatte er 1871 das Grundstück erworben und die Villa Andrian erbauen lassen. Durch ihre vornehme und unaufdringliche Art war die Familie Andrian-Werburg in der Gegend äußerst beliebt.

Es klopfte an der Tür. »Herein«, rief Maria.

Gabriele schlüpfte ins Zimmer. Seit sie sich im Pensionat kennengelernt hatten, hatte sich die Freundin verändert. Ihre Wangen waren rosig und sie lachte gern und viel. Die Schüchternheit von früher war verflogen. »Mama sagte mir gerade, dass wir Gäste zum Abendessen erwarten, unter ihnen die Familie des Fürsten Hohenlohe, Graf Gallenberg und Angehörige der Familie von Schönburg.«

»Oh!« Maria lächelte gezwungen. »Ich fürchte, für einen solchen Anlass habe ich nicht die passende Garderobe eingepackt. Es wird besser sein, wenn ich die Mahlzeit in meinem Zimmer einnehme.«

Gabriele winkte ab. »Nichts da! Du musst die Leute unbedingt kennenlernen und sie dich, Maria. Sie alle haben in der Umgebung Sommerresidenzen und sind regelmäßig bei uns zu Gast. Es geht recht leger zu. Wir musizieren gemeinsam, wahrscheinlich werden auch Karten und Roulette gespielt.«

Maria zögerte. »Trotzdem …« Eigentlich war ihr die Meinung anderer Menschen gleichgültig, und sie hatte sich nie Gedanken über ihr Äußeres gemacht, aber sie war hier zu Gast. Auf keinen Fall wollte sie Anlass geben, dass sich die Familie ihrer schämte.

Freundschaftlich knuffte die Freundin Maria in die Seite. »Schade, dass dir das weiße Batistkleid aus dem Pensionat nicht mehr passt«, scherzte sie. »Auch meine Kleider werden dir zu eng und zu kurz sein, aber wir werden schon etwas Passendes finden.«

Die nächste Stunde sahen die Freundinnen Marias Garderobe durch und entschieden sich schließlich für ein burgunderrotes Kleid mit feinen schwarzen Streifen, einem weißen Spitzenkragen und ebensolchen Manschetten. Im vergangenen Frühjahr war es für Maria zum Anlass einer Taufe bei Bekannten in Heidenheim geschneidert worden. Gabriele lieh ihr einen elfenbeinfarbenen Spitzenschal und beteuerte ein weiteres Mal, Maria solle sich keine Sorgen machen.

»Jeder wird dich lieben! Bei deiner offenen Art können sie gar nicht anders.«

Maria neigte nicht zu Nervosität, an diesem Abend war sie allerdings angespannt, als sie die Treppe hinunterging. Ihre Aufregung war umsonst, denn Gabriele behielt recht: Alle, auch die Fürstin Hohenlohe in Begleitung ihrer Söhne Alexander und Moritz, begrüßten Maria offen und freundlich. Während des Essens wurde ausgiebig geplaudert, jeder Gast hatte etwas beizutragen, und alle äußerten sich wohlwollend über das anhaltende sonnig warme Wetter. Nach dem Mahl trug eine nicht mehr ganz junge Sängerin mit dem Namen Wild einige Lieder vor, am Klavier begleitet von einem hochgewachsenen jungen Mann mit kohlrabenschwarzen Haaren. Seine schlanken Finger flogen geradezu über die Tasten. Maria und er waren einander bisher nicht vorgestellt worden. Sie betrachtete sein griechisch anmutendes Profil. In dem Moment drehte er den Kopf, ihre Blicke trafen sich und er nickte ihr kaum merklich zu. Maria fühlte ihre Wangen heiß werden, schnell senkte sie den Blick und tat, als entferne sie einen Fussel von ihrem Rock.

Nach der Gesangsdarbietung wurden Tische und Stühle zur Seite geschoben, während der junge Mann schon flotte Melodien anschlug. Maria sah vom Rand aus zu, wie sich immer mehr Paare zum Tanz zusammentaten. Im Pensionat hatte sie die wichtigsten Tanzschritte gelernt, hatte aber keine Freude daran gehabt und seitdem nie wieder das Parkett betreten. Ihre vor Jahren getätigte Äußerung, ihre Füße seien zu plump, um einen Partner zu erfreuen, galt in ihren Augen noch immer, aber sie sah den anderen gern zu. Gabriele tanzte mit Alexander von Hohenlohe einen Walzer, während sich sein Bruder Moritz angeregt mit dem Freiherrn unterhielt. Maria fragte sich, ob Gabrieles Eltern eine Verbindung zwischen den Häusern Andrian-Werburg und Hohenlohe-Schillingsfürst anstrebten, denn augenscheinlich genoss die Freundin die Gesellschaft des attraktiven Prinzen. Eine weitere Freundin aus Pensionatszeiten würde wohl bald in den Stand der Ehe treten. Ob ihre Freundschaft dann ebenso einschlafen würde wie zu Conny Hofmann?, überlegte Maria mit dem Gefühl des Bedauerns.

Eine Stimme riss Maria aus ihren Gedanken. »Sie tanzen nicht?«

Sie hob den Kopf und sah in die dunklen Augen des Pianisten. Erst jetzt bemerkte sie, dass die Sängerin seinen Platz am Klavier eingenommen hatte.

»Ich sehe lieber zu«, antwortete Maria.

Er deutete eine Verbeugung vor ihr an, dann streckte er den Arm aus. »Möchten Sie mit mir tanzen?«

»Danke … danke, nein. Glauben Sie mir: Es wäre für Sie kein Vergnügen, denn ich kann es nicht.«

»Jeder kann tanzen«, beharrte er.

»Ich will aber nicht!«

Der junge Mann zuckte zusammen und trat mit betroffener Miene einen Schritt zurück.

Maria merkte, dass sie bei ihrer Weigerung zu schroff gewesen war. »Bitte, ich möchte wirklich nicht tanzen, ich würde mich dabei nicht wohlfühlen«, setzte sie daher freundlich nach.

Er nickte und verbeugte sich ein weiteres Mal. »Wir sind uns noch nicht vorgestellt worden. Rudolf von Bach, meine Familie stammt aus Baden.«

»Aus Baden?« Marias Augen leuchten auf. »Ich habe vier wundervolle Jahre in Karlsruhe verbracht.«

»Das ist nicht weit von meiner Heimat entfernt«, erklärte Rudolf von Bach. »Ich hörte, Sie kommen aus Württemberg und verbringen den Sommer bei Ihrer Freundin in der schönen Steiermark.«

Maria nickte. »Es ist meine erste richtige Auslandsreise. Ich finde die Berge und das Dorf faszinierend, die Menschen sind überaus reizend, wenngleich ich sie nicht immer verstehe.«

Er lachte. »Ja, an die hiesige Mundart muss man sich erst gewöhnen.«

»Als Kind hatte ich ein Kindermädchen aus dem Schwarzwald, sie sprach mit einem starken Dialekt. Wir haben immer miteinander gelacht, wenn mir einzelne Wörter fremd waren.« Maria wunderte sich, wie offen und frei sie einem Fremden gegenüber von ihren Kindheitserlebnissen berichtete. Das war sonst nicht ihre Art. »Ich möchte Sie nicht mit Vergangenem langweilen, Herr von Bach«, fügte sie schnell hinzu.

»Sie langweilen mich nicht, im Gegenteil, Komtess, allerdings bin ich Ihnen schuldig zu erklären, was mich nach Österreich führt. Sofern Sie es wissen möchten.«

»Es würde mich sehr interessieren«, erwiderte Maria, und es war keine höfliche Floskel.

»Moritz von Hohenlohe-Schillingsfürst und ich kennen uns seit der Schulzeit«, erklärte Rudolf von Bach. »Wir sind im gleichen Alter, da ich aber immer größer und stärker war, wurde ich zu einer Art Beschützer für den Prinzen. Das ist bis heute so geblieben. Auf Wunsch der Fürstin stehe ich an Moritz' Seite und begleite ihn auch auf seinen häufigen Reisen.«

»Sozusagen als Aufpasser?«, fragte Maria.

»Wenn Sie so wollen, ja.« Er beugte sich ein wenig zu Maria hinunter. »Moritz ist wesentlich lebhafter als sein Bruder, vermittelt dadurch den Eindruck, oberflächlich zu sein. Er und Alexander sind übrigens Zwillinge.«

»Sie sehen sich überhaupt nicht ähnlich«, sagte Maria überrascht. Dann deutete sie verstohlen in Richtung des Prinzen. »Könnte es sein, dass meine Freundin und Alexander …?«, flüsterte sie.

Vielsagend zog Rudolf eine Augenbraue hoch. »Ich glaube nicht, dass die lebhafte und intelligente Gabriele zu Alexander passt. Er ist zu ernsthaft und erwartet von einer Ehefrau absoluten Gehorsam.« Maria runzelte unwillig die Stirn und Rudolf fuhr fort: »Darauf achtet schon die Fürstin, sie ist eine Anhängerin des österreichischen Hofzeremoniells. Die Frau, die jeder der beiden Prinzen einmal heiraten wird, ist nicht zu beneiden. Aber so sollte ich über meine Gönnerin nicht sprechen, Komtess Maria, und im Grunde ist die Fürstin eine verträgliche Dame.«

Den Eindruck hatte Maria von der Fürstin ebenfalls gewonnen. Sie wusste, dass in solch erhabenen Kreisen andere Maßstäbe galten. »Ich bin froh, dass meine Familie nicht ganz so bedeutend ist«, sagte Maria schmunzelnd. »Und Sie haben recht: Eine solche Ehe ist nichts für Gabriele. Sie weiß genau, was sie will, und noch mehr, was sie nicht will.«

»Ebenso wie Sie, Komtess Maria.«

Maria sah ihn überrascht an, und Rudolf von Bach fügte mit einem verlegenen Lächeln hinzu: »Ich gebe zu, mir ist bekannt, dass Sie anstreben, die erste Studentin Württembergs zu werden.«

Bevor sich Maria erkundigen konnte, wer über sie gesprochen hatte und was seine Meinung dazu war, rief Prinz Moritz durch den ganzen Saal: »Rudolf, bitte komm! Du musst uns bei einer wichtigen Frage behilflich sein.«

»Bitte, entschuldigen Sie mich, die Pflicht ruft. In den nächsten Tagen werden wir sicher Gelegenheit haben, unsere Konversation fortzusetzen.«

Mit einer Verbeugung entfernte er sich. Maria kam nicht umhin, ihm nachzusehen. Rudolf von Bach war ein attraktiver und charmanter Mann. Es ließ sich wunderbar mit ihm plaudern. Offenbar war er ihr ob der schroffen Zurückweisung beim Tanz nicht gram. Zum ersten Mal fragte sich Maria, ob es ihr nicht doch Freude bereitet hätte, Walzer zu tanzen – zumindest in den Armen des badischen Adligen.

Nahezu allabendlich waren Gäste in der Villa Andrian. Die Prinzen von Hohenlohe und damit auch Rudolf von Bach fehlten allerdings bei den nächsten Empfängen. Maria redete sich ein, es sei ihr gleichgültig. Tief in ihrem Inneren aber wusste sie, dass sie jeden Abend nach dem badischen Adligen Ausschau hielt und enttäuscht war, wenn sie ihn unter den Gästen nicht entdeckte.

»So ein Blödsinn«, murmelte sie. »Wir haben uns nur für ein paar Minuten unterhalten.« Trotzdem erkundigte sie sich bei Gabriele nach einer Schneiderin, die gut und schnell arbeitete.

»Du benötigst wirklich kein eleganteres Kleid«, erwiderte Gabriele. »Du hast doch gesehen, wie zwanglos es zugeht.«

»Ich möchte mir trotzdem ein oder zwei neue Kleider schneidern lassen«, setzte Maria nach und hoffte, nicht zu erröten. Zum ersten Mal in ihrem Leben war ihr die äußere Erscheinung wichtig.

Gesagt, getan. Eine Schneiderin kam ins Haus, brachte Stoffproben mit und nahm Marias Maße. Die Frau war eine Meisterin ihres Fachs, denn nur vier Tage später sandte sie Maria zwei Abendkleider, eines in einem zarten Rot, das andere in einem sommerlich frischen Gelbgrün. Nicht allzu elegant, aus leichtem, luftigem Stoff, mit züchtigem Ausschnitt und angeschnittenen Ärmeln. Glücklicherweise hatte Maria neben dem Geld, das ihr von den Eltern für die Reise mitgegeben worden war, auch etwas von ihrem Ersparten mitgenommen, das sie nun zu einem Teil für die Kleider ausgab.

Marias Mühe wurde belohnt, denn am Freitagabend kamen die Fürstin von Hohenlohe, ihre Söhne und Rudolf von Bach wieder in die Villa Andrian. Maria, die das zartrote Kleid trug, verbarg ihre Freude und erwiderte Rudolfs Gruß mit einem Nicken. An diesem Abend wurde nicht getanzt, sondern gewürfelt, Poker und Roulette gespielt. Maria fungierte als stille Beobachterin, die Spielregeln waren ihr fremd. Gabriele hingegen beherrschte das Kartenspiel bestens, nach einer Stunde hatte sie fast jede Partie gewonnen.

»Sie spielen nicht?«, fragte Rudolf von Bach, nachdem er beim Würfeln ein hübsches Sümmchen verloren hatte.

»Ich kann nicht pokern.«

»Dann probieren Sie es mit Roulette«, schlug Rudolf vor, nahm ihren Arm und zog sie zu dem Tisch, an dem Alexander und Moritz die kleine Kugel im Zylinder fixierten, bis sie sich auf eine Zahl legte. Es war die Dreizehn, und die Prinzen hatten verloren.

Rudolf schob Maria ein paar Jetons zu, er selbst setzte auf eine Zahlenreihe, und Maria entschied sich für die Achtzehn, ihr Geburtstag, und gewann.

»Anfängerglück«, sagte sie, setzte nun auf die Farbe Rot und auf einen Zahlenblock, und gewann erneut. Die Prinzen klatschten lachend in die Hände.

»Sagen Sie mir, auf welche Zahl ich setzen soll«, bat Rudolf.

»Die Vierundzwanzig.« Rudolf gehorchte, aber die Kugel blieb auf der Fünf liegen. »Ich bringe Ihnen offenbar kein Glück«, sagte Maria bedauernd.

Er zuckte mit den Schultern. »So ist das Leben. Mal verliert man, mal gewinnen die anderen …«

Maria brauchte einen Moment, dann lachte sie laut auf. Rudolf von Bach verfügte auch über eine gute Portion Humor.

In den nächsten Tagen wurde Roulette zu Marias Lieblingsspiel, allerdings hielt sie sich mit den Einsätzen zurück. Sie hatte weder Pech noch besonderes Glück. Was sie an einem Abend verlor, gewann sie am nächsten wieder. Einige der Gäste bauten nach Berechnungen der Wahrscheinlichkeit Systeme auf, wann die Kugel auf welche Zahl treffen würde. Dieser Aspekt faszinierte Maria besonders, und sie rechnete fleißig mit, ohne jedoch dem System zu vertrauen und zu viel Geld zu riskieren.

Die Fürstin zu Hohenlohe wachte mit achtsamem Auge über ihre Söhne. Vornehmlich Moritz hatte den Hang, über die Stränge zu schlagen. Rudolf von Bach war ebenfalls ein zurückhaltender Spieler, der seine Münzen zusammenhielt. Er drängte sich Maria nicht auf, suchte aber ihre Nähe und nahm regelmäßig neben ihr am Spieltisch Platz. Sie unterhielten sich über Gott und die Welt, und er erzählte, von Maria dazu aufgefordert, von seiner Heimat in der Ortenau.

»Die Gegend ist für ihre prächtigen Reben bekannt, und meine Familie betreibt ein kleines Weingut«, erklärte er. »Leider habe ich kein Händchen fürs Keltern, meine Neigungen liegen eher in der Entdeckung fremder Länder und neuer Kulturen. Glücklicherweise habe ich zwei ältere Brüder, die das Gut eines Tages übernehmen und leiten werden.«

Maria beschlich der Verdacht, dass Rudolf kein eigenes Einkommen hatte, sondern vom Wohlwollen der Fürstin von Hohenlohe abhängig war, die ihrem Sohn Moritz die Reisen finanzierte. Das machte ihr Rudolf nicht weniger sympathisch, im Grunde genommen ging es sie nichts an. Maria hatte noch nie Menschen nach deren Herkunft, Stellung und finanziellem Auskommen beurteilt.

»Es wäre mir eine Ehre, wenn Sie und Ihre Familie uns besuchen kämen«, fuhr Rudolf fort. »Die schönste Zeit in der Ortenau ist die der Weinlese. Wie wäre es im nächsten Jahr?«

Da werde ich hoffentlich in Tübingen sein und keine Zeit fürs Reisen haben, dachte Maria. »Ein Jahr ist lang, wir werden sehen«, antwortete sie vage.

Ein weiterer Gast war der Wiener Dr. Walzel. Obwohl er noch keine dreißig war, hatte er bereits in Philosophie promoviert und war Leopold, Gabrieles jüngerem Bruder, für die Zeit in der Steiermark als Hauslehrer und Erzieher zur Seite gestellt worden. Dr. Walzel war nicht nur Mentor, sondern auch ein guter Freund der Familie. Von Freiherr von Andrian-Werburg über Marias Interessen informiert, erklärte sich der junge Doktor bereit, sie an den Unterrichtsstunden, die Leopold trotz der Ferienzeit regelmäßig absolvieren musste, teilnehmen zu lassen. Maria war mit einer großen Anzahl von

Büchern nach Aussee gereist, die Dr. Walzels Interesse erweckten. Von Marias Wissen und ihren Kenntnissen zeigte er sich beeindruckt.

»Ich wünschte, ich hätte in Leopold einen so interessierten und aufmerksamen Schüler wie Sie«, meinte er verhalten seufzend.

Das Lob machte Maria stolz, aber sie erwiderte bescheiden: »Poldi ist noch jung, ich bin ihm um Jahre voraus. Im Pensionat hatte ich hervorragende Lehrer, die die Stärken der Schülerinnen förderten.«

»Trotzdem sind Sie eine außerordentlich intelligente und willensstarke junge Dame, Komtess Maria«, sagte Dr. Walzel mit einem wohlwollenden Blick. »Lassen Sie sich nur niemals von jemandem einreden, Ihr angestrebter Weg sei falsch.«

Marias Sympathien flogen dem jungen Hauslehrer zu. Endlich ein Mann, der anerkannte, dass eine Frau für mehr geschaffen war als nur für die Ehe.

Marias von Anfang an gehegter Wunsch, einen Berg zu erklimmen, sollte sich tatsächlich erfüllen. Der Hausarzt der Familie Andrian verabredete eine Wanderung mit einem befreundeten Kollegen und fragte Freiherrn Andrian, ob weitere mutige Wanderer mitkommen wollten. Maria war sofort Feuer und Flamme, auch Rudolf und Moritz zeigten sich begeistert, Gabriele, Poldi und Prinz Alexander lehnten ab. So war Maria die einzige Frau in der wagemutigen Truppe. Dr. Walzel wurde zu Marias Beschützer bestimmt, was sie für überflüssig hielt, aber sie nahm es hin.

An einem herrlichen Septembermorgen, die Sonne stand erst eine Handbreit über dem östlichen Horizont, bereitete sich Maria so auf das Wandern vor, wie es der lange Rock eben zuließ. Sie bedauerte, keine Hose zu haben, die beim Aufstieg in den Berg doch wesentlich praktischer gewesen wäre, wagte aber nicht, die anwesenden Herren zu fragen, ob ihr jemand mit einem solchen Kleidungsstück aushelfen konnte. Auch wenn in der Villa Andrian ein gewisser Freigeist herrschte – das wäre dann doch zu weit gegangen. In weiser Voraussicht hatte Maria ihre Wanderschuhe eingepackt, die ihr noch bestens passten. Das angestrebte Ziel, die Loserhütte, befand sich am Westrand des Toten Gebirges.

Die Führung übernahmen zwei einheimische Bergsteiger, die sich in so ausgeprägtem Dialekt miteinander unterhielten, dass Maria kaum ein Wort verstand. Sie ließen die Wohnhäuser hinter sich, die Straße ging in einen schmalen Pfad über, der steil nach oben führte. Voller Elan stürmte Maria voran, wie sie es von zu Hause gewohnt war, und ließ die Männer hinter sich. Doch bald schon stellte sie fest, dass ein solches Tempo vielleicht beim Erklimmen des Burgberges durchzuhalten war, nicht jedoch bei einer mehrstündigen Wanderung. Sie verharrte im Schritt und wartete, bis Rudolf von Bach zu ihr aufschloss. Anders als Maria, die mit roten Wangen nach Luft schnappte, wirkte er frisch und erholt.

»Bei allem, was Sie tun, legen Sie ein rasches Tempo vor, Maria«, sagte er. Seit ein paar Tagen nannten sie sich beim Vornamen.

»Ich möchte in meinem Leben nichts versäumen. Aber ich sehe ein, dass ich mich mäßigen muss. Es ist das erste Mal, dass ich einen so steilen Anstieg zu bewältigen habe.«

»Am besten richten wir uns nach den Bergführern«, meinte Rudolf. »Sie kennen die Gegend und wissen, was zumutbar ist.«

Maria und Rudolf warteten auf die anderen, ließen die

Bergführer vorangehen und folgten ihnen gemächlichen Schrittes. Die Sonne schien warm, aber nicht zu heiß, und ein leichter, frischer Wind machte die Wanderung zum Vergnügen. Nach drei Stunden erreichten sie schließlich eine kleine bewirtschaftete Hütte. Der Wirt, ein gedrungener Mann mit roten Backen, brachte Bier, einen leichten Wein und ein deftiges Vesper aus knusprigem Brot, Wurst und Käse. Marias Blick schweifte über das Ausseer Becken, über die kargen Gipfel der Berge und die dazwischen eingebetteten lieblichen Täler. Sie empfand ein unbeschreibliches Gefühl von Freiheit wie nie zuvor in ihrem Leben.

»Der Moment muss für alle Ewigkeiten festgehalten werden!«, rief Moritz von Hohenlohe.

Zuerst wusste Maria nicht, was der junge Prinz meinte, doch dann sah sie zu ihrem Erstaunen, dass einer der Bergführer aus seinem großen Rucksack eine Kamera und ein Stativ herausholte. Es musste eine echte Herausforderung dargestellt haben, die Ausrüstung den steilen Pfad hinaufzuschleppen. Das Stativ wurde aufgestellt, die Kamera montiert und Moritz traf die Vorbereitungen zur Aufnahme.

»Stellt euch bitte eng zusammen«, forderte er alle auf. »Maria, Sie am besten vorne.«

Von hinten drängte sich Rudolf so dicht an Maria, dass sie seinen Atem im Nacken spürte. Ein Kribbeln lief ihr über den Rücken, gleichzeitig ärgerte sie sich, dass ein Mann eine derartig starke körperliche Reaktion in ihr auslöste, vor der sie gefeit zu sein glaubte. Sie wollte nicht darüber nachdenken, ob ihre Gefühle für den badischen Adligen über Freundschaft hinausgingen. Für etwas anderes hatte sie keine Zeit, und es würde ihr die Energie rauben, die sie für ihre Studien benötigte. Außerdem hatte Rudolf mit keiner Geste und mit keinem Wort angedeutet, dass er in Maria mehr sah als eine unterhaltsame Gesprächspartnerin.

Moritz erklärte dem Bergführer die Funktion der Kamera, dann stellte er sich zu der Gruppe, und wenige Minuten später war die Aufnahme im Kasten.

»Ich lasse Abzüge anfertigen, damit jeder eine Erinnerung an unseren herrlichen Ausflug bekommt«, versprach Moritz.

»Ich wusste nicht, dass er fotografieren kann«, raunte Maria Rudolf zu.

»Moritz hat viele Talente, gute wie auch weniger vorteilhafte«, flüsterte Rudolf zurück. »Er benötigt nur noch Zeit, um den richtigen Weg zu finden.«

Die Worte erinnerten Maria an die ihrer Großmutter und all die anderen, die *es gut mit ihr meinten* und glaubten, *sie auf den rechten Weg führen zu müssen*. Unwillkürlich runzelte sie die Stirn.

»Habe ich etwas Falsches gesagt?«, fragte Rudolf besorgt.

»Das haben Sie nicht, ich war nur in Gedanken.« Sie deutete auf Dr. Walzel, der sich mit einem Tuch die schweißnasse rote Stirn abwischte. »Unser guter Doktor scheint sich einen Sonnenbrand zugezogen zu haben«, sagte sie betont gelassen.

»Sie sorgen sich um Dr. Walzel?«, fragte Rudolf und sah Maria mit einem Blick an, den sie nicht deuten konnte.

»Er ist ein sehr gebildeter Herr und lehrte mich einiges aus dem Bereich der Philosophie«, antwortete Maria.

»Sie schätzen Walzel also nur als Lehrer?«

»Nun, er ist ein Freund der Familie, die mich so gastfreundlich aufgenommen hat, wie man es sich nur wünschen kann.«

»Dr. Walzel ist noch unverheiratet«, sagte Rudolf, dessen Blick jetzt an Maria vorbei in die Ferne schweifte.

Schlagartig wurde sich Maria der Bedeutung seiner Worte bewusst, ihr Herz klopfte schneller und ihre Hände wurden feucht. Mit einem unbeschwerten Lächeln erwiderte sie: »Seien Sie versichert, guter Rudolf, dass sich Dr. Walzels und mein Interesse lediglich auf die Wissenschaften richtet. Wie Sie ja wissen, ist mein angestrebtes Ziel ein anderes, als in Wien an der Seite eines Lehrers zu leben.«

Rudolf verbarg seine Erleichterung nicht. Maria war erleichtert, dass die Bergführer nun drängten, die Höhle zu besichtigen, um sich dann zügig an den Abstieg zu machen. Der natürliche Hohlraum war klein und wenig spektakulär. Auf der Schwäbischen Alb hatte Maria größere und beeindruckendere Höhlen besichtigt, aber die Kühle tat an dem heißen Tag gut.

Beim Abstieg zog plötzlich dichter Nebel auf, so mussten sie sehr langsam und vorsichtig gehen, um einen Fehltritt zu vermeiden. Rudolf wich nicht von Marias Seite, und als sie einmal strauchelte, umfasste er rasch ihre Taille. Die Berührung dauerte nur einen Augenblick, fuhr Maria aber wie ein Blitz durch den Körper.

Wohlbehalten erreichten sie das Tal, und Maria wurde von Gabriele mit Fragen bestürmt. Maria beschrieb die Landschaft und das Erleben detailgetreu, vermied es allerdings, Rudolfs Namen zu erwähnen.

Zwei Wochen später entschloss sich die Fürstin zu Hohenlohe-Schillingsfürst, die Sommerfrische zu beenden. Maria bedauerte, dass damit auch Rudolf von Bach aus Österreich abreisen musste, aber jede schöne Zeit ging einmal zu Ende. Mittlerweile neigte sich schon der September dem Ende zu, auch die anderen schlossen ihre Häuser über den Winter. Leopold von

Andrian-Werburg kehrte an seine Schule in Kalksburg zurück, Dr. Walzel widmete sich wieder seiner Arbeit in Wien, da für Poldi der Unterricht im Internat begann.

Am Tag bevor Rudolf abreisen sollte, suchte er die Villa Andrian auf und bat Maria, ihn auf einen Spaziergang zu begleiten. Maria, die in der umfangreichen Bibliothek des Barons gestöbert und in einem Buch über Gehäuseschnecken im Salzkammergut las, war angesichts seiner Bitte gleichermaßen erfreut wie beklommen zumute.

Wahrscheinlich möchte er mir Adieu sagen, dachte sie und versuchte, sich nicht anzumerken zu lassen, wie sehr er ihr fehlen würde. In den letzten Tagen, und ganz besonders in den Nächten, wenn sich der Schlaf nicht hatte einstellen wollen, waren ihre Gedanken um Rudolf gekreist. Viel zu oft und viel zu intensiv, als es Maria lieb war, und sie redete sich ein, dass es der zwanglosen Stimmung der Sommertage geschuldet war.

Der Himmel war mit dunklen Wolken verhangen, und ein kühler Wind ließ Maria ihr Schultertuch fester um sich ziehen. Schweigend schlenderten sie den Weg hinunter zur Seepromenade. Gegen die niedrige Kaimauer schlugen ungestüme Wellen.

»Nun ist die Zeit gekommen, um voneinander Abschied zu nehmen, aber ich möchte nicht Adieu, sondern Auf Wiedersehen sagen«, sagte Rudolf. Er drehte den Kopf und sah ihr in die Augen. »Darf ich Ihnen schreiben, und werden Sie mir antworten, Maria?«

»Natürlich! Allerdings muss ich Sie warnen«, antwortete Maria. »Meine Handschrift ist schrecklich, die meisten haben Probleme, die Worte zu entziffern.«

Ohne darauf einzugehen, stellte er eine weitere Frage.

»Darf ich Sie im nächsten Frühjahr besuchen? Sie haben mir so viel vom schönen Burgberg erzählt, dass ich es kaum erwarten kann, alles mit eigenen Augen zu sehen.«

»Ich weiß nicht, ob ich nächstes Jahr zu Hause sein werde, außerdem lassen mir meine Studien wenig Zeit«, erwiderte Maria ausweichend, obwohl die Aussicht, Rudolf wiederzusehen, ihr mehr als angenehm war. »Schon viel zu lange nehme ich die Gastfreundschaft der Familie Andrian in Anspruch. Und mein Lernpensum habe ich sträflich vernachlässigt.«

»Es gibt mehr im Leben, als zu lernen.« Rudolf zögerte einen Moment, dann sprudelte er hastig hervor: »Maria, du bist eine überaus ernsthafte junge Dame.«

»Ach ja?« Maria wusste nicht, ob Rudolfs Worte als Kompliment gedacht waren. Darüber wurde die Tatsache, dass er zum vertraulichen Du übergangen war, zur Nebensache.

Er bemerkte ihre Irritation und sagte schnell: »Das meine ich durchaus positiv. Wahrscheinlich erwecke ich den Eindruck einer gewissen Leichtfertigkeit …«, unwillkürlich zuckte Marias Augenbraue nach oben, »sei aber versichert, ich schätze ernste, tiefgründige Gespräche durchaus. In meinem Leben gibt es mehr als Reisen und Spieltische. Im Moment ist es gut so, wie es ist. Für die Zukunft wünsche ich mir aber ein stabiles Heim, ein Zuhause, in dem ich mich angekommen fühle.«

»Mit einer treu sorgenden Ehefrau, die ihre Erfüllung im Führen des Haushaltes und der Kindererziehung findet«, sagte Maria sachlich. Es war doch immer das Gleiche.

»Du irrst, Maria«, erwiderte Rudolf jedoch. »Frauen, deren einziges Ziel es ist, ihr Leben ohne eigene Ideen, ohne Ziele und Wünsche zu führen, haben mich nie interessiert.«

Seine tiefdunklen Augen ließen ihren Blick nicht mehr los,

und Maria las tiefe Aufrichtigkeit in ihnen. Sie war unfähig, den Kopf abzuwenden oder gar weiterzugehen, gleichzeitig wollte sie nicht, dass er fortfuhr. Sie wollte nicht, dass er aussprach, was sie in seinen Augen las, denn Maria wusste nicht, wie sie ihre eigenen Gefühle einschätzen sollte.

»Es wird dir nicht entgangen sein, dass ich dich mag«, sagte Rudolf auch schon. »Über den Ernst und die Zielstrebigkeit hinaus bist du eine der außergewöhnlichsten Frauen, denen ich je begegnet bin. Ich bin nicht reich, meine Familie kann aber durchaus als wohlhabend bezeichnet werden, und ich bin bereit, mein rastloses Leben aufzugeben und mich dauerhaft niederzulassen. Ob im Badischen oder im Württembergischen – diesbezüglich bin ich offen, Hauptsache, die Frau, die ich zutiefst verehre, ist an meiner Seite.«

Erschrocken und gleichzeitig berührt trat Maria von einem Fuß auf den anderen. Sie fühlte sich wie in einem Déjà-vu der letzten Begegnung mit ihrem Cousin Bertie. Ja, sie würde Rudolf vermissen! Seine Leichtigkeit, seine charmante Art des Plauderns, dass er sie immer zum Lachen brachte ... Trotzdem wollte sie kein weiteres Mal eine sinnlose Diskussion über ihre Pläne führen, die wieder mit dem Verlust einer Freundschaft enden würde.

»Bald werde ich das Abitur ablegen, danach studieren«, sagte sie leise, ahnend, was nun folgen würde.

»Ach, Maria, willst du dir wirklich eine so große Last aufbürden?«, fragte Rudolf prompt.

»Es ist mein einziges Ziel, mein Leben ...«

Er nahm ihre Hand. »Ist in diesem Leben kein Platz für einen Mann? Einen Partner, der deinen Wissensdurst nicht nur respektiert, sondern auch unterstützt und dich deinen Weg gehen lässt?«

»Ich glaube schon lange nicht mehr an Märchen«, antwortete Maria bitter. Sie entzog Rudolf ihre Hand, abwehrend verschränkte sie die Arme vor der Brust. »Eine gebildete Frau, mit der sie sich auf Augenhöhe unterhalten können, mögen die Männer durchaus. Dass eine Frau allerdings studiert, gilt als Wahnwitz. Allein der Gedanke daran stellt eine Torheit dar, die allerdings typisch ist für das labile Wesen des weiblichen Geschlechts. Wir sind körperlich zu schwach, reagieren zu emotional und sind nicht in der Lage, Komplexitäten zu sehen oder sie gar zu begreifen.«

Maria erwartete, Rudolf würde ihren Worten, die sie mit einem spöttischen Unterton belegt hatte, zustimmen, aber er lachte laut und herzhaft. Hätte ihr Herz ihm nicht schon längst gehört – in diesem Moment wäre es ihm zugeflogen. Ihre Gefühle übermannten Maria mit einer Intensität, die sie niemals für möglich gehalten hätte, abgesehen von der Liebe, die sie für ihre Eltern und ihre Haustiere empfand. Sie spürte, wie ihre Wangen heiß wurden, unwillkürlich trat sie einen Schritt zurück, als müsse sie vor Rudolf und den Empfindungen, die er in ihr auslöste, flüchten.

»Wir Frauen sind zu dumm, um Wissenschaftlerinnen zu werden«, ergänzte sie, dieses Mal ohne Ironie.

»Das hast du häufig gehört, nicht wahr?«, fragte Rudolf sanft. Maria nickte zögerlich, und er fuhr fort: »Wenn es nun einen Mann geben würde, der nichts gegen eine Studentin hätte? Wenn dieser Mann sogar stolz auf seine Frau wäre, ihr den Rücken freihalten und ihr helfen würde, in eine Männerwelt vorzudringen?«

»Einen solchen Mann gibt es nicht«, presste Maria hervor, die Aufregung schnürte ihr beinahe den Hals ab.

»Du bist doch Forscherin. Das bedeutet, dass du Neuem

gegenüber aufgeschlossen und stets auf der Suche nach dem Unentdeckten bist. Lass es auf einen Versuch ankommen, Maria.«

»Mit dir?«, fragte Maria, unsicher, ob sie ihn richtig verstanden hatte.

»Warum nicht?«, fragte er ernst. »Derzeit können wir leider noch nicht heiraten, denn ich habe Moritz versprochen, ihn auf eine längere Reise zu begleiten. Wenn wir zurückkehren, werde ich uns eine Grundlage für ein gemeinsames Leben schaffen – «

»Halt!« Maria hob die Hand. »War das eben ein Heiratsantrag?«

»Wenn du willst, gehe ich auf die Knie …«

Schnell sah sich Maria um. Die Seepromenade war zwar nicht stark besucht, dennoch waren andere Spaziergänger in der Nähe. »Bitte nicht!«

»Dann sagst du Ja?«

Maria zögerte, in ihrem Inneren tobte ein Wirbelsturm. »Das Abitur, das Studium …«

Er nahm ihre Hand, seine Haut war warm und weich. »Verfolge deine Ziele wie geplant«, sagte Rudolf eindringlich. »Für mich wird sich auch in Tübingen eine Beschäftigung finden lassen, wenn die Zeit gekommen ist. Du magst es vielleicht nicht glauben, aber ich habe das Studium der Rechtswissenschaften abgeschlossen. Die trockenen Paragrafen liegen mir zwar nicht besonders, ich bin aber bereit, mich um eine Anstellung in einer Anwaltskanzlei zu bemühen. Hauptsache, wir können unser Leben teilen.«

»Du meinst es wirklich ernst?« Warum schien plötzlich der Boden unter Marias Füßen zu schwanken, als hätte sie zu viel Rotwein getrunken? »Rudolf, ich weiß nicht, was ich … Also, ich meine …« Verflixt, die einfachsten Worte wollten ihr nicht über die Zunge kommen.

Schmunzelnd sagte er: »Mein Antrag war vielleicht nicht besonders romantisch, ganz ohne rote Rosen und Champagner, aber ja: Jedes Wort meine ich ernst. Maria von Linden, du bist die Frau, mit der ich den Rest meines Lebens verbringen möchte. Seit unserer ersten Begegnung, als du schroff meine Aufforderung zum Tanz zurückgewiesen hast, bewundere ich dich. Aus der Bewunderung wurden schnell tiefere Gefühle, und ich hoffe, du erlaubst, dass ich dir hier und jetzt meine Liebe gestehe? Und ich glaube, dass ich dir nicht gleichgültig bin. Oder habe ich mich derart getäuscht?«

Maria konnte nur schweigend den Kopf schütteln, immer noch wollten ihr keine Worte über die Lippen kommen.

»Du bist nicht die Art von Frau, die sich bei einem Heiratsantrag erst ziert, weil es die Konventionen so fordern. Darum sag mir hier und jetzt: Liebst du mich ebenso wie ich dich und möchtest du meine Frau werden?«

Marias Kopf nickte wie von selbst. »Ja«, presste sie endlich hervor. »Ja, ich denke, dass auch du mir nicht gleichgültig bist.«

Er lachte. »Nun, das ist ein Anfang. Es ist mir äußerst unangenehm, dass ich gerade jetzt verreisen muss, aber ich habe es Moritz und vor allem seiner Mutter versprochen. Wir werden uns schreiben, sooft es möglich ist. Im Frühling komme ich auf die Ostalb und halte bei deinem Vater um deine Hand an. Ich hoffe, er wird mit einer Verbindung mit einem aufrichtigen jungen Mann aus niedrigerem Adelsstand einverstanden sein.«

»Standesdünkel sind meinen Eltern fremd«, erwiderte Maria, ihre Stimme klang, als dringe sie aus weiter Ferne an ihr Ohr. »Die Familie von Linden ist kein bedeutendes Geschlecht, wir sind auch nicht besonders reich. Der Erhalt von Schloss Burgberg verschlingt Unmengen von Geld, für eine ausreichende Mitgift haben meine Eltern aber gesorgt. Vielleicht genüge ich deiner Familie nicht?« Großmutter würde in Ohnmacht fallen, weil ich so offen über Geld spreche, dachte Maria.

»Meine Eltern werden dich mit offenen Armen empfangen, besonders meine Mutter ist eine Verfechterin davon, Frauen mehr Rechte zuzugestehen. Außerdem bewundert sie zielstrebige Menschen, die wissen, was sie mit ihrem Leben anfangen wollen.«

Ich habe noch nicht Ja gesagt, dachte Maria, aber ein »Nein« wäre auch eine Lüge gewesen. Wo war ihre jahrelange Überzeugung geblieben, niemals zu heiraten und Kinder zu bekommen? Konnte ein attraktiver Mann mit charmantem Lächeln diese binnen weniger Wochen über den Haufen werfen? Ein Teil von ihr zweifelte trotz aller schönen Worte an Rudolfs Aufrichtigkeit. Beim besten Willen konnte sie ihn sich nicht in einer staubigen Kanzlei vorstellen oder bei einer anderen Arbeit. Auf dem Gebiet der Liebe fehlte Maria die Erfahrung, und ihr Verstand wurde nicht von ihrem Herzen besiegt, wenngleich sie gewillt war, dem Gefühl eine Chance zu geben. Unwillkürlich schauerte sie.

»Dir ist kalt, lass uns zurückgehen«, stellte Rudolf fest. »Bekomme ich noch einen Kuss, bevor wir uns trennen müssen? Wir sind jetzt ja quasi verlobt.«

Bevor Maria zurückweichen konnte, umschlossen seine Arme ihren Körper und sein Mund presste sich auf ihren. Rudolfs Lippen waren weich und gleichzeitig fest, und er roch nach einer Mischung aus Wald und Kaffee. Maria scherte sich nicht um die anderen Spaziergänger und dass es schamlos war, sich in der Öffentlichkeit von einem Mann umarmen und küssen zu lassen. Sie genoss einfach den Moment. Würde er doch niemals enden! Wenn das die Liebe war, dann war es das wundervollste Gefühl auf der Welt.

»Ich werde dir schreiben«, murmelte Maria, nachdem er sie freigegeben hatte, »und freue mich auf deine Briefe.«

Es wurde still in der Villa Andrian. Aus den Wochen, die Maria anfangs vorhatte zu bleiben, waren Monate geworden, aber nichts drängte sie, nach Hause zurückzukehren. Gabriele war die Einzige, der Maria von Rudolf erzählte. Die Freundin nahm sie in den Arm. »Sosehr ich mich freue, dass du das Wunder der Liebe erlebst«, sagte sie mitfühlend, »sosehr hoffe ich, dass Rudolf es aufrichtig meint und dir nicht das Herz bricht.«

»Ich bin hart im Nehmen und alles andere als gutgläubig«, erwiderte Maria ernst. »Mein Herz würde brechen, wenn ich nicht mehr lernen und forschen dürfte.«

Gabriele musterte sie eindringlich. »Ich glaube dir, dass du immer noch meinst, das Erreichen deiner Ziele sei wichtiger als das Glück. Aber glaub mir, liebe Freundin: Wenn du einmal geliebt hast, so richtig, bis in die Tiefe deines Herzens, dann wird nichts mehr so sein wie zuvor.«

Maria sah sie überrascht an. »Sprichst du aus Erfahrung? Ich dachte, Alexander –«

»Nein, nicht Alexander«, unterbrach Gabriele Maria lächelnd. »So richtig verliebt bin ich bisher nicht gewesen. Ich wiederholte nur, was in Romanen zu lesen ist. Romane, die ich natürlich nur heimlich lesen kann, versteht sich. Ich wünsche dir von Herzen, dass Rudolf an seiner Einstellung festhält und dich beim Studium tatsächlich unterstützt. Werden deine Eltern einen badischen Adligen akzeptieren?«

»Mein Vater wird jeden Mann mit Freude in seine Arme schließen, der mich zur Frau und ihm damit eine Last von den Schultern nimmt«, antwortete Maria lachend. »Im Ernst, Gabriele: Rudolf und meine Verlobung bleibt unser Geheimnis. Erst wenn er mich wirklich auf dem Burgberg besucht, werde ich an seine Aufrichtigkeit glauben.«

Das verstand die Freundin sehr gut und versprach zu schweigen.

»Weißt du, wohin Rudolf und Moritz gereist sind?«, erkundigte sich Maria dann. »Irgendwie war keine Zeit geblieben, darüber zu sprechen.«

»Nach Deutsch-Südwestafrika«, antwortete Gabriele.

»So weit fort …« Versonnen sah Maria aus dem Fenster, als könne sie von hier aus bis nach Afrika schauen.

Anfang November wurde gepackt und zur Reise gerüstet, da die Familie Andrian zu ihrem Haus in Nizza reisen wollte, um an der milden Riviera den Winter zu verbringen. Maria erhielt die Einladung, sie zu begleiten, der Wunsch, die Eltern wiederzusehen, war jedoch stärker. Außerdem gab es gute Nachrichten von Onkel Bebi. Er schrieb, Oberstudienrat Dillmann sei bereit, Marias Anliegen zu prüfen, ob sie für die Reifeprüfung an seinem Realgymnasium psychisch und vor allen Dingen auch physisch geeignet war.

»Muss ich etwa Steine schleppen und auf einer Baustelle arbeiten können, um zur Abiturprüfung antreten zu dürfen?«, murrte Maria ungehalten. Vor der Prüfung fürchtete sie sich nicht, hatte sie doch erst beim Besteigen des Berges bewiesen, dass sie es mit jedem Mann aufnehmen konnte.

Gabriele und ihr Vater brachten Maria zur Bahn, dann rollte sie der Heimat zu – voller schöner und zugleich wehmütiger Erinnerungen an eine Zeit, die sich so wohl nicht wiederholen würde. Und mit der bangen Frage im Herzen, ob und wann sie Rudolf von Bach wiedersehen würde. Änderten die Monate der Trennung ihre gegenseitige Zuneigung, ließen sie sie sogar schwinden, bis die gemeinsamen Wochen nur noch eine bittersüße Erinnerung waren?

Für die langen Stunden der Bahnfahrt hatte sich Maria vorgenommen, ein geologisches Buch zu lesen. Die Lektüre lag aufgeschlagen auf ihrem Schoß, und Maria starrte unentwegt aus dem Fenster, ohne die vorbeirauschende Landschaft wahrzunehmen. Zu sehr beschäftigten sie ihre Gefühle für Rudolf von Bach. Sie hatte geglaubt, für einen Mann niemals Regungen empfinden zu können, die über Freundschaft hinausgingen. Zwar hatte sie wie andere Pensionatsschülerinnen für den Turnlehrer geschwärmt, ihren Jungmädchengefühlen aber keine Bedeutung beigemessen. Berties Heiratsantrag hatte sie unberührt gelassen, ebenso die jungen Männer, die ihr vom Vater wie auf dem Serviertablett präsentiert worden waren. Bisher hatte sich Maria nicht gegrämt, wenn unschöne Bemerkungen etwa zu ihrer mangelnden Weiblichkeit an ihr Ohr gedrungen waren, im Gegenteil. Sie war stolz gewesen, mehr leisten zu können und andere wichtigere Ziele zu verfolgen als ihre Altersgenossinnen.

Wie schnell sich das Blatt wendet, dachte sie. Jetzt erschien ihr eine Ehe gar nicht mehr so furchtbar, selbst die Mutterschaft hatte sicher auch etwas Gutes. Sacht berührte sie mit einem Finger ihre Lippen und meinte immer noch Rudolfs Kuss zu spüren. In einem ihrer Bücher bewahrte sie die Fotografie von der Wanderung auf, die einzige bildliche Erinnerung an Rudolf. Wenn sie sein Gesicht betrachtete, fühlte sie sich leicht und lebendig. Trotzdem ließen sich gewisse Zweifel nicht verdrängen. Wenn es Rudolf wirklich ernst war, dann könnte sie ein harmonisches Familienleben mit ihrem Drang, zu forschen und zu lernen, miteinander verbinden.

Wenn …

NEUN

Württemberg – 1889

So schnell, wie Maria gehofft hatte, von Professor von Dillmann zu einem Gespräch eingeladen zu werden, ging es
zu ihrem großen Bedauern nicht. Die Mühlen mahlten langsam. Nach dem einen vielversprechenden Brief aus Stuttgart
herrschte monatelanges Schweigen, selbst die Onkel konnten
den strengen Professor nicht dazu bewegen, Maria zu einer
ersten Prüfung antreten zu lassen.

Schweigen herrschte auch von Rudolf von Bachs Seite. Da
Maria ihren Eltern gegenüber den jungen Mann nicht erwähnen wollte und schon gar nicht, dass sie und Rudolf sich heimlich verlobt hatten, hatte sie Rudolf gebeten, an die Familie
Danner zu schreiben. Maria musste Frau Danner, inzwischen
grauhaarig und gebückt, natürlich in ihr Geheimnis einweihen,
die Müllersfrau stellte aber keine weiteren Fragen. Selbst wenn
sie eine heimliche Korrespondenz zwischen Maria und einem
Unbekannten unschicklich fand, ließ sie sich nichts anmerken.
Dazu war sie mit der Familie von Linden zu lange eng verbunden und wusste, dass Maria nichts tun würde, was ihren guten
Ruf gefährden könnte.

Im Dezember des vergangenen Jahres hatte Maria einen
Brief mit Weihnachtswünschen von Rudolf erhalten. Er selbst,

Moritz von Hohenlohe und weitere zwei junge Männer, deren Namen Maria nicht bekannt waren, machten Station auf der kanarischen Insel Teneriffa.

In dem angenehmen Klima verbringen wir den Jahreswechsel, schrieb Rudolf. *Mitte Januar werden wir unsere Reise nach Deutsch-Südwestafrika fortsetzen. Da Briefe sehr lange unterwegs sind, schreib mir bitte direkt an die unten genannte Adresse in Otjimbingwe, wo wir Quartier nehmen werden, um von dort aus das Land zu erkunden …*

Abschließend bedauerte Rudolf die lange Trennung von ihr, forderte Maria auf, gesund zu bleiben, und kündigte an, sie unmittelbar nach seiner Rückkehr nach Deutschland zu besuchen

… um Dir die entscheidende Frage dann in aller Form zu stellen, liebe Maria. Vor der Begegnung mit Deinem Vater fürchte ich mich aber schon ein bisschen. Werde ich für Eure Familie auch gut genug sein? Ich, der jüngste Sohn eines Winzers …

Wie kannst du daran zweifeln?, dachte Maria. Sie ließ den Brief sinken und fühlte sich überwältigt. Es war also nicht nur eine leichte sommerliche Romanze gewesen. Rudolf von Bach meinte es wirklich ernst. Aber würde er auch weiterhin zu seinem Wort stehen, sie ihren Weg gehen zu lassen? Das Abitur, dann das Studium … Es würde sich alles finden, wenn es so weit war. Im Moment war Maria so glücklich, dass sie nicht weiter denken konnte als bis zu dem Augenblick, wenn Rudolf zu ihr auf den Burgberg kam.

Noch am selben Nachmittag hatte sie geantwortet und war selbst mit dem Einspänner nach Giengen zur Poststelle gefahren. Der dortige Beamte staunte nicht schlecht, als er die Adresse in Afrika las, enthielt sich aber jeglichen Kommentars, obwohl ihm seine Fragen regelrecht im Gesicht standen.

Das alles lag nun schon vier Monate zurück, seither hatte sie von Rudolf nichts mehr gehört. Auf dem Burgberg war der Frühling eingezogen, die Natur erwachte zu neuem Leben, zwei Stuten hatten gefohlt, bei der Arbeit summten die Dienstboten beschwingte Melodien.

Nachrichten sowohl von Rudolf als auch von Professor Dillmann blieben aus. Maria versuchte sich damit zu trösten, dass Briefe aus Deutsch-Südwestafrika bestimmt sehr lange unterwegs waren und durchaus verloren gehen konnten. Und auch was die Post aus Stuttgart betraf, blieb ihr nichts weiter übrig, als abzuwarten. An die genannte Adresse in Deutsch-Südwestafrika hatte sie Rudolf Neujahrsgrüße und dann im Februar einen weiteren langen Brief geschickt. Er jedoch hüllte sich in Schweigen. Sorgen um sein Wohl machte sich Maria indes nicht. Wenn etwas geschehen wäre, hätte sie es erfahren, allein wegen Moritz von Hohenlohe und der anderen Kameraden der Reisegesellschaft. Schlechte Nachrichten machten bekanntlich schnell die Runde.

Maria lenkte sich ab, indes sie ihre Studien unermüdlich fortsetzte. Aus der Hürbe, die durch Burgberg floss, fischte sie seltsam anmutende Steinkugeln. Sie waren unterschiedlich groß, mal entsprachen sie einer Kanonenkugel, mal waren sie nicht größer als eine Murmel. Maria hieb die Kugeln entzwei und stellte fest, dass der Kalkstein Larven der Köcherfliege einschloss. In den äußeren Schichten, die wie die Jahresringe eines Baumes angeordnet waren, waren die Köcher der Insekten noch deutlich zu erkennen, je weiter es zum Kern des Kiesels ging, desto platter waren sie.

»Die Kugeln entstehen durch die Zusammenarbeit der Köcherfliege und einer Alge, die Kalk ausscheidet«, erklärte Maria ihrer Mutter. »Diese Indusienkalke, wie sie in der gemächlich vor sich hinfließenden Hürbe entstanden sind, sind eine sensationelle Entdeckung!«

»Was ist an der Erkenntnis so aufregend?«, erkundigte sich Gräfin Eugenie und versuchte, Interesse vorzutäuschen. In Wahrheit verstand sie weder ein Wort der Ausführungen ihrer Tochter noch deren Aufregung.

Geduldig erklärte Maria, warum ihre Entdeckung außergewöhnlich war und wesentlich zur Erforschung des geologischen Aufbaus der Ostalb beitrug. »Ich muss sofort an Professor Knop in Karlsruhe schreiben, den Direktor des Königlichen Naturalienkabinettes.«

Gesagt, getan. Die Antwort kam prompt, und der Professor bat Maria sogleich um Übersendung einiger Exponate. Nachdem das erfolgt war, forderte der ehemalige Lehrer Maria auf, ihre Erkenntnisse zusammenzufassen und bei der Versammlung des Oberrheinischen Geologenvereins in Sigmaringen vorzutragen. Mit Feuereifer machte sich Maria an die Arbeit, saß bald Tag und Nacht an der Ausarbeitung und vergaß häufig zu essen. Die Aufzeichnungen lenkten sie von den Gedanken an Rudolf von Bach ab. Ein paar Tage zuvor hatte sie Post von Gabriele von Andrian-Werburg bekommen. Die Freundin hatte von ihrer Verlobung mit Hans Georg von Wartensleben geschrieben, einem Spross eines alten preußischen Adelsgeschlechts. Die Hochzeit sollte im Frühjahr des kommenden Jahres stattfinden.

Hans Georg ist ein feiner Kerl, schrieb sie an Maria. *Vielleicht sieht er nicht so gut aus wie Alexander von Hohenlohe, dafür ist er ein äußerst liebevoller Mann und ein guter Kamerad. Erinnerst Du Dich noch an unsere letzte Unterhaltung? Damals sagte ich, ich sei noch nie verliebt gewesen. Wie schnell sich die Dinge verändern! Gleich bei unserer ersten Begegnung an Weihnachten wusste ich, dass es dieser Mann sein wird. Er oder keiner! Ihm ging es ebenso. Ich hoffe, Du wirst zu unserer Hochzeit kommen.*

Maria hatte sich sehr über die Nachricht gefreut. Selbstverständlich würde sie zur Hochzeit ihrer Freundin fahren. Dann hatte sie weitergelesen.

Hast Du eigentlich Nachricht von Rudolf von Bach erhalten? Oder ist er schon bei Deinen Eltern vorstellig geworden? Wenn ja, dann schimpfe ich mit Dir, liebe Freundin, weil Du mir nichts davon geschrieben hast. Schon vor drei Monaten sind Rudolf und Moritz von der Afrikareise zurückgekehrt. Moritz ist in das preußische Heer eingetreten, Alexander ist in die Politik gegangen. Mit den von Bachs selbst haben meine Eltern keinen Kontakt. Und ich kann mich ja nicht zu auffällig nach ihm erkundigen, solange Eure Verlobung nicht offiziell bekannt gegeben wurde. Darf ich hoffen, in diesem Jahr dann auch auf Deiner Hochzeit zu tanzen? Sie wird sicher in Deiner Heimat stattfinden …

Tränen tropften auf das Blatt Papier und verschmierten die Tinte. Maria brauchte einen Moment, um zu bemerken, dass es ihre Tränen waren.

»Du hast es die ganze Zeit über geahnt«, flüsterte sie zu sich selbst. »Benimm dich nicht wie ein naives Dienstmädchen, das von ihrem Liebsten sitzengelassen wurde.«

Energisch wischte sie sich mit dem Handrücken über die Augen, bis sie brannten. Gabrieles Brief war der Beweis: Rudolf von Bachs Liebeserklärung und sein Antrag waren nichts weiter als leere Worte gewesen. Vielleicht hatte er damals am See das eine und andere tatsächlich ernst gemeint, die Zeit der Trennung hatte ihn aber zur Vernunft gebracht und er hatte das Interesse an ihr verloren. Sonst hätte er ihr spätestens nach seiner Rückkehr nach Deutschland geschrieben und wäre, wie versprochen, auf den Burgberg gekommen. Sie und Rudolf hatten schöne Sommerwochen miteinander verbracht, frei von allen Aufgaben und Pflichten. Das vermeintlich zwischen ihnen entstandenen Band hatte sich als Spinnfaden entpuppt, der nun zerrissen war. Wie konnte Rudolf nur so feige sein, ihr nicht offen und ehrlich zu schreiben, dass er seine Meinung geändert hatte. Wollte er sich und ihr einfach nur die Peinlichkeit ersparen? Wie gut, dass Maria mit Ausnahme von Gabriele niemanden in die heimliche Verlobung eingeweiht hatte. Ihre Wangen brannten trotzdem vor Scham, als die Erinnerung an Rudolfs leidenschaftlichen Kuss zurückkehrte und daran, wie sehr sie ihn genossen hatte. Dabei brauchte man nun wirklich nicht besonders klug zu sein, um zu wissen, dass kein Mann auf dieser Welt ernsthaft eine Frau mit den Ambitionen wie Maria zu heiraten beabsichtigte. Wie Maria zu Gabriele gesagt hatte: Rudolf würde ihr das Herz nicht brechen, es würde nur brechen, wenn man ihr verwehrte, zu lernen und zu forschen.

Den ziehenden Schmerz in der Brust musste sie ignorieren und sich mit aller Kraft auf das vor ihr Liegende konzentrieren.

Maria stürzte sich noch mehr in ihre Arbeit. Sie wurde immer schmaler und blasser. Die Aussicht, vor den elitären, hochgebildeten Männern des Geologenvereins einen Vortrag zu halten, ließen alles andere in den Hintergrund treten.

»Du musst mehr essen, Kind, und du brauchst Ruhetage. Ab sofort verbiete ich dir, an den Sonntagen zu arbeiten«, schalt die sonst so gütige Mutter.

Zähneknirschend fügte sich Maria und verbrachte die Sonntage nach dem Kirchgang im Kreis der Familie. Als jedoch der Termin ihres ersten öffentlichen Auftritts vor dem Geologenverein näher rückte und Maria überlegte, welches Kleid dem Anlass angemessen war, legte Graf Edmund unvermittelt sein Veto ein. Bisher hatte er Maria gewähren lassen und sich überhaupt nicht darum gekümmert, was sie tat.

»Ich lasse nicht zu, dass meine Tochter sich vor solch hochrangigen Herren zum Narren macht und ausgelacht wird!«

»Vater, bei allem Respekt, aber ich wurde eben von diesen hohen Herren nach Sigmaringen eingeladen, um meine Forschungen vorzustellen«, widersprach Maria.

»Sie wollen dich öffentlich bloßstellen, weil du mit deinen Briefen und Abhandlungen allen gehörig auf die Nerven gehst«, hielt Graf Edmund dagegen. »Sie wollen dich scheitern sehen, damit der Beweis erbracht ist, dass eine Frau nicht in der Lage ist, solch komplexe Vorgänge zu begreifen.«

»Ich bin dazu durchaus fähig, habe es mehrmals bewiesen, und ich werde nach Sigmaringen reisen.« Trotzig schob Maria die Unterlippe vor.

Schlichtend griff Gräfin Eugenie ein: »Maria, du bist noch keine zwanzig Jahre alt, damit unmündig, und du wirst tun, was dein Vater sagt. Auch mir ist es unwohl, dich einer Sache auszusetzen, bei der du dich lächerlich machst.«

Marias Unterlippe zitterte. »Ihr meint also, meine Arbeit sei lächerlich? Einer Frau unwürdig?«, flüsterte sie. »Ich dachte, ihr, besonders du, *Maman*, steht hinter mir und –«

»Es sind genug der Worte gewechselt«, schnitt ihr Graf Edmund das Wort ab. »Von mir aus forsche weiter und teile deine grotesken Ergüsse aller Welt mit, mir soll es gleich sein. Vor einer Versammlung wird eine Komtess von Linden jedoch nicht sprechen!«

Es halfen keine weiteren Worte, keine Argumente, nichts, um die Eltern umzustimmen. In ihrem Leben hatte Maria nur selten geweint, jetzt konnte sie die Tränen nicht zurückhalten. Selbst diese erweichten nicht das Herz des Vaters.

Maria versuchte, sich einzureden, dass er nur aus Sorge um sie handelte, spürte jedoch, dass zwischen ihnen ein Riss entstanden war. Erste Zweifel regten sich in Maria, ob ihr angestrebtes Ziel wirklich das richtige war. Was nützten ihr die guten Schulnoten, die Lobeshymnen der ehemaligen Lehrkräfte, ja, selbst die Widmung der Großherzogin Luise? Vor fast zwei Jahren hatte sie das Pensionat verlassen und war seither keinen Schritt weitergekommen. Nach wie vor verweigerte man ihr das Abitur, das die Voraussetzung zum Studium war, selbst wenn sie in Erwägung zog, doch an die Universität in Zürich zu gehen. Sie lebte unter dem Dach ihrer Eltern, verfügte über kein eigenes Geld und dies würde sich wohl auch nicht ändern. Von Geburt an gab es für sie wie für alle Frauen ihres Standes nur eine Möglichkeit: zu heiraten. In Rudolf von Bach hatte sie geglaubt, einen Partner gefunden zu haben, mit dem sie Beruf und Ehe miteinander vereinen konnte. Diesen Gedanken musste sie wohl ein für alle Mal begraben, und einem anderen Mann wollte sie nicht die Hand reichen, nur um versorgt zu sein. Mit erschreckender Klarheit sah Maria sich als alte Jungfer, vom Wohlwollen und den Almosen ihrer Familie abhängig.

Wo Schatten ist, ist auch Licht …

Wenigstens einen kleinen Trost gab es. Denn nach Marias Absage antwortete Professor Knop prompt und bat um Marias Ausführungen. Er wolle an ihrer statt vor der Versammlung des Geologenvereins ihre Ausführungen verlesen.

Selbstverständlich gegen ein angemessenes Honorar, fügte er hinzu und ermunterte Maria, weitere Niederschriften zu verfassen. Wieder stürzte Maria sich in die Arbeit. Es gab so vieles, worüber sie schreiben wollte! In den nächsten Monaten folgten der ersten kleinen Arbeit weitere Veröffentlichungen über biologische Themen, die im *Biologischen Zentralblatt* und der *Landwirtschaftlichen Presse* publiziert wurden. Die Honorare, die Maria glücklicherweise für sich behalten durfte, sparte sie eisern für das Studium, an das sie nach wie vor glaubte.

Im Sommer stieß Maria zufällig auf eine weitere Einnahmequelle. In Begleitung der treuen Fränze war Maria nach Giengen gefahren, um Einkäufe zu erledigen. Unter anderem suchte sie die Apotheke in der Marktstraße auf.

»Ein Viertelpfund getrockneten Huflattich und ein halbes Pfund Kamillenblüten, bitte«, gab sie ihre Bestellung auf.

»Ich bedauere«, erwiderte der Apotheker mit betrübter Miene, »aber Kamille ist derzeit nicht vorrätig. Mein Geselle, der für das Sammeln der Blüten zuständig ist, hat sich das Bein gebrochen, und ich finde nicht die Zeit, um in die Wiesen zu gehen. Den Huflattich wiege ich Ihnen sogleich ab, Komtess.«

Während der Apotheker im Hinterzimmer verschwand, schmiedete Maria einen Plan. »Welchen Preis bezahlen Sie denn für ein Pfund Kamillenblüten?«, fragte sie, nachdem sie die Papiertüte mit dem Huflattich entgegengenommen hatte.

»Nun, mein Geselle bekommt natürlich nichts«, antwortete der Apotheker verwundert, »mir sollte es aber schon zehn Kreuzer wert sein, denn die Kunden fragen ständig nach Kamille. Ich muss sie wegschicken, und sie gehen zur Konkurrenz.«

Das war für Maria Ansporn genug. Täglich durchstreifte sie in den darauffolgenden Wochen die Umgebung des Burgbergs, in der die weiß-gelben Blumen in verschwenderischer Fülle blühten, und sammelte nur die besten Exemplare. Die günstigste Erntezeit war an sonnigen Tagen um die Mittagszeit. Ein Knecht brachte die Blüten nach Giengen und kehrte mit dem vereinbarten Geld zurück. Da der schwunghafte Kamillenhandel den ganzen Sommer über andauerte – auch nach der Genesung des Gesellen lieferte Maria weiterhin die Blüten –, füllte sich nach und nach ihre Studienkasse. Die täglichen Spaziergänge ließen Marias Teint wieder gesünder aussehen und regten ihren Appetit an. Die Erinnerungen an Rudolf von Bach, seine verständnisvollen Worte und seinen Kuss verblassten und kehrten nur noch gelegentlich in Marias Erinnerung zurück.

Eine weitere Abhandlung Marias mit dem Titel *Untersuchung der Geschichte der Wollläuse* erregte nicht nur Aufmerksamkeit, sondern auch Erheiterung. Durch intensives Beobachten der mit einem weißen Pelz besetzten Kreaturen und dem Abgleich in diversen Büchern wies Maria nach, dass die als Pflanzenschädlinge wenig geschätzten Wollläuse Verwandte der Blutläuse waren und sich generationsweise abwechselnd durch Eier und lebende Junge gebärend fortpflanzten. Ein ganzes Heft füllte Maria mit Zeichnungen, die die Objekte in allen Größen und in jedem Lebensalter darstellten. Sie beschrieb die Eiablage, den Gebärakt, die Häutung, die Nahrungsaufnahme – kurz: alles, was über die Insekten festzustellen war.

Onkel Bebi schrieb ihr einen langen Brief.

Liebe Nichte! Das Unfehlbarkeitsedikt, oder vielmehr seine Verkündigung, wird nicht mit so sicherem Erfolg rechnen dürfen, wie ich geneigt bin, ebendiesen Deinem beharrlichen Willen und Streben zuzuschreiben. Untersuchung der Geschichte der Wollläuse! Nein, was ich gelacht habe!

Weiter äußerte sich der Onkel über Marias Einschätzung der Vermehrung der Insekten, die mit bloßem Auge kaum zu erkennen und noch weniger zu studieren waren. Maria war Onkel Bebi nicht böse, dass er ihre Ausführungen lustig fand. Es war seine Art, Maria zu loben und Respekt zu zollen, außerdem wollte der Onkel ihre Ausführungen Oberstudienrat Dillmann vorlegen.

Einer Frau, die derart außergewöhnliche Studien in einer solchen Präzision, ausgefeilt bis ins letzte Detail, betreibt, muss Dillmann wohl endlich wohlwollend begegnen …

Bis auf Onkel Bebi und Onkel Karl lösten Marias inzwischen zahlreichen Veröffentlichungen in ihrer Verwandtschaft Kopfschütteln und Verwunderung aus – auch, weil Maria für die Niederschriften bezahlt wurde. Die Familie war zwar nicht mit großem Einkommen gesegnet, dass die künftige Gräfin von Linden aber arbeitete wie eine einfache Frau aus dem Volk, stieß bei vielen auf offene Ablehnung. Von der Großmutter kamen Briefe, in denen sie Unmut und Entsetzen äußerte; die alte Tante in Ulm schrieb, sie sehe sich außerstande, Maria wieder in ihrem Haus zu empfangen; und Ferdinand Hiller von Gaertringen sagte kurzfristig einen geplanten Besuch auf dem Burgberg ab, angeblich wegen einer geschäftlichen Angelegenheit. Maria ahnte jedoch, dass er ihr wegen der Weigerung, Berties Frau zu werden, immer noch grollte. Marias Vater machte ihr zwar keine Vorwürfe. Seine Haltung, seine Blicke und Gesten drückten jedoch deutliche Missbilligung aus, dass seine einzige Tochter mit dem Schreiben von unverständlichem Quatsch bares Geld verdiente.

»Er ist gegen deine Selbstständigkeit, weil er Angst hat, dich zu verlieren«, gestand Gräfin Eugenie ihrer Tochter ein.

»Wieso sollte Vater mich verlieren?«, fragte Maria verwundert. »Mein Zuhause ist und bleibt der Burgberg, egal, wohin es mich treiben wird. Ich war vier Jahre in Karlsruhe, ohne dass unsere Verbindung abgerissen ist.« Maria seufzte. »Vater zeigt mir ja auf sehr seltsame Weise, dass er auf meine Anwesenheit Wert legt, ja, dass er sie überhaupt bemerkt«, fügte sie enttäuscht hinzu.

»Auf seine stille Art liebt dein Vater dich sehr«, erwiderte Eugenie leise. »Er möchte dich vor den Gefahren der Welt beschützen, wie alle Eltern ihre Kinder beschützen wollen. Die von Männern dominierte Welt, in die du dich hineinbegibst, ähnelt einem trüben Teich voller gefräßiger Karpfen.«

»Ich bin jedoch kein kleiner Fisch, der sich von anderen einfach so fressen lässt.«

Die Bemerkung brachte Gräfin Eugenie zum Lächeln. »Das bist du wahrlich nicht, Maria, du verschlingst eher die anderen. Auch wenn es mir schwerfällt, akzeptiere ich, dass dich nichts und niemand aufhalten wird. Verlier dich aber

nicht selbst, Maria! Ein gesunder Ehrgeiz ist bewunderns-
wert, eine Verbissenheit, wie du sie an den Tag legst, wird dein
Leben beschwerlich machen.«

»Keine Sorge, *Maman*, die schönen Seiten des Daseins
weiß ich durchaus zu schätzen. Hat meine Reise nach Österreich, die viel länger gedauert hat als geplant, es nicht bewiesen? In den ganzen Wochen hatte ich zwar lehrreiche Stunden
bei Dr. Walzel und anregende Gespräche mit Freiherr Andrian, sonst habe ich meine Nase aber kaum in die Bücher gesteckt. Außerdem …«

»Außerdem?«, wiederholte Gräfin Eugenie.

»Nichts, *Maman*«, sagte Maria schnell, vielleicht etwas zu
hastig. Sie war kurz davor, der Mutter von Rudolf zu erzählen, entschied sich dann aber dagegen. Niemandem war es von
Nutzen, über verschüttete Milch zu sprechen, und die Mutter
würde sich nur noch mehr um Maria sorgen.

»Du bist doch glücklich, mein Kind?«, hakte Gräfin Eugenie nach.

Maria küsste die Mutter auf die Stirn und versicherte: »Es
wäre vermessen, mich zu beklagen, hat Gott mich doch mit außerordentlichen Gaben gesegnet. Ich werde deinen Rat beher-
zigen, weiterhin zu hoffen, ohne verbissen zu sein, und trotzdem meine Ziele verfolgen.«

Die Onkel Karl und Bebi standen weiterhin fest an Marias
Seite und sandten ihr aufmunternde Worte. Ende Januar des
Jahres 1890 kam endlich die heiß ersehnte Nachricht, die
Maria aufgeregt durch das Zimmer tanzen ließ.

»Herr von Dillmann ist endlich bereit, mich zu empfangen! Ich muss unverzüglich nach Stuttgart fahren! Am besten
gleich morgen!«

»Maria, der Schnee liegt meterhoch, und es ist eisig kalt«, wandte ihre Mutter ein.

»Na und?«, fragte Maria mit geröteten Wangen. »Das Wetter hat uns auch nie davon abgehalten, *Grand-mère* an Weihnachten zu besuchen.«

Dem Argument konnte Gräfin Eugenie nichts entgegensetzen, es gab jedoch ein anderes Problem. Leise sagte sie: »Deiner Großmutter geht es leider nicht gut. Die Belastung, dich aufzunehmen, können wir ihr nicht zumuten.«

»Wird sie sterben?«, fragte Maria bang.

Gräfin Eugenie seufzte. »Sie ist eine alte Frau. Das Sterben gehört zum Leben dazu.«

Maria überlegte kurz und sagte: »Dann wohne ich bei Tante Anna und werde *Grand-mère,* sooft es geht, besuchen.«

Gräfin Eugenie runzelte die Stirn. »Mein Bruder Ferdinand hält dein Ansinnen für ausgemachten Blödsinn«, gab sie zu bedenken. »Außerdem nimmt er es dir immer noch übel, dass du seinen Sohn verschmäht hast.«

Maria winkte ab. »Onkel Ferdinand ist auf Reisen und Cousin Bertie bei seinem Regiment. Von Tante Anna habe ich bisher mit keinem Wort gehört, dass sie mein Verhalten missbilligt. Sie war mir immer eine liebevolle Verwandte.« Maria läutete nach einem Diener. »Ich lasse sofort ein Telegramm nach Stuttgart aufgeben.«

Wie von Maria vermutet, fand sie freundliche Aufnahme im Haus ihrer Tante, wohl aber nur, weil Onkel Ferdinand erst etliche Wochen später in Stuttgart zurückerwartet wurde. Anna von Hiller war keine mutige, selbstbewusste Frau, die sich gegen ihren Gatten stellte, wenngleich sie Maria insgeheim für ihre Zielstrebigkeit bewunderte.

Unmittelbar nach ihrer Ankunft suchte Maria die Villa am Bopser auf und erschrak, als sie das Schlafzimmer der Großmutter betrat. Wie oft gesehen, lag die alte Frau in ihrem Bett, auf dem Kopf die obligatorische Nachthaube, aber nichts erinnerte Maria mehr an den bösen Wolf, der sich als Großmutter verkleidet hatte. Nicht, weil Maria inzwischen erwachsen war, sondern weil die Wangen der alten Freiin fahl und eingefallen waren und ihr Blick trüb.

»Maria, mein liebes Kind. Ich freue mich, dich noch einmal zu sehen, bevor ich gehen muss.«

Maria kniete sich auf den Bettvorleger und nahm die mit dunklen Adern durchgezogene Hand der alten Frau. Die Großmutter war vierundachtzig Jahre alt und würde bald mit ihrem vor Jahrzehnten verstorbenen Mann vereint sein.

»Du wirst tatsächlich das Abitur ablegen«, fuhr Mathilde fort. Ihr Körper zerfiel, ihr Geist aber war noch hellwach, so wusste sie, was Maria nach Stuttgart geführt hatte.

»Noch ist es nicht so weit, *Grand-mère*.«

Die nahezu blutleeren Lippen lächelten. »Ich zweifle nicht daran. Täglich bete ich, dass ich deinen Triumph noch erleben darf.«

Ich auch, dachte Maria und presste die runzlige Hand an ihre Wange. Dass sich die Großmutter vor gar nicht so langer Zeit vehement gegen Marias Ziel ausgesprochen, sie ständig in die klassische weibliche Richtung erzogen und auf eine standesgemäße Heirat gepocht hatte – all das war vergessen und verlor an Bedeutung. Maria spürte jetzt nur eine tiefe, bedingungslose Liebe für die alte Frau.

»Ich komme morgen wieder«, flüsterte Maria, »und jeden Tag, solange ich in Stuttgart bin.«

Mathilde schloss die Augen und nickte schwach, einen

Moment später war sie eingeschlafen. Wenn Mathilde Freiin Hiller von Gaertringen das Irdische verließe, würde Maria einen der wertvollsten Menschen in ihrem Leben verlieren.

Wie in den meisten Jahren war auch dieser Winter in der württembergischen Hauptstadt weniger schneereich als auf der Ostalb, aber es war bitterkalt. In ein schlichtes graues Kleid gewandet, darüber ihren dicksten Wintermantel und auf dem Kopf eine wärmende Mütze, begab sich Maria tags darauf zur Villa Dillmann, die nahe der Hölderlinstraße lag. Ihren Besuch hatte sie nicht angemeldet in der Furcht, eine abschlägige Antwort zu erhalten. Trotz der Kälte, die ihr scharf in die Wangen schnitt, durchquerte Maria zu Fuß die halbe Stadt. In der frischen Luft konnte sie ihre Gedanken sortieren und überlegen, was sie sagen sollte. Von dem Besuch bei dem für seine Strenge bekannten Gründer des Realgymnasiums hing alles für sie ab.

Das Haus stand inmitten der Weinberge und war von einem Park umgeben, der im Sommer sehr schön sein musste. Jetzt waren Bäume und Sträucher kahl, der grau-braune Rasen von matschigen Schneefeldern bedeckt. Über den niedrigen Zaun hinweg sah Maria im Garten einen zur Korpulenz neigenden Mann mit schlohweißem Haar und einem ebensolchen Henriquatre. An seiner Seite trottete ein Neufundländer mit schwarzem glänzendem Fell. Maria fand die Pforte offen vor, trat in den Garten und ging auf den Mann zu.

Er blieb stehen, stechend graue Augen musterten Maria abschätzig. »Wer sind Sie, und was machen Sie in meinem Garten?«, fragte er dann unwirsch.

Obwohl Christian von Dillmann als Oberstudienrat gesellschaftlich unter ihr stand, knickste Maria. »Ich bin Maria von

Linden und bin gekommen, um Ihre Erlaubnis einzuholen, die Reifeprüfung am Realgymnasium abzulegen.«

Über seiner Nasenwurzel bildete sich eine steile Falte. »Sie sind also die Frau, die in die Welt der Männer einbrechen und die bestehende Ordnung verändern möchte. Es wurde mir berichtet, dass Sie sich wie ein Terrier in ein Beutetier verbeißen, wenn Sie etwas erreichen wollen, Komtess.«

»Ach, Terrier sind gar nicht so bissig wie ihr Ruf«, entschlüpfte es Maria. »Eine meiner Tanten hatte mal ein solches Tier. Er war der reinste Schoßhund und schlief sogar in meinem Bett, wenn ich zu Besuch war.«

»Sie mögen Tiere?«

»Ich liebe alle Geschöpfe Gottes. Tiere, Pflanzen und Menschen. Nun ja, von Letzteren jedenfalls die meisten.«

Professor Dillmanns Mundwinkel zuckten. Als dann sein hübscher Neufundländer an Marias Rocksaum schnüffelte und sich von ihr zwischen den Ohren kraulen ließ, war das Eis gebrochen.

»Nun, dann lassen Sie uns hineingehen, es ist doch recht kalt. Eines müssen Sie jedoch wissen, Komtess von Linden: Bisher ist bei uns noch jeder Externe durchgefallen.«

»Dann muss ich es erst recht versuchen«, entgegnete Maria forsch. »Sollte auch ich versagen, bedeutet es unter diesen Umständen keine Schande.«

Jetzt lachten auch Herrn von Dillmanns Augen. Mit einer einladenden Geste öffnete er die Hintertür, und Maria war dankbar, ein warmes Haus zu betreten – an ihre Seite geschmiegt der Hund, der großen Gefallen an Maria fand.

Eine Stunde später musste sich Maria beherrschen, gemessenen Schrittes zu gehen, denn am liebsten wäre sie wie ein Kind durch die Straßen gehüpft und hätte laut gejuchzt.

In seinem bis unter die Decke mit Büchern vollgestopften Studierzimmer unterzog Professor von Dillmann sie einem mündlichen Examen. Zuerst war Maria nervös gewesen, einige Namen ihrer Lehrbücher wollten ihr partout nicht einfallen, da der Oberstudienrat aber verständnisvoll war und sie nicht drängte, fand sie schnell ihre Sicherheit wieder. Sichtlich zufrieden beendete er die Befragung.

»Sie weisen zwar noch einige Lücken auf, insbesondere in Geografie, auch im Lateinischen befinden Sie sich nicht auf dem erforderlichen Wissensstand, aber ich schätze, wenn Sie ein weiteres Jahr fleißig lernen, könnte es wohl ausreichen.«

»Dann darf ich mich um das Abitur am Realgymnasium bewerben?«, fragte Maria hoffnungsvoll, obwohl ihr ein Jahr wie eine Ewigkeit erschien.

Er nickte. »Ich werde Ihnen keine Steine in den Weg legen, Komtess von Linden.«

ZEHN

Stuttgart – im Sommer 1891

Der 28. Juni des Jahres 1891 war ein ungewöhnlich heißer Sommermorgen. Um sechs Uhr in der Früh zeigte das Thermometer bereits achtundzwanzig Grad, die Hitze lag wie eine Glocke über dem Stuttgarter Talkessel. Obwohl sie in der Nacht zuvor kein Auge zugetan hatte, fühlte sich Maria nicht müde. Das Blut rauschte durch ihre Adern, und ihr Verstand arbeitete kühl und klar. Sie betrat das Rektorat des Realgymnasiums, wo sie von Professor von Dillmann erwartet wurde. Zu Marias Verblüffung überreichte er ihr einen Strauß orangeroter Rosen.

»Ich habe sie heute Morgen selbst geschnitten«, sagte der Professor. »Zum Daranriechen, Komtess, wenn die Aufgaben zu arg stinken. Im übertragenen Sinn, versteht sich.«

Maria roch zugleich an den Blüten, sie dufteten wunderbar. »Danke, das ist sehr freundlich.«

»Machen Sie Ihre Sache gut, Komtess von Linden, und mir keine Schande. Ich möchte nicht bereuen müssen, das Kollegium überzeugt zu haben, Sie in unsere heiligen Hallen eindringen zu lassen.«

»Ich werde Sie nicht enttäuschen, Professor!«

Zunächst hatte der Minister der württembergischen Schulbehörde angewiesen, Maria solle allein geprüft werden. Zu ihrer Erleichterung lehnten die Professoren Georgii und Dillmann es ab, denn sie wollten nicht, dass es hieß, man habe für die Komtess von Linden eine Extrawurst gebraten. Maria war es recht. Blickte sie in die Zukunft, dann stand ihr eine ständige Auseinandersetzung mit den männlichen Vertretern der Menschheit bevor – warum damit nicht gleich bei der Abiturprüfung beginnen? Die Rosen im Arm suchte Maria das Klassenzimmer auf, in dem die erste Prüfung stattfinden sollte. Zwei Dutzend junge Männer musterten sie teils skeptisch, teils mit offener Abneigung.

»Guten Morgen«, grüßte sie freundlich lächelnd. »Ist das heute nicht ein herrlicher Tag? Gerade richtig, um gute Ergebnisse zu Papier zu bringen.«

Lediglich zwei der Anwesenden, deutlich jünger als Maria, erwiderten ihren Gruß, die anderen sahen entweder weg oder starrten mit gerunzelter Stirn auf ihr Pult, auf dem Feder und Tintenfass lagen.

Maria sah sich um. In der vordersten Reihe, direkt vor dem Lehrerkatheder, war noch ein Platz frei. Sie setzte sich, legte die Rosen an den Tischrand und entnahm ihrer Mappe die Schreibutensilien.

»Ein Mannweib«, hörte sie hinter sich zischeln. »Dabei ist sie gar nicht so hässlich, dass sie keinen Kerl abbekommt.«

Jemand lachte hämisch. »Mir wäre sie zu groß, zu dürr, außerdem ist sie uralt.«

»Immerhin hat ihr jemand Rosen geschenkt«, sagte eine andere Stimme.

»Das wird wohl jemand aus der Familie gewesen sein. Die Blumen sind jedenfalls ansprechender als das vermessene Weibsbild.«

Maria straffte die Schultern. Mit solchen Reaktionen hatte sie gerechnet, wenngleich sie die Bemerkung über ihr Äußeres schon ein wenig verletzten. Rudolf von Bach hatte sie doch als begehrenswerte Frau wahrgenommen …

Fort mit den Gedanken an den Mann!, schalt sich Maria. Sie musste sich auf das Kommende konzentrieren. Die Luft im Klassenraum war zum Schneiden dick, alle Fenster waren geschlossen. Maria fühlte sich an die Unterrichtsstunden bei Herrn Fischer erinnert, in denen sie so manche Stunde bei herrlichstem Wetter im stickig-warmen Schulraum verbracht hatte. Heute durfte sie allerdings nicht dösen.

Pünktlich um sieben Uhr betraten Professor von Dillmann und ein Kollege den Raum und verlasen die Examensbestimmungen. Abspicken war natürlich streng verboten. Wer dabei erwischt wurde, wurde von der gesamten Prüfung ausgeschlossen. Die Prüflinge saßen ohnehin zu weit auseinander. Nun wurden die Umschläge mit den Aufgaben verteilt. Von Professor von Dillmann wusste Maria, dass die Prüfung die höhere Analysis beinhaltete. Dementsprechend hoffnungsvoll machte sie sich an die Arbeit, ohne nach rechts und links zu schauen und von den anderen Prüflingen Notiz zu nehmen. Maria gab eine halbe Stunde vor der vereinbarten Zeit um zwölf Uhr ab. Sie war mit sich zufrieden. Vielleicht hatte sie nicht alle Aufgaben zu einhundert Prozent richtig gelöst, aber durchgefallen war sie in diesem Prüfungsteil bestimmt nicht.

Um drei Uhr am Nachmittag ging es mit analytischer Geometrie weiter. Maria setzte sich auf eine Bank unter einem Kastanienbaum, dessen ausladende Äste wohltuenden Schatten spendeten. Tante Anna hatte ihr zwei mit Schinken belegte Brote und eine blecherne Flasche mit Zitronenlimonade mitgegeben. Hungrig verspeiste Maria ihr Vesperbrot und trank durstig. Nach und nach kamen die anderen Prüflinge aus dem Schulhaus. Einige gingen schnellen Schrittes davon, Maria vermutete, sie wollten zu Hause essen, andere verteilten sich ebenfalls unter den Bäumen. Einer der jungen Männer, die am Morgen Marias Gruß erwidert hatten, kam auf sie zu. Er war einen Kopf kleiner als sie, von schmächtiger Statur, weißblondem Haar, wasserhellen Augen und einer ausgeprägten Hakennase, die so gar nicht zu seinem schmalen, langen Gesicht passte.

»Du willst das wirklich tun?«, fragte er.

»Ich wüsste keinen Grund, warum nicht«, antwortete Maria, hob das Kinn und wappnete sich für eine verbale Auseinandersetzung.

»Mach dir nichts aus dem Gerede der anderen«, sagte er jedoch zu ihrer Überraschung. »Einige sind wirklich gemein, dabei sind sie nur neidisch. Seit Jahren bin ich Zielscheibe ihres Gespötts.«

»Du?«, fragte Maria verwundert. »Warum denn das?«

Er zuckte erst mit den Schultern, deutete dann auf seine Haare. »Sie nennen mich Albino, dabei habe ich gar keine roten Augen. Nur, weil ich für mein Alter so klein und schmächtig bin. Außerdem ...« Seine Wangen röteten sich ein wenig, und er streckte ihr die Hand entgegen. »Ich bin Amon Russak.«

Maria erwiderte den laschen Händedruck. »Maria von Linden.«

»Ich weiß.« Amon grinste wie einer der Lausbuben, mit denen Maria als Kind gespielt hatte. Sofort war er ihr sympathisch. »Dass eine Komtess von Linden das Abitur machen möchte, ist seit Wochen *das* Gesprächsthema am Gymnasium. Egal, ob du bestehst oder nicht – du bist jetzt schon in halb Stuttgart bekannt, Maria.«

»Na, ich ziehe es doch vor, mit einem guten Ergebnis bekannt zu werden«, sagte Maria lächelnd. Offensichtlich stand Amon Russak ihr nicht ablehnend gegenüber. »Die vormittägliche Prüfung habe ich gut gemeistert«, fügte sie hinzu.

»Ich denke, ich war auch nicht schlecht, die schweren Prüfungen stehen aber noch an. Ich muss das Abitur nämlich mit guten Noten bestehen, um ein Stipendium zu bekommen. Ich möchte Arzt werden«, erklärte Amon offen. »Am liebsten Chirurg, aber mein Vater kann kein Studium finanzieren. Er arbeitet bei einer Bank, und ich habe noch vier jüngere Geschwister.«

»Du könntest neben der Universität arbeiten«, schlug Maria vor, denn Ähnliches stand auch ihr bevor.

»Das werde ich tun müssen, auch wenn ich das Stipendium bekomme«, sagte Amon. »Professor von Dillmann meint, ich könne es schaffen.«

»Ich wünsche dir gutes Gelingen!« Zur Bestätigung drückte Maria beide Daumen und hob die Hände.

»Es heißt, du willst studieren, Maria?«, fragte Amon, und in seinem Blick lagen Zweifel und Bewunderung. »In Württemberg ist Frauen das Studium doch verboten.«

»Verbote bestehen, um sie aufzuheben, sofern sie unsinnig sind«, antwortete Maria. »Ich werde mich der naturwissenschaftlichen Forschung widmen.« Erst jetzt bemerkte sie, dass Amon nichts zu essen hatte. Bereitwillig hielt sie ihm die Blechdose hin, in der sich das zweite belegte Brot befand.

Er schüttelte den Kopf. »Ich kann keinen Bissen herunterbringen, Prüfungen schlagen mir immer auf den Magen.«

»Du musst aber gut und reichlich essen, um den Nachmittag durchzustehen.« Maria merkte nicht, dass sie die Worte ihrer Mutter wiederholte.

Zwei andere Jungen schlenderten vorbei. Einer verzog verächtlich die Lippen. »Na, da haben sich ja zwei gefunden! Unser Albino schließt Freundschaft mit der Amazone.«

Sein Begleiter lachte hämisch. »Was für ein hübsches Paar! Auf deren Kinder bin ich gespannt.«

Maria schoss die Röte ins Gesicht, dennoch entgegnete sie ruhig: »Wenigstens werden unsere Kinder mit Intelligenz gesegnet sein, während eure wohl schwachsinnig werden, sofern sie das Erbgut ihrer Väter bekommen.«

Das Gesicht des Größeren der beiden verzog sich verärgert und er blaffte: »Sei froh, dass du ein Weib bist, sonst …«

»Sonst was?«, fragte Maria spöttisch und trat dem Mann herausfordernd einen Schritt entgegen. »Du denkst, ich bin eine Amazone? Wahrscheinlich weißt du nicht, dass die griechischen Kriegerinnen unbesiegbar waren. Wenn du es also darauf ankommen lassen willst …« Sie ließ den Rest des Satzes offen und begann, einen Ärmel ihres Kleides aufzukrempeln.

»Lass sie«, raunte der Kamerad seinem Freund zu. »Sie fällt sowieso durch, damit wird sie sich ausreichend blamieren.«

Die beiden Jungen zogen davon, und Amon fragte mit unverhohlener Achtung: »Hättest du dich wirklich mit ihm geprügelt?«

Maria lachte. »Gott bewahre! Ich trage meine Differenzen verbal aus, nicht mit Fäusten. Das braucht der unverschämte Kerl aber nicht zu wissen. Soll er ruhig glauben, dass ich jederzeit bereit bin, ihm eine gehörige Abreibung zu verpassen.«

Amon zwinkerte ihr verschwörerisch zu. »Von mir wird er es nicht erfahren. Maria von Linden, du bist eine tolle Frau! Ich glaube, ich bewundere dich.«

Auch bei der Nachmittagsprüfung fühlte sich Maria recht sicher. Am Abend war sie jedoch erschöpft und gleichzeitig freudig erregt, denn der erste Tag hatte ihr gezeigt, dass alles gar nicht so schwer war. Für die Zeit der Prüfungen wohnte sie wieder bei Tante Anna. Onkel Ferdinand war ebenfalls anwesend, augenscheinlich hatte er sich mit Marias Entschluss abgefunden, denn er kritisierte sie nicht länger. Sie aß nur eine leichte Suppe, beantwortete wortkarg die Fragen von Tante Anna und ging früh zu Bett, um am nächsten Morgen frisch und ausgeruht zu sein.

In den folgenden Tagen standen die Fächer Physik, Geologie, Mineralogie, Geschichte und Zeichnen an. Geprüft wurde stets an den Vormittagen und Nachmittagen.

Besonders in Geologie und Mineralogie hoffte Maria auf eine sehr gute Note, gründete ihr Wissen hier doch nicht nur auf der Theorie, sondern auf jahrelanger praktischer Erfahrung. Die Aufgaben in Physik waren außergewöhnlich schwierig. Maria benötigte fast eine Stunde, bis sie die Zusammenhänge und dadurch die Lösungswege erkannte. Den anderen erging es ebenso, denn ein allgemeines Stöhnen ging durch das Klassenzimmer. Maria sah zu dem Lehrkörper, der die Prüfung beaufsichtigte. Er saß hinter dem Pult auf dem Podest und war in die Tageszeitung vertieft. Als Amon, der direkt hinter Maria saß, seufzte, rang sie einen Moment mit sich, dann schob sie das Blatt mit den bereits fertigen Lösungen so neben sich, dass Amon das Nötigste lesen konnte. Ein paar Sekunden später sah der Lehrer jedoch auf, bemerkte das schief liegende Blatt, richtete seinen scharfen Blick auf Maria, der mehr sagte als alle Worte. Schnell schob sie das Papier wieder vor ihren Körper. In den folgenden Prüfungen nahm sich Maria in Acht. Obwohl sie Amon Russak mochte, wollte sie den Ausschluss von der Prüfung auf gar keinen Fall riskieren.

Nachdem die Prüfungen der ersten Woche in allen Fächern zu Marias Zufriedenheit verlaufen waren, erwarteten sie in der zweiten Woche Schwierigkeiten, die ihren Optimismus dämpften. Maria war von Anfang an mit der Orthografie auf Kriegsfuß gestanden, auch das jahrelange Üben hatte das Manko nicht beseitigen können. Trotzdem war sie selbst mit ihrem schriftlichen deutschen Aufsatz zufrieden. Professor von Dillmann war anderer Ansicht, denn am nächsten Morgen wurde Maria noch vor Beginn der nächsten Prüfung zu ihm zitiert. Vor ihm auf dem Schreibtisch lag Marias Aufsatz. Mit einem Blick sah sie, dass neben fast jeder Zeile mit roter Tinte Anmerkungen angebracht waren.

Ohne sie zu begrüßen, ohne ihr auch nur die Andeutung eines Lächelns zu schenken, herrschte der Oberstudienrat sie an: »Komtess von Linden, ich muss eingestehen, inhaltlich ist Ihr Aufsatz der klassenbeste, aber alle meine Schüler der Quinta beherrschen ein besseres Deutsch. Um Himmels willen, nach welcher Orthografie schreiben Sie?«

Maria benötigte nicht länger als einen Wimpernschlag. »Herr Professor«, antwortete sie selbstsicher, »ich schreibe nach drei Orthografien: nach der alten württembergischen, nach der badischen und nach der neuen württembergischen.«

Professor von Dillmann stutzte. Obwohl er schnell den Blick senkte, war Maria ein belustigtes Funkeln in seinen Augen nicht entgangen.

»Dann weiß ich genug, strengen Sie sich trotzdem mehr an«, sagte er und entließ Maria mit einer huldvollen Geste.

War es beim deutschen Aufsatz gerade noch gut gegangen, musste Maria bei der Prüfung in Französisch befürchten, durchgefallen zu sein. Dieses Mal begnügte sich der Professor nicht mit einem persönlichen Gespräch. Er trat vor die Klasse und hielt mit spitzen Fingern Marias Aufsatz vom Vortag in die Höhe.

»Schämen Sie sich nicht, Maria von Linden, eine solche Arbeit abzugeben? Diese Fehler sind unerhört, einfache Leichtsinnsfehler! Wissen Sie, was Sie dafür verdient hätten? Arrest hätten Sie verdient, aber das hilft jetzt nichts mehr. Verdorben haben Sie sich das ganze Zeugnis.«

Dieses Mal rang Maria sichtlich um Fassung. Nur keine Schwäche vor den jungen Männern zeigen, von denen einige hinter vorgehaltenen Händen schadenfroh feixten. »Finden Sie nicht, dass meine Wendungen sehr elegant sind, Herr Professor?«, fragte sie hoffnungsvoll.

Der Oberstudienrat runzelte zornig die Stirn. »Was reden Sie? Kaum ein Satz ist in einer verständlichen Sprache zu Papier gebracht worden. Nehmen Sie sich zusammen, Maria von Linden, vielleicht können Sie im Mündlichen noch etwas herausreißen. Die französische Sprache beherrschen Sie ja außerordentlich gut. Wissen Sie, es ist mir gleichgültig, wie Sie abschneiden, aber mein Interesse liegt darin, dass jeder meiner Schüler die Reifeprüfung schafft.«

Die letzte Prüfung im Zeichnen bereitete Maria erneut Probleme. Nicht, weil sie mit der Aufgabenstellung nicht zurechtkam, sondern weil die durchaus berechtigten Vorwürfe des Oberstudienrats ihre Konzentration beeinträchtigten. Meine Güte, sie wollte ihr Leben der Geologie und Mineralogie widmen, dachte sie verdrossen. Dabei war es völlig gleichgültig, ob französische Wörter richtig geschrieben waren.

Die mündlichen Prüfungen in Latein, Englisch und Französisch meisterte Maria recht ordentlich, wenn auch nicht ausgezeichnet. Das hob ihre Stimmung wieder. Jetzt blieb ihr nichts anderes übrig als abzuwarten. Nach den Tagen des Lernens und einer ständigen Anspannung fiel Maria wie in ein tiefes, schwarzes Loch. Die Prüfungen hatten sie mehr angestrengt als sonst etwas in ihrem Leben. Zwei Tage lang schlief sie beinahe am Stück, dann fühlte sie sich besser und entwickelte einen außerordentlichen Appetit, besonders auf Zuckerspeisen und Schokolade.

»Ich werde dich wieder auf die Beine bekommen«, sagte Tante Anna und stellte ein saftiges Stück Schokoladenkuchen vor Maria. »In den letzten Tagen hast du abgenommen, bist nur noch Haut und Knochen. Aber so werde ich meine Nichte nicht nach Hause zurückschicken.«

»Keine Sorge, bei deinem köstlichen Kuchen werde ich ganz schnell wieder zunehmen«, sagte Maria lächelnd.

Ganz fiel die Anspannung aber noch nicht von ihr ab. Nach dem letzten Prüfungstag hatte Professor von Dillmann gemeint, die Ergebnisse würden etwa drei Wochen auf sich warten lassen. Für Maria eine schier unendliche Zeit! Sie verbrachte die Tage mit Besuchen bei der Großmutter. Die alte Freiin wurde von Tag zu Tag zerbrechlicher. Stundenlang hielt Maria ihre knochige Hand, erzählte Anekdoten aus der Heimat, wohl wissend, dass die alte Frau kaum ein Wort von dem verstand, was sie sagte. Maria hoffte, dass ihre *Grand-mère* noch erleben durfte, wie ihre Enkelin als erste Frau im Königreich Württemberg das Abitur bestand.

Endlich war der Tag der Zeugnisverteilung gekommen. Die Hände hinter dem Rücken verschränkt, damit niemand das Zittern bemerkte, stand sie in der Reihe zwischen den jungen Männern und erwartete ihr Ergebnis.

Amon war vor ihr dran. »Amon Russak, Sie haben bestanden, und zwar mit Auszeichnung«, sagte Professor von Dillmann. »Herausragend Ihre Leistungen in Physik und Latein, Russak. Ich denke, einem Stipendium steht nun nichts mehr im Weg.«

»Bravo, ich wusste es!«, rief Maria dem schmächtigen jungen Mann zu. Derart strahlend, wie sie ihn nie zuvor gesehen hatte, nahm Amon das Abiturzeugnis entgegen.

Maria musste noch eine weitere halbe Stunde warten, denn sie war als Letzte an der Reihe. Sie war eben doch eine Ausnahme. Ihr Magen machte einen Hüpfer, als Professor von Dillmann seinen Zwicker zurechtrückte und seinen durchdringenden Blick auf sie richtete.

»Maria Komtess von Linden«, sagte er schließlich. Marias Herz schlug ihr bis zum Hals. »Gratuliere, Sie haben bestanden!«

Für einen Moment schwankte Maria, dann hatte sie sich wieder im Griff, und eine grenzenlose Erleichterung durchflutete sie. Die nächsten Worte des Professors dämpften ihre Freude allerdings.

»In einigen Fächern erhielten Sie ein Vorzüglich, in anderen jedoch nur ein Befriedigend bis Ausreichend. Welche das sind, muss ich Ihnen nicht näher erläutern. Wenn ich Sie nur ein halbes Jahr unter meinen Fittichen gehabt hätte, hätte ich Ordnung in Ihren krausen Kopf gebracht, und Sie hätten das beste Zeugnis von allen bekommen. Sie sind durchaus in der Lage zu lernen, wenn Sie etwas interessiert. Im Leben können wir aber nicht ausschließlich unseren Vorlieben folgen.«

Maria antwortete mit einem Lächeln und schlug die Augen nieder. Die Kritik wurmte sie zwar, aber wichtiger war, dass sie bestanden hatte.

Ihr erster Weg führte Maria in die Villa am Bopser. Die Großmutter war wach, wenngleich sie noch zerbrechlicher und kränker wirkte als bei Marias letztem Besuch.

Maria beugte sich über das gelbfahle Gesicht der alten Frau. »Ich habe bestanden, *Grand-mère*!«, flüsterte sie. »Als erste Frau in Württemberg habe ich das Abitur bestanden.«

Für einen kurzen Moment flackerten Mathildes Augen. »Ich habe nie daran gezweifelt. Maria von Linden – ich bin stolz auf dich.«

Maria legte ihren Kopf auf die Brust der Großmutter. »Das bedeutet mir mehr als jede gute Note, *Grand-mère*.«

Sie hörte die Großmutter schwer atmen, dann verstummte das Geräusch, und der Brustkorb hob und senkte sich nicht länger.

Mathilde Freiin Hiller von Gaertringen war gegangen.

Zunächst hatte sich Maria über das Fest gefreut, zu dem die Eltern eingeladen hatten. Es war Maria und ihrer bestandenen Reifeprüfung zu Ehren geplant. Trotz des Todes von Gräfin Eugenies Mutter waren Verwandte und Bekannte aus nah und fern gekommen, um Maria zu gratulieren. Maria wusste, dass ihre Großmutter es begrüßen würde. Auch Wilhelm, der als Leutnant im württembergischen Grenadierregiment Nummer V diente und nur selten Urlaub bekam, hatte den weiten Weg nach Hause nicht gescheut. Maria genoss die zahlreichen Glückwünsche, fühlte sich in ihrem beigen Batistkleid mit kunstvoll geklöppelter Spitze am Kragen und an den Manschetten wohl. Ihr volles dunkles Haar war aufgesteckt und mit kleinen Perlen geschmückt. Äußerlich wirkte Maria sehr weiblich. Sie verstand es, charmant zu lächeln und angeregte Konversation zu führen, innerlich frohlockte sie, in die Welt der Männer vorgestoßen zu sein und gesiegt zu haben. Es würde nicht die letzte Bastion sein, die sie zu erstürmen bereit war.

Schnell fiel Maria auf, dass es sich bei den Gästen um ältere Ehepaare handelte – und alle hatten ihre Söhne mitgebracht, die im besten heiratsfähigen Alter waren. Offenkundig waren die Männer eingeschworen worden, Maria gegenüber besonders aufmerksam und höflich zu sein. Obwohl der eine und andere durchaus attraktiv und von angenehmem Wesen war, wallte in Maria der Zorn auf. Hielt der Vater sie wirklich für so dumm, nicht zu durchschauen, welches Spiel er trieb? Neben Zorn fühlte Maria auch Enttäuschung. Sie hatte gehofft, durch Fleiß und Ausdauer endlich allen, auch dem Vater, bewiesen zu haben, dass eine Frau ebenso intelligent und vielseitig war wie ein jeder Mann.

Sie beschloss, den Spieß umzudrehen. Nachdem sich alle an der ausladenden Tafel im Hauptsaal des Schlosses niedergelassen hatten – Maria flankiert von zwei jungen Herren –, wandte sie sich nach rechts und fragte mit einem unschuldigen Lächeln: »Herr von Limpurger –«

»Warum so förmlich, Maria?«, unterbrach er sie. »Wir kennen uns doch seit der Kindheit.«

Wir sind uns aber seit vielen Jahren nicht mehr begegnet, weil deine Familie die Familie von Linden nicht für ebenbürtig hält, dachte Maria, während sie weiter lächelte. Wohl wissend, dass Otto von Limpurger drei Anläufe benötigte, um die Reifeprüfung zu bestehen, und in den naturwissenschaftlichen Fächern besonders schlecht abgeschnitten hatte, sagte sie: »Also gut, Otto … Du hast ebenfalls das Abitur bei Professor von Dillmann abgelegt, nicht wahr?« Er nickte. »Fandest du die Fragen nach der Keuperschicht der Schwäbischen Alb auch so anspruchslos? Man wollte wissen, welche Arten von Schachtelhalmen und Farnwedeln vor zweihundert Millionen Jahren vorhanden waren und in welchen Farben sich die Gesteinsformationen gestalteten. Das sind doch Fakten, die jedem Kleinkind in der Gegend bekannt sind!«

»Äh, ja, also … An meine Aufgaben kann ich mich nicht mehr im Einzelnen erinnern«, erwiderte Otto von Limpurger sichtlich verlegen. »Meine Prüfung liegt auch schon fünf Jahre zurück.«

Maria tat, als habe sie seine Antwort nicht gehört, und plauderte unbeschwert weiter. »Ebenso einfach waren analytische Geometrie und höhere Analysis. Ich bitte dich, Otto! Das gehört doch zur Allgemeinbildung, die in unseren Kreisen nichts Besonderes darstellt. Ich halte es für wichtig, sich auf einem gewissen Niveau zu unterhalten, und habe wenig Respekt vor Menschen, die über die grundlegendsten Dinge nicht Bescheid wissen. Du bist doch meiner Meinung, Otto?«

»Ich … Ja, sicher, natürlich …« Die Erleichterung, dass jetzt als Vorspeise die kalte Forelle serviert wurde, stand ihm ins Gesicht geschrieben. Fortan widmete sich Otto von Limpurger dem Fisch und suchte nicht länger das Gespräch mit Maria.

Mit dem Sitznachbarn zu ihrer Linken verfuhr Maria nicht anders. Der gleichaltrige Georg von Hellenstein entstammte einem in Heidenheim ansässigen alten Adelsgeschlecht. Bereits in jungen Jahren neigte er zur Dickleibigkeit, und seine hellroten Haare lichteten sich bereits. Trotzdem war er ein sympathischer Mann, keinesfalls jedoch ein potenzieller Heiratskandidat für Maria. Wie zuvor schon erfolgreich angewandt, beschrieb sie das Sezieren von Kleintieren in jeder noch so blutigen Einzelheit und stellte innerlich grinsend fest, wie Georg erbleichte und den inzwischen aufgetragenen Rehbraten angewidert betrachtete.

Den habe ich auch vom Hals, dachte Maria erleichtert.

Da ihr Verhalten den anderen Gästen nicht verborgen geblieben war, musste Maria für den Rest des Tages keine weiteren Annäherungsversuche über sich ergehen lassen. Graf Edmund konnte sich allerdings nur mühsam beherrschen, die Tochter nicht vor den Gästen zu tadeln und auf ihr Zimmer zu schicken, während Gräfin Eugenie tat, als bemerke sie nichts. In einem unbeobachteten Moment nahm Wilhelm seine Schwester zur Seite.

»Ein wenig bewundere ich dich, dass du dir von niemandem Steine in den Weg legen lässt«, gestand er Maria. »Dennoch wirst du auf Dauer einer Ehe nicht entgehen können.«

»Ich sehe keinen Grund, warum nicht«, erwiderte Maria, sah ihren Bruder offen an und fragte geradeaus: »Was ist mit dir, Wilhelm? Du bist sechsundzwanzig Jahre alt, von einer Braut aber weit und breit keine Spur.«

Seine Miene verschloss sich. »Meine Erfüllung finde ich im Regiment.«

Maria nickte verständnisvoll. »Du lebst den Traum, den Vater in jungen Jahren aufgeben musste, trotzdem braucht Schloss Burgberg einen Erben. Durch das Fideikommiss–«

»Das ist mir gleichgültig!«, rief Wilhelm aufgebracht und kickte heftig einen Stein aus dem Weg. »Ich mache mir nichts aus dem alten Gemäuer. Ständig ist das Dach undicht, durch die Fenster zieht es, der Holzwurm sitzt im Gebälk und der Schwamm in den Mauern. Das Haus kann über meinem Kopf zusammenbrechen, mir soll es gleichgültig sein!«

Bestürzt wich Maria zurück. Einen solchen Gefühlsausbruch hatte sie von ihrem kühlen, beherrschten Bruder nicht erwartet.

»Aber es ist doch unser Zuhause«, sagte sie leise und legte eine Hand auf Wilhelms Arm. Er schüttelte sie ab wie ein lästiges Insekt.

»Dann sorg du für Nachkommen, das ist schließlich die Aufgabe von *normalen* Frauen.«

»Ich werde den Burgberg niemals erben. Solltest du keinen Sohn haben, fällt der Besitz in die Hände der Familie von Onkel Karl.«

»Von mir aus kann er ihn gleich haben. Ich werde mein freies militärisches Leben nicht für ein Weib aufgeben. Niemals!«

Nun wurde Maria zornig. »Meine Güte, heirate doch irgendeine Frau, mach ihr schnell einen Sohn, dann sind alle zufrieden, und du kannst tun und lassen, was du willst. So läuft es in unseren Kreisen doch ab, oder? Zu etwas anderem, als ständig geschwängert zu werden, sind wir Frauen sowieso nicht in der Lage.«

»Maria, jetzt wirst du ordinär!«

Beschwichtigend lenkte sie ein. »Du und ich – wir sind uns ähnlicher, als wir bisher bemerkt haben. Auch du bist nicht bereit, deine Ziele aufzugeben. Gerade du müsstest mich verstehen, dass es für mich nichts Wichtigeres gibt als die Forschung.«

»Es ist unnatürlich, beinahe schon krank«, behauptete Wilhelm beharrlich.

»Du teilst also die Meinung, die Gehirne der Frauen seien zu klein, um logische Zusammenhänge zu begreifen?« Marias Worte troffen vor Ironie. »Publizierte doch der Münchner Anatom Theodor von Bischoff eine Streitschrift gegen das

Frauenstudium mit der unsinnigen Begründung, das weibliche Gehirn wiege durchschnittlich 134 Gramm weniger als das männliche.«

»Es handelt sich um eine wissenschaftliche Studie«, wandte Wilhelm ein.

»Natürlich, und die Wissenschaft irrt nie«, erwiderte Maria bitter. »Willst du mir vielleicht eine körperliche Schwäche zuweisen, aufgrund derer ich den Anforderungen eines Studiums nicht gerecht werden kann? Oder findest du, es sei unschicklich, dass Männlein und Weiblein nebeneinander in den Hörsälen sitzen? Es untergrabe die Moral der jungen Herren und lenke sie vom Studium ab?«

Maria zählte ein Vorurteil nach dem anderen auf, das in der Männerwelt weit verbreitet war.

»Maria, du bist nicht nur verbissen, sondern verbohrt«, sagte Wilhelm. »Du denkst und benimmst dich wie ein Mann, aber du bist bis an dein Lebensende eine Frau.«

»Längst bin ich zu der Ansicht gelangt, dass Gott bei mir einen Fehler gemacht hat«, erwiderte Maria schnippisch. Wenngleich sie sich nie wirklich nahe gewesen waren, hatte sie von Wilhelm eine solch frauenverachtende Haltung nicht erwartet. »Gott sollte ein drittes Geschlecht schaffen, weder ganz Mann noch ganz Frau, irgendetwas dazwischen. Auf der Welt gibt es sicher viele Menschen wie mich.«

Wilhelm zuckte zusammen und trat einen Schritt zurück. »Maria, das kannst du nicht ernsthaft meinen, du versündigst dich!«

»Dann soll Gott ein Gewitter über mich herniederlassen und mich mit Blitz und Donner vernichten!«, rief Maria aufgebracht. »Ich bin, wie ich bin, und ich werde mich nicht ändern. Für nichts und für niemanden.« Sie drehte sich um, blieb dann aber stehen und wandte sich noch einmal zu ihrem Bruder um. »Nur, damit du es weißt, Wilhelm: Ich habe durchaus einen Heiratsantrag erhalten, und damit meine ich nicht den von unserem Cousin Bertie.«

»Von wem, und warum nimmst du den Antrag nicht an?«, fragte Wilhelm konsterniert.

»Vielleicht tue ich es«, antwortete Maria. »Er ist ein Mann, der eine entschlossene und gebildete Frau zu schätzen weiß und kein Hausmütterchen an seiner Seite haben möchte.«

Dass sie seit Monaten keinen Kontakt mehr zu Rudolf von Bach hatte, dass der Mann es nie ernst gemeint und sie inzwischen vergessen hatte, brauchte der Bruder nicht zu wissen. Für den Moment reichte ihr Wilhelms verblüfftes Gesicht völlig.

Der Streit mit dem Bruder nagte mehr an Maria, als sie sich anmerken ließ. Auch sie zog es in die Welt hinaus, trotzdem fühlte sie eine tiefe Verbundenheit mit dem Haus, in dem sie geboren war. Deswegen zog sie ein Studium in Zürich ebenso wenig in Betracht wie eine Anstellung in Wien. Nachdem Marias Erfolg, das Abitur bestanden zu haben, auch nach Österreich durchgedrungen war, erhielt sie von Freiherr Andrian-Werburg prompt das Angebot, bei der Anthropologischen Gesellschaft zu arbeiten. Ohne sich lange Gedanken zu machen, lehnte Maria mit freundlichen Worten ab. Sie war nun ein »Mulus« – die gängige Bezeichnung für einen Abiturenten zwischen dem Schulabschluss und der Immatrikulation an einer Universität. Während die Zeit für junge Männer eine recht angenehme war – wurde sie von vielen doch zu Reisen durch Europa genutzt –, hing Maria in der Luft. Zwar hatte sie die Voraussetzung für das Studium erfüllt, dennoch wurde ihr noch immer unterstellt, den Anforderungen einer Universität nicht standhalten zu können. Wenn sie jedoch in den letzten Jahren eines gelernt hatte, dann war es Geduld.

Nach einer weiteren Einladung, bei der Maria erneut einen jungen Mann schroff und überheblich behandelt hatte, platzte Graf Edmund der Kragen. Durch ein Hausmädchen ließ er Maria eines Tages in sein Arbeitszimmer rufen, was ungewöhnlich war, und ihr schwante nichts Gutes. Der Vater kam gleich zur Sache.

»Ich habe mir alles lange genug angesehen, und meine Geduld ist nun zu Ende. Als erste Frau in Württemberg hast du das Abitur abgelegt, was sogar der Presse ein paar Zeilen wert gewesen war, mit den Spinnereien ist jetzt aber endgültig Schluss.«

»Was willst du damit sagen, Vater?«, fragte Maria unsicher.

Er sah sie aus seinen grauen Augen, die Maria an einen glatt geschliffenen Stein erinnerten, durchdringend an. »Wenn du nicht gewillt bist, der Natur zu folgen und deine Pflichten als Frau zu erfüllen, kannst du mit keiner weiteren Unterstützung meinerseits rechnen.«

»Ist es denn ein Verbrechen, nicht zu heiraten?«, fragte Maria provokant.

»Keine Frau kann ledig und kinderlos glücklich sein.«

Für einen Moment biss sich Maria auf die Unterlippe. »Du kannst das natürlich gut beurteilen, Vater. Wann hast du das letzte Mal ein Kind geboren und die Leiden des Wochenbetts durchgemacht?«, entgegnete sie dann spöttisch.

Er trat so zornig auf sie zu, dass Maria eine Ohrfeige befürchtete, was niemals zuvor vorgekommen war. In der Familie von Linden gab es keine Gewalt. Auch dieses Mal wusste sich Graf Edmund zu beherrschen.

»Also gut, ich mache dir ein allerletztes Angebot. Wenn

du dich unbedingt lächerlich machen und studieren willst, dann wähle die Landwirtschaft. Dann kannst du später auf den Burgberg zurückkehren und den Besitz bewirtschaften.«

»Wilhelm ist der Erbe«, wandte Maria ein, wohlweislich die abfälligen Worte des Bruders verschweigend. Sie hätten den Vater noch mehr in Rage gebracht. »Ich gehe in die Forschung«, fügte sie leise hinzu. »Das ist mein fester Entschluss. Mit dem Abitur steht mir der Weg nach Tübingen zwar noch nicht offen, die Klinke ist jedoch heruntergedrückt. Es ist nun an mir, die Tür ganz zu öffnen und hindurchzutreten.«

»Ist das dein letztes Wort, Maria?«

Sie senkte den Blick und nickte.

Der Vater ging zum Fenster und wandte ihr den Rücken zu. »Dann geh deinen Weg, Tochter«, sagte er resigniert, »aber von mir oder dem Rest der Familie darfst du keinerlei finanzielle Unterstützung erhoffen. Vielleicht ist es am besten, du verlässt das Schloss so bald wie möglich.«

»Du wirfst mich hinaus, Vater?«, fragte Maria entsetzt, denn damit hatte sie nicht gerechnet. »Mutter wird das nicht zulassen!«

»Deine Mutter fügt sich meinen Wünschen, denn sie kennt ihre Stellung. Viel zu lange habe ich zugesehen, wie sie die Zügel schleifen ließ und deine unsinnigen Fantasien unterstützte.« Er drehte sich um. »Damit ist endgültig Schluss! Noch bin ich der Mann im Haus!«

»Ach, Vater, was ist so schlimm daran, ledig bleiben zu wollen?«, fragte Maria mit erstickter Stimme. »Ledig und die Herrin über meine eigenen Gedanken und Gefühle? Habe ich nicht bewiesen, dass ich arbeiten kann? Mit meinen Niederschriften verdiene ich Geld, die Buchführung für den Burgberg beherrsche ich besser als jeder Verwalter, auch sonst gibt es vielfältige Tätigkeiten, mit denen ich meinen Lebensunterhalt bestreiten kann. Wenn es sein muss, arbeite ich auch als Magd, einen Stall ausgemistet habe ich schon.«

»Das wirst du auch müssen. Ich denke, es ist alles gesagt, Tochter.«

Maria tat einen Schritt auf den Vater zu. Sie wollte ihn umarmen, ihm sagen, dass sie ihn liebte. Sein kalter Gesichtsausdruck aber wies sie streng zurück. Graf Edmunds Gesundheitszustand war noch nie gut gewesen, heute wirkte er richtiggehend zerbrechlich. Maria fragte sich, ob sie durch ihr Benehmen dazu beitrug, dass er ernsthaft erkrankte. Mehr als den Vater, die Mutter, alle Verwandten und auch den Burgberg aber liebte sie ihre Arbeit. Das unermüdliche Lernen und Forschen trug erste Früchte, sie war so weit gekommen – so kurz vor dem Ziel konnte und wollte sie nicht aufgeben. Einst hatte sie ihrer Freundin Gabriele gesagt, ihr Herz würde brechen, wenn sie nicht mehr lernen und forschen dürfte. Daran hatte sich nichts geändert, auch wenn es bedeutete, einen geliebten Menschen zu verletzen.

»Auf was wartest du noch?«, herrschte Graf Edmund sie an. »Geh! Ich kann deinen Anblick in diesem Haus nicht länger ertragen.«

Tatsächlich erhob Gräfin Eugenie keinen Widerspruch gegen die Entscheidung ihres Mannes. Sie sah ihre Tochter traurig an, nahm sie in die Arme und streichelte ihr Haar, wie sie es getan hatte, als Maria noch ein kleines Mädchen gewesen war.

»Es gelingt mir nicht, deinen Vater umzustimmen«, sagte sie mit erstickter Stimme, »und ich muss weiterhin mit ihm leben. Ich habe nur noch dieses Heim, jetzt, nachdem meine *Maman* gestorben ist.«

Für die Haltung der Mutter brachte Maria Verständnis auf. Bei allem Freigeist war sie fest in den Traditionen verwurzelt und zu alt, ihnen zu entfliehen. Die Villa am Bopser hatte Ferdinand Hiller von Gaertringen geerbt. Er würde fortan mit Tante Anna dort wohnen. Eine Frau, die ihren Mann verließ – und mochte es auch die eigene Schwester sein –, würde Onkel Ferdinand niemals aufnehmen.

Just am nächsten Tag flatterte die Einladung des Oberamtmanns von Heidenheim ins Haus. Er hatte von Marias Erfolg gehört, wollte sie kennenlernen und bot ihr an, einige Zeit im Haus seiner Familie zu verbringen. Sie kannte den Herrn und seine freundliche Frau seit vielen Jahren. Marias Vater suchte die Familie Filser immer auf, wenn er geschäftlich in Heidenheim zu tun hatte, und Maria hatte ihn öfters begleiten dürfen. Unter anderen Umständen hätte Maria die Einladung ausgeschlagen, brachte sie sie auf dem Weg nach Tübingen doch keinen Schritt weiter, jetzt aber packte sie die notwendigsten Dinge zusammen und verließ noch am selben Tag Schloss Burgberg. Als die Kutsche das Hürbetal erreicht hatte, drehte sie den Kopf und sah zu den altehrwürdigen gelben Mauern hinauf. Hinter einem der Fenster erkannte sie das Gesicht der Mutter. Maria hob winkend die Hand, Gräfin Eugenie erwiderte die Geste.

Würde sie den Burgberg jemals wiedersehen?, fragte Maria sich. War es die Sache wirklich wert, mit der Familie und der Heimat vielleicht für immer zu brechen?

 # ELF

Stuttgart – April 1892

Schwer stützte sich Amélie auf Marias Arm, bei jedem Schritt keuchte sie, als gelte es, einen steilen Berg zu erklimmen. Dabei gingen die Freundinnen nur in dem kleinen Garten spazieren, die fein säuberlich geharkten Kieswege waren eben.

»Wir kehren besser ins Haus zurück«, schlug Maria vor. »Du solltest dich hinlegen und ausruhen.«

»Mir geht es gut«, versicherte Amélie mit geröteten Wangen. »Nach dem harten Winter und den wochenlangen Regenfällen genieße ich die frische Luft.«

Dem konnte Maria nur zustimmen. Auch ihr hatten erst die langen, schneereichen Monate mit frostigen Temperaturen und dann der Dauerregen aufs Gemüt gedrückt. In diesem Jahr kam der Frühling spät nach Stuttgart. Mitte April blühten immer noch die Krokusse, und die Knospen der Osterglocken hatten sich noch nicht geöffnet, dabei war das Fest seit einer Woche vorüber.

»Aber ich setze mich gern eine Weile hin«, fuhr Amélie fort, nachdem sie eine grün gestrichene Bank am Rand des Gartens erreicht hatten. Das Grundstück wurde von einer halbhohen Mauer begrenzt, dahinter fiel eine Wiese steil ab.

Der Ausblick ging über den Talkessel von Stuttgart bis hinüber zu den Weinbergen auf der anderen Seite des Neckars.

»Pass auf, dass du dich nicht erkältest«, mahnte Maria und musterte besorgt das gerötete und geschwollene Gesicht der Freundin. Früher war es herzförmig und fein geschnitten gewesen, jetzt lagen Tränensäcke unter den Augen und Amélie hatte Pausbacken bekommen.

In ihrem Blick lag jedoch ein Strahlen, ein Glanz vollkommender Glückseligkeit. »Maria«, tadelte sie, »du klingst wie meine Mutter! Ich bin nicht krank, ich erwarte lediglich ein Kind.« Amélie legte beide Hände auf ihren umfangreichen Bauch. »Oder vielmehr ein Walross, so dick, wie ich bin. Dabei sind es noch mindestens zwei Monate.«

Maria stimmte in Amélies fröhliches Lachen ein. Ja, die Freundin war derart auseinandergegangen, als stünde die Geburt unmittelbar bevor. Ihre Beine waren geschwollen, jede Bewegung kostete sie viel Kraft. Während der langen Wochen des Regens hatte Amélie ihr Zimmer kaum länger als für ein paar Minuten verlassen.

»Hast du Angst?«, fragte Maria leise.

»Vor der Geburt?« Amelie schüttelte erst den Kopf, seufzte, dann nickte sie. »Ein wenig schon, es kann so viel passieren. Der Arzt versichert, es sei alles in Ordnung, und ich bin gesund und kräftig. Kaum eine Frau spricht offen darüber. Heißt es aber nicht, die schrecklichen Schmerzen seien vergessen, sobald man das Kind erst in den Armen hält?«

Maria drückte die Hand der Freundin. »Das habe ich auch gehört. Leider kann ich dir nicht mit persönlicher Erfahrung dienen.«

»Noch nicht«, entfuhr es Amélie. Sofort verschloss sich Marias Gesicht. Amélie hob die Hand. »Nein, widersprich mir nicht wieder. Ich weiß, du hast schon so oft beteuert, niemals zu heiraten. Die Sache mit Rudolf von Bach ist zwar schmerzlich, der Mann hat sich wie ein Schuft verhalten, das bedeutet aber nicht, dass du dich nicht wieder verliebst. Dass du fähig bist zu lieben, hast du bewiesen. Dein Wille, dich von deinem Ziel, Wissenschaftlerin zu werden, nicht abhalten zu lassen, in allen Ehren – das Leben hält aber noch so viel mehr als Arbeit bereit.« Sie zwinkerte Maria zu. »Mit dem richtigen Mann an der Seite ist die Ehe ein wundervolles Abenteuer.«

Längst hatte Maria die Freundin in alles eingeweiht, was bei ihrem Aufenthalt in der Steiermark geschehen war. Auch, dass sie wirklich und wahrhaftig an Rudolfs Bewunderung und seinen Entschluss, sie zu unterstützen, geglaubt hatte. Dass sie gewillt gewesen war, Ehefrau und damit zwingend verbunden auch Mutter zu werden. Zumindest an der Seite eines Mannes, der sie nicht einengte und ihr das Lernen und das Forschen verbot.

»Es ist lange her …«

»Rudolf ist immer noch in deinem Herzen«, stellte Amélie sachlich fest. »Maria, es kann viele Gründen geben, warum er den Kontakt abgebrochen hat. Du hast nichts weiter als eine vage Aussage von Gabriele –«

»Dahingehend, dass Rudolf seit Monaten wieder im Land ist«, unterbrach Maria die Freundin. »Was sollte ihn daran hindern, mir zu schreiben? Von seinem in Aussicht gestellten Besuch auf dem Burgberg mal ganz abgesehen.« Sie winkte ab und wirkte beinahe so erschöpft wie die Freundin. »Bitte, lass uns über etwas anderes reden.«

Amélie seufzte verhalten. Sosehr sie Maria Hoffnung zusprechen wollte, Amélie fiel, entgegen ihrer Behauptung, kein tröstender Grund für sein Schweigen ein. Wahrscheinlich hatte Maria recht, und Rudolf hatte Angst vor seiner eigenen Courage bekommen. Er könnte sich auch in eine andere Frau verliebt haben, oder er war eben doch ein Bruder Leichtfuß und nicht gewillt, seine Freiheit aufzugeben.

»Hast du Nachrichten von zu Hause?«, wechselte Amélie das Thema und kam damit dem Wunsch der Freundin nach.

»Auf dem Burgberg geht alles seinen beschaulichen Gang«, antwortete Maria dankbar. »Vergangene Woche schrieb *Maman*, Vater habe sich wieder vollständig erholt.«

Während des Winters war Edmund von Linden an einer Bronchitis erkrankt, der Arzt hatte sogar eine Lungenentzündung befürchtet. Tagelang hatte Gräfin Eugenie um das Leben ihres Mannes fürchten müssen. Trotz der dramatischen Lage hatte sich Marias Vater geweigert, seine Tochter zu empfangen. Selbst Onkel Karl, der nach Burgberg gereist war, hatte seinen Bruder nicht umstimmen können. Maria gegenüber war Graf von Linden unerbittlich. Solange sie ihre verrückten Pläne nicht aufgab und sich nicht wie eine *normale* Frau verhielt, würde ihr sein Haus verschlossen bleiben.

Nachdem sie im Sommer des vergangenen Jahres den Burgberg verlassen hatte, war sie zwei Wochen in Heidenheim bei der freundlichen Familie des Oberamtmannes Filser gewesen. Das konnte keine Dauerlösung sein, darum kam Maria die Einladung von Amélie von Spitzemberg zu deren Hochzeit nach Stuttgart gelegen. Nachdem Amélie von Marias prekärer Lage erfahren hatte, bot sie ihr an, bei ihr zu wohnen. Maria hatte gezögert. Sie wollte das frisch vermählte Paar nicht als fünftes Rad am Wagen belasten.

»Ich bin viel auf Reisen«, hatte Johannes Reiff, Amélies Mann, gesagt, »und wäre beruhigt, meine junge Frau in der Gesellschaft einer Freundin zu wissen. Darüber hinaus muss das Haus noch vollständig eingerichtet werden, wobei Sie Amélie mit Geschick und gutem Geschmack zur Hand gehen könnten, Komtess von Linden.«

So hatte Maria schließlich eingewilligt.

Der junge Mann war ein ehrgeiziger, aufstrebender Architekt, der Sohn eines Beamten. Für Amélies Eltern spielte Johannes' bürgerliche Herkunft keine Rolle, das Glück der Tochter stand an erster Stelle. Johannes Reiff wirkte an der Gestaltung der »Karlshöhe« mit, einem ehemaligen Steinbruch, der zu einem öffentlichen Park und Naherholungsgebiet ausgebaut wurde. Das behagliche Haus am Rand des Parks hatte Johannes selbst entworfen. Sein aktuelles Bauprojekt führte ihn nun ins Bayrische. So war Amélie für Marias Anwesenheit dankbar, zumal sie die Schwangerschaft in ihren Aktivitäten einschränkte. Wenngleich Maria der Freundin im Haushalt – es gab nur eine Köchin und ein Dienstmädchen für die groben Arbeiten – und bei der Einrichtung half, wollte sie unter keinen Umständen auf Kosten anderer leben. Jeden Einwand Amélies erstickte sie im Keim.

»Ich werde dir monatlich eine gewisse Summe für Kost und Logis geben, ob du willst oder nicht. Die Zeit wird kommen, wenn ich meinen Lebensunterhalt selbstständig bestreiten muss.«

Vom Burgberg hatte sich Maria ihre Steine- und Briefmarkensammlung schicken lassen. Das Herz blutete ihr, all die Artefakte, die sie über viele Jahre hinweg gesammelt und wie Kostbarkeiten verwahrt hatte, zu verkaufen. Aber es blieb ihr nichts anderes übrig. Die Briefmarken gingen in die Hände eines Kaufmanns, die Steine überließ Maria für gutes Geld dem Stuttgarter Naturalienkabinett. Zu Marias großer Freude wurde ihr daraufhin angeboten, ein paar Stunden in der Woche im Naturkundlichen Museum zu arbeiten: Gegenstände zu säubern, zu sortieren und aufzulisten. Sie erhielt einen geringen Lohn in barer Münze, allerdings wurde ihre Handschrift kritisiert. Maria bemühte sich, leserlicher zu schreiben, und sah ein, dass es in der Welt eben doch nicht ohne Orthografie ging. Ein weiteres Mal half ihr Amélie. Die Freundin bestand darauf, mindestens eine halbe Stunde täglich Schreiben zu üben.

Die Stunden im Naturalienkabinett stellten für Maria keine Arbeit im eigentlichen Sinn dar. War es nicht wundervoll, für etwas bezahlt zu werden, das ihr Freude bereitete? Maria erweckte das Interesse von Professor Lampert, wurde mit immer mehr Arbeiten betraut und durfte auch in dem Laboratorium forschen, das dem Museum angeschlossen war. Den Professor störte es nicht, dass eine Frau ein derart großes Interesse an der Naturwissenschaft zeigte, im Gegenteil.

»Ich zolle Ihnen Respekt, Komtess«, sagte der alte Herr anerkennend. »Ihren Wunsch, eine ordentliche Studentin an einer deutschen Universität zu werden, halte ich zwar für Utopie, an meinem Institut sind Sie jedoch herzlich willkommen.«

Endlich konnte Maria auch ihre Studien über die Köcherfliege fortsetzen, die sie bereits auf dem Burgberg begonnen hatte.

»Warum ist es von Interesse, welche Fliegen sich wie fortpflanzen?«, fragte Amélie, als Maria ihr die Notizen zeigte.

Maria schmunzelte. »Das musst du nicht zwingend verstehen. Die auf den ersten Blick unscheinbaren Fliegen sind ein wichtiger Bestandteil unserer Ökologie. Alles greift ineinander, jedes Detail ist ein Teil vom großen Ganzen. Im Laboratorium gibt es Mikroskope, mit denen wir jede Kleinigkeit der Fliegen erforschen können. Du solltest mitkommen und es dir selbst ansehen.«

»Bloß nicht!« Lachend hob Amélie die Hände. »Mir reichen die lästigen Fliegen, die im Sommer im Haus herumschwirren und sich auf das Obst setzen.«

»Meine Abhandlung über die Köcherfliege werde ich nach Tübingen schicken«, erklärte Maria. »Professor Lampert hat mir dazu geraten. Er wird sie mit wohlwollenden und empfehlenden Worten ergänzen.«

»Ich wünsche dir viel Glück«, erwiderte Amélie. »Deine Niederschrift kann den nächsten Schritt bei der Verwirklichung deines Traums bedeuten.«

»Na ja«, schnaubte Maria. »Der Kultusminister hat zugestimmt, dass ich die Vorlesungen an der Eberhard Karls Universität in Tübingen besuchen darf, sofern der Rektor und die Professoren einverstanden sind. Die erlauchten Herren weigern sich allerdings, meinen Antrag überhaupt in Erwägung zu ziehen. Ich überlege, doch nach Zürich zu gehen.«

»Es ist jedoch dein Wunsch und Wille, dich als erste Frau in Württemberg an einer Universität zu immatrikulieren«, warf Amélie ein.

»Aber ich verschwende meine Zeit mit Warten!« Maria seufzte. Auch auf Rudolf hatte sie gewartet. Er war nicht gekommen und würde nie zu ihr zurückkehren. »Es ist an der Zeit, das Leben anzupacken, bevor ich alt und grau bin.«

»Ach, Maria!« Amélie lachte schallend. »Du bist erst zweiundzwanzig! Das ganze Leben liegt noch vor dir.«

»Ein Leben, ohne zu lernen und zu forschen, ist für mich nicht erstrebenswert.«

Amélie schwieg. Wenngleich sie die Freundin nicht wirklich verstand, respektierte sie Marias Standpunkt.

Mit Ausnahme von Onkel Karl und Tante Elli wurde Maria von keinem der Stuttgarter Verwandten empfangen. Einhellig waren sie der Meinung, Maria verhielte sich nicht wie eine anständige Frau. Sie könne auch krank im Kopf sein und gehöre in eine Heilanstalt, lediglich eine andere Bezeichnung für das Irrenhaus. Edmund von Linden hatte recht getan, mit Maria zu brechen. Man müsse ihn bemitleiden, mit einer derart missratenen Tochter gestraft zu sein.

Tante Elli allerdings nahm kein Blatt vor den Mund. »Dein Vater, Maria, ist ein dummer, alter Sturkopf«, sagte sie unverblümt. »Entschuldige, Karl, dass ich so über Edmund spreche, aber ich finde keine gütigeren Worte für sein Verhalten gegenüber seiner einzigen Tochter.«

»Was die Sturheit angeht, ist Maria meinem Bruder durchaus ebenbürtig«, wandte Onkel Karl ein und musterte seine Nichte aufmerksam. »Beide klammert ihr euch vehement an eure Vorstellungen, keiner ist bereit, auch nur einen Zoll breit abzuweichen.«

»Ich sehe ein, dass ich meinen Willen nicht werde durchsetzen können, und bin bereit, nach Zürich zu gehen.«

»Das solltest du nicht tun, Nichte«, erwiderte der Onkel zu Marias Erstaunen. »Nach wie vor bin ich der Meinung, dass die Universität Tübingen die richtige Institution für dich ist. Es hat gute Gründe, warum dort 1863 die erste Naturwissenschaftliche Fakultät im Kaiserreich gegründet wurde. Eine bessere Bildungseinrichtung für deine Interessen gibt es nicht. Darüber hinaus ist es mir ein Vergnügen, das starre Korsett aufzubrechen.«

Maria hob eine Augenbraue, auch Elli von Linden sah ihren Mann überrascht an.

»Deine Abhandlungen«, fuhr er fort, »die sogar in wichtigen Fachmagazinen veröffentlicht werden, können die Herren Professoren nicht mehr lange ignorieren. Gib dir Zeit bis zum Herbst. Sollten die Tübinger Türen dann immer noch verschlossen sein, ziehen wir die Schweiz in Erwägung. Darüber hinaus«, er musterte sie nachdenklich, »sind deine Tante und ich der Meinung, wir sollten dich finanziell unterstützen.«

»Ich kann arbeiten und habe bereits einiges gespart«, wandte Maria ein.

»Das beweist du jeden Tag, Maria«, sagte Elli von Linden. »Als Studentin musst du dich allerdings mit all deiner Zeit und Kraft dem Lehrstoff widmen.«

»Es wäre mir eine Freude, dir monatlich eine gewisse Summe zukommen zu lassen«, ergänzte Onkel Karl. »Ob in Deutschen Mark oder Schweizer Franken, soll gleichgültig sein.«

Maria zögerte. Sie wollte nicht abhängig sein, dann siegte ihr Verstand. Es war etwas anderes, vom Bruder ihres Vaters Geld anzunehmen als von Fremden. Für einen Moment war sie geneigt, den Onkel zu umarmen und zu küssen. Da sie das aber noch nie getan hatte, selbst nicht als Kind, senkte sie den Kopf. »Danke. Noch aber ist alles in der Schwebe. Ja, ich werde den Herbst abwarten, so lange muss mich Amélie eben noch ertragen.«

Ende Juni brachte Amélie Zwillinge zur Welt, ein Mädchen und einen Jungen.

»Jetzt weiß ich, warum ich so furchtbar dick war«, scherzte sie. »Angeblich hat der Arzt immer nur die Herztöne von einem Kind gehört, dabei hatte er mich nahezu jede Woche untersucht.«

»Umso größer die Überraschung«, sagte Maria. »Und beide Säuglinge sind gesund und munter.«

Johannes Reiff platzte beinahe vor Stolz. Zur Tauffeier kam auch Gabriele, inzwischen Gräfin von Wartensleben. Ihr Mann hatte sie nicht begleiten können, aber das tat der guten Stimmung keinen Abbruch. In einem ruhigen Moment raunte Gabriele Maria ins Ohr: »Amélie scheint sehr glücklich zu sein. Mit dem Kinderkriegen lasse ich mir noch Zeit. Ich möchte nämlich auch studieren.«

»Und dein Mann?«

»Ist damit einverstanden«, antwortete Gabriele. »Es gibt sie also doch – die Männer, die eine gebildete Frau an ihrer Seite zu schätzen wissen.«

Maria fürchtete schon, die Freundin würde jetzt Rudolf von Bach erwähnen. Zum Glück trat in diesem Moment Amélie zu ihnen. »Was tuschelt ihr denn?«

»Wir sind uns einig, wie glücklich du aussiehst«, antwortete Maria geistesgegenwärtig, »und wie hübsch die Kleinen sind.«

»Nicht wahr? Das haben Johannes und ich gut hinbekommen.« Wie zufällig warf Amélie einen Blick auf Gabrieles Bauch. Bevor sie aber eine Frage stellen konnte, forderte ihre Mutter sie auf, die soeben eingetroffenen Gäste zu begrüßen.

Maria und Gabriele ließen sich ihre Gläser mit Punsch füllen, und Rudolf von Bach blieb unerwähnt.

So hart, wie der Winter gewesen war, so heiß zeigte sich der Sommer des Jahres 1892. Maria war für die hohen, zum Teil fensterlosen und dadurch kühlen Räume im Naturalienkabinett dankbar. Neben ihren Forschungen im Laboratorium suchte sie regelmäßig die Landesbibliothek auf. Ihr Wissen erweiterte sich ständig, wie ein Schwamm sog sie alles Neue in sich auf, ihre wissenschaftlichen Abhandlungen füllten inzwischen ein ganzes Regal in ihrem Zimmer. Immer noch wohnte sie bei Amélie und Johannes. Die Freundin hatte mit der Betreuung der lebhaften Säuglinge alle Hände voll zu tun und lehnte die Einstellung eines Kindermädchens ab. In ihrer Mutterrolle ging Amélie vollkommen auf.

»Keinen Moment im Leben der Kleinen möchte ich verpassen!«

So fanden die Freundinnen nur noch selten Zeit füreinander. Maria würde es niemals laut äußern oder es sich anmerken lassen, aber mit den Kindern konnte sie nichts anfangen. Wenn sie nicht schliefen oder schrien, mussten sie gefüttert werden. Im ganzen Haus roch es anders als früher, und Amélie verbrachte Stunden mit dem Waschen der Windeln. Auch dafür beanspruchte sie keine Wäscherin. Abends war sie oft so müde, dass ihr beim Abendessen die Augen zufielen. In den Nächten weinten dann wieder die Säuglinge. Kaum war einer gefüttert und wieder eingeschlafen, meldete sich der andere. Amélie schien es nicht zu stören.

Wenn in Maria die Frage aufkam, ob sie sich ebenso verhalten hätte, wenn Rudolf und sie geheiratet hätten, schob sie den Gedanken schnell beiseite und konzentrierte sich auf ihre Arbeit. Es war Zeitverschwendung, über Dinge zu grübeln, die nicht relevant waren.

Eines Abends im August speisten Maria und Amélie allein. Johannes hatte eine geschäftliche Besprechung, die bis in die Nacht hinein dauern konnte. Am Nachmittag war ein kräftiges Gewitter mit Platzregen über Stuttgart hinweggezogen. Die Luft war abgekühlt und strömte erfrischend durch die weit geöffneten Fenster des Speisezimmers. Heute war

Amélie nicht erschöpft. Auf Maria wirkte sie sogar aufgedreht, richtiggehend zappelig. Nachdem Maria die leeren Schüsseln des Karamellpuddings in die Küche getragen und sich wieder zu Amélie gesetzt hatte, wirkte die Freundin sichtlich nervös.

»Maria, ich muss mit dir sprechen …« Maria sah Amélie aufmerksam an. »Du musst mir versprechen, nicht böse zu werden.«

Maria ahnte, was folgen würde. »Du möchtest mich bitten, euch zu verlassen. Das verstehe ich, und ehrlicherweise habe ich bereits seit einiger Zeit damit gerechnet.«

»Was sagst du da?«

»Ich wohne nun schon seit fast einem Jahr bei euch«, fuhr Maria fort. »Da ist es an der Zeit –«

»Red nicht so einen Unfug!«, unterbrach Amélie sie. »Wenn es nach Johannes und mir geht, kannst du auf ewig bei uns bleiben. Aber du arbeitest zu viel.« Sie seufzte. »Ich weiß, das hörst du seit Jahren von allen Seiten. Neben der Arbeit im Naturkundemuseum gehst du an den Wochenenden los, um Kräuter für die Apotheker zu sammeln.«

»Womit ich bereits in Giengen gutes Geld verdient habe«, wandte Maria ein. »Ich bin an der frischen Luft, die Bewegung tut mir gut und ist ein guter Kontrast zu der Arbeit im Laboratorium.«

Amélie nickte. »Für deinen Ehrgeiz und deine Entschlossenheit habe ich dich immer bewundert, wenngleich deine Art zu leben nicht die meine ist. Trotzdem bin ich der Ansicht, dass hinter deinem gegenwärtigen Eifer mehr steckt als nur die Zulassung an der Universität.«

»Was meinst du?«, fragte Maria verwundert.

Amélie holte tief Luft. »Indem du ununterbrochen arbeitest, betäubst du deine Gefühle, die Verletzungen durch deinen Vater und«, ein Wimpernschlag des Zögerns, »durch Rudolf.« Maria öffnete den Mund, aber Amélie hob die Hand. »Nein, lass mich bitte aussprechen, Maria von Linden. Bei dem Zerwürfnis mit deinem Vater kann ich nichts ausrichten, ich habe mir jedoch erlaubt …« Sie zögerte und ihre Wangen färbten sich rosa. »Du hast versprochen, mir nicht böse zu sein.«

»Das habe ich nicht«, murmelte Maria. »Sprich nicht so kryptisch. Was hast du auf dem Herzen?« Beim besten Willen konnte sie sich aus Amélies Worten keinen Reim machen.

Amélie holte noch einmal tief Luft. »Johannes hat einen Bekannten, der wiederum Verwandte im Badischen hat. Genau genommen in Offenburg. Wir haben ein paar Erkundigungen eingezogen.«

Maria begann zu verstehen. »Warum hast du das getan? Es interessiert mich nicht … Ich will nicht … Also … Es ist lange her und vorbei.«

»Das ist es nicht, und du weißt es ebenso wie ich, Maria. Solange du nicht wirklich weißt, warum sich Rudolf nie wieder gemeldet hat, wirst du nicht zur Ruhe kommen.«

»Ich laufe keinem Mann hinterher!«, empörte sich Maria. »Eine solche Erniedrigung kommt für mich nicht infrage!«, setzte sie mit einem bekräftigenden Nicken hinzu.

»Manchmal ist es besser, sich der Wahrheit zu stellen, mag sie auch noch so grausam sein, als ewig mit einer Ungewissheit zu leben.« Amélie beugte sich vor und legte eine Hand auf Marias Arm. »Bitte, hör mir zu, dann kannst du entscheiden, was du tun möchtest. Gabriele hatte recht: Rudolf von Bach ist schon lange von seiner Afrikareise zurückgekehrt. Er hält sich im Haus seiner Eltern auf, und es kursieren Gerüchte.«

»Gerüchte? Welche Gerüchte?« Nun wollte Maria doch wissen, was die Freundin herausgefunden hatte.

»Im Dorf heißt es, Rudolf sei schwer krank. Er sei von niemandem gesehen worden, und seine Familie hält sich bedeckt.«

»Wie kann man dann sicher sein, dass Rudolf bei seinen Eltern ist?«, fragte Maria.

Amélie zuckte mit den Schultern. »Es ist eben ein Gerücht, aber in jedem Klatsch steckt oft auch ein Körnchen Wahrheit.« Sie griff unter eine Zeitung, die auf dem Tisch lag, und schob Maria einen Zettel mit Abfahrts- und Ankunftszeiten und eine Bahnfahrkarte zu.

Maria verstand sofort. »Ich werde nicht zu Rudolf fahren!«

»Der Zug geht morgen früh kurz nach acht Uhr«, erklärte Amélie ungeachtet des Einwands. »In Karlsruhe musst du umsteigen, von Offenburg aus fahren Postkutschen. Der Bekannte hat die Adresse einer Pension in Ortenberg aufgeschrieben, in der allein reisende Frauen willkommen und sicher sind.«

Marias Lippen verzogen sich zu einem gezwungenen Lächeln. »Allein zu reisen, hat mich noch nie gestört, ebenso wenig, was die Leute sagen.«

»Du wirst also fahren und mit Rudolf sprechen?«, fragte Amélie hoffnungsvoll.

»Auf keinen Fall!«

Ortenberg war ein kleines Dorf mit schmucken Fachwerkhäusern, viele mit Krüppelwalmdächern gekrönt. Oberhalb des Ortes, auf einem mit Weinstöcken bewachsenen Berg, thronte ein altes Schloss mit einem mit Zinnen bewehrten hohen Wohnturm. Seine Backsteinmauern schimmerten rot im Sonnenlicht. Auch der Gasthof *Rössle* war ein zweistöckiger Bau aus schwarz-weißem Fachwerk, die Wirtsstube hell und gemütlich eingerichtet. Die grauhaarige beleibte Wirtin führte Maria auf ihr Zimmer im ersten Stock. Wie Amélie gesagt hatte, zeigte sie kein Befremden, dass eine junge Frau ein Zimmer in einem Gasthof anmietete.

»Wie lange werden Sie bleiben?«, fragte sie in badischem Dialekt. Maria fühlte sich sogleich an ihre Pensionatszeit erinnert.

»Wahrscheinlich nur bis morgen früh«, antwortete Maria. »Kennen Sie die Familie von Bach? Das Weingut muss ganz in der Nähe sein.«

Die Wirtin nickte. »Der Bachhof liegt den Berg hinauf zum Schloss. Es ist nicht weit, aber steil, Fräulein.« Sie musterte Maria interessiert. »Sind Sie die neue Pflegerin? Wenn ja, können Sie auch gleich zum Gut hinauf und müssen nicht extra hier übernachten. Sie werden eh nicht lange bleiben. Keine hält es lange aus.«

Maria behielt ihr unverbindliches Lächeln bei und ließ sich nicht anmerken, wie sehr sie erschrak. Amélies Erkundigungen schienen sich zu bestätigen.

»Hatte Herr von Bach schon viele Pflegerinnen?«

»Sie wechseln nahezu monatlich«, antwortete die Wirtin. »Manche sind auch nur eine oder zwei Wochen geblieben. Keine spricht darüber, was auf dem Gut los ist.«

»Ich bin eine Bekannte der Familie und möchte mich nach Rudolfs Gesundheitszustand erkundigen.«

»Ach herrje, der arme junge Herr!«, jammerte die Wirtin. »Der arme, arme junge Herr!«

»Sie wissen, was ihm fehlt?«, fragte Maria, und jede Faser ihres Körpers vibrierte.

»Das weiß niemand. Es muss aber was Schlimmes sein.«

Sie senkte die Stimme, einen ängstlichen Ausdruck in den Augen. »Passen Sie auf, sich nicht anzustecken, Fräulein!« Als würde ihr bewusst, dass sie zu viel redete, drehte sich die Wirtin um und hastete davon.

Maria war zu unruhig, um abzuwarten. Mit dem bereitgestellten Wasser wusch sie sich die Hände und erfrischte sich das Gesicht, dann klopfte sie sich den Staub von ihrem Reisekleid und rückte den Hut mit der breiten Krempe zurecht. Das Spiegelbild zeigte ein nervöses Flackern ihrer Augenlider.

An regelmäßige Bewegung gewöhnt schritt sie forsch den steilen Weg in Richtung des Schlosses aus. Nach etwa zwanzig Minuten kam ein lang gestrecktes zweistöckiges Haus in Sicht. Die Fassade wirkte gepflegt, hinter blitzblanken Fensterscheiben hingen helle Gardinen, ein paar Hühner pickten im Vorgarten. Maria vermutete, dass in den Nebengebäuden die Trauben gekeltert wurden. Alles war ruhig, lediglich eine Amsel zwitscherte in den Ästen eines Ahorns.

Unschlüssig blieb Maria stehen, ihr Blick suchte die Fenster ab, dann senkte sie schnell den Kopf. Wie peinlich wäre es, wenn Rudolf hinter einem der Fenster stünde und sähe, wie sie hinaufstarrte! Sie war kurz davor umzudrehen, in der Pension ihre Sachen zu packen und zu versuchen, noch heute nach Stuttgart zurückzufahren. Warum hatte sie sich nur darauf eingelassen, einem Mann hinterherzulaufen, der so offensichtlich nichts mehr von ihr wissen wollte?

Die Tür öffnete sich, eine schmächtige Frau trat aus dem Haus. Sie war nicht mehr jung, graue Strähnen zogen sich durch ihr dunkles Haar, das zu einem festen Dutt aufgesteckt war. Sie sah Maria skeptisch entgegen.

»Was wünschen Sie?« Ihre Stimme war nicht unfreundlich, aber mit einem abweisenden Unterton.

»Ich möchte Rudolf von Bach besuchen.« Maria erschien ihre eigene Stimme fremd. »Das ist hier doch das Weingut Bach?«

Die Frau nickte. »Mein Sohn ist nicht zu sprechen.«

Das also war Rudolfs Mutter! Jetzt erkannte Maria eine gewisse Ähnlichkeit um die Augen und die Nasenpartie herum.

»Bitte, es ist wichtig.« Hatte sie gerade wirklich darum gebeten, ja, nahezu gefleht, Rudolf zu sprechen? Vor zwei Minuten wollte sie noch so schnell wie möglich von hier fort. Was dachte sie sich nur? Als hätte Maria die Kontrolle über ihre Worte verloren, erklärte sie: »Alexander und Moritz von Hohenlohe-Schillingsfürst sind gemeinsame Bekannte, wir trafen in der Villa Andrian in Österreich aufeinander.«

Frau von Bach atmete geräuschvoll aus. Interessiert musterte sie Maria.

»Mein Name ist Maria von Linden, ich komme aus dem Württembergischen, aus der Nähe von Giengen an der Brenz.«

»Sie sind das also, Komtess Maria. Ich wusste, eines Tages werden Sie kommen.«

Maria schoss das Blut in den Kopf. »Ich möchte nicht aufdringlich sein, und Sie halten es bestimmt für ungehörig, dass eine Frau --«

Rudolfs Mutter hob unterbrechend die Hand. »Mein Sohn hat mir von Ihnen erzählt«, sagte sie mit einem gequälten Lächeln. »Ich habe ihm gesagt, dass er Ihnen schreiben soll, denn keine Frau …« Sie brach ab und wich Marias fragendem Blick aus.

»Ich hörte, Rudolf sei krank. Kann ich mit ihm sprechen?«

Frau von Bach schüttelte den Kopf. »Er möchte niemanden sehen. Es ist besser so.«

Trotz der warmen Sonne fröstelte Maria. Ein weiteres Mal

blickte sie zu den Fenstern hinauf in der Erwartung, Rudolfs Gesicht hinter einer der Scheiben zu entdecken.

»Er sieht nicht zu uns herunter«, sagte Frau von Bach. »Ohne Hilfe kann er das Bett nicht verlassen.«

»Was fehlt ihm?«, fragte Maria heiser. »Hatte Rudolf einen Unfall?« Im Geiste sah sie den kraftstrotzenden jungen Mann im Rollstuhl sitzend oder sogar vollständig ans Bett gefesselt.

Rudolfs Mutter zögerte. »Das ist kein Thema, das man zwischen Tür und Angel bespricht«, sagte sie schließlich. »Kommen Sie herein, Komtess. Ich brühe uns einen kräftigen Kaffee auf. Sie werden ihn brauchen.«

Eine halbe Stunde später war der Kaffee in Marias Tasse kalt und der Kuchen unberührt. Irgendwo tickte eine Uhr. Maria fragte sich, warum die Zeit nicht einfach stehen blieb.

»Es gibt keine Hoffnung?«, flüsterte sie, obwohl sie die Antwort kannte.

»Nein, bei Lepra besteht keine Hoffnung auf Heilung. Wir können Rudolf lediglich die Schmerzen erträglicher machen. Mein Mann und ich haben eine Unzahl an Ärzten konsultiert, auch welche aus Frankreich und der Schweiz. Keiner konnte unserem Sohn helfen. Zunächst dachten wir, er habe sich bei seinem Aufenthalt in Deutsch-Südwestafrika infiziert. Da sich Rudolf aber bereits wenige Tage nach seiner Rückkehr unwohl fühlte und sich schnell die ersten«, sie schluckte bei der Erinnerung, »die ersten Hautveränderungen entwickelten, muss es schon früher geschehen sein. Der Professor aus Heidelberg sagte uns, dass es nach bisheriger Erkenntnis Monate, oft Jahre dauert, bis erste Symptome auftreten. Sie, Komtess, sind doch Wissenschaftlerin! Haben Sie nicht eine Erklärung? Können Sie nicht helfen, damit Rudolf wieder gesund wird?«

»Meine Schwerpunkte sind Mathematik, Biologie und Zoologie, und ich weiß nicht mehr über die Krankheit als Sie, Frau von Bach«, antwortete Maria mit belegter Stimme. »Bei welcher Gelegenheit kann sich Rudolf denn infiziert haben?«

»Die Frage stellte auch der Professor. Vor zwei Jahren hat Rudolf sich mehrere Wochen in Ägypten aufgehalten. Dort ist die Krankheit zwar nicht so weit verbreitet wie in den Tropen, es ist jedoch möglich, dass er sich in Nordafrika angesteckt hat.«

Maria sprang auf. »Ich möchte ihn wirklich sehen.«

»Das ist unmöglich.« Frau von Bach fasste Maria an der Schulter und drückte sie zurück auf den Stuhl.

In der Frau steckte mehr Kraft, als ihre zierliche Statur vermuten ließ. Auch jede Menge psychische Kraft, dachte Maria. Wer wäre bei der immensen seelischen Belastung nicht schon längst zusammengebrochen? »Ersparen Sie sich und vor allen Dingen Rudolf die Demütigung. Behalten Sie meinen Sohn so in der Erinnerung, wie Sie sich in Österreich getrennt haben.«

»Aber ich *muss* mit ihm sprechen …«

»Nein, das werde ich nicht zulassen!«, sagte Frau von Bach mit Nachdruck. »Sie dürfen nicht vergessen, dass die Krankheit ansteckend ist. Ich hoffe, es ist nicht schon passiert, als Rudolf und Sie …«

Maria dachte an den Kuss, den einzigen, den sie sich gegeben hatten. Sorge erfüllte sie. Dabei ging es ihr weniger um sich selbst als um Rudolfs Eltern. Sie waren Tag und Nacht in seiner Nähe. Nun verstand sie, warum die Pflegerinnen häufig wechselten. Maria wusste kaum etwas über die Lepra, meinte aber, gelesen zu haben, dass die Ansteckung auch auf mangelnder Hygiene beruhte, was in diesem Haus sicher nicht der Fall war.

»Haben Sie und Ihr Mann keine Angst, ebenfalls zu erkranken?«

Rudolfs Mutter schüttelte den Kopf. »Selbst wenn es geschehen sollte – er ist unser Sohn! Ich werde nicht von seiner Seite weichen, bis …«

Bis zum bitteren Ende, vollendete Maria den Satz im Stillen.

»Rudolf hat von Ihnen gesprochen, Komtess«, fuhr Frau von Bach fort. »Er hat gesagt, dass er sich so sehr verliebt hat, dass er heiraten und sesshaft werden will. Mein Mann und ich wussten, dass es sich um eine außergewöhnliche Frau handeln muss, lange bevor Rudolf erzählte, dass Sie Wissenschaftlerin sind, das Abitur ablegen und studieren möchten. Ich bewundere Sie, Maria. Ich darf Sie doch Maria nennen? Beinahe wären Sie meine Schwiegertochter geworden.« Maria nickte geistesabwesend. »Als ich in Ihrem Alter war, gab es für uns Frauen keine Möglichkeit, mehr aus unserem Leben zu machen. Uns blieb nur, eine Ehe einzugehen, um versorgt zu sein.«

»Das Abitur habe ich inzwischen bestanden, die Türen der deutschen Universitäten sind mir allerdings noch verschlossen«, murmelte Maria. Spielte das überhaupt noch eine Rolle? Spielte irgendetwas anderes als das Leben von Rudolf noch eine Rolle?

»Eines Tages, irgendwann«, fuhr Frau von Bach fort, »wird die Forschung vielleicht ein Heilmittel finden. Oder eine Impfung, dass man die Krankheit überhaupt nicht mehr bekommt. Für Rudolf wird es zu spät sein. Wenn er nur nicht nach Afrika gereist wäre …« Ihre Augen wurden feucht.

»Moritz von Hohenlohe ist gesund?«, fragte Maria.

Rudolfs Mutter nickte. »Von den Teilnehmern der letzten Reisegruppe ist nur Rudolf krank. Das spricht dafür, dass er sich schon früher angesteckt hat.« Sie sah Maria ängstlich an, ihre Lippen zitterten. »Sie verstehen, warum wir die näheren Umstände geheim halten müssen? Wenn bekannt werden würde, dass unter uns ein Aussätziger lebt … Wir wären ruiniert, niemand würde mehr unseren Wein kaufen, niemand würde jemals wieder auf das Gut kommen. Als ob sich die Krankheit auf die Reben übertragen würde«, sagte Frau von Bach leise und mit feuchten Augen.

»Ich werde schweigen«, sagte Maria leise. Auch ihr war zum Weinen zumute, sie wollte die arme Frau aber nicht noch mehr peinigen.

Ein Aussätziger … Das Wort gehörte ins Mittelalter, nicht in eine Zeit, in der das 20. Jahrhundert nicht mehr fern war. Schwerfällig wie eine alte Frau stand Maria auf.

»Ich danke Ihnen für Ihre Offenheit, Frau von Bach. Darf ich Ihnen schreiben, und Sie schreiben mir, wie es ihm geht?«

Frau von Bach nickte zögerlich.

»Sagen Sie Rudolf …« Maria fehlten die Worte. Was richtete man einem todgeweihten Menschen aus?

»Ich werde ihm sagen, dass Sie ihn lieben. Das ist doch die Wahrheit, oder?«

Maria nickte, der Kloß in ihrem Hals verhinderte, dass sie noch ein Wort herausbekam. Beinahe fluchtartig verließ sie das Haus und widerstand der Versuchung, ein weiteres Mal die Fenster im zweiten Stock abzusuchen. Rudolfs Gesicht würde sie nicht sehen, niemals wieder. Und vielleicht war es auch besser so.

Auf dem Rückweg ins Dorf erinnerte sie sich an Amélies Frage, wem es von Nutzen war, das Verhalten der Köcherfliege zu erforschen. Wen interessierte der Aufbau der Gehäuseschnecken und wie sich andere Kleintiere fortpflanzten?

Lepra … Das Wort schien aus einer anderen Welt zu stammen. Nicht aus einer, in der Schmetterlinge und Bienen in den Hecken am Wegesrand schwirrten, der Wind das Laub der Bäume rauschen ließ und am azurblauen Himmel die Sonne schien.

Lepra …

Es konnte einfach nicht sein! Es *durfte* nicht sein!

ZWÖLF

Tübingen – 21. November 1892

In Marias Leben hatte es viele aufregende Erlebnisse gegeben – die weihnachtlichen Fahrten zur Großmutter, ihr Eintritt ins Pensionat, die Abiturprüfung in Stuttgart –, sodass sie heute erstaunlich ruhig war. Ein letztes Mal sah sie sich in dem netten kleinen Zimmer um, in das sie zwei Tage zuvor eingezogen war und das für die nächsten Jahre ihr Zuhause sein würde. Dann schlüpfte sie in ihren Mantel, nahm die lederne Umhängetasche, in der sie Bücher, ein Schreibheft und Stifte verstaut hatte, und öffnete die Tür. In dem schmalen, mit einem dunklen weichen Teppich ausgelegten Flur sah eine grauhaarige Frau Maria erwartungsvoll entgegen. Neben ihr saß ein schöner irischer Setter. Bei Marias Anblick sprang er auf und schnüffelte an ihrer Hand.

Maria streichelte dem Tier über den Kopf. »Guten Morgen, mein Hübscher. Und auch Ihnen einen schönen guten Morgen, Frau Deimling.«

»Ich wollte gerade nach Ihnen schauen«, erwiderte die Frau. »Nicht, dass Sie ausgerechnet heute verschlafen! Das Frühstück steht längst auf dem Tisch.«

»Oh, danke, aber ich habe keinen Hunger.«

»Ohne Frühstück können Sie nicht aus dem Haus gehen«,

entgegnete die Frau Oberschulrat entrüstet. »Wie wollen Sie sich an diesem wichtigen Tag mit leerem Magen auf den Beinen halten? Trinken Sie wenigstens einen Kaffee und essen Sie ein frisches Brötchen, Fräulein Maria!«

»Gut, aber es muss schnell gehen«, erwiderte Maria. »Auf keinen Fall darf ich zu spät kommen.« Sie sah ein, dass Frau Deimling recht hatte. Nicht, dass ihr vor Hunger schummrig vor den Augen wurde.

Das Speisezimmer war mit schweren alten Möbeln ausgestattet, auf der dunklen Kommode standen zwei Dutzend Familienfotografien. Maria trank den starken aromatischen Kaffee und aß ein halbes Brötchen mit Erdbeermarmelade, die Frau Deimling selbst eingekocht hatte. Die Frau Oberschulrat war eine pummelige kleine Frau mit hellbraunen Augen und gütigem Blick, eine ehrbare Witwe aus dem Badischen. Nach dem Tod ihres Mannes, des Oberschulrats Otto Deimling, war sie von Karlsruhe nach Tübingen gezogen, um in der Nähe von Verwandten zu sein. In ihrem Haus in der Christophstraße 7 vermietete sie regelmäßig eines der Zimmer an Studenten. Darüber hinaus war Magda Deimling eine Cousine eines Jugendfreundes von Gräfin Eugenie und sofort bereit gewesen, Maria unter ihre Fittiche zu nehmen.

»Damit das Mädle in der Stadt nicht unter die Räder kommt …« Nun war Tübingen mit einer großen Stadt wie Stuttgart kaum zu vergleichen, Maria aber war glücklich, eine nette und aufmerksame Vermieterin zu haben, die außerdem noch ausgezeichnet kochen konnte. »Sie sind viel zu dünn, Fräulein«, sagte Frau Deimling gleich am ersten Abend. »Keine Sorge, ich werde schon ein paar Pfündle auf Ihre Rippen bekommen.«

Marias Bude, wie sie das Zimmer nannte, war lang und

schmal, mit nur einem Fenster, aus dem der Blick auf den Galgenberg ging. Bett, Schrank, Schreibtisch mit Bücherregal, Waschtisch und Sofa standen an den beiden Längsseiten, dazwischen war nur wenig Platz. Maria hatte einige Mühe, all ihre Sachen unterzubringen, einiges musste sie unter das Bett schieben.

Dass Bruno, der hübsche Setter, ihre Nähe suchte, freute Maria. Sie vermisste ein eigenes Haustier, in ihrer kleinen Bude aber eine Katze zu halten war schlichtweg unmöglich. Außerdem würde sie für ein Tier wohl auch zu wenig Zeit haben.

Ende Oktober war die ersehnte Nachricht in Form eines Telegramms eingetroffen, dass Maria an der Eberhardt Karls Universität in Tübingen den Vorlesungen für Mathematik, Biologie und Zoologie folgen durfte. Zwar nur als Gasthörerin, die Immatrikulation wurde ihr weiterhin verwehrt, aber es war ein Anfang. Auch Klausuren würde sie schreiben können. Maria war sicher, gute Ergebnisse zu erzielen und damit die Professoren zu überzeugen, sie als *richtige* Studentin zuzulassen.

»Warte nicht auf die offizielle Bestätigung«, hatte Onkel Karl zeitgleich geschrieben. »Fahr so schnell wie möglich nach Tübingen, da die Vorlesungen bereits begonnen haben.«

Maria war für zwei Tage auf den Burgberg zurückgekehrt, um alles, was sie in Tübingen brauchte, zusammenzupacken. Das Wiedersehen mit ihrer Mutter war ihr sehr zu Herzen gegangen. Der Vater hingegen hatte Maria nur kurz die Hand gedrückt, kein Wort gesagt und sie des Weiteren gemieden. In den letzten Monaten hatte Maria eintausend Mark zusammengespart. Für das Zimmer verlangte Frau Deimling neunzig Mark im Monat mit Vollverpflegung. Mit der Unterstützung von Onkel Karl konnte Maria ein gutes Jahr studieren. Sie hoffte, über gute Leistungen ein Stipendium zu erhalten und sich auf diese Weise von ihrem Verwandten unabhängig zu machen.

»Warum haben Sie sich denn nur gekleidet, als würden Sie zu einer Beerdigung gehen?«, fragte Frau Deimling und riss Maria aus ihren Gedanken. »Gestern trugen Sie einen so hübschen Hut, Fräulein Maria, und heute ist doch ein Tag der Freude.«

Maria schmunzelte. »Eine Universität ist kaum der passende Ort für bunte Kleider und mit grünen Federn geschmückte Hüte. Jetzt muss ich mich sputen! Mir steht ein Fußmarsch von etwa einer halben Stunde bevor.«

»Sie könnten eine Droschke –«

»Das ist nicht nötig«, wiegelte Maria ab. »Die frische Luft wird mir guttun.« Sie erwähnte nicht, dass sie dafür keinen Pfennig verschwenden wollte, um mit ihren Ersparnissen so lange wie möglich auszukommen.

Die Frau Oberschulrat reichte Maria ein in Papier eingewickeltes Päckchen. »Das sind belegte Brote zum Mittagessen, mit der guten Leberwurst vom Metzger Bantle. Zwei Äpfel habe ich Ihnen auch dazugetan. Beim Lernen stört ein knurrender Magen.«

»Das ist überaus freundlich, Frau Deimling. Vielen Dank.«

»Viel Glück, Fräulein Maria.« Sie drückte Marias Hand. »Wirklich und wahrhaftig sind Sie die erste und einzige Studentin im ganzen Königreich Württemberg.«

Maria schritt zügig aus. Der Novembertag war kein bisschen herbstlich. Die Sonne schien und für die Jahreszeit war es ungewöhnlich mild. Tags zuvor war sie den Weg zur Eberhard

Karls Universität abgegangen, um sich einen ersten Eindruck zu verschaffen und die Entfernung einzuschätzen, so konnte sie ihren Gedanken jetzt freien Lauf lassen.

Nach ihrer Rückkehr aus Ortenberg hatte sie Wort gehalten und über Rudolfs Krankheit geschwiegen. Selbst ihrer Freundin Amélie hatte sie nicht die Wahrheit gesagt, sondern nur gemeint, sie sei jetzt mit allem im Reinen und Rudolf von Bach kein Thema mehr. Amélie hatte zwar ein paar Tage lang auf Maria eingeredet, um mehr zu erfahren, war dann mit ihren Kindern jedoch so beschäftigt, dass sie das Thema nicht wieder erwähnte.

Maria hatte ihr Leben fortgeführt wie vor der Reise. Die Arbeit im Naturalienkabinett, das Sammeln von Pflanzen und Kräutern für den Apotheker und das fein säuberliche Dokumentieren ihrer Forschungsergebnisse lenkten sie ab. In der Landesbibliothek hatte sie alles gelesen, was über Lepra zu finden war. In einem Buch waren auch Fotografien von Erkrankten abgebildet. Maria verstand, warum Rudolf und seine Mutter nicht wollten, dass sie ihn sah. Sie wäre damit zurechtgekommen, sie respektierte jedoch Rudolfs Stolz. Und es war auch gut, sein attraktives Gesicht von ihrer letzten Begegnung in Erinnerung zu behalten.

Sie erreichte das Gelände der Eberhard Karls Universität, zu der sieben dreistöckige Gebäude mit roten Walmdächern und zahlreichen breiten und hohen Fenstern gehörten, sowie fünf kleinere Häuser. Marias erste Vorlesung – analytische Mathematik – fand in Haus III statt. In dem offiziellen Schreiben, das sie am letzten Tag in Burgberg erreicht hatte, hieß es: »Kommen Sie einfach zu der Vorlesung, alles Weitere wird später geregelt. Sie haben bereits viel Stoff versäumt.«

In Marias Magen rumorte es trotz des Frühstücks. Nun

wurde sie doch nervös. Sie betrat den weitläufigen Platz vor Haus III. Auf einfachen Holzbänken unter den in lockeren Abständen gepflanzten Platanen mit mächtigen Stämmen, die Kronen kahl, saßen Dutzende von jungen Männern um die zwanzig Jahre alt. Sie trugen eng geschnittene graue oder beige Hosen, dunkelblaue oder dunkelgraue Jacken, viele eine Schirmmütze und bunte Halstücher. Die Studenten plauderten und scherzten miteinander, der eine oder andere steckte seine Nase auch in ein Buch. Als Maria an ihnen vorbeiging, verstummte schlagartig jede Unterhaltung.

»Das muss sie sein!«

»Mein Gott, es ist tatsächlich wahr! Ich hielt es für einen Scherz.«

»Einen äußerst schlechten Scherz«, sagte ein anderer.

Maria hörte, wie jemand ausspuckte. Sie widerstand der Versuchung, sich zu den jungen Männern umzudrehen, und ging mit geradem Rücken und hoch erhobenem Haupt auf das Eingangsportal zu.

»Ich verstehe nicht, wie sich unsere Anstalt derart erniedrigt, die heiligen Hallen für Weibsleute zu öffnen.«

»Womöglich will sie auch noch in eine Burschenschaft aufgenommen werden.« Höhnisches Gegröle folgte. »Tja, glücklicherweise ist es eben eine *Burschenschaft*.«

»Mein Vater ist im Stadtrat«, rief ein anderer. »Er wird sich dafür einsetzen, der Farce ein schnelles Ende zu bereiten.«

»Es ist eine Entscheidung des Kultusministeriums, der Rat kann gar nichts ausrichten ...«

»Ach, ist doch egal. Sie wird sowieso auf ganzer Linie versagen. Ich gebe ihr eine Woche, maximal zwei, dann ist sie wieder verschwunden.«

»Ich bin dabei«, sagte wieder ein anderer. »Was ist, Burschen? Wollen wir wetten, wie lange das Mannweib durchhält? Ich setze eine Mark auf weniger als eine Woche.«

Alle lachten, manche klopften sich auf die Schenkel. Maria straffte die Schultern, presste die Tasche fest vor ihre Brust und schritt durch die hohe Holztür, deren Flügel weit offen standen. Sie hatte mit solchen Reaktionen gerechnet, unterschieden sie sich doch kaum von denen, die sie am Realgymnasium hatte ertragen müssen. Dort hatte sie es allen gezeigt, und genau das würde sie hier auch tun! Sie war nicht nach Tübingen gekommen, um Freundschaften zu schließen, sondern um zu lernen und zu forschen. Das Leben hatte Maria so weit gestärkt, dass die spöttischen Bemerkungen wie an einem Panzer abprallten. Nun ja, vielleicht nicht ganz, gestand sich Maria ein. Die jahrelangen geistigen und seelischen Strapazen, nicht zuletzt Rudolfs Krankheit, hatten Spuren hinterlassen, wenngleich sie versuchte, sich nichts anmerken zu lassen.

»Pass auf dich auf, mein Kind«, hatte Gräfin Eugenie beim Abschied gesagt. »Du meinst, alles zu beherrschen und alles zu erreichen, die menschliche Energie ist jedoch nicht unerschöpflich.«

»Mach uns Ehre«, hatte Onkel Karl geschrieben. »Verleugne dich niemals selbst, Maria von Linden, und gib dich so, wie du bist.«

Das war einfacher gesagt als getan. Sie *musste* besser und klüger sein als die anderen, um niemanden, der ihr die Chance gab und sie unterstützte, zu enttäuschen. Dass Frauen angeblich ein kleineres Gehirn besaßen und deswegen des logischen Denkens unfähig waren, war ausgemachter Blödsinn. Sie trat heute hier an, um allen das Gegenteil zu beweisen.

In der weitläufigen, über drei Stockwerke reichenden Halle roch es irgendwie muffig. Gleichzeitig auch angenehm, denn für Maria roch es nach Wissen und den vielen Menschen, die seit Jahrhunderten durch diese Halle geschritten waren. Viele hatten Großartiges geleistet, ihre Namen waren unvergessen: Johannes Kepler, Georg Friedrich Hegel, Ludwig Uhland, Eduard Mörike und viele mehr. Ihr Herz klopfte schneller. Ob wohl auch ihr Name irgendwann in der illustren Liste genannt werden würde? Immerhin war sie die erste Frau.

Eine Tafel an der linken Wand wies Maria den Weg zum Hörsaal II, in dem Professor Brill die Vorlesung abhielt. Ihre erste Vorlesung! Maria ging auf die breite geschwungene Treppe zu. Es war richtig gewesen, sich ein Paar flache Lederschuhe zu kaufen, ähnlich den Männerschuhen, die sie bei der Wanderung durch den Schwarzwald getragen hatte. Das Klappern von Absätzen auf dem schwarz-weiß karierten Fliesenboden war nicht angebracht. Sie stieg die steinernen Stufen hinauf, die in der Mitte ausgetreten waren. Hinter ihr drängten sich jetzt die Männer, es waren keine fünf Minuten mehr bis zum Beginn der Vorlesung. Ein Junge, kaum älter als achtzehn, schubste Maria so grob zur Seite, dass sie sich am Geländer festhalten musste.

»Du stehst im Weg«, rief er ihr zu und hastete, zwei Stufen auf einmal nehmend, weiter. Obwohl der Vorfall von mehreren Studenten bemerkt worden war, wies keiner den Lümmel zurecht.

Auf der Schwelle des Hörsaals blieb Maria stehen. Gleichgültig, welche Gehässigkeiten ihr nachgerufen wurden – jetzt gehörte sie dazu! Der Raum und viele andere der ehrwürdigen Universität waren für die nächsten Jahre ihre Wirkungsstätte. Unten, hinter dem Katheder auf einem Podest, stand ein großer schlanker Mann. Sein grau meliertes Haar wies Geheimratsecken auf, er trug eine randlose Brille mit kleinen runden Gläsern. Selbst aus der Entfernung bemerkte Maria ein ausgeprägtes Grübchen an seinem Kinn. Er hatte Maria bemerkt, winkte ihr zu und rief laut durch den Saal: »Kommen Sie bitte zu mir.«

Langsam schritt Maria die Treppe hinunter. Immer mehr junge Männer nahmen ihre Plätze ein, manche geräuschvoller, als es nötig gewesen wäre.

Professor Brill musterte Maria. Seinen Blick konnte sie nicht richtig deuten. War er abschätzend? Kritisch? Oder lag sogar ein Funken Bewunderung darin?

»So, Linden, Sie sind also die neue Kultursensation Tübingens. Wir haben eine Droschke, einen Gepäckträger und nun auch einen weiblichen Studenten.«

Die Bemerkung löste allgemeine Heiterkeit im Hörsaal aus. Maria runzelte die Stirn. Machte sich der Professor über sie lustig?

»Nun denn«, fuhr er fort, »es ist so, wie es ist. Allerdings sind Sie nicht rechtmäßig immatrikuliert, was bedeutet, dass Sie den Vorlesungen lediglich als Gast folgen dürfen.« Maria nickte. Es störte sie nicht, denn es würde ihrem Lerneifer keinen Abbruch tun. »Nun, wo setzen wir Sie denn hin?« Der Professor schob seine Brille zurecht und sah sich im Hörsaal um. »Es geht natürlich nicht, dass Sie inmitten der Studenten Platz nehmen. Ergo bleibt nur die letzte Reihe …«

»Oder gleich hier vorn!«, rief Maria und deutete auf eine leere Bank unmittelbar vor dem Katheder.

Professor Brill schmunzelte. »Es hat seinen Grund, warum diese Reihe leer ist. In der Regel möchte kein Student direkt vor meiner Nase sitzen, wo ich ihn stets im Blick habe.«

Maria streckte das Kinn vor. »Dann ist es genau der richtige Platz für mich, Herr Professor. Hier kann ich Ihren Ausführungen bestens folgen und verpasse kein Wort.«

Raunen und Getuschel gingen durch den Hörsaal. Maria setzte sich in die erste Bank, öffnete ihre Tasche und nahm Schreibheft und Bleistift heraus.

»Noch etwas, Linden«, sagte der Professor. »Künftig erscheinen Sie zu den Vorlesungen fünf Minuten früher als die anderen.«

»Warum denn das?«, entfuhr es Maria.

Ernst antwortete Professor Brill: »Sie betreten als Erste den Hörsaal und nehmen Ihren Platz ein, erst dann kommen die jungen Herren herein. Am Ende verhält es sich andersherum. Sie, Linden, warten, bis der Letzte gegangen ist, erst dann erheben Sie sich. Haben Sie das verstanden?«

»Ja, Herr Professor«, sagte Maria ruhig, obwohl sie die Anordnung für Unsinn hielt. Sie würde sich aber jeglicher Kritik enthalten. Sie war dankbar, überhaupt im Hörsaal sein zu dürfen. Maria hatte gelesen, dass Frauen an manchen deutschen Universitäten, die sie als Gasthörerinnen zuließen, hinter einer hölzernen Trennwand sitzen mussten, den Vortragenden nicht sehen konnten und kaum etwas von der Vorlesung mitbekamen. In diesen Lehranstalten konnten die Professoren die Frauen aber je nach Lust und Laune aus den Hörsälen ausschließen und ihnen verbieten, ihren Unterricht zu besuchen. In Tübingen war das glücklicherweise nicht der Fall. Maria brauchte nicht jeden Ordinarius einzeln um Erlaubnis zu bitten, an dessen Vorlesung teilnehmen zu dürfen.

»So, meine Herren«, rief Professor Brill durch den Saal, »für heute haben wir unsere Sensation ausreichend bestaunt. Widmen wir uns jetzt der Arbeit.«

Obwohl Maria die ersten sechs Wochen des Semesters versäumt hatte, konnte sie dem Stoff mühelos folgen. Analytische Mathematik war ihr immer schon leichtgefallen, in dem

Fach hatte sie im Abitur eine hervorragende Note erhalten. Sie hörte aufmerksam zu und schrieb fleißig mit. Professor Brill rief immer wieder einen Studenten auf und stellte ihm eine Frage, Maria bescherte er in ihrer ersten Vorlesung noch Schonzeit. Dabei hätte sie auf alle Fragen mühelos antworten können. Anders als einige der jungen Männer, die entweder verlegen herumstotterten oder mit gesenktem Kopf schwiegen. Insgeheim lächelnd und sehr zufrieden stellte Maria fest, dass ihr die fehlende Zeit im Bereich der analytischen Mathematik keine Wissenslücken beschert hatte.

Die vierstündige Vorlesung verging im Nu. Maria konnte es kaum glauben, als Professor Brill seine Sachen zusammenpackte.

»Ich hoffe, Sie haben das Prinzip der Koordinaten- und Parametergleichungen verstanden. Sie sind wesentlicher Bestandteil Ihrer nächsten Klausur, meine Herren …«, er zögerte, sah zu Maria und fügte schmunzelnd hinzu: »und mein Fräulein. Bis nächste Woche.«

Geräuschvoll packten die Studenten ihre Sachen zusammen, einer nach dem anderem verließ den Hörsaal. Wie angewiesen wartete Maria, bis sie und Professor Brill allein waren. Sie wollte gerade gehen, als der Professor zu ihr trat und ihr einen Stapel dicht beschriebener Blätter reichte.

»Das ist der Stoff, den Sie versäumt haben, Linden.«

Danke, das ist nicht nötig, lag es Maria auf der Zunge. Aber sie verkniff sich ihre Bemerkung. »Würden Sie mir bitte sagen, wo ich die Mensa finde?«, fragte sie stattdessen.

»Die Mensa?« Der Professor runzelte die Stirn. »Sie befindet sich in Haus I, allerdings …«

»Ja?«

»Es ist hier so, dass …« Er winkte ab. »Das fällt nicht in meinen Zuständigkeitsbereich. Auf Wiedersehen, Linden.«

Eilig verließ Professor Brill den Saal durch eine Tür hinter dem Podest. Aus seinen kryptischen Worten konnte sich Maria keinen Reim machen. Sie beeilte sich, das Gebäude zu verlassen, denn nun knurrte ihr Magen laut und vernehmlich. Frau Deimling hatte ihr zwar Brote eingepackt, Maria freute sich aber auf einen starken Kaffee, und sicher gab es in der Mensa auch ein Stück Kuchen.

Inzwischen waren dunkle Wolken aufgezogen, und es nieselte. Da die Studenten aus allen Richtungen zu einem der zweistöckigen Häuser strebten, vermutete Maria die Mensa dort. An der Tür wurde sie von einem älteren glatzköpfigen Mann in einer dunkelgrünen Uniform aufgehalten, offenbar einer der Pedelle der Universität.

»Nicht für Sie.«

»Wie bitte?« Maria glaubte, sich entweder verhört oder im Haus geirrt zu haben. »Hier befindet sich doch die Mensa, nicht wahr? Ich kann den Kaffee bis hierher riechen«, fügte sie lächelnd hinzu.

Der Glatzkopf musterte Maria abschätzig. »Fremde dürfen nicht rein. Die Mensa ist nur für Studenten und Lehrkörper.«

»Ich bin Student«, begehrte Maria auf.

»Kein Zutritt für Frauen.« Als hätte er Furcht, Maria würde sich an ihm vorbeidrängen, breitete er beide Arme aus und versperrte die Tür.

»Und wo soll ich essen? Und ich habe Durst!«

Der Pedell zuckte mit den Schultern, trat zur Seite, um zwei junge Männer hereinzulassen, nahm dann sofort wieder seine abweisende Position ein. »Hinterm Haus ist ein Brunnen«, murrte er schließlich.

»Was ist mit den Waschräumen?«, fragte Maria. »Ich meine, ich …« Sie konnte nicht verhindern, zu erröten.

Ein weiteres desinteressiertes Schulterzucken. »Nur für Männer. Auf Weibsleute sind wir nicht eingestellt.« Weitere Studenten kamen und wollten in die Mensa. »Gehen Sie, Fräulein, Sie halten den Betrieb auf.«

Maria blieb nichts anderes übrig, als sich abzuwenden. Hier und heute würde sie in die Mensa nicht vorgelassen werden. Sie sah sich im Hof um. Wegen des fehlenden Laubs boten die Platanen keinen Schutz, und die Bänke waren regennass. Es blieb ihr nichts anderes übrig, als sich einen leeren Hörsaal zu suchen, um dort Mittag zu essen. Als sie an dem Brunnen vorbeikam, stillte sie mit dem eiskalten Wasser zumindest ihren Durst.

Dann trat sie in ein Gebäude, das Haus III zum Verwechseln ähnelte. Die Anschlagtafel zeigte, dass sich auch hier Hörsäle befanden. Maria sank auf eine Bank in der Halle, holte das Brot aus der Tasche und aß hungrig. Sogleich ging es ihr ein wenig besser. Kaum hatte sie aufgegessen, machte sie sich auf die Suche nach den gewissen Örtlichkeiten.

Im ersten Stock wurde sie fündig. Gleich neben einem der Hörsäle schlüpfte sie durch die Tür. Ein scharfer Geruch schlug ihr entgegen. Offenbar wurden die Waschräume nicht regelmäßig gereinigt, denn es roch unangenehm streng. Egal! Maria huschte in eine der drei Kabinen und verließ sie kurz darauf wieder – im wahrsten Sinne des Wortes erleichtert. Am Waschbecken wusch sie sich mit kaltem Wasser die Hände und spritzte sich etwas in ihr, trotz der Kühle, heißes und rotes Gesicht. Als sie den Toilettenraum verließ, lief sie direkt in die Arme eines gedrungenen Mannes. Alles an ihm war grau: sein zur Seite gekämmtes kurzes Haupthaar, seine Augen, sein dichter Vollbart, der seinen Mund vollständig verdeckte, und sein dreiteiliger Anzug.

»Was haben Sie hier zu suchen, Fräulein?«, herrschte er sie an.

»Ich … Nun ja …« Maria riss sich zusammen. »Ich habe den Waschraum genau zu dem Zweck aufgesucht, zu dem er eingerichtet wurde«, sagte sie klar und deutlich.

»Sie werden wohl der weibliche Student sein, der sich einbildet, meinen jungen Herren weiszumachen, gescheiter als alle anderen zu sein«, erwiderte er in eisigem Ton.

»Ich bin Maria Komtess von Linden.« Normalerweise legte Maria keinen Wert auf ihren Titel, bei dem arroganten Exemplar von Mann konnte sie nicht umhin.

»Zu meinem Bedauern werden wir zwangsläufig öfter miteinander zu tun haben, Linden. Ich bin Professor Vöchting.«

Maria nickte. Ihren Unterlagen hatte sie entnommen, dass Botanik, Zoologie und Histologie von Professor Vöchting gelehrt wurden. Ausgerechnet die Fächer, auf die sich Maria besonders freute!

»Um zwei Uhr beginnt meine Vorlesung. Sie sollten zusehen, den Beginn nicht zu verpassen, zumal Sie einige Wochen Rückstand aufzuholen haben. Extrawürste dürfen Sie nicht erwarten, Linden. Es ist nicht meine Schuld, dass Sie den Semesterbeginn verpasst haben.«

»Selbstverständlich, Herr Professor, und ich bitte darum, mich wie alle anderen Studenten zu behandeln«, erwiderte Maria selbstbewusst. »Soll ich auch bei Ihnen fünf Minuten früher im Hörsaal sein und meinen Platz einnehmen?«

»So wurde es im Kollegium vereinbart«, brummte der Professor. »Damit Sie es gleich wissen, Linden: Ich war strikt gegen Ihre Aufnahme, und sei es nur als Gasthörerin, und ich bin es immer noch. Vom Kollegium wurde ich leider überstimmt, ich hätte Sie nicht geduldet. Aus welchem Grund auch? Es ist reine Zeitverschwendung. Naturwissenschaften sind viel zu komplex, um vom schwach entwickelten Geist einer Frau verstanden und gar begriffen zu werden.«

Selbstbewusst hob Maria das Kinn. »Geben Sie mir die Chance, Ihnen das Gegenteil zu beweisen.«

Seine Augen wirkten wie zwei Steine. »Ich gebe Ihnen den guten Rat, den Mund nicht zu voll zu nehmen, Linden. Mein Lehrstoff ist anspruchsvoll und fordert mehr von den Studenten, als die meisten leisten können. Die wenigsten erreichen in den Klausuren auf Anhieb eine gute Zensur. Sie werden viel und hart arbeiten müssen, da bleibt keine Zeit für weibisches Getue, Sitzungen bei Schneiderinnen und Putzmacherinnen oder derlei Vergnügungen, mit denen sich eine normale Frau beschäftigt.«

»Mein Leben lang habe ich unermüdlich gearbeitet, gelernt und geforscht, sonst hätte ich nicht das Abitur bestanden und stünde heute nicht vor Ihnen, Herr Professor.« Die Antwort konnte sich Maria nicht verkneifen. Seine Arroganz ging ihr gehörig auf die Nerven. »Einige meiner schriftlichen Abhandlungen sind auf großen Zuspruch gestoßen, unter anderem im *Biologischen Zentralblatt* und der *Landwirtschaftlichen Presse*. Ich stehe in regelmäßigem Briefkontakt mit Professor Knop vom Königlichen Naturalienkabinett in Karlsruhe, der meine Ergebnisse ebenfalls zu schätzen weiß.«

»Sie scheinen vor Selbstbewusstsein zu strotzen, Linden«, erwiderte Professor Vöchting unbeeindruckt. »Dieser Ruf eilt Ihnen bereits voraus. Ich habe keine andere Wahl, als mich dem Entscheid des Kulturministeriums zu beugen. Aber erwarten Sie keine Vergünstigungen, Linden! Ich werde Sie ebenso hart herannehmen wie alle meine Studenten. Für fachliche Fragen stehe ich Ihnen zur Verfügung, sofern diese nicht hanebüchen sind und mir meine kostbare Zeit rauben.« Seine Miene ließ keinen Zweifel aufkommen, dass er von Maria nur dumme Fragen erwartete.

»Ich danke Ihnen, Herr Professor«, sagte Maria mit einem freundlichen Lächeln, obwohl es in ihr brodelte wie in einem Vulkan kurz vor dem Ausbruch.

»Was andere Dinge angeht ...«, vielsagend sah Vöchting auf die Toilettentür, »so ist dieser Bereich für Sie tabu, Linden. Ich möchte Sie nie wieder hier antreffen. Es reicht, wenn Sie die Moral meiner Studenten in den Hörsälen untergraben.«

Ohne Gruß drehte er sich um und stapfte davon. Maria war kurz davor, ihm die Frage hinterherzurufen, ob sich auf dem Gelände ein öffentlicher Abtritt befand, behielt es aber bei sich. Eine solche Blöße wollte sie sich nicht geben.

Schöner Mist, dachte sie grimmig. Ausgerechnet den Professor in den für sie wichtigsten Fächern hatte sie gegen sich. Maria befürchtete, Vöchting würde vor den Studenten keinen Hehl aus seiner Abneigung und ihr das Leben schwer machen. Sie seufzte. Ihr erklärtes Ziel war es immer gewesen, als erste Frau im Königreich Württemberg studieren zu können. Gegen versteckte und offene Anfeindungen der Kommilitonen hatte sie sich gewappnet, derart profane Dinge wie Essen, Trinken und das menschliche Bedürfnis hatte sie allerdings nicht bedacht. Natürlich war die Universität auf weibliche Personen nicht eingestellt. Bisher hatte es auf dem Gelände auch keine Frau gegeben. Vielleicht besuchte hin und wieder die Gattin eines Professors ihren Mann, aber sicherlich nicht zum Essen oder um die Toilette aufzusuchen.

Maria blieb jetzt nicht mehr viel Zeit bis zu Professor Vöchtings Vorlesung. Sie durfte nicht zu spät kommen, das hätte ihm in die Hände gespielt. Sie eilte die Treppe hinunter.

Die ersten Studenten betraten auf dem Weg zu ihren Hörsälen das Gebäude. Maria drängte sich an zwei Studenten vorbei durch die Tür, die sie konsterniert anstarrten, da hörte sie jemanden ihren Namen rufen. »Maria von Linden!«

Suchend sah sie sich um und entdeckte den weißblonden Haarschopf eines jungen Mannes.

»Den ganzen Vormittag habe ich nach dir Ausschau gehalten, Maria«, rief er, als er auf sie zugelaufen kam, »da man munkelte, du würdest heute ankommen.«

»Amon!« Maria lachte. Sie freute sich aufrichtig, Amon Russak zu sehen. Er war während der Abiturprüfungen im vergangenen Jahr so freundlich zu ihr gewesen. »Du wusstest, dass ich nun auch hier studieren darf? Nun ja, zumindest als Gasthörerin«, fügte sie hinzu.

»Seit Tagen sprechen alle von kaum etwas anderem«, erwiderte Amon augenzwinkernd.

»Das habe ich bereits bemerkt«, erwiderte Maria trocken. »Leider habe ich jetzt keine Zeit, meine Vorlesung beginnt gleich.«

Amon nickte. »Meine ebenfalls. Ich bin schon im dritten Semester, und bisher schlage ich mich recht gut.«

So gern sich Maria noch länger mit dem jungen Mann unterhalten hatte, sie musste sich beeilen und trat ungeduldig von einem Fuß auf den anderen.

»Wollen wir uns nach den Vorlesungen treffen?«, schlug Amon vor. »Wir könnten in der Mensa einen Kaffee trinken.«

»Da darf ich nicht rein«, murmelte Maria. »Lass uns auf dem Hof vor Haus III treffen. Einen schönen Nachmittag, Amon.«

»Dir ebenfalls, Maria, und nur nicht unterkriegen lassen!«

Es gelang Maria, noch vor den anderen in den Hörsaal zu schlüpfen, wenn auch etwas atemlos und mit einer Haarsträhne im Gesicht, die sich aus ihrem Knoten im Nacken gelöst hatte. Professor Hermann Christian Vöchting – sein vollständiger Name stand auf dem Schild neben der Tür – war bereits anwesend und breitete seine Unterlagen auf dem Katheder aus. Wie am Vormittag bei Professor Brill steuerte Maria die erste Bank unmittelbar vor dem Pult an.

»Was tun Sie da?«, herrschte Vöchting sie an.

»Ich setze mich«, antwortete Maria verblüfft.

Er fuchtelte mit beiden Händen, als würde er eine lästige Fliege vertreiben. »Nicht direkt vor meinen Augen! So weit kommt es noch! Setzen Sie sich nach hinten, oben, in die letzte Bank.«

»Aber Professor Brill …«

»Kommen Sie meiner Anweisung nach, Linden! Sofort!«

Maria wollte nicht darüber diskutieren, zumal jetzt die Studenten in den Hörsaal strömten. Außerdem hätte es bei Professor Vöchting ohnehin nicht zum Ziel geführt. Hoch erhobenen Hauptes schritt sie die Stufen wieder hinauf und nahm links außen in der letzten Reihe Platz. Von hier aus musste sie die Augen zusammenkneifen, um Vöchtings Tafelanschriebe entziffern zu können, zumal seine Handschrift nahezu unleserlich war. Die Akustik hingegen war ausgezeichnet. Jedes Wort verstand sie klar und deutlich.

Wie in der Mathematikvorlesung stellte Maria fest, dass sie auch in Botanik kaum Wissenslücken hatte. Professor Vöchting war immer noch bei den Grundlagen der systematischen Einordnung von Pflanzen, ihrem anatomischen und morphologischen Aufbau und deren Lebenszyklen und Fortpflanzung. Heute ging es vor allem um Algen, Moose und

Farne. Themenbereiche, mit denen sich Maria seit ihrer Kindheit beschäftigte. In dieser Vorlesung wurde sie ebenfalls nicht aufgerufen, obwohl sie alle Antworten auf die Fragen des Professors wusste. Sie wollte sich auch nicht melden. Am ersten Tag und nach dem unerfreulichen Zusammentreffen mit dem Professor wollte sie sich nicht hervortun.

»Nächste Woche«, kündigte Vöchting am Ende der Vorlesung an, »beginnen wir mit den praktischen Übungen. Sie werden Schnitte der Pflanzen anfertigen, sie einfärben und mikroskopisch untersuchen.«

Marias Herz tat einen Sprung. Sie würde wieder am Mikroskop arbeiten dürfen! Seit ihren Erfahrungen im Stuttgarter Naturalienkabinett liebte sie es, mit hundertfacher Vergrößerung der Struktur von Pflanzen und Tierchen auf die Spur zu kommen. Sie hatte nicht zu hoffen gewagt, dass sie bereits im ersten Semester im Laboratorium forschen würde. Gleichgültig, was die Kommilitonen ihr nachriefen, den abfälligen Worten des Professors zum Trotz: An der Universität zu Tübingen eröffnete sich für Maria eine neue, spannende Welt, in die sie voller Zuversicht und Selbstvertrauen schritt.

DREIZEHN

Tübingen – Dezember 1892

Den Rücken an die Hausmauer gelehnt, aß Maria das obligatorische Vesperbrot, die Frau Deimling ihr jeden Morgen mit reichlich goldgelber Butter bestrich und wahlweise mit Leberwurst, Schinken oder Käse belegte. In dem Gebäude befanden sich die Laboratorien, in denen botanische, chemische und physikalische Untersuchungen und Versuche stattfanden. Aber das war nicht der Grund, warum Maria in der Regel ihre Mittagspause hier verbrachte. Das Haus hatte vielmehr auf der Rückseite ein vorspringendes Dach, das Maria vor dem Regen schützte. Heute mischte sich Graupel in das Nass, und der Wind pfiff empfindlich kalt über das Gelände. In zwei Wochen war Weihnachten, und Maria konnte von Glück sagen, dass es noch nicht schneite. Dann würde es hier draußen noch ungemütlicher werden. Schnell hatte sie feststellen müssen, dass Essen und Trinken außerhalb der Mensa in allen Gebäuden unter Strafe verboten waren. Das bedeutete, dass sie ihr Brot unter freiem Himmel essen musste. Für Maria war es eine äußerst unangenehme Situation. Leider ließen es die Pausen nur selten zu, nach Hause zu gehen, um bei Frau Deimling zu Mittag zu essen. Dazu hätte sie eine Vorlesung verkürzen oder ausfallen lassen müssen. Das wollte Maria auf keinen Fall. Nicht nur, weil sie niemandem eine Angriffsfläche bieten wollte, sie zu kritisieren. Nein, alle Veranstaltungen waren hoch interessant, auch die von Professor Vöchting. Er war zwar ein konservativer, engstirniger Mensch, aber außergewöhnlich gebildet, und er konnte den Stoff interessant und anschaulich vermitteln. Wie ein Schwamm sog Maria jede neue Information in sich auf. In den Abendstunden rekapitulierte sie die Themen des Tages und las in den Büchern, die sie sich nahezu täglich in der Bibliothek auslieh. Maria seufzte. Die Bibliothek war auch so ein Thema. Zunächst war ihr der Zutritt dort ebenfalls verwehrt worden, woraufhin sich Maria beim Rektor beschwert hatte.

»Wie soll ich Ihnen und der Universität Ehre machen, wenn ich nicht ausreichend Zugang zu allen Informationen erhalte?«, hatte sie Herrn von Weizsäcker gefragt. »Es muss doch in Ihrem Interesse liegen, dass Sie und der Kulturminister nicht bereuen, eine Frau in die ehrwürdigen Hallen aufgenommen zu haben. Wenn Sie mir allerdings Steine in den Weg legen …« Mit einer vielsagend hochgezogenen Augenbraue hatte sie den Rektor angesehen.

Daraufhin erhielt Maria freien Zugang zur Bibliothek. Das Problem mit der Mensa und den Waschräumen konnte aber nicht gelöst werden.

»Zumindest nicht so schnell«, hatte Herr von Weizsäcker eingelenkt. »In den nächsten Jahren finden sicherlich mehr Damen wie Sie den Weg zu uns. Wir werden überdenken müssen, ob es sich lohnt, separate Räumlichkeiten für Frauen einzurichten.«

»Bis dahin hole ich mir draußen eine Lungenentzündung oder ich trockne aus«, murmelte Maria in Erinnerung an das Gespräch. Sie verzichtete nahezu komplett darauf, etwas zu trinken, um ihre Blase nicht zu füllen.

Amon Russak bog um die Ecke. »Ich wusste, dass ich dich hier finde«, sagte er und stellte sich dicht neben Maria unter das Dach. »Es ist eine Schande, wie man dich behandelt!«

»Ich kann dir nicht widersprechen«, erwiderte Maria launig. »Nur leider können weder du noch ich etwas dagegen ausrichten. Trotzdem, ich bin mehr als glücklich, hier zu sein.«

»Wirklich?« Skeptisch musterte Amon sie. »Auch darüber, dass der alte Vöchting dir nicht erlaubt, mit dem Mikroskop zu arbeiten?«

Amon traf einen wunden Punkt. Wie sehr hatte sich Maria auf die praktischen Übungen gefreut. Ihre Hoffnung wurde in der ersten Stunde zunichtegemacht.

»Wie Sie sehen, verfügt das Laboratorium über vier Mikroskope, die Gruppe indes besteht aus zweiundvierzig Studenten«, hatte Vöchting gesagt und dabei gewirkt, als würde ihn die Situation belustigen. »Sie sind doch so gut im Rechnen, Linden, und können mir sagen, wie viele Studenten sich ein Gerät teilen müssen?«

»Zehneinhalb Personen«, antwortete Maria, ohne auch nur einen Wimpernschlag lang zu zögern. »Allerdings sind wir dreiundvierzig, somit entfallen auf jedes Mikroskop zehndreiviertel Nutzer.«

Einige der Kommilitonen lachten verhalten.

Vöchting sah Maria streng an. »Die Zahl, die ich nannte, bezieht sich auf die *richtigen* Studenten«, sagte er kühl. »Wie dem auch sei: Die Arbeitsplätze müssen geteilt werden. Sie werden verstehen, Linden, dass ich Sie keiner Gruppe zuordnen kann. Ihre Familie würde es als unschicklich erachten, das junge Töchterlein Seite an Seite mit einem fremden Mann arbeiten zu lassen, wobei Körperkontakt nicht ausgeschlossen ist.«

»Was meine Familie denkt, lassen Sie meine Sorge sein, Herr Professor«, platzte es aus Maria heraus. »Außerdem habe ich bereits in Stuttgart im Laboratorium gearbeitet. Ich kenne mich mit Mikroskopen aus, und meine Forschungsergebnisse wurden allgemein anerkannt.«

Sogleich bereute sie ihre Worte, denn Vöchting hob den rechten Arm.

»Verlassen Sie mein Labor, Linden«, sagte er mit eisiger Stimme. »Wenn Sie gelernt haben, sich einem Professor gegenüber respektvoll zu verhalten, werde ich mir überlegen, Sie weiterhin zu unterrichten. Sie wären wohl besser in Stuttgart geblieben, wenn man Sie dort so hoch geschätzt hat.«

Das Gelächter unter den jungen Männern wurde lauter, manche grölten hämisch, ohne von Professor Vöchting in die Schranken gewiesen zu werden. Maria spürte, wie ihr das Blut ins Gesicht schoss. Schweigend packte sie ihre Sachen und versuchte, ihren Abgang aus dem Laboratorium nicht wie eine Flucht aussehen zu lassen.

»Ich darf wieder an seinen Vorlesungen teilnehmen«, erklärte Maria jetzt Amon Russak. »Allerdings straft mich Professor Vöchting mit absoluter Nichtachtung.«

»Es sind nicht alle so, Maria.«

»Das ist richtig.« Der Anflug eines Lächelns erhellte Marias Gesicht. »Professor Brill scheint erkannt zu haben, dass ich sogar mehr als die anderen Studenten des ersten Semesters weiß, und Professor Eimer behandelt mich wie alle anderen.«

»Eimer ist ein fortschrittlich denkender und anständiger Mann«, bestätigte Amon. »Ich habe zwar keine Vorlesungen bei ihm, allgemein hört man aber, er sei sehr beliebt.«

»Als ich ihm sagte, ich hätte seine Abhandlung zur Geschichte der Becherzellen gelesen, stellte Professor Eimer mir einige Fragen«, berichtete Maria. »Es war offensichtlich, dass er mich testen wollte, ob ich seine Niederschrift wirklich gelesen und, wenn ja, auch verstanden habe. Nun, ich konnte alle Fragen zu seiner vollen Zufriedenheit beantworten.«

Amon lächelte wissend. »Jeder, der daran zweifelt und denkt, eine Frau sei einem Mann geistig unterlegen, ist ein Narr.«

»Das lass bloß nicht Professor Vöchting hören«, mahnte Maria, schmunzelnd zwar, gleichzeitig auch ängstlich, denn einen Dozenten zu beleidigen, bedeutete einige Tage Karzer oder gar den Ausschluss von der Universität.

Maria aß den letzten Bissen des Schinkenbrotes und wischte sich die Finger an ihrem Taschentuch ab. »Amon, ich wollte dich schon länger etwas fragen. Was weißt du über Lepra?«

»Lepra?«, wiederholte Amon erschrocken. »Eine schreckliche Krankheit, unheilbar, mit entsetzlichen Verläufen, bei uns in Europa aber glücklicherweise nahezu ausgerottet. Warum fragst du, Maria?«

Maria zuckte mit den Schultern. Obwohl Amon Russak in den letzten Wochen ein guter Freund geworden war, hatte sie Rudolf bisher nicht erwähnt. »Ein entfernter Bekannter hat sich wohl während einer Reise nach Afrika mit der Lepra infiziert«, antwortete sie vage. »Du hast doch medizinische Kenntnisse und weißt vielleicht, ob ihm zu helfen ist.«

»Infektionskrankheiten hatte ich in diversen Vorlesungen, bisher war die Lepra aber kein Thema. Ich weiß nicht mehr, als in Büchern nachzulesen ist.« Amon kniff ein Auge zu, mit dem anderen musterte er Maria ernst. »Kann es sein, dass der Bekannte für dich mehr als nur ein entfernter Freund ist?«

Maria wollte gerade antworten, dass sie bei passender Gelegenheit Näheres erklären würde, da bogen zwei junge Männer um die Ecke: Hermann Wöhrle und Wilhelm Thalheim. Beide waren in Marias Studiengang und gehörten zu denen, die sie vom ersten Tag an verhöhnten.

»Sieh an, der Judenbengel und die Kampfamazone«, spottete Wöhrle. »Da haben sich zwei gesucht und gefunden.«

»Wann soll denn die Hochzeit sein?« Sein Kumpan Thalheim hieb in dieselbe Kerbe. »Auf eure Kinder bin ich gespannt. Es werden sicher Albinos mit Hakennasen und die Mädchen mit nur einer Brust sein.«

»Es überrascht mich, dass du so genau über die Anatomie der Amazonen informiert bist«, sagte Maria, die Stimme ebenso kalt wie ihr Blick. »Ansonsten glänzt du nicht gerade mit deinen Antworten auf die Fragen der Professoren, Thalheim.«

»Halt deine Klappe, du dumme Kuh!«

Eine solche Beleidigung war Maria nie zuvor untergekommen. Scharf zog sie die Luft ein und machte einen Schritt auf Wilhelm Thalheim zu.

Doch Amon zog Maria am Ärmel. »Lass uns gehen«, raunte er.

Maria zögerte, drehte sich dann um und eilte an Amons Seite über den Hof, im Rücken das spöttische Gelächter der beiden Männer.

Kaum hatte sie Haus III, in dem Maria die nächste Vorlesung hatte, betreten, wandte sich Amon betreten an Maria. »Du hältst mich jetzt für einen Feigling, nicht wahr? Ein Mann sollte eine Frau, die derart beschimpft wird, verteidigen.«

Marias Antwort kam prompt. »Nicht feige, Amon, sondern besonnen. Es heißt nicht umsonst: Der Klügere gibt nach. Was bringt dir eine Prügelei mit Thalheim und Wöhrle? Sie sind groß und kräftig, du wärst ihnen hoffnungslos unterlegen. Die Zeit der Duelle ist glücklicherweise vorbei.«

Amon fuhr sich mit zwei Fingern in den steifen Kragen, als würde er keine Luft mehr bekommen. »Wöhrles Vater sitzt im Stadtrat, Thalheims Vater gehört eine der größten Leinenwebereien auf der Schwäbischen Alb. Die Familie ist vermögend und einflussreich. Bei einer Schlägerei würde unser Wort gegen das der beiden stehen …«

»Und wem würde man wohl glauben?«, vollendete Maria seufzend. »Dein Stipendium darfst du nicht gefährden, und ich habe schon viele Beleidigungen und Verletzungen ertragen müssen. Inzwischen prallen sie an mir ab wie am Panzer einer Schildkröte.«

Amon legte den Kopf schräg und musterte sie. »Das glaube ich dir nicht, Maria von Linden. Du gibst dich immer so stark, aber ich glaube –«

»Warum haben die beiden dich Judenbengel genannt?«, unterbrach Maria ihn, denn Amon schätzte ihre Gemütslage ziemlich gut ein.

»Weil ich Jude bin. Vielen Leuten sind wir ein Dorn im Auge«, antwortete Amon trocken. »Hast du das nicht gewusst?« Bitter lächelnd deutete er auf seine Nase. »Die ist ziemlich typisch für Männer wie uns.«

»Nein, das wusste ich nicht, und es ist mir auch egal«, erwiderte Maria. »Es spielt keine Rolle, an welchen Gott man glaubt und auf welche Art man ihn verehrt. Du bist ein netter Mensch. Selbst wenn du eine andere Hautfarbe hättest, würde ich dich mögen, Amon Russak.«

»Das hast du nett gesagt, Maria. Jetzt müssen wir uns aber sputen, sonst fangen die Vorlesungen ohne uns an.«

Obwohl Professor Brill einen interessanten und anschaulichen Vortrag über Algebra hielt, schweiften Marias Gedanken ab. Bisher war sie keinem Juden begegnet, jedenfalls nicht bewusst. Dunkel erinnerte sie sich an eine abfällige Bemerkung ihres Vaters, alle Juden seien Wucherer und man dürfe ihnen keinen Schritt weit trauen. Aber wie sie Amon gegenüber geäußert hatte, war Maria die Religionszugehörigkeit eines Menschen gleichgültig. Hoffentlich war die Bemerkung, dass sie ihn mochte, nicht zu persönlich gewesen. Nicht, dass Amon falsche Schlüsse zog! Er war ein guter Freund, als Mann nahm Maria ihn nicht wahr. Bisher hatte Amon keine Andeutungen gemacht, er könne Interesse an ihr haben. In ihren Gesprächen schwang nicht der Hauch einer Zuneigung mit, die mehr als Freundschaft bedeuten könnte. War es vielleicht angeraten, ihre Beziehung mit klaren Worten richtigzustellen?

»Linden, Sie können mir sicher die Lösung verraten!« Professor Brill riss Maria aus ihren Gedanken. Erschrocken sah sie auf. Brill deutete auf die Tafel. »Berechnen Sie in Singular die folgende Summe der ganzzahligen Matrizen. Das heißt natürlich, erst wenn Sie mit Ihrer Aufmerksamkeit in diesen Hörsaal zurückgekehrt sind, Linden.«

Hinter Maria lachten einige Kommilitonen. Sie setzte sich auf, schnell flog ihr Blick über die Zahlen, und binnen drei Sekunden nannte sie die richtige Lösung.

»An Ihrer Antwort ist nichts auszusetzen.« Wohlwollend nickte Professor Brill. »Trotzdem wünsche ich, dass Sie meinen Ausführungen aufmerksamer folgen, Linden.«

»Selbstverständlich, Herr Professor.«

In den nächsten zwei Stunden konzentrierte sich Maria auf den Lehrstoff. Mit Amon würde sie bei passender Gelegenheit sprechen, und an Wöhrle und Thalheim wollte sie keinen einzigen Gedanken mehr verschwenden und dabei auch noch die Arbeit vernachlässigen. Sie waren nicht die einzigen jungen Männer, die das Studium auf die leichte Schulter nahmen und mehr Zeit in Gasthäusern als in Hörsälen verbrachten. Viele studierten nur, um die Zeit zu überbrücken, bis sie das väterliche Erbe antreten und sich in gemachte Nester setzen konnten. Es spielte keine Rolle, ob sie gute oder schlechte Noten bekamen, ob sie ein oder zwei Semester mehr benötigten bis zum Abschluss – wenn sie diesen überhaupt schafften. Maria aber war nichts wichtiger, als zu lernen, und ihr legte man eine Unzahl an Fallstricken aus. Fast jeder lauerte darauf, dass sie stolperte und fiel, dass sie auf ganzer Linie versagte. Den Gefallen jedoch wollte sie niemandem erweisen! Niemals!

Am letzten Vorlesungstag vor Weihnachten richtete der Pedell Maria aus, Professor Eimer wolle sie umgehend sprechen. Guten Mutes betrat Maria das holzgetäfelte Büro. Der Raum war klein, aber mit zwei Fenstern ausgestattet und somit hell, an den Wänden standen deckenhohe Bücherregale. Bücher lagen auch auf den Tischen, den Stühlen und den beiden Anrichten.

»Ah, Fräulein von Linden!« Der Professor erhob sich. Der knapp Fünfzigjährige hatte volles dunkles Haar und einen mächtigen, rötlich schimmernden Vollbart. Erstaunt nahm Maria zur Kenntnis, dass er sie mit Fräulein und nicht, wie sonst in den Vorlesungen, nur mit ihrem Nachnamen ansprach. »Sie freuen sich bestimmt auf zwei arbeitsfreie Wochen. Werden Sie Weihnachten und den Jahreswechsel zu Hause verbringen?«

»Ich reise zu Verwandten nach Stuttgart«, antwortete Maria verwundert. Der Professor hatte sie sicher nicht rufen lassen, um mit ihr über die anstehenden Ferien zu plaudern.

Theodor Eimer blieb hinter dem Schreibtisch stehen und bot Maria auch nicht an, Platz zu nehmen.

»Schön, schön«, murmelte er und strich sich durch seinen Bart. »Es ist wichtig, eine stabile Familie zu haben, die einem den Rücken stärkt. Das erleichtert die Arbeit.«

»Ihre Meinung teile ich, Herr Professor.«

»Deswegen möchte ich aber nicht mit Ihnen sprechen.« Endlich kam Eimer zur Sache. »Sie sind erst wenige Wochen an unserem Institut, Fräulein von Linden, und scheinen eine außergewöhnliche Person zu sein.«

War das gut oder schlecht?, fragte sich Maria.

»Ich selbst konnte mich von Ihren Kenntnissen überzeugen«, fuhr der Professor fort. »Über Ihre Bemerkung in meiner gestrigen Vorlesung hat meine Frau schallend gelacht, als ich ihr davon berichtete.«

Maria schmunzelte. Im Zusammenhang mit der Entstehung des menschlichen Lebens hatte Professor Eimer sie angesehen. »Nicht wahr, Linden, der Mensch ist aus Dreck geschaffen?«

Selbstbewusst hatte Maria geantwortet. »Jawohl, Herr Professor, aber nur der Mann.«

Nicht nur Eimer war amüsiert gewesen, die Bemerkung hatte Maria auch einige herzhafte, aufrichtige Lacher der Kommilitonen eingebracht.

»Ich wollte nicht vorlaut sein, aber meine Ansichten kann und möchte ich nicht verhehlen.«

»Grundsätzlich mag ich Menschen mit eigener Meinung«, erwiderte Eimer. »Auch die Kollegen Brill und Völchting äußern sich positiv über Sie, Ihren Lerneifer und Ihren Wissensstand. In den meisten Bereichen sind Sie Ihren Mitstudenten weit voraus.«

»Vöchting? Das glaube ich nicht«, platzte Maria heraus und strafte damit ihre Worte, sie wolle nicht vorlaut sein, sofort Lügen.

Eimer runzelte die Stirn. »Für Sie immer noch *Professor* Vöchting, Fräulein!«, maßregelte er sie streng.

»Entschuldigung.« Sie fühlte sich in der Pflicht, sich zu erklären. »Professor Vöchting lässt keinen Tag verstreichen, ohne seine Missbilligung meiner Person zum Ausdruck zu bringen. Er ignoriert mich, stellt mir keine Fragen, ruft mich nicht auf, wenn ich mich melde, und verwehrt mir die Forschung im Laboratorium.«

Eimer nickte nachdenklich. »In einigen Belangen denkt der Kollege recht konservativ. Für einen Naturwissenschaftler und Forscher ist das nicht unbedingt von Vorteil, wobei Vöchting gute Leistungen durchaus zu schätzen weiß. Glauben Sie mir, Fräulein von Linden, auch mein geschätzter Kollege bemerkt, dass Sie mit einem Eifer bei der Sache sind, den wir uns bei so manchem Ihrer Kommilitonen wünschen würden.«

Maria war über die offene Bemerkung bass erstaunt. Gleichzeitig freute sie sich, dass Professor Vöchting tatsächlich lobende Worte über sie gefunden und festgestellt hatte, dass sie keineswegs ein dummes Weib war.

»Wir sind der Meinung, dass Sie eine Förderung erhalten sollten«, fuhr Professor Eimer fort. »Ab dem kommenden Jahr werden Sie meinen beiden Assistenten im Laboratorium des Zoologischen Instituts zur Hand gehen. Ich denke, zwei oder drei Nachmittage in der Woche dürften mit Ihrem Lernpensum zu vereinbaren sein, zumal die praktische Erfahrung Ihre Studien vorantreibt. Wir arbeiten im Biochemischen Laboratorium oben im Schloss, das mit entsprechenden Gerätschaften bestens ausgestattet ist.«

»Das ist sehr freundlich«, rief Maria, äußerlich ruhig; innerlich hätte sie jubeln und in dem vollgestopften Büro auf und ab tanzen können. Endlich, endlich würde sie wieder in einem richtigen Labor arbeiten und forschen können!

»Nach den Ferien lasse ich Ihnen die genauen Zeiten zukommen«, erklärte Professor Eimer. »Jetzt wünsche ich Ihnen eine gute Reise nach Stuttgart und ein frohes Fest, Fräulein von Linden.«

Zögernd blieb Maria unter dem Türsturz stehen. Der Gastraum mit den holzgetäfelten Wänden war nur schummrig beleuchtet. Dichter Tabakqualm hing in der Luft. Sie konnte kaum etwas erkennen.

»Maria, hier bin ich!«, hörte sie die Stimme von Amon Russak. Der Student kam ihr entgegen. »Komm, ich habe einen netten Tisch hinten am Fenster.«

Maria war schon in vielen Gasthäusern gewesen, allein während der unvergessenen Wanderung durch den Schwarzwald, jedoch nie zuvor in einer solchen Kneipe. Amon hatte ihr versichert, im *Blauen Ochsen,* in einer schmalen Gasse neben dem Rathaus gelegen, seien auch Frauen gern gesehene Gäste.

»Der *Ochsen* ist ein beliebter Treffpunkt der Studenten, und es ist der letzte Abend vor den Ferien«, hatte Amon sie schließlich überzeugt, seine Einladung anzunehmen.

Er half Maria aus dem Mantel und legte ihn über die Lehne eines freien Stuhls. Als sie sich an dem kleinen, runden Tisch gegenübersaßen und Maria ein leichter Weißwein serviert worden war, Amon hatte bereits ein Glas Bier vor sich stehen, wich ihre Beklommenheit schnell. Niemand schien sie zu beachten, und sie war mitnichten die einzige Frau. Wobei es sich bei den anderen wohl um die Begleiterin des einen oder anderen Studiosus handelte. Manche hielten in der Öffentlichkeit sogar Händchen. Wenn das Großmutter sehen würde, dachte Maria. Auch ihr Vater hätte den Besuch einer solchen Kneipe missbilligt. Am anderen Ende des Gastraums entdeckte sie Thalheim und Wöhrle, die nicht mehr nüchtern zu sein schienen und große Reden schwangen. Heute beachteten sie Maria und Amon nicht.

»Vorhin hatte ich ein Gespräch mit Professor Eimer«, begann Maria und erzählte von dem Angebot.

Amon pfiff durch die Zähne. »Ich sagte dir, dass jeder, der deine Genialität nicht erkennt, ein Idiot ist«, sagte er unverblümt, griff über den Tisch nach Marias Hand und drückte sie. »Ich freue mich für dich, Maria. Bereits im ersten Semester von Professor Eimer zur Assistentin berufen zu werden – das haben bisher nicht viele Studenten geschafft. Wenn überhaupt einer.«

»Ich werde lediglich die Hilfskraft von Eimers Assistenten sein«, stellte Maria richtig und entzog Amon ihre Hand. Nicht, dass jemand auf falsche Gedanken kam. Auf weiteren Spott von Thalheim und Wöhrle konnte sie getrost verzichten.

»Freust du dich auf deine Familie?«, erkundigte sich nun auch Amon.

Maria zuckte mit den Schultern. »Es wird recht ruhig bei Onkel und Tante werden«, antwortete sie ehrlich. »Mein Vater hat eine starke Erkältung, und allein kann meine Mutter nicht kommen, aber ich werde ein paar Besuche in Stuttgart machen.« Maria verschwieg, dass sich Onkel Ferdinand nach wie vor weigerte, sie zu empfangen, genau wie Cousin Bertie, und Onkel Bebi war einer Einladung in die Schweiz gefolgt.

Nachdem sie sich gegenseitig ihre Pläne zu Weihnachten erzählt hatten, schob Amon eine schmale graue Mappe über den Tisch. »Du kannst doch so gut zeichnen, Maria. Würde es dir etwas ausmachen, das mal anzusehen?«, fragte er ein wenig verlegen.

»Natürlich nicht.« Maria schlug die Mappe auf. Darin lagen mehrere Kohlezeichnungen. Das Schloss Hohentübingen, der Marktplatz und einige herrschaftliche Häuser am Neckarufer waren abgebildet. »Sie sind sehr schön«, stellte Maria ehrlich fest. »Wer hat sie gemalt?«

»Ich.« Trotz des schummrigen Lichts sah Maria, wie der Freund errötete. »Es sind nur einfache Kohleskizzen.«

Maria schmunzelte. »Ich wusste nicht, dass zum Medizinstudium auch Landschaftszeichnen gehört.«

»Eigentlich würde ich viel lieber Maler werden.«

Die Aussage überraschte Maria. »Aber ich dachte, du möchtest unbedingt Arzt werden, Chirurg …«

»Es ist der Wunsch meines Vaters«, erklärte Amon. »Für den Sohn eines Bankangestellten ist das Studium der Medizin ein großer Erfolg. Versteh mich nicht falsch, Maria, Menschen zu helfen, ist mir sehr wichtig, das Lernen fällt mir leicht, und die Professoren sind mit meinen Leistungen zufrieden. Die Vorstellung aber, für den Rest meines Lebens mit Blut, Eiter und Wunden zu tun zu haben, statt die Schönheiten der Natur zu Papier zu bringen …«

Maria verstand nur zu gut, wie es sich anfühlte, wenn man nicht seinem eigenen inneren Drang folgen konnte.

»Meine Eltern«, fuhr Amon fort, »halten die Malerei für eine brotlose Kunst, wahrscheinlich haben sie recht. Wie viele Künstler gibt es, die mit ihren Bildern Geld verdienen und eine Familie ernähren können? Den meisten wird der Ruhm erst zuteil, wenn sie tot sind. Chirurgen hingegen werden immer gebraucht und in der Regel auch gut bezahlt.«

Bevor Maria etwas erwidern konnte, drängten sich zwei junge Männer dicht an ihrem Tisch vorbei. Amon warf dem einen der beiden einen kurzen Blick zu. Der Fremde lächelte und setzte sich dann mit dem Rücken zu ihnen.

Maria bemerkte, dass Amon dunkelrot geworden war. »Kennst du ihn?«, raunte sie.

»Wen? Was? Äh, nein, ich habe ihn nie zuvor gesehen …«

Maria spürte, dass der Freund ihr etwas verschwieg, wollte das Thema aber nicht vertiefen. Außerdem hatte Amon bereits großes Vertrauen bewiesen, indem er ihr seine Zeichnungen gezeigt hatte. Sie trank ihr Glas aus. »Ich muss jetzt los. Mein Zug morgen geht um sieben Uhr. Außerdem hält meine Vermieterin das Abendessen bereit.«

»Wir können hier eine Kleinigkeit essen«, schlug Amon vor. »Dein Erfolg, an der Seite von Professor Eimer zu arbeiten, muss gefeiert werden.«

Maria hatte das Gefühl, als wolle er nicht allein sein, trotzdem lehnte sie ab. »Wir holen es im kommenden Jahr nach, Amon.« Sie stand auf und schlüpfte in ihren Mantel.

Auch Amon stand auf. »Ich wünsche dir schöne Weihnachten, Maria. Vergiss nicht, dass Ferien sind. Eine Zeit, mal nicht in die Bücher zu sehen.«

Maria lachte, wissend, dass das nicht geschehen würde, dann wünschte sie dem Freund ebenfalls ein frohes Fest und beeilte sich, in die Christophstraße zu gelangen. Sie war gerade in den Hausflur getreten, als Frau Deimling ihr entgegenkam.

»Da sind Sie ja endlich, Fräulein Maria. Ich habe mir schon Sorgen gemacht.« Ein leicht vorwurfsvoller Unterton lag in ihren Worten. »Es ist schon lange dunkel, und Ihr Mantel riecht nach Zigarettenrauch …«

»Einer meiner Professoren bat mich um ein Gespräch«, wiegelte Maria ab. »Er ist starker Raucher.« Frau Deimling musste nichts vom Besuch im *Blauen Ochsen* erfahren. Sie hätte es nicht gebilligt.

»Hoffentlich nichts Unangenehmes?«

»Im Gegenteil! Ab kommendem Jahr werde ich meine Kenntnisse noch besser erweitern und mehr forschen können.«

»Sie lernen zu viel, Fräulein.« Bedenklich wiegte Frau Deimling den Kopf hin und her. »Aber jetzt essen Sie erst mal und ruhen sich aus. Morgen geht es früh los.«

Wenige Minuten später brachte die freundliche Hauswirtin ein Tablett mit belegten Wurst- und Käsebroten und eine Kanne mit heißem Kamillentee in Marias Zimmer. Am Rand des Tabletts lag ein schmaler grauer Umschlag.

»Es ist ein Brief für Sie gekommen.«

Maria warf einen flüchtigen Blick auf den Poststempel. Der Brief kam aus Offenburg, wahrscheinlich Weihnachtsgrüße der Familie von Bach. Sie selbst hatte Anfang Dezember geschrieben und, trotz allem, ein schönes Fest gewünscht. Sie freute sich auf die Rückantwort, wenngleich es unwahrscheinlich war, dass Rudolf ein paar Zeilen hinzugefügt hatte.

Während Maria die Sachen, die sie für die Reise nach Stuttgart benötigte, zusammenpackte, aß und trank sie nebenbei. Kleidung brauchte sie wenig, daher war in der Tasche noch ausreichend Platz für Bücher. Auch über die Feiertage wollte sie fleißig lernen, schließlich durfte sie Professor Eimer nicht enttäuschen, wenn er ihr diese grandiose Möglichkeit bot. Am liebsten wäre sie in Tübingen geblieben, um in Ruhe ihre Studien fortzusetzen. Da Frau Deimling das Haus jedoch über Weihnachten schloss, weil sie ebenfalls zu Verwandten fuhr, und Maria die Aussicht, Heiligabend ganz allein zu verbringen, dann doch nicht behagte, begann sie sich auf die Tage in Stuttgart zu freuen.

Erst, als alles für die Reise gerüstet war, nahm Maria den Brief zur Hand, schlitzte den Umschlag auf und zog anstelle der erwarteten Weihnachtskarte nur ein einzelnes Blatt Papier heraus. Sie überflog die seltsam krakelige Schrift von Rudolfs Mutter. Bis jedoch in ihren Verstand vordrang, was sie las, dauerte es eine gefühlte Ewigkeit.

»Du hast es gewusst«, murmelte sie schließlich. Trotzdem war sie auf die Nachricht von Rudolfs Tod nicht vorbereitet. Man war niemals darauf vorbereitet, wenn ein geliebter Mensch für immer ging, auch wenn keine Hoffnung auf Genesung bestanden hatte.

Aus der Nachttischschublade nahm Maria die Fotografie, die an einem glücklichen Tag in den österreichischen Bergen aufgenommen worden war. Inzwischen war sie verknittert und begann zu verblassen. Lange betrachtete sie die Aufnahme. Ihr kurzer Traum vom Glück war nun unwiderruflich vorbei. Für den Rest ihres Lebens aber würde Rudolfs Gesicht in ihr Gedächtnis eingebrannt sein.

VIERZEHN

Tübingen – Herbst 1893

Mathilde Weber, eine eher untersetzte ältere Frau, erhob sich und sah wohlwollend in die Runde. »Ich schlage vor, wir treffen uns in vier Wochen wieder in meinem Haus.« Dann warf sie Maria einen intensiven Blick zu. »Ihnen, Komtess Maria, danke ich herzlich für Ihren Bericht. Wir sehen, dass es noch viel zu tun gibt, um die Studienbedingungen für Frauen zu verbessern.«

»Ganz besonders die Frage nach der Mensa und den sanitären Einrichtungen«, meldete sich eine andere Frau zu Wort. »Es kann nicht angehen, dass Sie, Komtess, den ganzen Tag über nichts trinken, nur um nicht …«

»Damit habe ich mich arrangiert«, erwiderte Maria und stand ebenfalls von ihrem Stuhl auf. »Es ist unmöglich, binnen weniger Monate eine jahrhundertealte Ordnung auf den Kopf zu stellen. Die Arbeit im Laboratorium befriedigt mich hingegen sehr, und Professor Eimer ist ein sehr aufgeschlossener, liberaler Mann. Dennoch freue ich mich, wenn ich Sie, Frau Weber, unterstützen kann, sofern es meine Arbeit zulässt.«

Die anderen fünf Damen schickten sich zum Gehen. Die Gastgeberin begleitete sie zur Haustür und verabschiedete jede mit einem festen Händedruck. Maria war die Letzte, und

Mathilde Weber sagte: »Ich bewundere Sie, wie Sie der Männerdomäne trotzen und stolz und unbeirrt Ihren Weg verfolgen.«

Maria nahm das Kompliment mit einem Lächeln entgegen, falsche Bescheidenheit war ihr ohnehin fremd. »Liebe Frau Weber«, entgegnete sie aufrichtig, »Sie bieten mit den Einladungen in Ihr Haus allen berufstätigen, gelehrten und politisch interessierten Frauen nicht nur die Möglichkeit, sich offen miteinander auszutauschen. Sie sind darüber hinaus unablässig bemüht, die Frauen zu ehren und ihnen zu helfen, sich fortzubilden. Für mich sind Sie eine sehr ehrbare Vertreterin der Frauenbewegung.«

Mathilde Webers Lächeln war selbstbewusst. Trennten sie und Maria auch exakt vierzig Lebensjahre, waren sie Schwestern im Geiste. Mathilde Weber, seit drei Jahren Witwe des Professors für Forst- und Landwirtschaft Heinrich von Weber, war seit vielen Jahren im Vorstand des Allgemeinen Deutschen Frauenvereins. Ziel des Vereins war es, die Bildung von Frauen zu verbessern, deren Berufstätigkeit zu fördern und ihnen den Zugang zu höheren Bildungseinrichtungen zu ermöglichen.

Im Sommer hatte Maria die Einladung von Mathilde Weber erhalten. In deren Haus an der Neckarhalde fanden regelmäßige Treffen von Gleichgesinnten statt. Mit ihren Erfahrungen konnte Maria erläutern, wie schwer es für Frauen war, als eigenständig denkende und verstehende Wesen akzeptiert zu werden, war sie doch die erste Studentin nicht nur in Tübingen, sondern im ganzen Königreich Württemberg, wenngleich mit Einschränkungen. Sie hatte begonnen, die Barrikaden zu erklimmen, weitere Frauen würden folgen und sie niederreißen.

Vom ersten Augenblick an waren Marias Sympathien der

vierundsechzigjährigen Witwe zugeflogen. Durch ihr dunkelblondes Haar, das Mathilde Weber, zu einem Zopf geflochten, am Hinterkopf aufgesteckt trug, zogen sich zahlreiche graue Strähnen, in ihren dunkelgrauen Augen lag Esprit. Auch sie hatte sich zahlreichen Anfeindungen und Demütigungen aussetzen müssen, von ihrem vorurteilslosen Ehemann war sie aber immer unterstützt und in ihrem Tun bestätigt worden. Hätten die Webers eine Tochter gehabt, wäre das Mädchen wahrscheinlich schon früher den Weg gegangen, den Maria jetzt beschritt. Leider war die Ehe kinderlos geblieben.

In einem entscheidenden Punkt aber unterschieden sich die beiden Frauen: Mathilde Weber wollte zwar eine gleichmäßige Verteilung aller Rechte und Pflichten auf beide Geschlechter erreichen, für Marias weitergehende Überlegungen aber brachte sie wenig Verständnis auf.

»Nichts in der Welt ist nur schwarz oder nur weiß«, hatte Maria gesagt. »Warum soll ein Mann nur ganz Mann und eine Frau nur ganz Frau sein? Mit allen Klischees, die den Geschlechtern zugeordnet werden. Kann es denn nicht etwas dazwischen geben?«

»Die biologische Differenzierung«, hatte Mathilde Weber mit gerunzelter Stirn erwidert, »ist von Gott gewollt und geschaffen. Das wissen Sie, Komtess Maria, doch am besten. Eine Frau kann sich weiterbilden und einen Beruf ergreifen, der bisher Männern vorbehalten ist, und gleichzeitig ganz Frau bleiben. Das eine hat nichts mit dem anderen zu tun.«

Maria war anderer Meinung, aber sie wollte mit Mathilde Weber nicht streiten. Seitdem musterte die Frauenrechtlerin bei jedem Zusammentreffen Marias dunkle Jackenkleider mit den hohen steifen Krägen und die derben Schuhe. Sie übte zwar keine Kritik, ihr Gesichtsausdruck sprach jedoch Bände.

Eine Dame sollte eine Dame bleiben – gleichgültig, welche Ziele sie verfolgte. Maria nahm es hin. Sie fühlte sich in ihrer Kleidung wohl und hatte den Eindruck, von den Kommilitonen längst nicht mehr so sehr verspottet zu werden wie in ihrer ersten Zeit in Tübingen.

In den histologischen und biologischen Vorlesungen war häufig die Rede von Männlein und Weiblein und von ihren gravierenden Unterschieden. Anfangs war bei diesen Themen Maria aufmerksam beobachtet worden. Sie tat niemandem den Gefallen zu erröten, auch dann nicht, wenn Geschlechtsorgane genannt und Abbildungen dazu gezeigt wurden. Im Laufe der Monate hatte ihr das einen gewissen Respekt eingebracht. Manchmal sogar suchte ein Kommilitone das Gespräch mit ihr, auch wurde sie das eine und andere Mal um Hilfe bei einer besonders schwierigen Aufgabenstellung gebeten. Wilhelm Thalheim und Hermann Wöhrle rissen zwar nach wie vor ihre geschmacklosen Witze und dachten sich ständig neue Beleidigungen für Maria aus, häufig standen sie aber allein mit ihren Zoten.

Es war nicht so, dass Maria inzwischen beliebt war. Man ließ sie eher in Ruhe. Die meisten hatten erkannt, dass Maria an der Universität bestehen konnte und das Feld nicht freiwillig räumen würde. Ihre Noten in den Klausuren lagen im vorderen Bereich, sie gehörte zu den Besten ihres Studienganges. Dass sie für Professor Eimer arbeiten durfte, erweckte vereinzelt Neid unter den Kommilitonen.

»Mitleid bekommt man geschenkt, Neid muss man sich erarbeiten«, war zu ihrer Devise geworden.

Nachdem Maria Mathilde Webers Haus verlassen hatte, schlenderte sie die Neckarhalde entlang. Von den großen prächtigen Häusern aus bot sich ein schöner Ausblick auf den Neckar und die Berge der Schwäbischen Alb.

Ob ich jemals genügend Geld verdiene, um mir auch so ein Haus leisten zu können?, fragte sich Maria, korrigierte sich aber sogleich. Nein, wenn sie viel Geld hätte, würde sie versuchen, den Burgberg zu bewirtschaften und zu erhalten. Obwohl es sie in die Welt hinauszog, würde ihr Herz immer an dem alten Schloss hängen.

Maria schritt über eine schmale Brücke. Auf der Neckarinsel tummelten sich Dutzende von Menschen jeglichen Alters und genossen den milden Abend, an dem der Spätsommer zeigte, dass er noch nicht bereit war, dem Herbst zu weichen. Fast ein Jahr zuvor war Maria nach Tübingen gekommen. Seither hatte sich ihr Horizont derart erweitert, dass sie manchmal meinte, der Kopf müsse ihr von all dem Neuen und Interessanten platzen. Im Frühjahr und Sommer hatte sich Maria die Schönheit der alten Universitätsstadt eröffnet. Die Gasthäuser hatten Tische und Stühle auf das holprige Kopfsteinpflaster gestellt, überall duftete es nach den typischen schwäbischen Spezialitäten wie Maultaschen, Käsespätzle und Zwiebelrostbraten. Die grüne Neckarinsel war wie das Flussufer ein beliebter Treffpunkt der Studenten. Hierher lenkte Maria ihre Schritte, sie und Amon waren am Denkmal für Ottilie Wildermuth verabredet. Maria wusste, dass die in Tübingen verstorbene Schriftstellerin auch eine Frauenrechtlerin gewesen war, die sich unermüdlich für Gerechtigkeit und gleiche Ausbildung für alle Stände und Geschlechter eingesetzt hatte. Viele Jahre lang hatte Maria in der Abgeschiedenheit der Ostalb geglaubt, mit ihren Wünschen und Vorstellungen allein zu stehen. In den vergangenen Monaten hatte sie festgestellt, dass der Kampf für die Frauenrechte im Kaiserreich schon lange

geführt wurde. Es ging langsam voran und es gab viele Rück-
schläge, aber immer mehr setzte sich die Erkenntnis durch,
dass Frauen keine Menschen zweiter Klasse waren. Maria
wollte Mathilde Weber unterstützen, darüber ihr Studium aber
nicht vernachlässigen. Vielleicht war das egoistisch, sie hatte
jedoch so lange gekämpft, an der Universität aufgenommen zu
werden, dass sie nichts aufs Spiel setzen wollte.

Sie sah Amon schon von Weitem. In den letzten Monaten
hatte sich ihre Freundschaft gefestigt. Es war aber eben nur
eine Freundschaft, nicht mehr und nicht weniger. Maria war
Amon dankbar, dass er niemals versuchte, eine gewisse Grenze
zu überschreiten, weder in Worten noch in Taten, denn sie
hätte seine Gesellschaft schmerzlich vermisst. Eine gleichaltrige Freundin hatte Maria in Tübingen nicht gefunden. Außerhalb der Universität beschränkten sich ihre Kontakte auf die
Bekannten von Frau Deimling, die alle im fortgeschrittenen
Alter waren, und dem Damenkreis um Mathilde Weber. Bei
den Runden war Maria ein gern gesehener Gast, sie war aber
noch nie von einer der Damen zu sich nach Hause eingeladen worden.

Mit Amélie und Gabriele tauschte Maria nur hin und wieder Briefe aus. Die einstigen Freundinnen führten ihr eigenes
Leben, das von Haushalt und Kindererziehung geprägt war
und ganz der Unterstützung ihrer Ehemänner diente. Gabriele
hatte zwar erwähnt, auch sie wolle studieren, bisher aber hatte
sie ihre Pläne nicht umgesetzt.

Professor Eimers Assistenten behandelten Maria freundlich, aber nicht auf Augenhöhe. Die beiden Doktoren überlie-
ßen es ihr, nach getaner Arbeit aufzuräumen und die Gefäße,
Objektträger, Petrischalen und Tische zu reinigen. Dr. Hesse,
zugegeben von blendendem Aussehen, dessen sich der noch

junge Mann auch bewusst war, hatte bereits nach wenigen Tagen versucht, Maria zu einem Treffen außerhalb des Laboratoriums zu bewegen.

»In einem gemütlichen Restaurant können wir über die Forschungsarbeit plaudern und uns näher kennenlernen.« Sein Augenzwinkern ließ keinen Zweifel, was er unter *näher kennenlernen* verstand.

»Das ist eine hervorragende Idee, Dr. Hesse!«, hatte Maria, die an dem jungen Doktor keinerlei Interesse zeigte, freundlich erwidert. »Ich werde Professor Eimer fragen, ob er uns begleiten kann. Wenn sich Dr. Fickert ebenfalls anschließt, kann es ein lehrreicher Abend werden, der unsere Arbeit wesentlich voranbringt.«

»Fräulein Maria, ich dachte eher daran – «

Unterbrechend hob Maria die Hand. »Ich weiß, woran Sie dachten, Dr. Hesse. Bei allem Respekt, aber ich glaube nicht, dass Ihre derzeitige Begleiterin, mit der Sie sich regelmäßig in der Öffentlichkeit sehen lassen, ein privates Treffen mit einer Studentin billigt. Stammt sie nicht aus einer angesehenen Bankiersfamilie?«

»Ich habe der Dame nichts versprochen, Fräulein Maria …«

»Mir wäre es lieber, wenn Sie bei Komtess von Linden bleiben würden, Herr Doktor.« Maria spielte ihren Titel nur ungern aus, in diesem Fall schien es ihr jedoch angebracht. »Oder auch nur Linden, wie die Professoren mich nennen. Und jetzt widmen wir uns wieder der Entwicklung vererbter Eigenschaften bei den Gehäuseschnecken. Bis zum Ende der Woche erwartet Professor Eimer fundierte Ergebnisse.«

»Sie sitzen auf einem hohen Ross, Fräulein«, sagte Dr. Hesse leise. »Ein Ross, das für Sie zu hoch und zu wild ist. Passen Sie auf, nicht abzustürzen.«

»Ich danke Ihnen, dass Sie sich um mein Wohlergehen sorgen, aber ich habe nicht vor, zu straucheln oder gar zu stürzen«, erwiderte Maria ironisch.

Damit war die Angelegenheit erledigt. Maria hatte Amon von dem Annäherungsversuch des jungen Doktors erzählt, und der Freund hatte sie in ihrer Haltung bestätigt.

»Du hast gut daran getan, ihm deinen Standpunkt deutlich klarzumachen. Hesses wechselnde Frauenbekanntschaften sind stadtbekannt. Halte dich besser von ihm fern.«

»Während der Arbeit ist das kaum möglich«, gab Maria zu bedenken. »Abgesehen von seinen amourösen Absichten ist Dr. Hesse ein zielstrebiger und ehrgeiziger Forscher. Von ihm kann ich viel lernen. Er steht bestimmt vor einer glänzenden Karriere.«

Amon zuckte mit den Schultern. »Lassen wir das Thema fallen. Ich habe jetzt Durst, du auch?«

Maria nickte. Nachdem Amon an einem der Getränkestände für sich ein leichtes Bier und für Maria ein Glas Saft geholt hatte und sie sich auf einer Parkbank unter einer Platane niedergelassen hatten, erzählte Maria von dem Treffen im Haus von Mathilde Weber.

Amon hörte interessiert zu und hakte hin und wieder nach. Auch Amon war der Ansicht, dass Frauen und Männer bei der Aus- und Fortbildung gleichberechtigt sein sollten.

»Maria, du bist das beste Beispiel, dass Wissensdurst nichts mit dem Geschlecht zu tun hat. Eines Tages werden Frauen wählen dürfen und vielleicht sogar hohe politische Ämter bekleiden.«

»Das halte ich dann doch für Utopie«, erwiderte Maria schmunzelnd. »Oder kannst du dir eine Reichskanzlerin vorstellen?«

»Warum nicht?« Er lachte. »Bisher konnte ich mir auch keine Frau vorstellen, die allen beweist, was für eine gute Wissenschaftlerin sie ist.«

Maria winkte ab. »Noch bin ich keine fertige Wissenschaftlerin, es liegt noch ein schwieriger Weg vor mir. Aber etwas anderes, Amon. Konntest du schon mehr über die Lepra herausfinden?« Inzwischen hatte ihm Maria von Rudolf und seinem Tod erzählt.

Er nickte. »Ich habe mich intensiver mit den Behandlungsmöglichkeiten der Krankheit befasst. In Amerika wird an einem Medikament geforscht, das eine Infektion zwar nicht verhindern, das Fortschreiten der Krankheit jedoch verzögern kann, sofern es frühzeitig zum Einsatz kommt. Auch die Universitäten in Heidelberg und Göttingen sind in dieser Richtung tätig. Bisher liegen noch keine gesicherten Ergebnisse vor, und es ist fraglich, ob es jemals vollständige Heilungsmöglichkeiten geben wird.«

Maria seufzte. »Die Medizin macht ständig Fortschritte. Vielleicht wird die Lepra eines Tages keine Bedrohung mehr darstellen. Manchmal denke ich, ich sollte besser Medizin studieren. Wäre es nicht sinnvoller, Krankheiten zu besiegen und Menschen zu helfen? Es wird kein großer Unterschied sein, ob man einen Menschen aufschneidet oder eine Ratte oder Kröte.«

»Anfänglich hat mich der Präparationskurs große Überwindung gekostet«, gestand Amon ein. »Schließlich liegt da ein Mann vor mir, der geatmet, geliebt und gelacht hat. Vielleicht hatte er eine Familie, eine Frau, Kinder … Man muss alle Gefühle verdrängen und den Toten als reines Forschungsobjekt betrachten, sonst bringt man es nicht fertig.«

»Früher habe ich potenziellen Heiratskandidaten, die mein

Vater ausgesucht hatte, ausführlich von der Sektion eines Tieres erzählt. Jedes Mal verloren sie sehr schnell das Interesse an mir.«

Amon lachte schallend. »Das kann ich mir lebhaft vorstellen. Der menschliche Körper ist jedoch nicht dein Interessensgebiet, deine Berufung ist nicht die einer Ärztin. Medizin und Naturwissenschaft sind jedoch eng miteinander verknüpft, eines braucht das andere. Jetzt aber genug von der Arbeit geschwätzt.« Er zwinkerte Maria zu. »Sollen wir morgen einen Ausflug unternehmen?«

»Einen Ausflug? Wohin?«

»Lass dich überraschen, Maria. Ich brauche nicht zum hundertsten Mal zu wiederholen, dass du zu viel arbeitest. Morgen ist Sonntag, das Wetter soll mild sein, lassen wir doch die Stadt für einen Tag hinter uns. Im Winter bleibt ausreichend Zeit, um zu lernen.«

Die Aussicht, einen Sonntagnachmittag in der freien Natur zu verbringen, war verlockend. Und so sagte Maria freudig zu.

Sie trafen sich um elf Uhr am südlichen Ufer des Neckars. Frau Deimling hätte kaum Verständnis gezeigt, wenn Amon Maria abgeholt hätte, um den Tag mit ihr zu verbringen. Auf die Meinung anderer gab Maria zwar nicht viel, sofern es nicht ihre Forschungsarbeiten und das Studium betraf, mit der freundlichen Vermieterin wollte sie es sich aber auf keinen Fall verderben. Inzwischen hatte Maria festgestellt, dass neunzig Mark im Monat für das Zimmer bei voller Verpflegung recht günstig war, die meisten Studenten mussten für ihre Buden mehr ausgeben. Amon hatte ein winziges Zimmer in einem Studentenwohnheim nahe dem Marktplatz, für das er sechzig Mark bezahlte, die Verpflegung kam noch hinzu.

Selbstverständlich hatte Maria das Zimmer nie gesehen, denn Frauen war der Zutritt zu dem Wohnheim streng untersagt. Von Onkel Karls Zuschuss wollte Maria so wenig wie möglich anrühren. Ihr Erspartes neigte sich dem Ende zu, und es war an der Zeit, sich für ein Stipendium zu bewerben.

Von einem Bekannten hatte sich Amon einen offenen leichten Einspänner ausgeliehen. Zu Marias Freude befand sich ein Picknickkorb unter der Sitzbank.

»Wohin fahren wir?«, fragte Maria gespannt.

»Aufs Land. Lehn dich zurück und genieß die Fahrt.«

Das tat Maria. Die Luft war rein und frisch, das bunte Laub der Bäume erfreute ihre Augen, auf den Wiesen blühten Herbstzeitlose, vereinzelt stieg der Rauch von Kartoffelfeuern in den blauen Himmel empor. Nach etwa einer Stunde erreichten sie ein ihr unbekanntes Dorf. Niedrige Fachwerkhäuser reihten sich aneinander, die Pfarrkirche mit einem wuchtigen quadratischen Turm war beeindruckend.

»Das ist Wurmlingen«, erklärte Amon. »Ich schlage vor, wir machen einen Spaziergang und suchen uns einen schönen Platz.«

Er deutete nach Westen. Auf einem weitläufigen Weinberg erhob sich eine kleine Kapelle. Der Aufstieg ähnelte dem zum Burgberg und bereitete Maria keine Mühe. Es tat gut, sich mal wieder richtig zu bewegen. Unterhalb der Kapelle fanden sie eine große Eiche mit einer Bank, die zum Sitzen einlud.

Amon packte ein gebratenes Hühnchen, frisches Weißbrot und eine Flasche mit einem leichten Weißwein aus dem Korb. Auf Marias Frage, wer das Huhn zubereitet hatte, lächelte Amon und blieb ihr die Antwort schuldig. Nachdem sie gegessen hatten, holte er seine Zeichenmappe aus der Tasche und klappte sie auf.

»Hast du etwas dagegen, wenn ich die Kapelle skizziere?«, fragte er, während er schon den Stift zückte.

Maria schüttelte den Kopf. »Natürlich nicht. Ich sitze gern hier und sehe dir zu.«

Schnell flog Amons Kohlestift über das Papier. Er arbeitete konzentriert. »Ich habe eine Auswahl meiner Zeichnungen einem Galeristen in Tübingen vorgelegt«, erklärte er nebenher. »Darunter das Kloster Bebenhausen und eine Ansicht des Schlosses Hohentübingen.«

»Das hast du wirklich getan?«, fragte Maria überrascht. So viel Mut hatte sie dem Freund nicht zugetraut. »Was hat er gesagt?«

Amons Gesicht begann zu leuchten. »Die Bilder haben ihm gefallen. Er möchte sie in Kommission nehmen und forderte mich auf, weitere Zeichnungen anzufertigen. Er schätzt, für eine Mappe mit vier bis sechs Bildern von Szenen aus der Umgebung könne er an die einhundert Mark erzielen. Es kommen immer wieder Reisende nach Tübingen, die gern eine Zeichnung mit nach Hause nehmen.«

Wenig damenhaft pfiff Maria durch die Zähne und klatschte in die Hände. »Das Zeichnen ist also gar keine so brotlose Kunst. Wirst du dein Studium abbrechen?«

»Wegen einer Mappe, die ich vielleicht verkaufen kann?« Amon seufzte, legte den Stift beiseite und rieb sich die Augen. »Das kann ich meinem Vater nicht antun. Ihr Leben lang haben meine Eltern gespart, damit ich lernen und das Abitur ablegen konnte. Ich bekomme zwar ein Stipendium, Vater unterstützt mich aber weiterhin. Das heißt, meine Eltern gönnen sich noch immer nichts. Ja, Maria, ich werde Chirurg werden, denn auch die Medizin interessiert mich sehr. Das Zeichnen wird ein Zeitvertreib bleiben. Wenn ich ein paar

Mark zusätzlich verdienen kann, ist das ein schöner Nebeneffekt.«

Maria verstand gut, dass ihr Freund einen anerkannten Beruf einer künstlerischen Laufbahn vorzog. Sie selbst hatte alles in die Waagschale geworfen, um ihren Weg zu gehen, am Ende erwartete sie aber eine sichere Existenz, denn sie hatte keine Zweifel, jederzeit Arbeit als Wissenschaftlerin zu finden. Vielleicht nicht in Württemberg, vielleicht auch nicht im deutschen Kaiserreich. Auf der Welt mussten doch fortschrittlichere Länder existieren, die Frauen in Laboratorien nicht als Exoten oder verrückt ansahen.

»Niemand weiß, wohin das Schicksal uns führt und was uns erwartet«, sagte sie nachdenklich. »Ich habe gekämpft, in Tübingen angenommen zu werden, wenngleich es in der Schweiz einfacher gewesen wäre. Es war die richtige Entscheidung, denn erst muss ich mir noch mehr Wissen aneignen, bevor ich für die große weite Welt bereit bin.« Sie schmunzelte. »Und die Welt für eine Doktorin der Naturwissenschaften.«

»Du strebst den Doktortitel an?«, fragte Amon überrascht.

»Die Dissertation ist doch Sinn und Zweck eines Studiums. Sag jetzt nicht, dass es im Kaiserreich nicht vorgesehen ist, einer Frau den Doktortitel zu verleihen. Bisher gab es in Württemberg auch keine Studentin.«

»Niemals würde ich dir widersprechen, Maria«, erwiderte Amon lachend. »Ich zweifle nicht daran, dass du alles erreichst, was du dir vorgenommen hast.«

»Widerstände sind dafür da, überwunden zu werden«, wiederholte Maria ihre Devise. »Manchmal sind die Widerstände aber so mächtig, dass sie nicht direkt bezwungen werden können. Trotzdem werde ich nicht aufgeben. Niemals!«

Amon legte seinen Kopf schief und sah Maria eindringlich an. »Darf ich dir etwas sagen, ohne dass du mir böse bist?«

»Du könntest nie etwas sagen oder tun, für das ich dir zürne.«

»Warum trägst du dein Haar straff aus der Stirn gekämmt?«, fragte Amon. »Die Frisur lässt dein Gesicht streng wirken, fast männlich. Bei der Reifeprüfung in Stuttgart fielen dir lockere Strähnen ins Gesicht. Das sah recht hübsch aus.«

Unwillkürlich griff sich Maria an den Kopf. Den flachen Hut aus schmucklosem grauem Stoff hatte sie abgelegt, nachdem sie sich zum Essen gesetzt hatten. »Bei der Arbeit im Laboratorium ist es praktischer.« Sie lachte ein wenig gezwungen. »Mathilde Weber teilt deine Meinung und versucht, mich zu hübschen Kleidern zu überreden. Was macht es, dass ich mit der Frisur wenig fraulich wirke? Ich habe nicht vor, mir mit weiblichen Reizen einen Mann einzufangen. In Tübingen habe ich sowieso den Ruf eines Mannweibes und werde bestaunt wie ein Affe im zoologischen Garten.«

»Ich meine ja nur …«, murmelte Amon, die Wangen leicht gerötet.

Maria schluckte. Jetzt war der Zeitpunkt gekommen, um ein für alle Mal etwas klarzustellen. Viel zu lange hatte sie es hinausgeschoben.

»Amon, ich mag dich wirklich sehr gern«, begann sie vorsichtig. »Ich mag dich wie einen Bruder, du bist mir ein guter Freund geworden, aber mehr …« Verlegen brach Maria ab.

Amons helle Augen weiteten sich erstaunt, dann schmunzelte er, griff nach Marias Hand und drückte sie.

»Ich wusste, früher oder später werden wir über uns sprechen müssen. Nicht nur Thalheim und Wöhrle zerreißen sich die Mäuler über unsere Freundschaft. Ich fürchte, auch der eine oder andere Professor fragt sich, wann die Hochzeits-glocken läuten. Davon abgesehen, dass meine Eltern niemals eine Verbindung zu einer Katholikin billigen würden – ich strebe nicht an zu heiraten. Auch du, Maria, bist mir lieb und teuer wie eine Schwester, die ich nie hatte. Ich hege jedoch keine romantischen Gefühle. Es liegt nicht an dir, du bist der wunderbarste Mensch, der mir je begegnet ist. Aber ich kann nicht das empfinden, was in einer Ehe wichtig sein sollte. Das, was du für Rudolf von Bach empfunden hast. Weder für dich noch für eine andere Frau. Ich werde niemals heiraten, denn für die Ehe bin ich nicht geschaffen.«

Erleichtert atmete Maria auf und sagte: »Danke, dass du mein Freund bist.«

»Freunde für immer, Maria«, erwiderte Amon mit einem ebenfalls erleichterten Lächeln.

Während er seine Zeichenutensilien zusammenpackte, be-trachtete Maria ihn verstohlen. Menschen wie er und sie pass-ten nicht in die gängige Gesellschaft mit ihren Regeln, Vor-schriften und strengen Konventionen. Maria erinnerte sich an die kurze Begegnung im *Blauen Ochsen* mit dem jungen Mann und wie verlegen Amon geworden war. Damals hatte sie ver-mutet, dass die beiden sich kannten, ihre Bekanntschaft in der Öffentlichkeit aber verbergen wollten. Seither hatte Maria mehrmals bemerkt, wie Amons Blick einem vorbeigehenden Kommilitonen gefolgt war.

»Wir sind uns ähnlich«, sagte sie nachdenklich. »Der liebe Gott hat uns so geschaffen, wie wir sind. Nicht nur äußerlich, sondern auch unsere Seele, unsere Empfindungen und Ge-fühle. Wir müssen es annehmen und akzeptieren, denn ändern können wir unser Wesen nicht. Nur die Welt da draußen«, sie deutete vage in die Ferne, »ist noch nicht bereit, anzuerkennen, dass es mehr als die gängigen Gepflogenheiten gibt. Nur weil Dinge schon immer so waren, müssen sie nicht immer so bleiben. Frauen sollen ihre vollkommene Erfüllung als Ehefrau und Mutter finden. Heiraten aber nicht die meisten, um versorgt zu sein? Gerade in meinen Kreisen hat eine Ehe selten etwas mit Liebe zu tun.«

»Du hast aber schon einmal einen Mann geliebt und wirst es wieder tun.«

Maria zuckte mit den Schultern. »Rudolf und ich hatten nur wenige Wochen miteinander. Es war eine unbeschwerte Zeit in einer wundervollen Umgebung, in der Worte schnell und leicht gesagt werden. Ich werde nie erfahren, ob seine Überzeugung, dass Frauen studieren sollen, der Realität standgehalten und er mich wirklich unterstützt hätte.« Sie blickte nach oben. »Es ist besser, wir treten den Rückweg an. Im Westen ballen sich dunkle Wolken zusammen.«

Amon reichte ihr seine Hand zum Aufstehen, und sie stiegen den Hügel hinab. Maria war froh, ihre Beziehung angesprochen zu haben und dass Amon wie sie dachte. Jetzt gab es keine Missverständnisse mehr zwischen ihnen. Sie brauchte nicht länger zu fürchten, ihren Freund zu verlieren.

Über Nacht schlug das Wetter um, die Temperaturen fielen deutlich. Es regnete in Strömen, ein kalter Ostwind peitschte schwere Tropfen nahezu waagrecht durch die Straßen. Über Mittag ging Maria nach Hause, um dort zu essen. Während sie die Gemüsesuppe löffelte, las sie in einer von Professor Eimer verfassten Niederschrift über die Entwicklungsgeschichte der Gregarinen und darüber, was man über diese Parasiten als Krankheitsverursacher wusste.

»Ach, Mädle, während des Essens liest man doch nicht!«,

mahnte Frau Deimling missbilligend »Davon bekommen Sie Magenschmerzen und Verdauungsbeschwerden.«

»Meinem Magen geht es prächtig, Frau Deimling. Derzeit forsche ich an verschiedenen Parasiten, und die Abhandlungen meines Professors sind sehr hilfreich bei meiner Arbeit. Eimer vertritt die These, dass mehr als die Hälfte aller Lebewesen parasitär sind und sich an ihren Wirt anpassen. Ich möchte herausfinden, ob die Schmarotzer den Organismus, den sie besiedeln, dauerhaft schädigen oder ihm eventuell von Nutzen sind.«

Frau Deimling rang die Hände. »Ich verstehe kaum ein Wort, Fräulein Maria, nur so viel, dass ich gar nicht mehr über Parasiten erfahren möchte.« Ihr Blick sagte deutlich, dass sie sich fragte, wie sich eine junge Frau freiwillig mit solchen Themen beschäftigen konnte.

Die Uhr auf dem Kaminsims schlug zwei. Maria sprang auf. »Herrje, schon so spät! Ich habe völlig die Zeit vergessen.«

»Und Ihre Suppe nicht aufgegessen«, rief Frau Deimling ihr nach, aber da fiel die Tür bereits ins Schloss.

Atemlos eilte Maria durch die Innenstadt, überquerte den Marktplatz, der heute nahezu verlassen war, dann den steilen Berg hinauf. Sie musste aufpassen, dass sie auf dem nassen Kopfsteinpflaster nicht ausglitt. Als sie die hohe Toreinfahrt passierte, fühlte sich Maria auch nach Monaten noch beeindruckt. Das Schloss Hohentübingen blickte auf eine bewegte Historie unter wechselnden Besitzern zurück. Seit Mitte des Jahrhunderts wurden viele Räume im Schloss von der Universität genutzt. So auch die ehemalige Schlossküche, in der der Schweizer Mediziner Friedrich Miescher 1869 das Nuklein entdeckte, das seitdem ein wichtiger Bestandteil in nahezu allen medizinischen Analysen war. Immer wenn Maria die altehrwürdigen Räume betrat, fühlte sie sich den unermüdlich forschenden Wissenschaftlern nahe. Dass das Renaissance-gewölbe keine Fenster hatte und es im biochemischen Laboratorium kalt war, störte Maria wenig. Die Doktores Hesse und Fickert beklagten sich dagegen regelmäßig und forderten den Einbau eines Holzofens.

»Sollen wir im kommenden Winter hier erfrieren?«, murrte Dr. Fickert.

»Oder uns zumindest eine schwere Lungenentzündung holen«, fügte Dr. Hesse hinzu und hieb damit in dieselbe Kerbe.

»Für die Forschung müssen Opfer gebracht werden.« Die Doktores und Maria fuhren herum, sie hatten das Eintreten von Professor Eimer nicht bemerkt. »Linden, Sie sind eine halbe Stunde zu spät!«

»Ich bitte um Verzeihung, aber ich habe eine gute Entschuldigung«, erwiderte Maria mit einem Zwinkern in den Augen. »Ich hatte mich in Ihre Abhandlung über die Gregarien vertieft und konnte mit dem Lesen nicht aufhören, Herr Professor.«

Eimer zögerte einen Moment, aber heute wollte er sich den Wind nicht aus den Segeln nehmen lassen. »Dann verschwenden Sie keine weitere Zeit und machen sich an die Arbeit«, murrte er, wandte sich brüsk ab und ging in den kleinen Nebenraum, in dem er seinen Arbeitsplatz eingerichtet hatte. Hinter ihm fiel die Tür lauter als nötig zu.

»Die Forschungsgelder sind gekürzt worden«, raunte Dr. Fickert Maria zu.

»Was bedeutet das für uns?«, fragte Maria erschrocken.

Die Doktores tauschten einen Blick, und Hesse antwortete, süffisant lächelnd: »Tja, ich vermute, jemand wird wohl die Arbeit im Laboratorium beenden müssen.« Seine Miene ließ keinen Zweifel aufkommen, dass er dabei weder an sich noch an den Kollegen Fickert dachte.

Maria presste die Lippen zusammen und setzte sich auf den Schemel an ihrem Arbeitsplatz. Obwohl sie für ihre Forschungsarbeit nicht bezahlt wurde, war sie ein wichtiger Bestandteil ihres Studiums geworden. Sie hoffte, durch die praktischen Erfahrungen ein oder sogar zwei Semester früher als die anderen ihre Dissertation verfassen zu können. Musste sie nun fürchten, dass ihre Tage im Labor gezählt waren? Es war ausgeschlossen, dass Professor Eimer auf einen der Doktores verzichtete, die neben ihrer Promotion einen nicht zu überbietenden Vorteil gegenüber Maria besaßen: Sie waren Männer.

Es wäre auch zu schön gewesen, dachte Maria, und, wie sie tags zuvor zu Amon gesagt hatte: Es würde sich ein anderer Weg finden. Auf keinen Fall wollte sie ihre Forschungen beschränken oder gar einstellen.

 # FÜNFZEHN

*Tübingen und Schloss Burgberg –
im Winter 1893*

Marias Befürchtungen bewahrheiteten sich nicht. Zwar wurden weniger Forschungsmaterialien zur Verfügung gestellt, die Arbeiten im Laboratorium konnten aber wie gewohnt fortgesetzt werden. Maria widmete sich vorrangig der Artenbildung und der Verwandtschaft heimischer Schmetterlinge, einem von Professor Eimers bevorzugten Themen. Er hatte seine Vorliebe während einer Forschungsreise auf die Mittelmeerinsel Capri entdeckt und mehrere Schriften über die *Lepitoptera* verfasst. Auch Maria war von den Schmetterlingen und ihrer Art der Fortpflanzung fasziniert. Hatte sie nicht schon als Kind eine Vorliebe für die bunten Falter gehabt. Regelmäßig saßen sie und der Professor auch nach Beendigung der Arbeit zusammen und fachsimpelten miteinander. Nie hatte Maria den Eindruck, Eimer nähme sie nicht ernst. Der Professor war aufrichtig an ihrer Meinung und Einschätzung interessiert. Er korrigierte Maria auch, wenn sie falschlag. Das geschah zu ihrem Nutzen und brachte ihr bei den Klausuren in Biologie und Zoologie Vorteile, sodass Maria in diesen Fächern zu den Besten gehörte. Über die finanzielle

Situation verlor Eimer kein Wort, und Maria stand es nicht zu, nachzufragen. Außerdem war sie mit ihren eigenen Finanzen beschäftigt, von ihrem Ersparten waren nur noch wenige Mark übrig. Mathilde Weber hatte versprochen, sich beim Allgemeinen Deutschen Frauenverein für Maria zu verwenden, damit sie ein Stipendium erhielt. Maria hatte sich nach der Möglichkeit erkundigt, einen Zuschuss von der Kremp'schen Familienstiftung zu erhalten, war aber abgelehnt worden, da die Stiftung nur Evangelische unterstützte. Obwohl der Glaube in Marias Leben keine große Rolle spielte, wollte sie des schnöden Mammons wegen nicht die Konfession wechseln. Sie würde schon irgendwie zurechtkommen. Im nächsten Frühjahr konnte sie wieder Kräuter sammeln und sie den Tübinger Apothekern verkaufen, und Schreibarbeiten waren auch immer zu vergeben. In Erinnerung an Amélie lächelte Maria. Sie war der Freundin dankbar, als sie vehement darauf bestanden hatte, Marias Handschrift und ihre Orthografie zu verbessern. Leider hatten sie sich nicht mehr viel zu sagen, und ihre Briefe wurden über die Monate immer weniger. Amélie hatte ihr drittes Kind geboren und konnte mit Marias Schilderungen aus dem Studentenleben nicht viel anfangen. Gabriele erging es nicht anders. Auch sie war eine treu sorgende Ehefrau geworden, das Wohlergehen ihres Gatten stand für sie an erster Stelle.

Das letzte Jahr war rasend schnell vergangen, und wieder standen die Weihnachtsferien vor der Tür. Dieses Jahr wollte Maria auf den Burgberg fahren. Ihre Mutter hatte geschrieben, dass Marias Vater unter gesundheitlichen Problemen litt und es begrüßen würde, Maria zu sehen.

Er wird den hartnäckigen Husten nicht los, und an manchen Tagen verlässt er sein Bett gar nicht. Manchmal macht er einen verwirrten Eindruck, als ob er nicht wüsste, wo er ist und warum er hier ist. Dr. Fouss kann keine konkrete Erkrankung feststellen, so fällt es unserem Hausarzt schwer, ihm zu helfen …

Wenngleich sich Maria und ihr Vater im Streit getrennt hatten und seither von ihm lediglich ein kurzer Gruß zu ihrem Geburtstag gekommen war, machte sich Maria große Sorgen. Seine Konstitution war noch nie kräftig gewesen, auch hatte er das sechzigste Lebensjahr bereits erreicht.

»Er sollte Professor Liebermeister konsultieren«, schlug Amon vor, nachdem ihm Maria von ihren Sorgen erzählt hatte. »Liebermeister ist der berühmteste Tübinger Kliniker, gerade im Bereich von nicht auf den ersten Blick erkennbaren Erkrankungen. Seine Patienten kommen aus ganz Deutschland, viele sogar aus dem Ausland.«

Maria schrieb an die Mutter, der Vater solle doch eine Woche vor Weihnachten nach Tübingen kommen und sich gründlich untersuchen lassen, dann würden sie gemeinsam nach Hause zurückkehren. Graf Edmunds Gesundheitszustand ließ eine Reise allerdings nicht zu. Im Dezember war zwar kaum Schnee gefallen, es war aber eisig kalt. Auch tagsüber lagen die Temperaturen im Frostbereich.

So fuhr Maria am 20. Dezember allein nach Hause. Die Reise verlief ohne Zwischenfälle, in Hermaringen wurde sie von ihrer Mutter und der guten alten Fränze erwartet. Nachdem sie die Eingangshalle von Schloss Burgberg betreten hatte, streifte Maria Handschuhe und Mantel ab. »Ich möchte gleich zu Vater«, sagte sie zur Mutter.

Gräfin Eugenie nickte beklommen. »Dr. Fouss ist gerade bei ihm.«

Graf Edmund von Linden war immer schmächtig und hager gewesen. Als Maria an sein Bett trat, konnte sie ihr Erschrecken jedoch kaum verbergen. War der magere Mann mit den eingefallenen grauen Wangen und dem fast kahlen Kopf wirklich ihr Vater? Seine Lider waren geschlossen, seine Brust hob und senkte sich in unregelmäßigen Abständen.

»Wie geht es ihm?«, flüsterte Maria, um den Vater nicht zu wecken.

Nachdenklich wiegte der Hausarzt den Kopf. »Heute ist einer seiner besseren Tage, denn der Herr Graf schläft viel. Ruhe tut ihm gut.«

»Wird er wieder gesund?«

»Ich weiß es nicht, Komtess«, antwortete der Arzt aufrichtig. »Ich unterstütze den Vorschlag, Ihren Vater in die Hände des geschätzten Kollegen Liebermeister nach Tübingen zu bringen. Wenn sich sein Zustand nicht verschlimmert, können Sie nach den Feiertagen reisen, denn ich weiß den Herrn Grafen bei Ihnen in guten Händen.«

Graf Edmunds Lider flackerten, er öffnete die Augen. »Maria?« Ungläubig blickte er auf seine Tochter. »Bist du es wirklich?«

Maria kniete sich neben das Bett und nahm seine Hand. »Ja, Vater, und ich werde dafür sorgen, dass du wieder gesund wirst.«

»Habe ich etwas verpasst? Studierst du jetzt auch noch Medizin?«, versuchte er zu scherzen. Seine Stimme war ebenso schwach wie seine Konstitution.

»Du musst viel schlafen, gut und reichhaltig essen, dann kommst du wieder zu Kräften. Nach Weihnachten fahren wir gemeinsam nach Tübingen. Die Universitätsklinik ist die beste in ganz Württemberg. Dann kann ich dir auch zeigen, wie ich wohne.«

»Das wäre schön, Maria«, murmelte Graf Edmund. »Ich muss doch sehen, wo meine Tochter sich ihr neues Leben eingerichtet hat.«

Lag es an der undefinierbaren Krankheit und seiner Schwäche, dass der Vater keine Vorwürfe mehr erhob und sich tatsächlich freute, sie zu sehen?, fragte sich Maria.

Es wurde ein ruhiges Weihnachtsfest. Lediglich Onkel Karl und Tante Elli kamen aus Stuttgart auf den Burgberg. An Heiligabend fühlte sich Marias Vater kräftig genug, um gemeinsam mit der Familie zu essen.

Nachdem das Geschirr abgeräumt und der Kaffee serviert worden war, zündete sich Karl von Linden eine Zigarre an. »Wo hält sich eigentlich Wilhelm auf?«, fragte er. »Hält der Bengel es nicht mal an Weihnachten für nötig, seinen kranken Vater zu besuchen? Man weiß doch nie …« Vielsagend zog er eine Augenbraue hoch.

»Noch bin ich nicht tot«, wandte Graf Edmund ein. »Meinen Sohn werde ich noch oft zu Gesicht bekommen.«

»Wilhelm betreibt Sprachstudien in Lausanne«, erklärte Gräfin Eugenie.

»Dann hat er dem Regiment endgültig den Rücken gekehrt«, stellte Onkel Karl fest. »Was fängt der Junge mit Sprachen an? Nun, es soll mir gleichgültig sein. Durch den Verkauf seines Anteils am Besitz ist Wilhelm finanziell abgesichert. Sofern er nicht über die Stränge schlägt, hat er sein Auskommen und fällt niemandem zur Last.«

Maria schämte sich, in den letzten Monaten keinen Gedanken an ihren Bruder verschwendet zu haben. Es überraschte sie, zu erfahren, dass Wilhelm nicht mehr diente. Bei ihrer letzten Unterhaltung, die so unschön geendet war, hatte sie den Eindruck gewonnen, der Bruder habe seine Lebensaufgabe in der Armee gefunden. Verheiratet war Wilhelm immer noch nicht. Laut der Mutter hatte er auch nicht vor, sich eine Frau zu suchen und die Linie der von Lindens fortzusetzen.

Wie enttäuscht müssen die Eltern von uns sein, dachte Maria. Sie würden wohl niemals ein Enkelkind in den Armen halten können.

Am nächsten Vormittag erklärte Dr. Fouss, er habe keine Einwände, wenn Graf Edmund und Maria in den nächsten Tagen abreisen würden.

In Begleitung eines Knechtes brachen Maria und ihr Vater am frühen Morgen auf. Dr. Fouss begleitete sie bis nach Ulm. Dort überzeugte er sich ein letztes Mal vom stabilen Zustand seines Patienten und überließ Maria die Verantwortung. Die weitere Fahrt verlief ohne Zwischenfälle. Graf Edmund war zwar müde und schwach, hielt sich aber mithilfe eines Gehstocks auf den Beinen. Beim Umsteigen stützte er sich auf Marias Schulter, und als sie in Plochingen einen halbstündigen Aufenthalt hatten, aß er mit gutem Appetit eine warme Suppe. Unmittelbar nach der Ankunft in Tübingen fuhren Maria und ihr Vater mit einer Droschke vom Bahnhof zu Professor Liebermeister. Am Vortag hatte Maria ihren Besuch telegrafisch angekündigt.

»Mit dem Befund bin ich nicht unzufrieden«, sagte der Professor nach einer ausgiebigen Untersuchung. »Nahrhafte Mahlzeiten, keine Aufregung und viel Schlaf werden bald eine Besserung herbeiführen.«

Ganz meine Meinung, dachte Maria und fragte sich, ob

sich die Mühe, den Vater nach Tübingen zu bringen, wirklich gelohnt hatte. In den nächsten Tagen ging es ihm zusehends besser. Die neue Umgebung sowie die Pflege in der Klinik – selbstverständlich war er in einem Einzelzimmer untergebracht worden und eine Schwester kümmerte sich fast ausschließlich um ihn – zeigten Erfolg. Eine genaue Diagnose konnte Professor Liebermann allerdings auch nicht stellen.

»Ich stelle eine gewisse Melancholie bei Ihrem Vater fest«, erklärte er Maria. »Vorrangig befällt die Krankheit Frauen, bei Männern habe ich sie noch nie in einer solch ausgeprägten Form gesehen. Der Herr Graf erzählte mir, er habe stets bedauert, den Dienst in der Armee quittieren und sich stattdessen um sein Erbe kümmern zu müssen. Mir gegenüber gab er zu, sich mit den Umständen arrangiert zu haben, für das Leben eines Landadligen schien er sich nie geeignet gefühlt zu haben.«

»Mein Vater hat den Burgberg immer ausgezeichnet geführt.« Maria fühlte sich in der Pflicht, den Vater zu verteidigen.

Der Professor nickte zustimmend. »Ein Mann lässt sich auch nicht gehen wie eine Frau, die mit ihrer Lebenssituation unzufrieden ist. Deswegen trifft Melancholie in der Regel die weibliche Bevölkerung. Dabei ist es meistens ein grundloses Gejammer. Die Frauen, die meine Hilfe suchen, haben es in der Regel gut getroffen und stellen lediglich überzogene Ansprüche. Sie haben ein Heim, einen Gatten und Kinder, sind also gut versorgt. Trotzdem meinen sie, melancholisch werden zu müssen, weil sie immer noch mehr wollen.« Verstohlen ballte Maria die Hände. Sie musste schweigen, denn sie durfte Professor Liebermeister nicht gegen sich aufbringen. »Ich würde Ihnen raten, den Herrn Grafen noch ein paar

Wochen hierzulassen. Spätestens im Frühjahr wird er wieder völlig genesen sein.«

Nach dem Gespräch mit dem Professor besuchte Maria den Vater am Krankenbett. Er sah wesentlich besser aus als noch vor ein paar Tagen. Seine Wangen hatten auch wieder Farbe bekommen. Er konnte sich ohne Hilfe aufsetzen und ließ von seinen Mahlzeiten nichts zurück.

»Maria, reise nach Hause und kümmere dich um die Geschäfte«, bat er. »In den letzten Monaten konnte ich mich wegen meiner Krankheit nicht hinreichend um alles kümmern. Wie du weißt, kennt sich deine Mutter mit Geld nicht aus. Es wird noch ein bisschen dauern, bis ich wieder zu Hause bin, und ich möchte nicht alles allein dem Verwalter überlassen. Es ist immer gut, den Angestellten auf die Finger zu sehen. Du hast ja ein gutes Händchen für Zahlen, Maria.«

»Wenn es dein Wunsch ist, werde ich reisen, Vater.«

»Deine Mutter soll nach Tübingen kommen und bei mir bleiben, bis deine Vorlesungen wieder beginnen«, fuhr er fort.

»*Maman* kann in meinem Zimmer bei Frau Deimling wohnen, solange ich auf dem Burgberg bin«, schlug Maria vor. »In diesem Jahr verbringt die Wirtin den Jahreswechsel zu Hause und wird erfreut sein, eine Gräfin zu beherbergen.«

»Ist die Unterkunft nicht zu schlicht für deine Mutter?«, gab Graf Edmund zu bedenken.

»Hotels in Tübingen sind teuer«, antwortete Maria offen. »In meinem Zimmer hat *Maman* alles, was sie benötigt, und Frau Deimling ist eine vorzügliche Köchin. Wenn ich alles geregelt habe, komme ich zurück und *Maman* reist wieder nach Hause. Dann besuche ich dich jeden Tag. So wirst du nie lange allein sein, Vater.«

»Dann soll es so sein. Wann wirst du fahren, Maria?«

»Unmittelbar nach dem Jahreswechsel.«

Maria erhob sich und wollte das Krankenzimmer verlassen, da rief der Vater leise ihren Namen. Sie drehte sich wieder nach ihm um.

»Maria, meine Tochter, ich bin …« Er wich ihrem Blick aus. »Also, ich denke, es gibt wohl viele Gründe, um stolz auf dich zu sein.«

Die Worte gingen Maria zu Herzen. Sie ahnte, wie schwer dem Vater das Eingeständnis gefallen sein musste.

»Ich werde dich nicht enttäuschen, Vater.«

»Nein, Maria, das hast du noch nie getan und wirst es niemals tun. Es brauchte seine Zeit zu erkennen, dass jeder andere Weg der falsche für dich gewesen wäre.«

Unvermittelt beugte sich Maria über den Vater und küsste ihn auf die Lippen. Das hatte sie in ihrem Leben noch nie getan. Sie konnte sich nicht erinnern, ob sie den Vater überhaupt jemals geküsst hatte.

In der Nacht zum neuen Jahr verschlechterte sich Edmund von Lindens Zustand. Sein Puls schlug schnell und unregelmäßig, er bekam schwer Luft und verlor wieder den Appetit, und auch die Bewusstseinsstörungen setzten wieder ein.

»Ich muss eine wichtige Depesche überbringen«, stammelte er und schien sich in die Zeit zurückversetzt zu fühlen, als er Offizier in Galizien war. Er suchte nach Marias Hand und drückte sie trotz seiner Schwäche so fest, dass die Knöchel knackten. »Aber die Wölfe! Die gierigen, hungrigen Wölfe, die auf frisches Menschenfleisch warten!«

Maria kannte die Geschichte. Damals war der Vater als Kurier in Todesgefahr gewesen. Nur seinem lauten Geschrei und dem schnellen Pferd war es zu verdanken, dass er dem

Wolfsrudel entkam. Der Vater, hektische rote Flecke auf den Wangen, rappelte sich auf und schwang seine mageren Beine aus dem Bett. »Ich muss meine Pflicht erfüllen! Meine Pflicht gegenüber König und Vaterland!«

Maria musste die Schwester zur Hilfe rufen, um den Vater wieder ins Bett zu bringen. Die Pflegerin flößte ihm Tropfen ein, woraufhin er ruhiger wurde.

Besorgt über den Vorfall fragte Maria den Arzt, ob sie überhaupt nach Hause fahren solle.

»Sie können auf jeden Fall reisen«, beruhigte Professor Liebermeister sie. »Die Gewissheit, dass daheim alles in Ordnung ist, tut dem Patienten gut. Ihr Vater freut sich auch auf die Gesellschaft seiner Gattin.«

Trotzdem hatte Maria ein ungutes Gefühl, als sie am 3. Januar die Bahn nach Plochingen bestieg. Der Bummelzug war nicht beheizt, die Innenscheiben des Abteils von Eisblumen bedeckt. Trotz des dicken Wollmantels und der lammfellgefütterten Schnürstiefel fror Maria unsäglich. Warmen Tee oder Kaffee gab es nicht. Rechtzeitig erreichte sie Plochingen, wo sie in den Schnellzug nach Ulm umstieg. Von dort würde sie die nächste Bahn nach Hermaringen nehmen und gegen vier Uhr von einem Knecht abgeholt werden. Im Schnellzug war es glücklicherweise angenehm warm, und Maria fühlte sich wie ein Eisblock, der nach und nach auftaute. Sie hatten noch nicht den Albaufstieg erreicht, als Marias Kopf zur Seite sank …

Wie tags zuvor richtete sich Graf Edmund im Krankenbett auf, das Gesicht krebsrot. »Die Wölfe! Die Wölfe kommen!«, schrie er, dann sackte er in sich zusammen und sank mit starrem Blick in den Kissen …

»Fräulein! Fräulein, wachen Sie auf!«

Jemand rüttelte Maria an der Schulter. Sie fuhr hoch. Eine ältere Frau, ein braunes Kopftuch um die grauen Haare geschlungen, sah besorgt auf sie herunter.

»Was ist passiert?«, fragte Maria. Das Blut rauschte in ihrem Kopf.

»Sie müssen geträumt haben, Fräulein, denn Sie haben laut geschrien.«

Fahrig wischte sich Maria über die schweißnasse Stirn. »Ich habe gesehen, wie mein Vater gestorben ist.«

»Wie schrecklich, aber jetzt ist der Traum ja vorbei«, sagte die Frau mit einem gütigen Lächeln. »Geht es Ihnen gut, Fräulein?«

Maria versicherte, alles sei in Ordnung. Die Frau setzte sich wieder auf ihren Platz und las weiter in einem schmalen Buch.

Auf dem zugigen Bahnhof in Ulm musste Maria über eine Stunde auf den nächsten wieder unbeheizten Zug warten. In Hermaringen schließlich erwartete sie der Knecht mit dem offenen Schlitten. Die Fahrt auf den Burgberg ging langsam voran, da selbst auf der Ostalb nur wenig Schnee lag. Bis ins Mark durchgefroren, müde, erschöpft und hungrig traf Maria zu Hause ein.

»Ach herrje, du bist ja ein einziger Eisblock!«, begrüßte Gräfin Eugenie ihre Tochter. »Du nimmst sofort ein heißes Bad und gehst dann ins Bett.«

»Ich möchte nur eine warme Suppe und ein Stück Brot, *Maman.*« Maria gähnte hinter vorgehaltener Hand. »Das Baden verschiebe ich auf morgen, heute möchte ich nur noch schlafen.«

Das Mädchen brachte Maria die Suppe in ihr Zimmer, in dem ein wärmendes Feuer im Kachelofen brannte. Maria aß hastig, entkleidete sich dann und legte sich ins Bett. Sie war beinahe eingeschlafen, als sie auf der Holztreppe die schnellen Schritte ihrer Mutter hörte. Die Tür wurde aufgerissen, und Gräfin Eugenie, wachsbleich, einen Zettel in der Hand, trat ein. Maria wusste sofort, dass etwas Furchtbares geschehen war.

»Dein Vater … Edmund … Er ist tot.«

»Das kann nicht sein!«

Mit einem Schlag war Maria hellwach. Aus den zitternden Fingern der Mutter nahm sie das Telegramm aus Tübingen. Mit knappen Worten teilte Professor Liebermeister mit, dass Grad Edmund von Linden sich am Nachmittag um zwei Uhr im Bett erhoben und nach einem Schluck Wasser verlangt hatte. Als er das Glas an seine Lippen setzte, brach er tot zusammen.

Um zwei Uhr … Ein kalter Schauer lief über Marias Rücken. Zu dieser Zeit hatte sie ihren Traum gehabt. Maria glaubte nicht an Übersinnliches. Aber genau dieses Szenario hatte sie geträumt. Sie beschloss, diese Absonderlichkeit besser für sich zu behalten, es spielte jetzt auch keine Rolle mehr. Sie umarmte ihre weinende Mutter und ließ ihren eigenen Tränen freien Lauf. Eines tröstete sie: Die Gewissheit, dass der Vater ihr verziehen hatte und am Ende stolz auf sie gewesen war.

Es blieb keine Zeit, um auszuruhen. Noch am selben Abend gab Maria die Telegramme an die Familie auf, eines auch an Wilhelm in Lausanne. Dann sprach sie mit dem Pastor. Am nächsten Morgen bestand Gräfin Eugenie, die sich äußerst tapfer hielt, darauf, zusammen mit Maria nach Tübingen zu fahren, um ihren Mann nach Hause zu holen. So war Maria keine fünfzehn Stunden nach ihrer Ankunft auf dem Burgberg wieder auf dem Weg. Als Todesursache bescheinigte Professor

Liebermeister plötzlichen Herzstillstand. Es war ihm offensichtlich peinlich, den Ernst der Lage nicht erkannt und Maria zur Reise geraten zu haben. Woran Edmund Graf von Linden nun wirklich erkrankt war und was zu seinem Tod geführt hat, blieb im Dunkeln. Maria und ihrer Mutter war es auch gleichgültig, änderte es doch nichts an der Tatsache, dass sie einen geliebten Menschen verloren hatten.

Die Beerdigung fand am 5. Januar im Dorf Burgberg statt. Trotz der eisigen Temperaturen waren alle gekommen, um dem Bruder, dem Schwager, dem Onkel und dem Gutsherrn das letzte Geleit zu geben. Alle, bis auf Wilhelm. Auf Marias Telegramm hatte er nicht reagiert. Bis zum Ende des Tages hoffte Maria, der Bruder würde verspätet eintreffen. Es war immerhin ein weiter Weg von Lausanne bis auf die Ostalb. Die physischen und psychischen Anstrengungen, bei strengem Frost binnen zwei Tagen dreimal die Reise zwischen Tübingen und Burgberg zurückzulegen und schließlich an der Trauerfeier in der ungeheizten kleinen Kirche teilzunehmen – all das forderte seinen Tribut. Marias längst vergessene Angina aus der Zeit im Pensionat kehrte mit aller Wucht zurück. Dr. Fouss bestätigte, dass ihre Abwehrkräfte stark geschwächt seien. Er verbot Maria das Reisen, was zur Folge hatte, dass sie den Beginn der neuen Vorlesungen verpasste. Maria, die sich wirklich elend fühlte, verstand, dass niemandem damit gedient war, wenn sie fiebrig und mit eitrigen Mandeln im Hörsaal und am Mikroskop saß. Wahrscheinlich hätte sie vom Lehrstoff sowieso nichts in sich aufnehmen können.

Marias Vater hatte kein Testament hinterlassen. Es war auch nicht nötig, denn durch das Fideikommiss war die Erbfolge geregelt. Da Wilhelm von Linden, der einzige Sohn Edmunds, seinen Anteil verkauft hatte, war Onkel Karl nun der neue Graf von Linden und Eigentümer von Schloss Burgberg und den weitläufigen Ländereien.

Zehn Tage nach der Beisetzung traf ein Telegramm von Wilhelm an Maria ein: *Bedauere Tod von Vater* – STOP – *Reisen zurzeit nicht möglich* – STOP – *Du regelst schon alles, Schwester* – STOP

Gräfin Eugenie nahm die Nachricht mit versteinerter Miene zur Kenntnis, faltete das Telegramm zusammen und legte es in die Schublade der Frisierkommode. Von da an sprach sie nie wieder ein Wort über Wilhelm.

Als Maria sich so weit in der Lage fühlte, das Bett zu verlassen, sah sie die Geschäftsbücher durch. Um den wunden Hals einen dicken Schal geschlungen, lutschte sie immer wieder an einem Stück Eis, das die gute Fränze ihr von draußen hereinbrachte.

Schloss Burgberg verfügte über gute Rücklagen, verschwenderisch durfte man mit den Geldern aber nicht umgehen. Die Frage, wie es weitergehen sollte, wurde zwei Wochen nach der Beerdigung beantwortet. Karl von Linden traf auf dem Burgberg ein, Tante Ellie war in Stuttgart geblieben, und ließ sich von Maria die Bücher zeigen. Beim Lesen runzelte er unwillig die Stirn und seufzte. Schließlich rückte er seine Brille zurecht und sah Maria ernst an.

»Ich hatte gehofft, Edmund hätte besser gewirtschaftet.«

»Der Besitz steht ordentlich da und ist ohne Schulden«, erwiderte Maria mit einem unwilligen Unterton. Sie mochte nicht, dass ihr Vater kritisiert wurde.

»Aber wie lange noch?«, fragte Onkel Karl. »Das Dach ist undicht, an den Fenstern zieht es herein, drei der Kachelöfen müssen dringend erneuert werden, und ich werde eine Unsumme für den Verwalter bezahlen müssen. Von den Dienstboten muss mindestens die Hälfte gehen. Sie werden nicht länger benötigt.«

»Werden du und Tante Ellie denn nicht hier wohnen?«, fragte Maria überrascht.

»Meine Güte, natürlich nicht! Was soll ich in dieser Einöde anfangen? Mein Wirkungskreis ist in Stuttgart.«

In Maria glomm ein Funke der Hoffnung. Obwohl es sie in die Welt hinauszog, hing sie an ihrem Elternhaus. Es in fremden Händen zu wissen – selbst in den Händen eines Verwandten –, brach ihr beinahe das Herz. »Ich kann mich um den Burgberg kümmern«, schlug sie vor. »Zusammen mit Mutter.«

»Mit Eugenie?« Onkel Karl lachte spöttisch und machte eine abfällige Handbewegung. »Meine Schwägerin engagiert sich zwar aufopfernd in der Fürsorge und Armenhilfe, zum profitablen Führen eines solchen Besitzes ist sie wohl kaum in der Lage.«

»Ich bin es, Onkel Karl.«

Mit stechendem Blick musterte er Maria, als sähe er seine Nichte heute zum ersten Mal. »Du? Willst du dein Studium aufgeben und als Bäuerin schuften? War dann alles umsonst, Maria? Der jahrelange Kampf und auch mein Geld, das dir den Aufenthalt in Tübingen überhaupt finanziert.«

»Wofür ich dir sehr dankbar bin, Onkel Karl«, entgegnete Maria demütiger, als es ihr ums Herz war. »Allerdings habe ich von deinem Geld kaum etwas angerührt. Ich hege die Hoffnung, noch in diesem Jahr ein Stipendium zu erhalten.«

»Du hättest auf deinen Vater hören und Landwirtschaft studieren sollen. Eine Biologin kann ich auf meinem Besitz nicht gebrauchen.«

Auf meinem Besitz … Die Worte schmerzten Maria, auch wenn sie der Wahrheit entsprachen. Alles hier, jeder Tisch, jeder Stuhl, jeder Teppich, jedes Bild an der Wand und jede Gabel im Besteckkasten gehörten Onkel Karl. Von ihrer Mutter, der alten Freiin, hatte Gräfin Eugenie zwar etwas Bargeld geerbt, bei Weitem aber nicht genug, um den Besitz zu erhalten.

»Erstelle mir bis Morgen eine Liste der Angestellten, die unerlässlich sind«, sagte Karl von Linden. Es war keine Bitte, es klang wie ein Befehl. »Die anderen müssen bis zum Monatsende gehen, bis dahin erhalten sie noch ihren Lohn. Ich denke, mit zwei, maximal drei Dienstboten wird deine Mutter zurechtkommen, zumal die oberen Räume geschlossen werden. Das erspart eine Menge Feuerholz. Die Mahlzeiten wird meine Schwägerin künftig in der Küche einnehmen, in der es ohnehin warm ist, und ihr Schlafzimmer wird sie in das Boudoir neben dem kleinen Speisezimmer verlegen.«

Maria schnappte nach Luft. Mit so gravierenden Veränderungen hatte sie nicht gerechnet. Sie würden besonders die Mutter hart treffen. Sie machte noch einmal einen Versuch und sah dem Onkel direkt in die Augen. »Wenn dir Schloss Burgberg ein solcher Klotz am Bein ist – warum überlässt du es nicht mir?«, fragte sie mit fester Stimme. »Ich bin überzeugt, dass es mir gelingt, den Besitz zu erhalten. Du investierst in die wichtigsten Reparaturen und erhältst einen Anteil vom Ertrag. Damit wäre allen Seiten gedient.«

Onkel Karl rutschte beinahe die Brille von der Nase. »Du bist eine Frau!«

»Was spielt das für eine Rolle?« Maria erhob ihre Stimme. »Als erste Frau Württembergs habe ich das Abitur abgelegt, als erste Frau im Königreich studiere ich an einer renommierten Universität, und als erste Frau werde ich promovieren –«

Mit einem unwirschen Schnauben schnitt der Onkel ihr

das Wort ab. »So weit ist es noch lange nicht. Es war ein interessantes Projekt, den Herrn Kultusminister zu überzeugen, in Württemberg eine Frau studieren zu lassen, und auch meinem Bruder zu zeigen, dass es nicht nach seinem Willen geht. Allerdings konnte ich nicht ahnen, dass dir der Erfolg solche Flausen in den Kopf setzt.«

Marias Augen weiteten sich, sie atmete schneller. »Dann ging es dir gar nicht um mich und um meine Wünsche?«, fragte sie fassungslos. »Du hast mir geholfen, um deine eigene Macht auszutesten? Um meinem Vater, deinem Bruder, ein Schnippchen zu schlagen, weil er der Ältere und damit der Erbe war?« Glasklar erkannte Maria die Wahrheit von Onkel Karls Ambitionen.

»Nun, ich hatte Erfolg, und das allein zählt.« Er zuckte mit den Schultern. »Genieße die Zeit an der Universität, Maria. Wenn sie vorbei ist, wirst du mit deinem Wissen sowieso nichts anfangen können. Eigentlich schade um das ganze schöne Geld.«

Mit aller Kraft drängte Maria die Tränen zurück. Sie fühlte sich belogen und betrogen. Sie war nur ein Spielball von Karl gewesen. Aber sie würde sich nicht die Blöße geben, vor dem Onkel zu weinen! »Der Burgberg ist mein rechtmäßiges Erbe«, fuhr er ungerührt fort. »Ich werde es keinem Weibsbild überlassen, das nach ein paar kleinen Erfolgen nun wohl größenwahnsinnig geworden ist und meint, etwas Besseres zu sein.« Grimmig presste Maria die Lippen zusammen. Im Moment würde jedes weitere Wort Onkel Karl noch mehr gegen sie aufbringen.

»Die alte Boser muss natürlich auch gehen«, fügte er hinzu, und Maria meinte, ein süffisantes Lächeln um seine Mundwinkel zucken zu sehen.

»Fränze?« Maria fuhr auf. »Sie ist im Haus, solange ich denken kann! Fränze hat keine Familie, sie steht ganz allein da. Wohin soll sie gehen? In ihrem Alter gibt ihr niemand mehr Arbeit.«

»Das ist nicht mein Problem.« Karl von Linden deutete zur Tür. »Lass mich allein, Maria, ich habe viel zu überdenken.«

Maria blieb nichts anderes übrig als zu gehen. Vollständig vertraut hatte sie Onkel Karl nie. Zu Recht, wie sich jetzt herausstellte. Sie musste alles daransetzen, sich so schnell wie möglich vom Onkel finanziell unabhängig zu machen.

Nachdem Gräfin Eugenie von den Plänen ihres Schwagers erfahren hatte, ließ sie den Schlitten anspannen. Gemeinsam mit Maria fuhren sie nach Heidenheim und suchten Dr. Adelmann auf. Seit Jahrzehnten vertrat der Anwalt die Belange der Familie.

Der ältere Herr hörte aufmerksam zu, während er sich über seinen grauen Backenbart strich. »Natürlich können Sie eine Klage anstreben, Ihrer Tochter, Komtess Maria, den Burgberg zu übereignen«, sagte er schließlich. »Wenn Sie meine ehrliche Meinung dazu hören wollen: Ich rate Ihnen davon ab. Es kostet nur Zeit und Geld. Geld, das – ich fürchte, ich muss so offen mit Ihnen sprechen, Frau Gräfin – nicht vorhanden ist. Die Aussichten auf Erfolg sind weniger als gering, denn das württembergische Erbschaftsgesetz ist eindeutig. Ja, wenn der junge Herr Wilhelm seinen Anteil nicht verkauft hätte …«

»Dann verliere ich mein Zuhause?«, fragte Maria resigniert.

»Der beste Rat, den ich Ihnen geben kann«, erwiderte Dr. Adelmann mitfühlend, »ist: Einigen Sie sich mit dem neuen Grafen von Linden. Sie sind schließlich eine Familie.«

Maria wusste, dass der wohlgemeinte Vorschlag des Anwaltes nicht umzusetzen war – Karl Graf von Linden beharrte auf seiner Haltung. Am meisten ärgerte es Maria, dass sich der Onkel aus dem Burgberg nichts machte und nur aus Prinzip an seinem Erbe festhielt.

»Du und Fränze, ihr könntet zu mir nach Tübingen ziehen«, schlug Maria ihrer Mutter vor.

»Ach, Kind, als junges Mädchen brachte mich dein Vater hierher, seitdem ist der Burgberg mein Zuhause. In Tübingen kenne ich doch niemanden.«

In den folgenden Tagen versuchte Maria, die Mutter zu einem Umzug zu überreden, Gräfin Eugenie blieb jedoch standhaft. Sie war der Meinung, sich mit der neuen Situation arrangieren zu können. Maria blutete das Herz, als sie Fränze und all den anderen, die der Familie so lange aufrichtig und treu gedient hatten, die Kündigung überreichen musste. Sie half, die dringend benötigten Möbel aus den oberen Stockwerken ins Erdgeschoss zu bringen, die restlichen mit Leintüchern abzudecken und die Fensterläden zu schließen. Maria hatte das Gefühl, nach ihrem Vater nun auch ihr Zuhause zu Grabe zu tragen.

Dann gab es nichts mehr zu tun. Maria war wieder vollständig gesund, und sie musste zurück nach Tübingen. Über drei Wochen lang hatte sie den Vorlesungen fernbleiben müssen. Die nächste Klausur stand an.

Am Tag vor ihrer Abreise erreichte sie ein Brief von Onkel Karl.

Da Du mehrfach betont hast, auf eigenen Füßen stehen zu können, möchte ich Deinem Entschluss nicht entgegenstehen. Ab sofort erhältst Du keine Zahlungen mehr. Das Geld benötige ich für Schloss Burgberg, damit das Haus nicht zusammenbricht. Zudem mutet es mich befremdlich an, dass Du zusammen mit meiner Schwägerin Rat bei einem Anwalt eingeholt hast. Ich denke, unser künftiger Kontakt wird sich auf ein Mindestmaß beschränken lassen.

Die harten Worte kamen für Maria nicht überraschend. Sie begrüßte, dass sie ab sofort von Karl von Linden nicht länger finanziell abhängig war. Es würde einen Weg geben, es hatte immer einen gegeben. Aber woher wusste Onkel Karl von dem Besuch bei Dr. Adelmann? Es blieb nur die Antwort, dass der Familienanwalt den neuen Grafen persönlich informiert hatte.

»Wem kann ich eigentlich noch vertrauen?«, murmelte Maria resigniert und machte sich ans Packen. Sie freute sich auf die Rückkehr in die Hörsäle und vor allen Dingen ins Laboratorium, gleichzeitig sorgte sie sich um ihre Mutter. Diese würde der veränderten Wohnsituation wohl nicht lange standhalten können.

Zurück in Tübingen stürzte sich Maria mit ganzer Kraft in die Arbeit, wie immer, wenn eine Situation belastend war und ausweglos erschien. Trotz des verpassten Stoffes schloss sie die nächste Klausur als Beste ab. Professor Eimer würdigte sie öffentlich vor allen Kommilitonen.

»Linden, machen Sie so weiter. Aus Ihnen wird mal was ganz Großes!«

Das Lob freute Maria außerordentlich. Am Abend ging sie mit Amon Russak in den *Blauen Ochsen* und feierte ihren Erfolg. Andere Studenten gesellten sich zu ihnen. Einer, den Maria bisher für einen Freund von Wilhelm Thalheim gehalten hatte, klopfte ihr kameradschaftlich auf die Schulter.

»Gut gemacht, Linden! Ich gebe es unumwunden zu, dass wir von dir noch was lernen können. Eigentlich schade, dass die Regularien eine Aufnahme in eine der Burschenschaften nicht zulassen. Du würdest unseren Kreis bereichern, denn eigentlich bist du ein ganz passabler Kumpel.«

»Maria könnte sich die Haare abschneiden und Hosen tragen«, schlug ein anderer vor. »Da bei unseren Treffen die meisten schnell betrunken sind, würde es wohl niemand auffallen.«

Die Worte taten Maria mindestens so gut wie das Lob von Professor Eimer. Die unglücklichen Umstände, dass sie weder die Mensa noch die Waschräume der Universität aufsuchen durfte, waren zwar nicht aus der Welt geschafft, aber Maria galt nicht länger als Verfemte. Sie wünschte sich nichts mehr, als dass der weitere Verlauf des Studiums nun einfacher werden würde.

SECHZEHN

Tübingen – Sommer 1894

Frauen haben immer schon gearbeitet, allerdings nur, wenn sie der weniger privilegierten Gesellschaft angehörten«, erklärte Mathilde Weber und erntete zustimmendes Nicken. »Sie arbeiten als Dienstboten, Putzfrauen und in den Fabriken, um sich und ihre Kinder durchzubringen, weil der Ehemann entweder nicht arbeiten kann oder will oder, was häufig der Fall ist, weil er seinen Lohn direkt ins nächste Wirtshaus trägt.«

Mathilde Weber hielt inne und trank einen Schluck Tee.

Die Pause nutzte Frau Rosenhagen, die Gattin eines angesehenen Tübinger Zahnarztes, um sich zu Wort zu melden. »Die Frauen schuften zwölf bis vierzehn Stunden, sechs Tage die Woche«, sagte sie mit tiefer, dröhnender Stimme. »Sie erhalten aber nur einen Bruchteil des Lohns, der einem Mann für die gleiche Arbeit zusteht.«

»Ausgezehrt von der harten Arbeit und den ständigen Geburten, altern die Frauen schnell und sterben häufig jung«, fuhr Mathilde Weber fort. »Sie werden vom Kindbettfieber dahingerafft, nicht selten auch von ihren Männern auf brutalste Weise misshandelt.«

»Manche Ehemänner zwingen ihre Frauen zur Abtreibung,

damit kein weiteres Maul zu stopfen ist«, ergänzte Maria bitter. »Die Eingriffe erfolgen in schmutzigen Hinterhofzimmern, unter desaströsen hygienischen Bedingungen. Für viele Frauen endet eine Abtreibung tödlich. Dabei wäre es an den Männern, Verzicht zu üben, wenn sie keine weiteren Kinder wollen. Aber die Kerle denken nur an ihr Vergnügen und machen den Frauen auch noch Vorwürfe, wenn wieder ein Baby unterwegs ist.«

Gräfin Eugenie zog empört die Luft ein. »Wie kannst du nur solche Worte in den Mund nehmen?«

Bevor Maria sich rechtfertigen konnte, meldete sich eine der anderen Frauen zu Wort. »Vergessen Sie nicht die Geschöpfe, die sich gezwungen sehen, sich zu prostituieren, um zu überleben. Dabei holen sie sich die schlimmsten Krankheiten. Manche Freier fordern auch unnatürliche, brutale Praktiken, die die Frauen schwer verletzen oder gar ums Leben bringen.«

Mathilde Weber, Frau Rosenhagen und die anderen nickten mit grimmiger Miene.

Gräfin Eugenie hingegen stupste Maria unter dem Tisch ans Knie. Ihr Teint hatte sich rot verfärbt. »Müssen solche Sachen unbedingt laut ausgesprochen werden?«, fragte sie bestürzt.

»Sie sind leider Tatsachen, Frau Gräfin«, antwortete Mathilde Weber ruhig. »Die Arbeit des Frauenvereins ist vielfältig. Wir fordern nicht nur die Gleichstellung der Frauen an den Schulen und Universitäten. Wir möchten auch die geschilderten Missstände beheben oder zumindest die breite Öffentlichkeit auf die Lage der Frauen aus den unteren Gesellschaftsschichten aufmerksam machen.«

Gräfin Eugenie rümpfte unwillig die Nase und starrte auf das filigrane weiße Teeservice mit den kleinen roten Rosen.

Heute hatte Mathilde Weber den Tisch mit dem erlesenen Porzellan und einem bunten Blumenstrauß besonders fein gedeckt. Es gab Tee und Kaffee, Küchlein mit Äpfeln und Zimt, Nüssen oder Schokolade. Mathilde Weber war Standesdünkel fern, wie ihr unermüdlicher Einsatz für mehr Gerechtigkeit der Frauen bewies, der Besuch einer Gräfin jedoch war ihr Anlass genug, ihr Heim im besten Licht zu präsentieren. Allerdings waren die heutigen Themen Gräfin Eugenies Ansicht nach alles andere als fein. Zum ersten Mal begleitete sie Maria zu einem der Zusammenkünfte des Frauenkreises bei Mathilde Weber. Maria vermutete, dass es auch das letzte Mal gewesen sein dürfte.

Die anderen acht Damen diskutierten weiter über das Gesetz, dass eine Frau am Tag ihrer Eheschließung all ihren Besitz und ihr erspartes Geld an ihren Gatten abtreten musste. Sie durften kein eigenes Bankkonto haben, keine Geschäfte tätigen, keine Verträge abschließen und keinen Beruf ausüben. Bei allem musste der Ehemann zustimmen und konnte es natürlich auch untersagen.

»Selbst eine niedrige Magd muss die Genehmigung ihres Mannes einholen, um anderen Leuten Nachttöpfe leeren und deren Dreck beseitigen zu dürfen«, eiferte sich Frau Rosenhagen. Die resolute Zahnarztgattin war im gleichen Alter wie Marias Mutter. Äußerlich eine elegante Dame, nahm sie kein Blatt vor den Mund und nannte die Dinge stets beim Namen. Nicht nur deswegen mochte Maria Frau Rosenhagen sehr und schätzte ihre Meinung hoch.

Gräfin Eugenie stand auf. »Maria, wir müssen jetzt gehen. Es ist spät geworden.«

Maria blieb nichts anderes übrig, als sich der Mutter anzuschließen. Es war erst kurz nach vier Uhr an einem Samstagnachmittag, und zu Hause wurden sie von niemandem erwartet.

Mit feinem Gespür erkannte Mathilde Weber, dass Gräfin Eugenie in vielen Belangen anders als Maria war.

»Ich lasse Ihnen den Termin unseres nächsten Treffens zukommen, Komtess Maria«, sagte Mathilde Weber zum Abschied. Sie wusste, dass sie die Gräfin von Linden für ihren Zirkel nicht hatte gewinnen können.

Gräfin Eugenie wartete, bis sie den Platz, an dem Droschken bereitstanden, erreicht hatten, bevor sie ihre Abscheu zum Ausdruck brachte. »Ich möchte nicht, dass du dich weiterhin mit diesen …«, sie schluckte, »diesen Frauen abgibst. Sie sind kein passender Umgang für dich, Maria.«

»Diese Damen gehören allesamt zur besten Gesellschaft Tübingens und darüber hinaus«, erwiderte Maria. »Sie nennen die Missstände beim Namen, anstatt wie die meisten um den heißen Brei herumzureden, *Maman*. Missstände, für deren Beseitigung oder zumindest Linderung sich der Allgemeine Deutsche Frauenverein seit Jahren einsetzt. Es wird nicht nur die Öffnung der Gymnasien und Universitäten für alle Frauen gefordert. Es geht auch um eine allgemeine Chancengleichheit. Mädchen sollen ebenso wie die Buben lernen dürfen, damit sie später eben nicht zum Beispiel als Prostituierte arbeiten müssen.«

Gräfin Eugenie hob abwehrend die Hände, am rechten Handgelenk baumelte ihr kleiner grauer Beutel hin und her. »Ich habe dich immer unterstützt, Maria. Habe dich gewähren lassen, wenn dir das Herumstreifen in der Natur wichtiger war als die Grammatikstunden. Mit Engelszungen habe ich auf deinen Vater eingeredet, damit du das Pensionat besuchen kannst …«

»Vater wollte nicht, dass ich nach Karlsruhe gehe?«, fragte Maria überrascht.

»Er hielt es für Zeitverschwendung und herausgeworfenes Geld. Er war fest entschlossen, dich gut zu verheiraten«, antwortete Gräfin Eugenie mit einem bitteren Unterton. »Warum also eine teure Ausbildung an einem Institut in Fächern wie Physik, Chemie und Mathematik? Für ihn war das nichts, womit sich ein Mädchen beschäftigen sollte. Männer schätzen gebildete Frauen, mit denen sie sich abends nach getaner Arbeit unterhalten können – solange die Frauen nicht versuchen, mit ihrem Wissen öffentlich zu glänzen. Viele Männer haben schlicht und ergreifend Angst vor der geistigen Überlegenheit ihrer Gattinnen. Wenn Frauen eigenständig denken und handeln, fühlen sie sich der Lächerlichkeit preisgegeben.«

»Ich fürchte, du hast recht«, stimmte Maria zu. »Als ich mich mit dem Abitur nicht zufriedengeben und den nächsten Schritt des Studiums gehen wollte, konnte sich Vater nicht beugen, ohne, seinem Empfinden nach, den Status als Familienoberhaupt einzubüßen, seine einzige Tochter nicht im Griff zu haben. Deswegen sein unerbittliches Verhalten mir gegenüber.«

»Er wollte immer nur das Beste für dich, mein Kind«, sagte Gräfin Eugenie und seufzte. »Rückblickend weiß ich, dass er das Beste für sich selbst und die Anerkennung in der Gesellschaft wollte. In unseren Kreisen wird eine Frau nicht akzeptiert, die ihr Leben der Wissenschaft widmet, statt Ehefrau und Mutter zu werden.«

Sie senkte den Blick, Maria hatte aber den Schleier über ihren Augen bemerkt. Den Vater so einzuschätzen und es gegenüber Maria zuzugeben, musste Gräfin Eugenie schwergefallen sein. Maria ergriff ihre Hand und drückte sie sanft.

»Am Ende war Vater stolz auf mich«, sagte Maria leise. »In Württemberg, vielleicht sogar im ganzen Kaiserreich bin ich eine Vorreiterin, die bewiesen hat, dass die Fähigkeit zu lernen geschlechterunabhängig ist. Es wird nicht mehr lange dauern, und es werden mehr und mehr Frauen dem Weg folgen können, den ich ihnen geebnet habe. Ausbildung und Studium kosten aber auch Geld. In der Hinsicht bin ich privilegiert, anderen ist es aus rein finanziellen Gründen verwehrt, sich zu bilden. Auch dafür stehen Mathilde Weber und der Frauenverein! Die Zustände müssen nachhaltig modernisiert werden, damit alle die gleichen Chancen im Leben bekommen. Gleichgültig, welchem Geschlecht und welcher Gesellschaftsschicht man angehört.«

»Ich möchte dennoch nicht, dass du dich in soziale Abgründe begibst, Maria«, mahnte Gräfin Eugenie sorgenvoll.

»Keine Sorge, *Maman*, für ein tatkräftiges Engagement kann ich gar nicht die Zeit erübrigen«, wiegelte Maria ab. »Die Treffen mit den Frauen bedeuten mir viel, bringen sie mir doch ein wenig Abwechslung. Du sagst selbst, ich lerne zu viel und soll auch mal etwas anderes unternehmen.«

Gräfin Eugenie seufzte ein weiteres Mal. »Du bist erwachsen, den Kontakt kann ich dir nicht verbieten. Du würdest sowieso nicht auf mich hören, Maria. Für mich sind Frau Weber und ihre Gleichgesinnten nicht die richtige Gesellschaft. Ich bin es nicht gewohnt, über solche«, sie hielt einen Moment inne, »Dinge offen zu sprechen. Und ich bin zu alt, um mich zu ändern.«

Man ist nie zu alt, um seine Sichtweise zu erweitern und auch zu ändern, dachte Maria, schwieg allerdings, denn nichts hätte die Mutter umzustimmen vermocht. Sie bestiegen jetzt eine der wartenden Droschken.

Maria hatte geahnt, dass ihre Mutter sich für die Anliegen des Frauenvereins nicht würde erwärmen können. Es war aber wichtig, dass sie Kontakte knüpfte. Maria war den ganzen Tag an der Universität, arbeitete oft bis in die späten Abendstunden und auch an den Wochenenden im Laboratorium. Wenn sie nach Hause kam, aß sie nur noch eine Kleinigkeit und fiel todmüde ins Bett. Seit die Mutter in Tübingen lebte, hatten sie den ersten Nachmittag miteinander verbracht.

Maria erinnerte sich zurück. Nachdem sie im Januar vom Burgberg nach Tübingen zurückgekehrt war, hatte die Mutter alle zwei, drei Wochen geschrieben. Es waren Briefe voller Zuversicht gewesen. Sie habe sich mit der veränderten Wohnsituation auf dem Burgberg arrangiert, es gehe ihr gut, die von Karl beschlossenen Sparmaßnahmen seien gar nicht schlecht, man komme auch mit weniger aus …

Doch zwischen den Zeilen hatte Maria Traurigkeit und auch Unzufriedenheit gelesen. Es war Fränze gewesen, die im Juni an Maria schrieb, Karl Graf von Linden komme regelmäßig auf den Burgberg und lasse keine Gelegenheit verstreichen, seiner Schwägerin klarzumachen, sie sei hier unerwünscht. Da Karl von Linden sie nicht einfach vor die Tür setzen konnte, unternahm er alles, um Gräfin Eugenie das Leben schwer zu machen. Er kürzte die Ausgaben für die Lebensmittel, es musste so viel Feuerholz eingespart werden, dass nur noch drei Räume beheizt werden konnten, und für Kleidung oder sonstige persönliche Ausgaben erhielt Gräfin Eugenie keinen Pfennig von Onkel Karl. Einzig dem Erbe von *Grand-mère* war es zu verdanken, dass Marias Mutter nicht hungern und sich anständig kleiden konnte. Onkel Karl veranlasste zwar die längst notwendige Renovierung des Daches und ließ neue Fensterrahmen einsetzen, die Bauarbeiten verursachten aber so viel Lärm und Dreck, dass es im Schloss kaum auszuhalten war.

> *Fräulein Maria, Sie müssen etwas unternehmen!*, schrieb Fränze flehend. *Sie kennen Ihre Mutter. Die Frau Gräfin würde sich niemals eingestehen, dass sie leidet. Aber jedes Mal, wenn ich sie besuche, sieht sie bekümmerter aus. Ich fürchte, Ihre Frau Mutter wird ernsthaft krank werden …*

Da alle Klausuren des Semesters geschrieben waren, hatte Maria für eine Woche die Vorlesungen und die Arbeit im Laboratorium ausfallen lassen und war nach Hause gefahren. Gegenüber Professor Eimer begründete sie die jähe Reise mit einer familiären Notlage. Das entsprach durchaus der Wahrheit, denn die ganze Sache war noch schlimmer als von Fränze geschildert. *Mamans* neues Schlafzimmer war nicht größer als eine Abstellkammer mit einem winzigen nach Norden ausgerichteten Fenster, durch das der Wind zog. Beim Anblick der Mutter konnte Maria ihr Erschrecken nicht verbergen. In den vergangenen fünf Monaten war Gräfin Eugenie sichtlich gealtert. Ihr Haar war vollständig ergraut, ihr Teint blass und kränklich und ihre Schritte langsam und schleppend.

»Wir suchen uns eine Wohnung in Tübingen«, hatte Maria bestimmt. »Keinen Tag länger als nötig lasse ich dich hier, sonst wirst du krank. Nach Vater möchte ich dich nicht auch noch verlieren.«

War es Marias Entschlossenheit, die keinen Widerspruch duldete, oder weil Gräfin Eugenie derart zermürbt war, dass sie kommentarlos zustimmte? Maria bat Fränze, alles zu packen, was sie mitnehmen durften, reiste zurück nach Tübingen, hörte sich um und hängte einen Zettel am Schwarzen Brett der Universität aus. Sie hatte Glück und konnte bereits am nächsten Tag eine hübsche, großzügig bemessene Dreizimmerwohnung direkt gegenüber dem Botanischen Garten besichtigen. Die Wohnung lag zwar im Souterrain, hatte dadurch aber einen Ausgang zu einer kleinen Terrasse, an die sich ein weitläufiger Garten anschloss. Neben je einem Schlafzimmer für Maria und Gräfin Eugenie verfügte die Wohnung über ein helles Wohnzimmer, eine gut ausgestattete Küche und einen Abtritt mit Waschbecken im Haus. Es war sogar eine Kammer mit einem Fenster vorhanden, in die Fränze ziehen konnte. Dass die treue Angestellte nach Tübingen mitkommen sollte, stand außer Frage. Es musste sich ja jemand um den Haushalt, das Kochen und die Wäsche kümmern.

Das etwa zwanzig Jahre alte Haus gehörte dem Kunstmaler Heinrich Bauer. Der Witwer lebte allein, seine zwei erwachsenen Söhne besuchten ihn nur selten. Einzig eine französische Bulldogge mit weißem Fell und treuen dunklen Augen leistete dem Künstler Gesellschaft, allerdings kam er dem Bewegungsdrang des verspielten jungen Hundes kaum nach.

Als Maria das lichtdurchflutete Atelier im Dachgeschoss betrat und seine Bilder bewunderte, dachte sie an Amon Russak. Der Freund musste Heinrich Bauer unbedingt kennenlernen! Es war ein weiterer Grund, in das Haus zu ziehen. Der Mietzins war zwar üppig, die Ausstattung der Wohnung jedoch perfekt, der Botanische Garten direkt gegenüber und für Maria der Weg zur Universität kürzer als bisher. Gräfin Eugenie verfügte über Geld aus dem Erbe ihrer Mutter, Maria hatte das Stipendium des Allgemeinen Deutschen Frauenvereins erhalten, zudem würde sie ab Herbst für die Arbeit im Laboratorium ein Salär erhalten. Alles zusammen würde ausreichen, um sich die

Wohnung leisten zu können. Frau Deimling bedauerte es zwar, ihre vertrauenswürdige und ruhige Mieterin zu verlieren, verstand aber, dass Maria ihre Mutter bei sich haben wollte.

»Familie ist das Wichtigste im Leben«, hatte sie gesagt und sich mit einem Zipfel ihres Taschentuchs eine Träne aus dem Augenwinkel getupft. »Es ist rührend, wie Sie sich um Ihre Mutter kümmern. Sie hat ja niemanden mehr außer Ihnen, Fräulein Maria.«

Lump, die französische Bulldogge, und Maria freundeten sich sofort miteinander an. Es dauerte keine Woche, und Lump wich Maria nicht mehr von der Seite. Sie nahm den Hund sogar mit ins Laboratorium, nur die Nächte musste er in seinem Körbchen in Heinrich Bauers weitläufiger Diele verbringen. Darauf bestand Gräfin Eugenie vehement.

So war Maria wieder zu einem Haustier gekommen. Heinrich Bauer überließ ihr das Tier gern, da er sah, wie gut es Lump bei Maria erging. Die Mitarbeiter im Laboratorium mochten Lump ebenfalls. Zusammengerollt lag er zu Marias Füßen und gab keinen Laut von sich. Sie hatte immer ein Leckerli in der Rocktasche und konnte nicht widerstehen, wenn Lump sie aus großen, bettelnden Augen ansah.

Scherzhaft eifersüchtig reagierten die Doktores und Professor Eimer auf Marias zärtliche Liebe zu der Dogge und zogen sie immer wieder auf. »Wenn ich wiedergeboren werde, dann möchte ich Hund bei Ihnen sein, Linden«, hatte Dr. Fickert neulich im Scherz gesagt.

Erst zwei Wochen zuvor hatte Maria bei ihrer Rückkehr aus dem Kolleg gesehen, dass Lumps weißes Fell mit einem roten Muster überzogen war. Streifen und Punkte zierten seinen dicken Kopf, verliefen über den Rücken und verjüngten sich zum Schwanz hin.

»Wir haben Professor Eimers Theorie über die drei Stadien der Entwicklung bei Hunden auf Lump abgebildet«, erklärte Dr. Fickert und konnte sich vor Lachen kaum halten.

»Offensichtlich gefällt es ihm, die Wissenschaft zu vertreten«, fuhr Hans Eisele grinsend fort. Der Student arbeitete seit einigen Wochen im Labor, nachdem Dr. Hesse an ein Institut in Norddeutschland gewechselt hatte. »Keine Sorge, Linden, Lump hat ganz freiwillig mitgemacht, und die Farbe schadet ihm kein bisschen.«

Später wurde der Hund mit Alkohol gründlich abgeschrubbt, bis sein weißes Fell wiederhergestellt war. Auch das ließ Lump widerstandslos über sich ergehen.

»Solch kindliche Scherze machen unsere eher trockene Arbeit zwar vergnüglich«, sagte Maria mit gespielter Strenge, »künftig aber bitte nicht mehr an meinem Hund, meine Herren!«

Dann waren die Sommerferien angebrochen. Es fanden keine Vorlesungen statt, die meisten Studenten waren nach Hause gefahren, die Arbeit im Laboratorium wurde jedoch nicht unterbrochen. Maria begrüßte es, denn die ganze Zeit allein mit der Mutter hätte sie doch sehr angestrengt. Gräfin Eugenie fand sich in der Stadt nur schwer zurecht. Es war ihr zu laut, obwohl die Wohnung in einer ruhigen Gegend lag, zu schmutzig, zu heiß, wenn die Sonne schien, zu nass und kalt, wenn es regnete …

Gräfin Eugenie war einfach mit allem und jedem unzufrieden. Der Verlust des Burgbergs stimmte Eugenie sogar noch trauriger als der Tod ihres Mannes.

»Ach, Kind, wenn es doch nur noch so wäre wie früher …«

»*Maman*, das Leben unterliegt ständigen Veränderungen. Manche sind zu begrüßen, mit anderen müssen wir uns abfinden, ob es uns gefällt oder nicht. Wir haben es uns hier doch recht gemütlich gemacht und haben alles, was wir brauchen.«

Abschätzend sah sich Gräfin Eugenie im Wohnzimmer um, das sie *Salon* nannte. Ihr Blick sprach Bände. In einer angemieteten Wohnung zu leben, empfand sie als sozialen Abstieg. Maria verstand die Mutter durchaus. Auch sie vermisste den Burgberg, umso mehr, da sie wusste, dass sie niemals wieder ins Schloss zurückkehren würden. Mit Onkel Karl hatten sie dauerhaft gebrochen. Und die Stuttgarter Verwandtschaft stand geschlossen hinter ihm. Auch Ferdinand von Hiller, einst Marias Lieblingsonkel, konnte oder vielmehr wollte ihr nicht verzeihen, den Antrag seines Sohnes Bertie ausgeschlagen zu haben. So waren Maria und die Mutter auf sich allein gestellt.

»Hat Wilhelm eigentlich inzwischen auf deine Einladung, uns in Tübingen zu besuchen, reagiert?«, fragte Maria, um auf etwas Erfreulicheres zu sprechen zu kommen.

»Wilhelm ist noch in Lausanne und sieht sich außerstande zu reisen«, antwortete Eugenie knapp.

Maria runzelte die Stirn. »Er ist hoffentlich nicht krank?«

Eugenie zuckte mit den Schultern. »Er schreibt, es gehe ihm gut. Ich nehme an, Wilhelm fehlt das Geld für die Reise. Ich könnte ihm telegrafisch etwas anweisen lassen …«

»Ja, mach das«, murmelte Maria. Sie brauchten zwar jeden Pfennig zum Leben, aber Wilhelms Besuch würde ihre Mutter aufmuntern. »Ich muss heute Abend noch einmal weg«, bemerkte Maria, wohl wissend, was jetzt folgen würde.

Unwillig runzelte Gräfin Eugenie die Stirn. »Am Samstagabend? Gehst du schon wieder mit dem Studenten aus?«

»Wir treffen uns nicht zum Vergnügen, *Maman*«, erklärte Maria geduldig. »Im Labor forschen wir intensiv an der Übertragung von Keimen. Ich bin auf dem besten Weg nachzuweisen, dass Viren und Keime auf Kunststoffen schwerer haften als auf anderen Materialen. Amon studiert Medizin, wie du weißt. Wir tauschen unsere Ergebnisse untereinander aus und profitieren beide davon.«

»Findest du es nicht unschicklich, dich in aller Öffentlichkeit mit einem Mann zu zeigen, mit dem du nicht einmal verlobt bist?«

»Amon und ich sind Kommilitonen mit ähnlichen Interessen und Zielen. Nicht mehr und nicht weniger.«

»In Tübingen scheint an einem solches Lotterleben niemand Anstoß zu nehmen«, bemerkte Eugenie süffisant. »Gut, dass das dein Vater und *Grand-mère* nicht mehr erleben müssen.«

»Lass bitte Großmutter und Vater aus dem Spiel!«, gab Maria laut und deutlich zurück. »Es ist nichts Anstößiges daran, sich mit Kommilitonen zu treffen, *Maman*. Das tun Studenten täglich.«

»Du bist aber kein Student, sondern eine Frau, und Amon Russak ist ein Mann! Warum will er dich nicht heiraten?«

»Wie bitte?«

»Was stimmt mit dem Mann nicht, dass er eine Frau zur Freundin hat, sich mit ihr in der Öffentlichkeit zeigt und sie dem allgemeinen Gerede aussetzt? Wäre Russak ein Ehrenmann, müsste er wissen, welch Schatten auf dich fällt. Es scheint ihm gleichgültig zu sein, dich ins Gerede zu bringen.«

Maria schluckte. Äußerlich mochte die Mutter gealtert sein, aber ihr Verstand war so klar und scharf wie eh und je. Sie kam der Wahrheit gefährlich nahe, warum Amon in Maria keine begehrenswerte Frau sah.

»Es hat mich nie interessiert, was andere über mich reden.« Versöhnlich küsste Maria die Mutter auf die Wange. »Mach dir keine Sorgen, alles ist gut, so wie es ist. Jetzt muss ich los, ich bin spät dran.«

»Und ich muss wieder allein zu Abend essen«, grummelte Gräfin Eugenie.

»Fränze leistet dir gern Gesellschaft«, erwiderte Maria, bereits im Mantel, und verließ schnell die Wohnung, bevor die Mutter weitere Klagen vorbringen konnte.

Einen Anflug schlechten Gewissens empfand Maria trotzdem. Zwar lebten sie miteinander, viel Zeit verbrachten sie aber nicht zusammen. Durchaus hätte Maria die Arbeit an den Wochenenden reduzieren können, wenn sie aber ehrlich zu sich selbst war, entfloh sie der beengten Situation in der Wohnung. In den letzten Monaten hatte sich Gräfin Eugenie verändert. Sie versank immer mehr in Selbstmitleid. Ein Gefühl, das Maria fremd war. Ständig zurückzublicken und von Vergangenem zu träumen, stürzte einen in Melancholie und brachte niemanden weiter. Und Maria wollte vorankommen! Ihr Ziel war es, gegen Ende des kommenden Jahres die Dissertation fertigzustellen. Als Doktorin würde sie für ihre Arbeit auch endlich angemessen bezahlt werden. Seit Wochen recherchierte und sammelte Maria alles über die Gehäuseschnecken des Meeres, das Thema ihrer Doktorarbeit. Professor Eimer hatte ihr dazu geraten.

»Über die Entwicklung der Struktur und Zeichnung der Gehäuseschnecken ist nicht viel bekannt. Mit einer solchen Arbeit könnte es Ihnen gelingen, die Herren des Ausschusses zu überzeugen. Natürlich muss Ihre Dissertation wissenschaftlich fundiert und gut ausformuliert sein. Daran hege ich aber keinen Zweifel, Linden.«

Die Doktorarbeit zu Ende zu bringen, war eine Sache. Eine andere, den Ausschuss, der selbstredend nur aus Männern bestand, zu überzeugen, ihr den Doktortitel zu verleihen. Die Arbeit konnte noch so gut sein, Maria war stets dem Wohlwollen der Professoren ausgesetzt. Es bestand keine rechtliche Grundlage, als Frau zu promovieren, im Gegenteil. Im Königreich war die Anrede *Frau Doktor* den Gattinnen von Akademikern vorbehalten, die mit den Arbeiten ihrer Männer nicht das Geringste zu tun hatten.

Maria verharrte im Schritt und seufzte. Obwohl sie darauf brannte, ihre Studien fortzusetzen, siegte schließlich ihr schlechtes Gewissen. Am nächsten Tag war Sonntag, der seinem Namen alle Ehre zu machen versprach. Sie beschloss, früh aufzustehen, bis zum gemeinsamen Frühstück mit *Maman* zu lernen und sie dann zu einem ausgedehnten Spaziergang am Neckar zu überreden. Sie könnten in einem der Lokale zu Mittag essen und sich später ein Stück Torte in einem Café schmecken lassen. Sparen war zwar angeraten, aber wie damals bei der Wanderung durch den Schwarzwald musste man sich gelegentlich auch etwas gönnen. Und Gräfin Eugenie brauchte dringend Abwechslung. Maria vermisste die frühere Lebhaftigkeit der Mutter und wollte versuchen, ihr Zusammenleben so schön wie möglich zu gestalten.

SIEBZEHN

Tübingen – im Herbst 1894

Der Sommer ging schnell vorbei. An den Sonntagen machten Maria und Gräfin Eugenie nun regelmäßig Ausflüge. Einer hatte sie sogar zu der imposanten Burg Hohenzollern geführt, der Stammburg des deutschen Kaisers. Unter der Woche unternahm Gräfin Eugenie gelegentlich allein Spaziergänge, manchmal von Fränze begleitet, oder die beiden Frauen spielten zusammen Karten. Nach und nach lebte die Gräfin auf. Nach wie vor hatte sie keine Freunde gefunden. Hin und wieder traf sie sich mit ein paar Damen aus der Gemeinde und engagierte sich in der Kirchenhilfe. Selbst Einladungen auszusprechen, vermied Gräfin Eugenie dagegen. Dafür war ihre Scham über die Wohnung doch zu groß.

Intensiv verfolgte Maria ihre Theorie, dass Kunststoff ein schlechter Überträger von Viren und Bakterien war, und überlegte, wie die Erkenntnis in der Medizin zum Einsatz kommen könnte. Maria war jetzt im fünften Semester und lernte unermüdlich, um im darauffolgenden Jahr ihr Studium abschließen zu können.

An einem neblig trüben Nachmittag im Oktober traf Maria im Laboratorium einen ihr unbekannten Mann an. Im ersten Moment hielt sie die Luft an, denn der Fremde ähnelte Rudolf von Bach stark. Er war von der gleichen Größe und Statur, hatte die gleichen dunklen Augen. Seine in sanften Wellen bis auf den Kragen des weißen Kittels fallenden Haare allerdings wirkten etwas unordentlich, was ihm aber gut zu Gesicht stand. Maria schätzte ihn auf etwa dreißig Jahre.

»Ich darf Ihnen Dr. Pierre Beaudemont vorstellen«, sagte Professor Eimer. »Er ist ein Bekannter meines alten Studienfreundes Henri Martin. Während meiner Frankreichreise im Sommer haben wir uns am Polytechnikum in Straßburg kennengelernt.«

»Als Professor Eimer mich fragte, ob ich nicht für einige Zeit nach Tübingen kommen und seine Forschungen unterstützen möchte, habe ich nicht lange gezögert«, ergänzte der noch junge Doktor. Sein Blick heftete sich auf Maria. Abschätzend, zugleich interessiert. »Es war eine gute Entscheidung. Tübingen gefällt mir jetzt schon ausgezeichnet. Besonders gespannt war ich natürlich auf den ersten weiblichen Studenten.«

»Nun, sie steht leibhaftig vor Ihnen«, sagte Maria kühl und runzelte die Stirn. »Sie sehen, dass ich ein ganz normaler Mensch bin. Mit je zwei Armen und Beinen, und mein Hals sitzt mittig auf meinen Schultern.«

Pierre Beaudemont lachte schallend. Er sah Maria so intensiv an, als wollte er auf den Grund ihrer Seele blicken. Der Mann, promovierter Doktor hin oder her, schien die Höflichkeit nicht mit der Muttermilch eingesogen zu haben, dachte Maria.

Professor Eimer schien Marias Unbehagen nicht zu bemerken. »Dr. Beaudemont forscht und doziert in den Bereichen Biologie und Zoologie«, erklärte er. »Seine Erfahrung wird unsere Arbeit unterstützen. Sie werden auch Gastvorlesungen halten, Doktor.«

Jetzt deutete Pierre Beaudemont vor Maria einen Diener an. »*Enchantée, Mademoiselle Linden. J'ai beaucoup entendu parler de vous.*« Zugegeben, seine Stimme klang angenehm.

»*Bienvenue à Tübingen. C'est sympa de vouloir nous soutenir*«, erwiderte Maria.

»Sie sprechen meine Sprache?«, fragte er überrascht.

Maria lächelte verhalten. »Leider ist mein Französisch etwas eingerostet. In den letzten Jahren hatte ich keine Gelegenheit, mich in der Sprache zu verständigen.«

»Wir bleiben hier auch bei Deutsch«, wandte Professor Eimer ein. »Sie, Dr. Beaudemont, beherrschen unsere Sprache ja bestens.«

Der junge Forscher senkte den Kopf in Richtung des Professors. »Ich wurde in Frankreich geboren und fühle mich als Franzose. Dann aber wurde das Elsass, meine Heimat, dem Deutschen Reich zugesprochen und die deutsche Sprache in den Schulen Pflicht.«

»Bitte, keine politischen Diskussionen«, rief Dr. Fickert und sah von seinem Mikroskop auf. »Wir Forscher kennen keine Ländergrenzen, unterschiedliche Staaten und verschiedene Abstammungen. Die Arbeit eint uns. Die Forschung dient allen Menschen, gleichgültig, welche Sprache sie sprechen und welche Hautfarbe sie haben.«

»Gut gesprochen, Fickert«, stimmte Professor Eimer ihm zu. »Linden, zeigen Sie dem neuen Kollegen seinen Arbeitsplatz und machen Sie ihn mit unseren aktuellen Projekten vertraut.«

Monsieur Beaudemont folgte Maria in den angrenzenden Raum, in dem ein freier Schreibtisch mit einem Mikroskop und allen notwendigen Arbeitsmaterialien zur Verfügung stand.

»Bitte, nennen Sie mich Pierre, und ich sage Maria zu Ihnen. Das erleichtert unsere Zusammenarbeit.«

»Sie sind Doktor und Dozent, ich bin nur eine einfache Studentin«, erwiderte Maria. »Wir halten uns besser an die Formalitäten.«

»In Frankreich sehen wir das nicht so eng«, entgegnete Pierre Beaudemont offen. »Ich habe an der Sorbonne in Paris studiert. Dort ist das Verhältnis zwischen den Dozenten und Studenten recht zwanglos, was das Lernen erleichtert.«

»Wie schön für Sie«, murmelte Maria mit einem schnippischen Unterton. »Das Augenmerk Professor Eimers und Dr. Fickerts richtet sich derzeit auf die Entstehung tierischer Arten aufgrund der Vererbung erworbener Eigenschaften. Im Aktenschrank finden Sie alle Unterlagen und die bisherigen Ergebnisse. Ich denke, Sie werden sich zurechtfinden. Bei Fragen stehen Ihnen die Herren gern zur Verfügung.«

»Und Sie, *Mademoiselle* Maria?«

Irritiert runzelte Maria die Stirn. »Ein dissertierter Doktor wird wohl kaum auf die Hilfe einer Studentin angewiesen sein, Docteur Beaudemont.«

»Angewiesen vielleicht nicht, es wäre mir aber eine Freude.«

»Ich habe selbst ausreichend zu tun.«

Brüsk wandte sich Maria ab und verließ ohne ein weiteres Wort den Raum. Wahrscheinlich lag es in der Natur der Franzosen, mit jedem weiblichen Wesen, das ihren Weg kreuzte, zu flirten, dachte sie. Seit ihrer Kindheit hatte sie die Sprache gelernt, einige französisch sprechende Kindermädchen gehabt – und sie erfolgreich vergrault –, das Land hatte Maria aber noch nie bereist. So war Pierre Beaudemont tatsächlich der erste Franzose, dem sie begegnete. Nun, es konnte ihr gleichgültig sein. Sie würde den Dozenten in seine Schranken weisen, sollte er zu weit gehen. Außerdem glaubte Maria nicht, dass er wirklich mit ihr geflirtet hatte. Unmöglich konnte er Interesse an ihr haben. Wie jeden Tag hatte Maria auch heute ihr dickes widerspenstiges Haar mit Pomade geglättet, straff nach hinten gestrichen und im Nacken zu einem festen Knoten geschlungen. Dadurch wirkte die Stirn höher und ihr Gesicht schmaler. Wie immer trug Maria ein dunkles schmuckloses Jackenkleid mit hohem Kragen und einer grauen Bluse. Darüber den obligatorischen weißen Kittel, der jegliche Weiblichkeit nivellierte.

»Autsch!«

Das dünne Deckblättchen aus Glas, das Maria auf die zu untersuchenden Hautschuppen hatte legen wollen, war zwischen ihren Fingern in zwei Teile zerbrochen. Das war ihr noch nie passiert! Ein dicker Blutstropfen quoll aus der Kuppe des Zeigefingers.

»Kann ich Ihnen helfen, Linden?«, fragte Dr. Fickert.

»Alles in Ordnung.« Maria wickelte ein Taschentuch um den Finger. Verflixt, warum mache ich mir ausgerechnet heute Gedanken über mein Aussehen?, fragte sie sich. Die versteckten Andeutungen von Mathilde Weber, die offene Kritik von Amon und ihrer Mutter an ihrem Kleidungsstil hatte sie sich nie zu Herzen genommen. Maria erinnerte sich daran, wie sie sich beim Besuch bei Gabriele in der Steiermark neue Kleider und Blusen gekauft hatte. Eitelkeit war ihr immer fremd gewesen, damals aber hatte sie für Rudolf von Bach attraktiv sein wollen.

»Ich will dem unverschämten Franzosen nicht gefallen!«, murmelte Maria verärgert.

»Ist wirklich alles in Ordnung, Linden?« Dr. Fickert musterte sie fragend. »Sie wirken heute etwas geistesabwesend.«

»Mir geht es gut«, antwortete Maria und konzentrierte

sich auf ihre Arbeit. Die kleine Wunde hatte aufgehört zu bluten. Dr. Pierre Beaudemont war von Theodor Eimer nach Tübingen gebeten worden. Sollte sich doch der Professor um den Franzosen kümmern und seine Fragen beantworten!

Trotz seiner erst neunundzwanzig Jahre hatte Dr. Beaudemont bereits ein Dutzend Abhandlungen über Schmetterlinge verfasst, die sich mit Eimers Forschungsergebnissen deckten. Vorurteilslos gestand Maria ein, dass seine Vorlesungen interessant und inspirierend waren. Der junge Doktor vermittelte sein umfangreiches Wissen auf eine charmante und humorvolle Weise, die das Zuhören zum Vergnügen machte. Pierre Beaudemont war viel gereist, sogar schon nach Mittel- und Südamerika und nach Asien. Seine Darstellungen der exotischen Flora und Fauna, die er mit Bildmaterial ergänzte, weckten in Maria den Wunsch, alles mit eigenen Augen zu sehen. In Beaudemonts Vorlesungen saß Maria in der ersten Reihe, beteiligte sich rege und wurde von ihm immer wieder angesprochen. Die meisten seiner Fragen konnte Maria richtig beantworten. Lag sie dennoch einmal falsch, tadelte er sie nicht, sondern korrigierte sie geduldig. Dr. Beaudemont sparte auch nicht mit Lob wie die anderen Professoren. Gerade Dr. Vöchting beherrschte die verbreitete schwäbische Einstellung »Net g'schumpfe isch au g'lobt« perfekt. Binnen kurzer Zeit wurde Pierre Beaudemont zum beliebtesten Dozenten der Eberhard Karls Universität. Seine Vorlesungen waren bis auf den letzten Platz besucht, auch Studenten aus anderen Fachbereichen ließen sich Beaudemonts Vorträge nicht entgehen.

»Schade, dass er uns bald wieder verlassen wird«, sagte Amon, der den biologischen Vorlesungen ebenfalls interessiert folgte. Er und Maria saßen im *Blauen Ochsen* und tranken ein Glas Wein. Inzwischen fühlte sich Maria in der Studentenkneipe wohl, das Rauchen lehnte sie jedoch kategorisch ab. Sie wollte nicht einmal an einer Zigarette ziehen.

»Bis zum nächsten Sommer wird er auf jeden Fall in Tübingen bleiben«, erklärte Maria. »Dann wirst du gar nicht mehr hier sein.«

Amon seufzte und lächelte zugleich. Für ihn war das letzte Semester angebrochen. Das Physikum hatte Amon zwar nicht als Bester, aber mit einer sehr guten Note bestanden. Im Frühjahr begann er die notwendige sechsmonatige Weiterbildungszeit als Hilfskraft eines Assistenzarztes an der Universitätsklinik in Heidelberg.

»Es wird mir schwerfallen, fortzugehen«, gestand Amon ein.

»Und was ist mit dem Malen?«, fragte Maria. »Du verkaufst doch regelmäßig deine Zeichnungen. Herr Bauer hat bestätigt, dass du großes Talent und ein gutes Auge für Landschaften hast.«

»Die Bekanntschaft mit deinem Vermieter ist in der Tat äußerst hilfreich«, antwortete Amon. »Allerdings hat er mir auch die Augen geöffnet, dass nur wenige Maler ihren Lebensunterhalt mit der Kunst verdienen können. Das hat weniger mit den Fähigkeiten zu tun als mit den richtigen Kontakten, die mir gänzlich fehlen. Ich habe mich entschlossen, die Malerei weiterhin zu meinem Vergnügen zu betreiben und ein guter Chirurg zu werden. Um die Miete zu bezahlen und warme Mahlzeiten auf den Tisch zu bringen, müsste ich mich zwingend den Wünschen der Galeristen beugen. Ich wäre nicht mehr frei bei meiner Arbeit. Wenn Kunst zum Zwang wird, wird die Kreativität eingeschränkt.«

»Du hast bestimmt die richtige Entscheidung getroffen

und wirst ein guter Chirurg werden«, erwiderte Maria. Der Freund brannte längst nicht so für seine Wünsche und Träume wie sie. Maria war es gleichgültig, ob sie zu essen und trinken hatte – Hauptsache, sie konnte forschen. Nun, das war auch leicht dahingesagt. Trotz Engpässen war Maria noch nie in finanzielle Bedrängnis geraten.

»Weißt du, ob Dr. Beaudemont verheiratet ist?« Bevor Maria nachgedacht hatte, war die Frage schon gestellt.

»Er trägt keinen Ehering. Das muss aber nichts bedeuten. Warum fragst du?«

»Ach, nur so …« Über das schummrige Licht in der Kneipe war Maria dankbar. So entging Amon hoffentlich die Rötung ihrer Wangen. Glücklicherweise zog der Freund keine falschen Schlüsse aus Marias Frage.

Sie ärgerte sich maßlos, dass sie sich über Beaudemonts familiäre Verhältnisse überhaupt Gedanken machte. Die Tatsache, dass sie sich vor jeder seiner Vorlesungen ein hübsches Kleid anzog und zuließ, dass ihr zwei, drei Haarsträhnen in die Stirn fielen, konnte sie aber nicht leugnen. Im Laboratorium hielt sie allerdings Abstand. Da Beaudemont eng mit Dr. Fickert und Professor Eimer zusammenarbeitete, gab es Tage, an denen sie außer einem höflichen Gruß kein Wort miteinander wechselten. Im Laboratorium nannte er sie nach wie vor Mademoiselle Maria, und in letzter Zeit hatte er dort auch nicht wieder mit ihr geflirtet. Maria wusste nicht, ob sie darüber erleichtert war oder vielleicht doch ein bisschen enttäuscht.

Maria, Gräfin Eugenie und Fränze verbrachten einen ruhigen Heiligabend, zu dem sie ihren Vermieter eingeladen hatten. Nach dem Kirchgang aßen sie Schweinswürste und Kartoffelsalat, und Lump bekam einen extra großen Fleischknochen. Gräfin Eugenie hatte der Dogge sogar eine neue Kuscheldecke aus dicker, flauschiger Wolle gestrickt. Auch wenn sie es nicht offen zeigte: Sie hatte Lump in ihr Herz geschlossen.

Nach dem Essen tauschten sie kleine Geschenke aus. Von der Mutter erhielt Maria ein grünes Schultertuch, das sie selbst bestickt hatte. Maria hatte eine ähnliche Idee gehabt, denn sie schenkte Gräfin Eugenie einen warmen Schal. Den hatte sie allerdings gekauft, da Maria Handarbeiten nach wie vor nichts abgewinnen und ihre Zeit nicht damit verschwenden wollte. Heinrich Bauers Geschenk war ein Christbaum, den er eigenhändig mit zwölf Wachskerzen und Strohsternen schmückte. Fränze freute sich über einen Roman, den Maria ihr überreichte, und eine kleine silberne Haarspange von Gräfin Eugenie.

Am zweiten Weihnachtsfeiertag waren Maria und ihre Mutter bei Mathilde Weber zum Mittagessen eingeladen.

»Auf meine Anwesenheit wirst du verzichten müssen«, sagte Gräfin Eugenie spitz.

»*Maman!* Es ist Weihnachten! Und diese Einladung bedeutet eine große Ehre. Kaum eine andere Frau ist so beliebt in Tübingen.«

»Sie ist eine militante Frauenrechtlerin«, gab Gräfin Eugenie zurück. »Den Umgang mit ihr kann ich dir nicht verbieten, Tochter. Allerdings ziehe ich ein Buch weiteren obszönen Gesprächen vor.«

Es gelang Maria nicht, die Mutter umzustimmen. Tief im Inneren war sie sogar froh, die Einladung allein anzunehmen. Gerade an Weihnachten wäre es doch zu peinlich, wenn Frau Weber und Gräfin Eugenie miteinander in Streit gerieten.

Bevor Maria gegen elf Uhr die Wohnung verließ, beklagte

sich Gräfin Eugenie dann auch, Maria sei eine undankbare Tochter, die ihre Mutter sogar an Weihnachten allein ließ. Maria ließ sich die Freude auf den Tag jedoch nicht verderben. Vor der Tür nahm Fränze sie zur Seite.

»Machen Sie sich nichts draus«, sagte Fränze. »Ich werde mich um die Frau Gräfin kümmern, vielleicht kann ich sie zu einem Spaziergang bewegen. Danach brühe ich einen guten, starken Kaffee auf und wir spielen Écarté.« Fränze zwinkerte Maria verschwörerisch zu. »Ich lasse Ihre Mutter gewinnen, dann ist der Tag gerettet.«

»Danke, dass du *Maman* nach Tübingen begleitet hast.« Spontan küsste Maria Fränze auf die Wange. »Wenn wir dich nicht hätten …«

»Würde sich die Welt unverändert weiterdrehen, und es fände sich ein anderer Weg. Das sind doch Ihre Worte, Fräulein Maria.«

Maria lachte. Gleich war ihr besser zumute. Beschwingt ging sie den Weg von knapp drei Kilometern zur Neckarhalde zu Fuß. Dort angekommen stieg Maria die drei Stufen zur Haustür hinauf und zog an der Klingelschnur. Sogleich wurde ihr von einem der Hausmädchen geöffnet, das Maria den Mantel, die Handschuhe und den Hut abnahm und sie in den Salon führte, in dem bereits Gäste plaudernd zusammenstanden.

»Komtess Maria!« Mathilde Weber kam ihr mit ausgestreckten Händen entgegen. »Wie schön, dass Sie einrichten konnten, meiner Einladung zu folgen. Ihre Mutter, die Frau Gräfin – «

»Lässt sich entschuldigen«, sagte Maria schnell. »Sie hat Kopfschmerzen.«

Maria sah Mathilde Weber an, dass sie die Ausrede nicht

glaubte. Sie lächelte aber nur in ihrer sanften, freundlichen Art und stellte Maria den Gästen vor, die sie nicht schon kannte. Darunter war Dr. Rosenhagen, der Gatte der engagierten Dame, die Missstände stets offen ansprach.

Dr. Rosenhagen ergriff Marias Hand und schüttelte sie so kräftig, dass ihre Knöchel knackten. »Ich freue mich, Sie endlich kennenzulernen, Komtess Maria. Meine Frau hat mir schon viel vom ersten weiblichen Studenten in unserer schönen Stadt erzählt.« Er zwinkerte ihr zu. »Ich denke, wir sollten uns daran gewöhnen, den Begriff Studentin zu verwenden, da hoffentlich bald andere Frauen Ihrem Beispiel folgen werden.«

Dankend nickte Maria. »Leider lässt meine Zeit nicht zu, mich im Frauenverein mehr einzubringen. Die Forschungen und das Schreiben meiner Doktorarbeit fordern mich außerordentlich.«

»Wenn ich Ihnen dabei helfen kann, Komtess, lassen Sie es mich wissen.«

»Wohl eher nicht, Doktor Rosenhagen«, erwiderte Maria schmunzelnd. »Oder behandeln Sie in Ihrer Praxis auch die Zahnprobleme von Gehäuseschnecken?«

»Haben die Tiere überhaupt ein Gebiss und bekommen Karies?«, konterte der Zahnarzt und lachte laut und herzhaft.

Auch Frau Rosenhagen lächelte. »Meine Güte, ich weiß gar nicht, was das für Lebewesen sind, Komtess Maria. Unserem lieben Hausgast, der derzeit bei meinem Gatten und mir logiert, werden Gehäuseschnecken wohl nicht fremd sein.« Sie trat einen Schritt zur Seite. »Fräulein Maria, Sie und Dr. Beaudemont kennen sich ja bereits.«

Für einen Moment hielt Maria die Luft an, als Pierre Beaudemont vor sie trat.

»Wir arbeiten zusammen im Laboratorium«, sagte er lächelnd und verbeugte sich in Marias Richtung. »Ich freue mich, Sie heute hier zu treffen, Maria.«

»Oh!« Frau Rosenhagens Lippen wurden spitz. »Ich wusste nicht, dass Ihre Bekanntschaft so eng ist.«

»Lediglich *Doktor* Beaudemont nennt mich so«, stellte Maria mit einem kühlen Unterton fest. »Für mich ist er selbstverständlich Monsieur Docteur, denn er ist auch einer meiner Dozenten.«

»Und Mademoiselle Maria ist meine beste Studentin«, erwiderte Pierre Beaudemont.

»Das ist nicht schwer, da ich Ihre einzige Studentin bin«, konterte Maria schlagfertig. Jetzt konnte sie sich seinem Lächeln nicht entziehen und schmunzelte ebenfalls.

Die Aufmerksamkeit der Rosenhagens richtete sich nun auf andere Gäste, Pierre blieb jedoch an Marias Seite.

»Ich wusste nicht, dass Sie ein Bekannter von Dr. Rosenhagen sind«, sagte Maria.

»Der Dentist und einer meiner Onkel sind entfernt miteinander verwandt«, erklärte Pierre. »So war es keine Frage, dass ich während meines Aufenthalts in Tübingen bei den Rosenhagens wohne.«

»Wie lange wird das sein?«

Pierre zuckte mit den Schultern. »Das hängt von vielen Umständen ab, Maria. Es gibt gute Gründe, meinen Aufenthalt länger als geplant auszudehnen.«

»Ihre Familie wird Sie sicher vermissen. Es überrascht mich, dass Sie die Festtage und den Jahreswechsel nicht bei ihr verbringen, Dr. Beaudemont.«

»Ach, können Sie mich nicht wenigstens heute Pierre nennen, Maria? Es ist schließlich Weihnachten.«

»Die Geburt Christi ist ein guter Grund, an Prinzipien festzuhalten.«

Pierre Beaudemont runzelte die Stirn. Offenbar sah er ein, dass er in dem Punkt Maria nicht umstimmen konnte. »Um Ihre Frage zu beantworten: Natürlich wäre es meiner Familie lieber gewesen, wenn ich zu Besuch gekommen wäre. Da Professor Eimer aber keine Pause einlegt und ich unsere Arbeit voranbringen möchte, hätte sich die Reise für zwei oder drei Tage nicht gelohnt.«

Maria stutzte. Straßburg lag nicht weit von Tübingen entfernt und war mit der Eisenbahn verbunden, sodass die Stadt an einem Tag erreicht werden konnte. Aus Dr. Beaudemonts … Pierres … Worten schloss sie, dass er unverheiratet war. Kein Mann würde seine Frau und Kinder ausgerechnet an Weihnachten allein lassen. Das war jedoch seine Angelegenheit, in die sie sich nicht einmischen sollte. Warum interessierten sie seine Familienverhältnisse überhaupt?

»Begeben wir uns bitte ins Speisezimmer«, rief Mathilde Weber in diesem Moment. »Der erste Gang steht bereit.«

Maria war dankbar, das Gespräch beenden zu können.

Pierre Beaudemont saß ihr schräg gegenüber, Frau Rosenhagen zu ihrer Linken, rechts ein entfernter Verwandter von Mathilde Weber. Maria bemerkte kaum, was sie von der kräftigen, aromatischen Flädlesuppe und dem folgenden Geflügel, knusprige Enten und Gänse, dazu Kartoffeln und leicht säuerlichem Apfelrotkraut, zu sich nahm. Immer wieder sah Beaudemont zu ihr herüber. Wenn sich ihre Blicke kreuzten, nahm er sein Glas und prostete ihr zu. Maria antwortete mit einem verhaltenen Lächeln. Einerseits fühlte sie sich von seiner Aufmerksamkeit geschmeichelt und fragte sich gleichzeitig, warum er so tat, als hätte er Interesse an ihr.

Warum eigentlich nicht?, kam es Maria dann aber in den Sinn. Auch Rudolf hatte sie gemocht, so wie sie war. Sie durfte nicht alle Männer über einen Kamm scheren und glauben, sie sähen nur das Äußere. Mehrmals hatte Pierre Beaudemont Marias überdurchschnittliche Intelligenz und ihren Arbeitseifer gelobt.

Nein, ich bin nicht verliebt, sagte sie sich, während sie den Vanillepudding und das Apfelkompott löffelte. Und sie hatte auch nicht vor, ihr Herz ein zweites Mal zu verlieren. Ihr Leben gehörte der Wissenschaft. Der Abschluss des Studiums im nächsten Jahr und die Fertigstellung der Dissertation hatten Priorität, daneben musste sie sich um ihre Mutter kümmern. Die Wochen mit Rudolf von Bach waren inzwischen nur noch bittersüße Erinnerungen. Seinen frühen Tod bedauerte Maria nach wie vor, die Trauer über seinen Verlust schmerzte aber nicht mehr. Vielleicht war sie für eine ernsthafte Beziehung oder gar für eine Ehe auch zu pragmatisch. Anfangs war alles farbenfroh und schön. Wenn die Schmetterlinge im Bauch aber verflogen waren: Hätte Rudolf wirklich akzeptiert, dass für Maria die Wissenschaft immer an erster Stelle stand? Niemals würde Maria ihre Belange und Bedürfnisse zugunsten eines Mannes zurückstellen. Gleichgültig, wie attraktiv ein Mann war, wie verständnisvoll seine Worte klangen und wie sehr er auch mit ihr flirten mochte.

Heftig stieß Maria den Löffel in den Pudding, als würde sie die Süßspeise für ihre krausen Gedanken verantwortlich machen.

»Komtess, fühlen Sie sich nicht wohl?« Frau Rosenhagen sah sie besorgt an. »Seit einer Stunde haben Sie kaum gesprochen.«

»Es geht mir hervorragend«, erwiderte Maria und versuchte zu lächeln. »Aber ich gebe zu, dass meine Gedanken ständig um die Doktorarbeit kreisen.«

»Immer nur Arbeit, Arbeit und nochmals Arbeit«, rief Beaudemont über den Tisch hinweg. »Ich sage Ihnen, Madame Rosenhagen, im Laboratorium scheint Maria mit dem Mikroskop geradezu verschweißt zu sein. Haben Sie vergessen, dass Weihnachten ist, Mademoiselle?« Er verdrehte seine Augen, und Maria konnte nicht anders, als laut zu lachen.

»Sie haben recht, Docteur. Heute soll die Arbeit ruhen. Sie läuft uns sowieso nicht davon.«

»Richtig, Komtess«, stimmte Frau Rosenhagen zu. »Meinem Mann sage ich auch immer, er arbeite zu viel.«

Der Zahnarzt nickte. »Aber was soll ich machen, wenn meine Patienten schlechte Zähne haben, weil sie zu viel Süßkram naschen? Und ich darf dann die Löcher flicken.«

»Glücklicherweise, Dr. Rosenhagen«, merkte Beaudemont an. »So ist Ihr Auskommen gesichert.«

Alle lachten, und in entspannter Atmosphäre plauderte die Gesellschaft über das eine und andere Thema, bevor man übereinkam, sich im weitläufigen Garten die Füße zu vertreten. Inzwischen war die Sonne zwischen den Wolken hervorgekommen, und es war warm wie im Frühling.

»Weihnachten ohne Schnee ist wie ein Leben ohne Forschung«, sagte Beaudemont hinter Maria. Von ihr unbemerkt, hatte er zu ihr aufgeschlossen. Sie konnte ihn nicht wegschicken, ohne unhöflich zu sein und die Aufmerksamkeit der anderen auf sich zu lenken.

»Das mag für die meisten Männer gelten, Frauen mit Forschungsdrang sind aber nach wie vor Exoten«, erwiderte Maria.

»Sie sind das beste Beispiel, das auch für Frauen nichts unmöglich ist«, sagte Beaudemont ungewöhnlich ernst. »Ich schätze und verehre Sie für Ihren unermüdlichen Fleiß, Ihre Ausdauer und Ihre starken Nerven. Nein, widersprechen Sie mir nicht! Wenigstens einmal hören Sie mir zu, Maria von Linden! Professor Eimer und Dr. Fickert behandeln Sie nahezu wie ihresgleichen, aber eben nur nahezu. Bei allem Respekt habe ich bemerkt, dass der Professor Ihnen gegenüber immer noch einen Funken Zurückhaltung an den Tag legt. Sicherlich nicht wegen Ihrer Arbeit, denn Sie leisten Hervorragendes, sondern weil Sie eine Frau sind. Die Zeit ist noch nicht reif, dass beide Geschlechter gleichberechtigt sind. Aber sie wird kommen. Wahrscheinlich nicht mehr in diesem Jahrhundert. Irgendwann werden Frauen und Männer Seite an Seite in den Hörsälen sitzen, in Laboratorien forschen und als Ärzte und Ärztinnen zusammenarbeiten. Es zählt dann nicht mehr das Geschlecht. Einzig und allein bedeutend sind die Fähigkeiten und Kompetenzen eines Menschen. Auch die Politik wird für Frauen nicht ewig verschlossen bleiben. Wer weiß, vielleicht erleben wir sogar noch eine Frau als Reichskanzlerin? In Neuseeland haben die Frauen bereits das aktive Wahlrecht, in Europa ist Finnland auf dem besten Weg, dem Beispiel zu folgen. Auch in England und den Vereinigten Staaten gehen immer mehr Frauen auf die Straßen, um für ihre Rechte zu kämpfen. Frau Weber demonstriert zwar nicht öffentlich, ihre Bestrebungen sind dennoch bemerkenswert und fallen auf fruchtbaren Boden. Nicht alle Männer stehen einer Gleichberechtigung ablehnend gegenüber.«

Nie zuvor hatte Beaudemont so ausgeholt. Was durchaus daran lag, dass sie ihn selten aussprechen ließ, wie Maria beschämt zugeben musste.

»Es wäre schön, wenn mehr Menschen so denken würden«, gestand sie ein. »Was Professor Eimer angeht: Es mag sein, dass mein Honorar nicht dem eines Mannes entspricht, trotzdem habe ich dem Professor eine Menge zu verdanken. Ohne seine Unterstützung stünde ich nicht kurz vor dem Abschluss und müsste wohl noch viele Jahre studieren.«

»Haben Sie schon einmal von Marie Skłodowska gehört?«, fragte Beaudemont. Maria verneinte, und er erklärte: »Seit drei Jahren studiert sie an der Sorbonne Physik – und zwar vollständig immatrikuliert. Marie Skłodowska ist eine von über zweihundert Studentinnen in Paris. Gut, bei über neuntausend Männern eine noch geringe Quote, die sich aber bald erhöhen wird. Sie sollten Mademoiselle Skłodowska kennenlernen. Sie hätten sich bestimmt viel zu sagen.«

»Eine Reise nach Paris kann ich mir nicht leisten«, erwiderte Maria ehrlich.

»Sie besuchen mich einfach in Straßburg, dann reisen wir gemeinsam nach Paris«, schlug Beaudemont vor, als wäre ein solches Unterfangen das Normalste der Welt. »Mögen Sie auch eine zielstrebige Wissenschaftlerin sein: In Ihrer Brust schlägt das Herz einer Frau. Ich kenne keine Dame, die Paris nicht gern sehen möchte. Die Stadt ist die wundervollste auf der ganzen Welt.«

»Sie müssen es wissen, denn Sie sind weit gereist, Docteur Beaudemont«, erwiderte Maria betont burschikos, denn seine Worte hatten sie berührt.

»Pierre!« Wieder zwinkerte er ihr zu. »Wenigstens wenn wir privat aufeinandertreffen. So wie heute.«

»Pierre …« Maria räusperte sich. »Es tut mir leid, wenn ich manchmal etwas unfreundlich zu Ihnen war. Aber – «

»Pst!« Er legte einen Finger auf Marias Lippen. Die kaum wahrnehmbare Berührung wärmte sie wie ein loderndes Feuer. »Es liegt im Naturell einer Forscherin, immer logische Erklärungen für alles zu finden.« Er zögerte, seine Augen schienen mit ihren zu verschmelzen. »Als attraktive junge Frau muss man auch schweigen können und den Augenblick genießen.«

In ihrem Leben war Maria selten um Worte verlegen. Jetzt jedoch war ihr Kopf wie leer gefegt.

ACHTZEHN

Tübingen und Straßburg – im Frühjahr 1895

Wie angewurzelt blieb Maria auf der Schwelle zum Salon stehen. »Fränze!«, rief sie entrüstet. »Was soll das?«

Die treue Angestellte, die gerade gelbe Narzissen in einer Vase drapierte, hielt inne und sah Maria verständnislos an. »Gefällt Ihnen der Tisch nicht, Fräulein Maria?«

»Ob er mir gefällt?« Maria war kurz davor, sich die Haare zu raufen. »Die Tafel ist eingedeckt, als hätten wir zu einer Familienfeier und nicht zu einem zwanglosen Arbeitstreffen eingeladen. Es kommen lediglich ein paar Kommilitonen und zwei Dozenten, um miteinander zu fachsimpeln.«

Fränze senkte den Blick. »Die Frau Gräfin wies mich an, das Damasttischtuch, die Kerzen, das gute Porzellan und das Silberbesteck –«

Mit einer Handbewegung schnitt Maria Fränze das Wort ab. »Räum alles wieder weg. Einfache Bierkrüge und Weingläser und das alltägliche Geschirr für das Vesper sind ausreichend. Und stell um Gottes willen den Riechbesen ins Nebenzimmer, es ist schließlich keine Beerdigung.«

»Lass den Namen Gottes aus dem Spiel, Maria!« Aus der Diele trat Gräfin Eugenie ein, die Miene eine einzige Missbilligung. »Du empfängst zum ersten Mal Gäste, und die müssen wir angemessen bewirten. Unsere kleine Wohnung ist beschämend genug, ohne Komfort und jegliche Eleganz. Wenn ich schon zu akzeptieren habe, dass du ausschließlich Männer eingeladen hast, sollten wir uns wenigstens entsprechend präsentieren.« Sie musterte Maria abschätzig. »Wie du wieder aussiehst, Kind! Wenigstens heute Abend könntest du dich hübscher kleiden. Warum ein grauer Mantel, der fast bis auf den Boden reicht? Fränze hat das Feuer im Kachelofen kräftig geschürt. Du solltest eines deiner leichten taillierten Kleider anziehen.«

Maria verdrehte die Augen. Seit sie der Mutter drei Tage zuvor erzählt hatte, sie habe zwei Kommilitonen sowie Amon Russak, Dr. Fickert und Pierre Beaudemont zu einer zwanglosen Zusammenkunft eingeladen, lag Gräfin Eugenie ihr in den Ohren, dem Abend einen festlichen Anstrich zu verleihen.

»*Maman*, es handelt sich um ein reines Arbeitstreffen«, erklärte Maria beherrscht. »Dr. Fickert hat die regelmäßigen Zusammenkünfte ins Leben gerufen. Ich war bereits bei ihm und bei Jürgen Pfründle zu Hause. Großer Aufwand wurde nie betrieben. In heimeliger Umgebung plaudert es sich besser als im *Blauen Ochsen* oder einer anderen Lokalität.«

Theatralisch presste sich Gräfin Eugenie die Hände auf die Ohren. »Von diesen Etablissements möchte ich nichts hören, Maria! Es ist schlimm genug, dass sich eine Komtess von Linden in solchen … solchen Spelunken herumtreibt.«

»Es ist alles gesagt, *Maman*«, erwiderte Maria kühl. »Fränze, räum bitte alles wieder ab. Die Vesperplatte ist bereit?«

»Ja, Fräulein Maria.« Fränze wirkte verunsichert. »Wurst, Schinken, Käse, Butter und Brot … Soll ich nicht doch noch eine Gemüsesuppe kochen?«

»Das ist wirklich nicht nötig.« Maria sah zu ihrer Mutter. »Möchtest du heute Abend nicht einen Spaziergang machen? Unsere Gespräche werden dich nur langweilen.«

»Unter keinen Umständen lasse ich meine Tochter mit einer Horde Männer allein«, echauffierte sich Gräfin Eugenie. »Ich muss schließlich an den guten Ruf unserer Familie denken! Wenn die Nachbarn mitbekommen, dass meine Tochter Männer empfängt – «

»Werden sie was zum Schwatzen haben«, vollendete Maria den Satz. Ein weiteres Mal versuchte sie, Verständnis bei der Mutter zu wecken. »*Maman*, tagein, tagaus sitze ich mit Dutzenden von Studenten in den Hörsälen. Im Laboratorium arbeite ich eng mit Männern zusammen. Inzwischen sieht niemand mehr darin etwas Verwerfliches oder gar Anrüchiges. Ja, es wird noch geredet und nicht alle Kommilitonen sind mir gewogen. Die, die meinen, mich immer noch beleidigen zu müssen, sind allerdings in der Minderzahl. An der Universität bin ich keine Frau. Ich bin ein Student wie alle anderen auch.«

Gräfin Eugenie stieß einen verächtlichen Laut aus und kniff die Augen zusammen. »Ich muss mich hinlegen«, murmelte sie, »meine Migräne wird mich noch einmal ins Grab bringen. Fränze, hol mir einen kalten Lappen.«

Hoheitsvoll wie eine Königin rauschte Gräfin Eugenie aus dem Salon. In Maria stritten Enttäuschung, Mitleid und auch ein Funken Zorn. Die Mutter konnte sich einfach nicht damit abfinden, dass die großartigen Zeiten auf dem Burgberg vorbei waren und niemals zurückkommen würden. Maria hatte sich den Respekt der Kommilitonen und Professoren nicht erarbeitet, weil sie eine Komtess von Linden war, im Gegenteil. Anfänglich war sie für eine verwöhnte Adlige gehalten worden und hatte erst beweisen müssen, dass ihre Intelligenz und ihr Arbeitseifer dem eines Mannes in nichts nachstanden.

Dr. Fickert hatte die regelmäßigen Arbeitskreise ins Leben gerufen, die alle drei bis vier Wochen an den Samstagabenden stattfanden. Manchmal nahm auch Theodor Eimer teil, an diesem Abend war der Professor allerdings verhindert. Marias Kommilitone Jürgen Pfründle arbeitete wie sie an seiner Dissertation. Pfründle war es gewesen, der vorgeschlagen hatte, Maria solle als Mann verkleidet in die Bruderschaft aufgenommen werden. Auch Heinz Wachtler war ein eifriger Student und einer der besten des Studiengangs. Und dann war da noch Pierre Beaudemont …

Schnell dachte Maria an die Klausur, die in der kommenden Woche anstand, kam aber nicht umhin, sich einzugestehen, dass sie sich besonders auf Beaudemonts Besuch freute. Nach dem vertraulichen Gespräch am Weihnachtstag verhielt er sich ihr gegenüber tadellos. Wenn Beaudemont sie ansah, lag in seinem Blick allerdings ein Ausdruck, den Maria nicht deuten konnte. Sie wusste nur, dass sie sich in seiner Gesellschaft wohler fühlte, als es einer Studentin in Gegenwart ihres Dozenten anstand.

Es wurde ein gemütlicher und produktiver Abend. Die Herren langten kräftig zu, die Vesperplatte war rasch geleert. Dr. Fickert, Wachtler und Pfründle tranken von dem hellen Bier, Beaudemont, Amon und Maria ließen sich einen leichten Weißwein schmecken. Amon Russak gehörte sonst nicht zu der Runde, bei der vorrangig zoologische und parasitologische Probleme und Fragen erläutert wurden. Heute jedoch war Amons letzter Abend in Tübingen. Der Freund würde Maria sehr fehlen, sie freute sich aber für Amon, der eine ausgezeichnete Stelle am renommierten Klinikum in Heidelberg antreten würde. Amon beteiligte sich kaum an den Diskussionen, hörte aber aufmerksam zu. Vieles aus dem Bereich der Parasitologie überschnitt sich mit der Medizin.

Gräfin Eugenie blieb der Gesellschaft fern. Fränze kümmerte sich darum, dass die Krüge und Gläser immer gefüllt waren und genügend Wasser zum Verdünnen bereitstand. Als Maria den Salon verließ, um auszutreten, raunte ihr Fränze in der Diele zu: »Die Frau Gräfin schmollt. Sie wollte kein Abendessen und meint, so schlimm wie heute seien ihre Kopfschmerzen noch nie gewesen.«

»*Maman* wird sich wieder beruhigen«, erwiderte Maria. »Du siehst ja, dass sich die Gäste ehrenhaft verhalten und es keinen Grund zur Sorge gibt.«

»Ihre Mutter kann halt nicht aus ihrer Haut«, brachte es Fränze auf den Punkt.

Gegen elf Uhr verabschiedete sich zuerst Dr. Fickert, gefolgt von Pfründle und Wachtler, dann stand auch Amon auf. Pierre Beaudemont machte keine Anstalten, ebenfalls aufzubrechen.

An der Tür drückte Amon fest Marias Hand. »Du wirst mir fehlen.«

»Wir werden uns schreiben.« Maria schluckte den Kloß im Hals hinunter. »Du musst mir bis ins kleinste Detail über deine Arbeit als Arzt berichten.«

»Bis ich ein richtiger Arzt bin, dauert es noch lange«, erwiderte Amon. »Für die nächsten Monate bin ich nur der Assistent eines Assistenten, stehe also ganz unten in der Rangordnung der Klinik. Und du, Maria, schreibst mir, wie es mit deiner Doktorarbeit vorangeht.«

»Ich habe ein gutes Gefühl, Amon.«

»Dem Franzosen scheint es hier zu gefallen. Sieh zu, dass du ihn bald loswirst«, raunte er mit einem Augenzwinkern.

Maria nickte und verschwieg, dass die Aussicht, mit Pierre Beaudemont allein zu sein, ihr alles andere als unangenehm war. Sie sah Amon an, zögerte kurz, dann umarmte sie ihn und küsste ihn auf die Wange. »Alles Gute, Amon«, flüsterte sie. »Werd glücklich, in jeder Hinsicht. Wir werden uns wiedersehen.«

Amon schlang die Arme um Maria und drückte ihr einen Kuss auf den Scheitel.

»Da ist mir wohl was entgangen.« Maria und Amon fuhren auseinander. Am Türrahmen zum Salon lehnte Pierre Beaudemont. Er trug bereits seinen Mantel und hielt den Hut in der Hand. Offenbar wollte er nun auch aufbrechen. »Bedauerlich, dass Sie, Russak, Tübingen verlassen und Maria zurücklassen müssen. Eine noch junge Liebe …« Vielsagend zog Pierre eine Augenbraue hoch, sein Lächeln wirkte allerdings gezwungen.

»Ich wüsste nicht, was Sie das angeht.« Marias Stimme war schärfer, als es sonst ihre Art war. Sie sah keinen Grund, Beaudemont ihre enge Freundschaft mit Amon zu erklären. Es wäre einer Rechtfertigung gleichgekommen.

Amon sah von Maria zu Beaudemont, tippte sich an die Hutkrempe, dann verschluckte ihn die Nacht.

»Wenn Sie Ablenkung brauchen, Maria«, sagte Pierre Beaudemont, »in Rottenburg gastiert ein Zirkus. Ich habe gehört, die Tierschau ist recht umfangreich. Sie mögen doch Tiere. Was meinen Sie? Sollen wir morgen nach Rottenburg fahren?«

»Es scheint mir nicht angebracht, den Sonntag mit einem meiner Dozenten zu verbringen.«

Beaudemont schmunzelte. »Ich habe Sie nicht gefragt, was Sie für angebracht halten, sondern was Sie tun wollen. Und ich weiß, dass Sie Tiere mögen. Außerdem genießen Sie meine Gesellschaft ebenso wie ich die Ihre.«

Abwehrend verschränkte Maria die Arme vor der Brust. »In dem Punkt irren Sie gewaltig, Docteur.«

»Wir waren bereits bei Pierre!«

»Docteur Beaudemont!«, erwiderte Maria mit Nachdruck. »Es ist besser, wenn Sie jetzt gehen. Ich wünsche Ihnen eine gute Nacht.«

»Die Fahrt nach Rottenburg wäre eine willkommene Ablenkung über den Trennungsschmerz von Ihrem Liebsten.«

»Amon und ich sind nicht –« Maria schlug sich die Hand vor den Mund. Verflixt, jetzt hatte sie sich doch gerechtfertigt! Wieso schaffte es Beaudemont immer wieder, dass sie ihre Contenance vergaß?

Er trat aus der Haustür, setzte den Hut auf und sagte leichthin: »Schlafen Sie gut, damit Sie für morgen ausgeruht sind, Maria. Ich hole Sie um ein Uhr ab. Dann haben wir ausreichend Zeit für die Tierschau und können auch die Nachmittagsvorstellung besuchen.«

Maria schwieg und schloss schnell die Tür. Seine direkte Art, gepaart mit einem Anflug von Unverschämtheit, imponierte ihr schließlich doch.

Zwei Wochen später schmiegte sich Maria an Pierres Brust und schnupperte. Er roch nach dem herben Rasierwasser, das Maria so sehr an ihm mochte.

»Warum ich? Warum ausgerechnet ich?«

Pierre neigte den Kopf und küsste Maria sanft auf die Lippen. Ein warmer Strom durchfloss sie.

»Wie lange hast du Zeit? Vier Stunden? Oder fünf? So lange benötige ich mindestens, um all deine Eigenschaften aufzuzählen, die dich zu einer außergewöhnlichen und interessanten Frau machen. Daher nur eine kurze Antwort: Weil ich mich in dich verliebt habe, Maria von Linden.«

Am Abend nach dem Zirkusbesuch in Rottenburg hatte Pierre sie zum ersten Mal geküsst. Zunächst hatte Maria abwehren wollen, doch der Teil in ihr, der sich seit Wochen nach Pierres Umarmung sehnte, war stärker gewesen. Seitdem trafen sie sich alle zwei oder drei Abende. Der Frühling war trocken und mild, und sie spazierten am Neckar entlang und im Botanischen Garten. Bei der gemeinsamen Arbeit und in den Vorlesungen ließen sie sich nichts anmerken.

»Es stört dich nicht, wie ich mich kleide und frisiere?«, hakte Maria nach. Das Gefühl, wieder zu lieben und geliebt zu werden, war wie eine mächtige Woge über sie gerollt, hatte ihr den Boden unter den Füßen fortgerissen und erschien ihr immer noch wie ein wundervoller Traum, aus dem sie nie wieder erwachen wollte.

»Ach, Maria, inzwischen solltest du festgestellt haben, wie wenig mir elegante Kleider und hübsche Gesichter bedeuten, wenn die Köpfe der Frauen hohl sind. Nebenbei bemerkt, bist du auch mit der strengen Frisur hübsch.« Zärtlich fuhr er mit einem Finger ihre Gesichtszüge nach. »Ich mag Frauen, die logisch denken und handeln, die intelligent sind und Zusammenhänge schnell begreifen. Unsere gemeinsame Arbeit ist die schönste Zeit, die ich bisher erleben durfte. Ich hoffe, sie wird noch lange andauern. Du bist nicht nur meine Geliebte. Du bist meine Freundin und Vertraute, mit der ich auf Augenhöhe fachsimpeln kann und die meine Passionen nicht nur versteht, sondern auch teilt. So wie ich deine Leidenschaft für die Forschung, für das stetige Entdecken von Neuem teile.«

»Ich kannte schon einmal einen Mann, der ähnlich wie

du dachte und mich und meine Passion akzeptierte und unterstützte.«

»Warum habt ihr nicht geheiratet?«, fragte Pierre direkt.

»Er ist gestorben.«

Pierre drückte Maria fest an sich. »Das tut mir leid. Du hättest an die Sorbonne in Paris gehen sollen, dort wäre es einfacher gewesen. Allerdings wären wir uns dann wohl nie begegnet, was ich zutiefst bedauern würde.«

»Ich auch, Pierre«, erwiderte Maria leise. »Selten in meinem Leben war ich so glücklich wie jetzt.«

»Auch nicht, als man dich zum Studium zugelassen hat?«, fragte er schmunzelnd.

Maria zögerte. »Es sind tatsächlich ähnliche Gefühle, gleichzeitig wieder völlig andere«, gestand sie dann lachend ein. »Ist es nicht wundervoll, Arbeit und persönliches Glück miteinander zu verbinden? Du und ich gemeinsam – uns steht die ganze Welt offen.«

Er nahm ihre Hand und küsste Marias Fingerspitzen. »Besser hätte ich es nicht ausdrücken können, *mon chéri*.«

»Ist das Ihr Ernst?«, entfuhr es Maria.

»Mein völliger Ernst«, antwortete Theodor Eimer schmunzelnd.

»Sie machen keinen Scherz?«, versicherte sich Maria.

»Ich bin Wissenschaftler und kein Hofnarr.« Der Professor beugte sich vor und sah Maria aufmerksam an. »Linden, Sie wissen, dass ich Sie fördere und unterstütze. Kollege Martin hat einige Abhandlungen über Schnecken veröffentlicht, die in Frankreich und darüber hinaus Grundlage zahlreicher Vorlesungen und Studiengänge sind. Als ich ihn fragte, ob er meiner besten Studentin …«, er lächelte, »meiner *einzigen* Studentin beim Verfassen ihrer Dissertation behilflich sein würde, hat er keinen Moment gezögert. Ich dachte zwar an einen brieflichen Austausch; dass der gute Henri, mein alter Freund, Sie gleich nach Straßburg bittet, wird Ihrer Arbeit einen kräftigen Schub verleihen. Henri Martin spricht nur gebrochen Deutsch, und so werden Sie Gelegenheit haben, Ihr Französisch aufzufrischen.«

Wie damals, als der Professor Maria die Mitarbeit in seinem Laboratorium angeboten hatte, hätte sie singend durchs Büro tanzen können. Sie war schon so lange nicht mehr gereist! Und jetzt würde sie vier lange wundervolle Wochen in Straßburg verbringen! Natürlich stand die Arbeit an ihrer Doktorarbeit an erster Stelle. Maria war aber fest entschlossen, auch die Stadt und die Umgebung zu erkunden. Professor Eimers Kollege und Freund hatte Maria sogar schon ein Zimmer in einer kleinen Pension besorgt, in unmittelbarer Nähe zur *Université de Strasbourg*. Die Reisekosten und die des Aufenthalts wurden von der Eberhardt Karls Universität übernommen. Maria musste lediglich für ihre Verpflegung aufkommen. Professor Martin hatte geschrieben, sie sei ein gern gesehener Gast in seinem Haus und er hoffe, Maria von Linden würde oft bei ihm und seiner Gattin speisen.

Marias Freude wurde allerdings durch einen Wermutstropfen getrübt. Sie würde nach Straßburg reisen, Pierre konnte sie jedoch nicht begleiten.

»Einerseits kann ich im Moment nicht aus Tübingen fort«, erklärte er, nachdem Maria ihm von dem Angebot erzählt hatte. Es war ein milder Frühlingsabend, es dunkelte bereits, und sie saßen auf einer Bank hinter einem Gebäude auf dem Universitätsgelände, das um diese Zeit verlassen war. Pierre hatte eine Flasche Rotwein und zwei Gläser mitgebracht. »Zudem wäre es auffällig, wenn ich just zu der Zeit Urlaub nehmen und nach Hause fahren wollte. Professor Eimer ist nicht dumm. Er könnte falsche Schlüsse ziehen.« Er schmunzelte und seufzte. »Vielmehr würde er die richtigen Schlüsse ziehen. In Straßburg wird Professor Martin ein Auge auf dich haben. Wir könnten uns also auch nicht öffentlich zusammen sehen lassen. Außerdem wirst du gar keine Zeit für Privates haben, mein Liebes. Martin wird dich sehr fordern, denn du willst ja eine exzellente Doktorarbeit verfassen.«

Maria seufzte. »Ich möchte nicht nur, ich *muss* die beste Arbeit abliefern. Nur so kann es mir gelingen, das Gremium zu überzeugen. Vier Wochen gehen auch schnell vorbei. Ich freue mich ungemein, deine Heimat kennenzulernen.«

Pierre und Maria achteten streng darauf, ihre Freundschaft, die weit über das Schickliche hinausging, zu verbergen. Anders als bei Amon war es Maria nicht gleichgültig, was nun über sie geredet wurde. Pierre Beaudemont war ihr Dozent, von dessen Einschätzung ihrer Arbeiten und Klausuren ein Teil ihrer Benotung abhing. Wenn ihre Beziehung bekannt werden würde, könnte die ganze Sache ein *Gschmäckle* haben, wie es im Schwäbischen hieß, und das Gerücht die Runde machen, Maria würde nur Pierres Gegenwart suchen, um sich Vorteile zu verschaffen. Noch einige Monate, spätestens im nächsten Winter, und Maria würde das Studium abgeschlossen haben. Dann konnten sie und Pierre sich offen miteinander zeigen. Ob weiterhin in Tübingen oder im Elsass – Maria war für beide Optionen offen. In Tübingen fühlte sie sich wohl, und ihre Mutter lebte hier, sie würde aber auch verstehen, wenn Pierre in seine Heimat zurückkehren wollte. Oder sie gingen ganz woanders hin. Mit seinen Qualifikationen konnte Pierre überall eine gute Anstellung erhalten. Und sie, Maria, wollte auch weiterhin forschen, was Pierre zufolge für Frauen in Frankreich einfacher war als im deutschen Kaiserreich.

Maria machte sich zwar Gedanken, aber keine Illusionen. Bisher hatte Pierre über eine gemeinsame Zukunft kein Wort verloren, und ihr Stolz verbot es zu fragen, wie es mit ihnen weitergehen konnte. Sie genossen den Augenblick, und alles war gut so, wie es war.

»Soll ich deiner Familie etwas mitbringen?«, fragte Maria. »Wie? Was?«

Sie stupste Pierre in die Seite. »Ich fragte, ob ich deiner Familie etwas überbringen soll. Briefe oder kulinarische Köstlichkeiten aus dem Schwabenland. Im Gegenzug könnte ich dir etwas aus deiner Heimat mitbringen.«

»Das ist nett gemeint, Maria, aber nicht nötig. Du darfst keine unnötige Zeit verschwenden, die du zum Lernen verwenden kannst.«

Maria runzelte die Stirn. Konnte es sein, dass Pierre ihr auswich? Über seine Familie sprach er sowieso nur wenig. Sie wusste nur, dass sein Vater eine Rechtsanwaltskanzlei betrieb und Pierre zwei ältere Brüder hatte. Einer war ebenfalls Jurist, der andere im Finanzwesen in Straßburg tätig.

»Du kannst es dir ja noch überlegen, ob ich deine Familie besuchen soll«, schlug Maria vor. »Ich reise erst nächste Woche.«

»Straßburg im Frühling ist wundervoll«, erwiderte Pierre. »Es gibt weitläufige Parkanlagen mit mächtigen Bäumen und hübsch angelegten Blumenbeeten und kleinen Bachläufen. In der Stadt findest du verwunschene Ecken, in denen die Zeit seit Jahrhunderten stehen geblieben scheint. Du musst unbedingt ein Straßencafé aufsuchen und von den süßen Köstlichkeiten naschen. Ein Elsässer Flammkuchen darf natürlich auch nicht fehlen. Allein beim Gedanken an Speck, Zwiebeln und Schmand läuft mir das Wasser im Mund zusammen.«

Versonnen sah Pierre an Maria vorbei. Aus seinen Worten sprach Heimweh.

»Wenn du nach Hause zurückkehren möchtest, hätte Professor Eimer bestimmt Verständnis. Um gute Arbeit zu leisten, bedarf es seiner Meinung nach stabiler Familienverhältnisse.«

»Ob ich heimkehren möchte?« Pierre schüttelte den Kopf. »Nicht, bevor meine Arbeit hier nicht abgeschlossen ist.«

Maria insistierte nicht weiter. Pierre war ein ausgezeichneter Wissenschaftler und ein hervorragender Dozent, der mit einer unglaublichen Leichtigkeit und Freude den Lehrstoff vermittelte, trotzdem war er in Tübingen entbehrlich. Professor Eimer würde schnell einen anderen guten Mitarbeiter finden. Lag auf dem Verhältnis zwischen Pierre und seinen Eltern ein Schatten, da er so gut wie nie von der Familie sprach und nicht wollte, dass Maria sie besuchte? Im Prinzip ging es sie nichts an. Solange Pierre nicht von selbst die Rede darauf brachte, wollte sie nicht in ihn dringen. Einen Hauch von Sorge konnte Maria trotzdem nicht von der Hand weisen. Sie wusste selbst nur zu gut, wie sehr es die Seele belastete, mit Familienmitgliedern gebrochen zu haben.

»Mademoiselle de Linden?«

Ein gedrungener Mann mit einem schlohweißen spärlichen Haarkranz und einem buschigen Schnauzbart näherte sich Maria auf dem Bahnsteig. An seiner Seite eine zierliche Frau, einen Kopf kleiner als Maria. Beide sahen ihr freundlich und erwartungsvoll entgegen.

»Madame et Monsieur Martin?«, fragte Maria.

»*Oui, oui! Enchanté, Mademoiselle*«, antwortete der Professor eifrig. »*Bienvenue à Strasbourg. Nous espérons que votre voyage a été agréable?*«, ergänzte seine Frau.

Maria begrüßte die beiden mit einem freundlichen Handschlag und versicherte, dass die Fahrt ohne Zwischenfälle verlaufen sei.

»Nach der langen Bahnfahrt müssen Sie Hunger haben«, meinte Claire Martin. »Ich schlage vor, Sie essen bei uns zu Abend, und dann bringt ein Diener Sie in Ihre Pension, Mademoiselle de Linden.«

»Ach bitte, nennen Sie mich doch Maria.« Die Martins waren Maria auf Anhieb sympathisch.

»Morgen beginnen wir gleich mit der Arbeit«, erklärte Henri Martin, während sich die drei durch das Gedränge zu dem leichten Einspänner schoben, der an der Ecke wartete. »Ich freue mich, dass Sie meiner Einladung gefolgt sind, und denke, dass ich Ihnen bei Ihrer Dissertation behilflich sein kann.«

»Sie werden aber nicht unablässig arbeiten«, warf Madame Martin ein und drohte ihrem Mann scherzhaft mit dem Finger. »Mademoiselle, Sie sind zum ersten Mal im Elsass, daher werde ich dafür sorgen, dass Sie von unserer schönen Gegend auch etwas zu sehen bekommen.«

»Meine Frau ist eine gute Fremdenführerin«, erzählte Professor Martin. »Sie wird Ihnen jeden Winkel der Stadt zeigen und Ihnen wohl nicht ersparen, den Turm der Kathedrale zu erklimmen. Ich hoffe, Sie sind schwindelfrei, Mademoiselle Maria.«

»Das ist sehr freundlich, Madame, Monsieur, aber ich möchte Ihre Zeit nicht über Gebühr in Anspruch nehmen.«

»Ach was!« Madame Martin winkte lachend ab. »Wir

Franzosen wissen das Leben zu genießen, und es besteht eben nicht nur aus Arbeit.«

Maria war gerührt, wie sich Claire und Henri Martin während der Fahrt an den Händen hielten, als seien sie ein frisch verliebtes Paar. Dabei waren sie seit Jahrzehnten miteinander verheiratet. Zwischen ihren Eltern hatte Maria nie solch zärtliche Gesten gesehen. Vor den Augen anderer tat man das einfach nicht, auch nicht vor den eigenen Kindern. *Maman* war der Ansicht, dass die Contenance stets gewahrt bleiben müsse. Aber es gab sie offenbar doch: die aufrichtige Liebe zwischen zwei Menschen, die im Alter noch dazugewann. Könnte Pierre der Mann sein, mit dem sie ein solches Glück doch noch erleben durfte? Im Juli würde sie ihren sechsundzwanzigsten Geburtstag feiern, in den Augen der Gesellschaft eine alte Jungfer, die kein Mann zur Frau hatte haben wollen. Pierre war vier Jahre älter. Sie waren jung genug für ein gemeinsames Leben. In ihren Überlegungen überging Maria allerdings die Tatsache, dass eine Ehe mit Pierre wohl auch Kinder bedeutete. Als Mutter würde es ihr nicht möglich sein, intensiv zu forschen. Aber noch war es nicht an der Zeit, darüber nachzudenken.

In den nächsten Tagen stürmte so viel auf Maria ein, dass sie kaum wusste, wo ihr der Kopf stand. Wie ein Schwamm sog sie alles Neue in sich auf und wurde nicht müde, mehr und mehr zu lernen. Als Professor Martin sie an die Universität mitnahm und sie in einen der Vorlesungssäle hineinsahen, wurden Marias Augen feucht. Sie zählte sieben Studentinnen. Zwar saßen sie getrennt von den Männern auf der linken Seite, aber sie meldeten sich eifrig und wurden genau wie die Studenten in die Vorlesung einbezogen.

Professor Martin nahm Maria hart heran. Bis spät am Abend las sie seine Abhandlungen über Meeres- und Nacktschnecken und schrieb an ihrer Doktorarbeit, die von Henri Martin mit roter Tinte korrigiert wurde. Nicht selten bekam Maria Seiten zurück, auf denen der Professor kaum ein Wort hatte stehen lassen. Die Vorschläge griff Maria gern auf, formulierte dann aber mit eigenen Worten neu. Es war schließlich ihre Doktorarbeit.

Marias Pensionswirtin, die Witwe Durand, erinnerte sie an die gute Frau Deimling in Tübingen, wenngleich die beiden Frauen äußerlich nichts gemeinsam hatten. Madame Durand kümmerte sich um Marias Wohlergehen und war eine ebensolche gute Köchin wie Frau Deimling. Maria lernte köstliche Flamm- und Zwiebelkuchen und saftige Quiche Lorraine kennen, frische Salate mit gebratenen Putenbruststreifen, Huhn in Riesling mit gerösteten Kartoffelscheiben, kleine Guglhupfkuchen mit Rosinen oder Schokolade, klebrige süße Eclairs und mit Creme gefüllte kleine runde Biskuits. Auch die Weine waren ausgezeichnet und süffig. Beim Alkohol hielt Maria maß und trank nie mehr als ein Glas zum Abendessen. Dennoch spannte Marias Rock in der Taille schon nach zwei Wochen. In den letzten Jahren dienten Mahlzeiten nichts anderem als der Nahrungsaufnahme. Jetzt freute und genoss sie jede leckere Speise. Die paar Pfunde mehr standen ihr gut. Maria genoss es, sich verwöhnen zu lassen. Nur manchmal wünschte sie sich, Pierre an ihrer Seite zu haben. Aber das Leben lag noch vor ihnen.

An den hellen, milden Abenden spazierte Maria nach getaner Arbeit auch allein durch die Stadt. Obwohl sie in Fragen der Mode nicht sonderlich bewandert war, gefielen ihr die farbenfrohen und locker geschnittenen Kleider der Damen. Die

Krägen waren nicht so hoch geschlossen, die Ausschnitte tiefer und gewagter. Immer wieder hatte Maria den Eindruck, dass eine Dame unter ihrem Kleid kein Mieder trug. Sie selbst hatte Korsetts längst aus ihrer Garderobe verbannt. Mit den steifen Stäben um Taille und Brustkorb ließ es sich weder am Schreibtisch noch am Mikroskop gut arbeiten. Begab sich Maria in Gesellschaft, wahrte sie aber immer noch die Form und trug ein Mieder, einzig und allein, um niemanden vor den Kopf zu stoßen.

Die Frauen in Straßburg trugen auch modischere Frisuren als in Württemberg. Seit Jahren strich sich Maria die Haare straff nach hinten. Nie hätte sie sich getraut, sie abzuschneiden. Jetzt sah sie Frauen, deren Haar nur nackenlang war und trotzdem weiblich wirkte.

Pierre hatte sie mehrere Briefe geschrieben, unverfänglich, da sie keinen Namen auf der Rückseite der Umschläge vermerkte. Dass der Doktor Post aus seiner Heimat bekam, würde die Rosenhagens nicht zu Fragen veranlassen. Antworten erhielt Maria nicht. Bestimmt wollte Pierre sie nicht in Verlegenheit bringen, sollten fremde Augen seine Briefe sehen. Aber schon in der kommenden Woche würde Maria nach Tübingen und zu Pierre zurückkehren.

An diesem Nachmittag war Maria sich selbst überlassen. Professor Martin und seine Frau folgten einer Einladung, und das Wetter war zu schön, um den ganzen Tag über den Büchern zu sitzen. Die französische Leichtigkeit, das Leben zu genießen, hatte auf Maria abgefärbt. Die Ausarbeitung des nächsten Abschnitts der Arbeit konnte sie auch noch am Abend machen. Zu Mittag ließ sich Maria eine von Madame Durand köstlich zubereitete Quiche schmecken. Während sie sich auf ihren Spaziergang freute, schoss ihr plötzlich eine Idee durch den Kopf. Längst hatte sie Claire Martin nach Pierre Beaudemont und seiner Familie gefragt.

»Ich bin ihm nie begegnet«, hatte Claire geantwortet. »Aber mein Mann spricht sehr wohlwollend über den jungen Docteur.«

»Wissen Sie, wo die Beaudemonts wohnen? Ich dachte, ich könnte ihnen einen Besuch abstatten und Grüße von ihrem Sohn überbringen.«

»Das ist eine gute Idee, Mademoiselle Maria. Die Adresse lässt sich leicht feststellen. Ich werde meinen Mann fragen.«

Zwei Tage später reichte Claire Maria einen Zettel mit der Adresse von Pierres Familie. Und so machte sich Maria an diesem sonnigen und warmen Nachmittag auf den Weg …

 NEUNZEHN

Tübingen – 1896

Maria schloss den Knopf des steifen weißen Kragens, der ihr Kinn nach oben zwang und einen langen Hals machte, band sich die schwarze Krawatte auf und schlüpfte in das dunkle hüftlange Jackett. Sie trug eine weit geschnittene dunkelgraue Hose, die auf den ersten Blick wie ein schmaler Rock wirkte. Zuletzt setzte sie den mit einem dunklen Band geschmückten hellen Herrenhut auf ihr kurz geschnittenes, aus der Stirn gestrichenes Haar. Zufrieden betrachtete sich Maria im Spiegel. Sie war sehr schlank geworden, und der Anzug verbarg jede weibliche Rundung. Mit dem schmalen blassen Gesicht war sie von den anderen Studenten kaum zu unterscheiden.

Sie sah auf die Kaminuhr in ihrem Zimmer und atmete tief durch. Sie hatte noch Zeit, bis sie den wohl wichtigsten Weg ihres Lebens antreten musste. Ihre Gedanken eilten zu den Tagen zurück, als sie in Frisur und Kleidung verändert aus dem Elsass zurückgekehrt war.

»Sie passen sich mehr und mehr den Männern an, kleiden und frisieren sich wie ein Bursche«, hatte Mathilde Weber das Thema zum ersten Mal gänzlich unverhohlen angesprochen. »In der Männerdomäne müssen Sie durch Leistungen bestehen, nicht, weil Sie sich äußerlich verändern. Geben Sie sich nicht auf, Komtess Maria.«

»Ich gebe mich durchaus nicht auf«, entgegnete Maria selbstbewusst. »Aber helle, auffällige Kleider und hohe Absätze konnte ich noch nie leiden. Ich bin Wissenschaftlerin und möchte als solche wahrgenommen werden.«

Mathilde Weber zuckte mit den Schultern. »Es ist nicht das Äußerliche, das zählt, Komtess«, lenkte sie ein. »In Ihnen steckt so viel Gutes, dass Sie ruhig Hose und Hut tragen können. Sie fallen in Tübingen ohnehin auf. Auf Ihre Kleidung kommt es nicht mehr an.«

Nach dem Gespräch war Marias äußere Erscheinung kein Thema mehr bei ihren Treffen mit Frau Weber und den anderen Frauen. Selbst ihre Mutter fand sich mit der Tatsache ab, dass Maria nahezu alles Weibliche abgelegt hatte. Auch Gräfin Eugenie nahm die Veränderung ihrer Tochter, seit sie aus Straßburg zurückgekehrt war, wahr. Sie drang aber nicht in sie, wohl wissend, dass Maria nur preisgab, was sie preiszugeben bereit war. Und Maria schwieg.

Die Begegnung mit Pierre Beaudemont am Tag nach Marias Ankunft in Tübingen war kurz gewesen.

»Es steht nicht in meiner Macht, Sie des Laboratoriums und der Universität zu verweisen«, hatte Maria mit eisiger Stimme gesagt und war bewusst wieder zum Sie übergegangen, um Pierre auf Abstand zu halten. »Ich werde die Professionalität wahren, aber ich rate Ihnen eines: Gehen Sie mir aus den Augen und richten Sie niemals wieder ein privates Wort an mich! Vielleicht haben Sie einen Rest Anstand und reisen unverzüglich aus Tübingen ab, um Ihre schwangere Frau nicht länger allein zu lassen.«

»Aber Maria … Ich muss dir erklären … Es ist nicht so,

wie es scheint«, stammelte er mit hochrotem Kopf. »Lass uns heute Abend bei einem Glas Wein –«

»Welchen Teil meiner Aufforderung, mir aus den Augen zu gehen, verstehen Sie nicht?«, fiel Maria ihm brüsk ins Wort.

Hoch erhobenen Hauptes verließ sie den Raum. Innerlich fühlte sie sich längst nicht so selbstbewusst, aber sie hatte sich ihren Stolz bewahrt.

Drei Wochen später verließ Beaudemont Tübingen. Professor Eimer und Dr. Fickert waren bass erstaunt zu erfahren, dass der junge Forscher verheiratet war und Vaterfreuden entgegensah.

»Ich dachte, er sei Junggeselle«, sagte Theodor Eimer, strich sich nachdenklich über den dichten Bart und musterte Maria mit einer Spur Anteilnahme im Blick.

Fortan wurde der Name Pierre Beaudemont im Laboratorium nicht mehr erwähnt.

Maria hatte sich wieder in ihre Arbeit gestürzt. Im vergangenen Sommer war sie in das von großen Fichtenwäldern umgebene idyllische Krumbach gereist. Sie fand die erhoffte Ruhe, unternahm ausgedehnte Spaziergänge und aß mit gutem Appetit. Daneben arbeitete sie fleißig an ihrer Dissertation, die in der Rohfassung fertiggestellt war. Es half, Beaudemonts Unaufrichtigkeit rasch zu überwinden. Maria kannte ihren Wert, um diesem *Filou* keine Träne nachzuweinen. Zeitraubend und arbeitsintensiv gestaltete sich nun die Zusammenstellung der Bildertafeln. Es war lange her, dass Maria gezeichnet hatte. Schade, dass Amon so weit fort war. Sein zeichnerisches Talent wäre ihr bei der Arbeit von großem Nutzen. Eine Reise nach Heidelberg konnte sich Maria im

Moment aber weder finanziell noch zeitlich leisten. So widmete sie sich selbst dem Zeichnen – und war am Ende mit ihrer Leistung sehr zufrieden.

Mit Beginn des Herbstsemesters war die Herkulesarbeit beendet und Maria stand kurz vor Fertigstellung ihrer Doktorarbeit. Es war nicht ihre erste Veröffentlichung, keine zuvor war jedoch von solcher Bedeutung gewesen. Freundlicherweise bot Dr. Fickert seine Hilfe an.

»Wenn Sie erlauben, lese ich den Text Korrektur«, schlug er vor, um Marias orthografische Schwäche wissend. »Wir wollen doch nicht, dass die Annahme Ihrer Arbeit an ein paar Rechtschreibfehlern scheitert.«

Maria war ihm sehr dankbar. Überhaupt war die Zusammenarbeit mit Dr. Fickert inzwischen ausgesprochen angenehm. Im vergangenen Jahr hatte er eine nette Frau geheiratet und war Vater geworden. Maria fand, dass er seither seriöser war. Manche Männer müssen sich eben erst die Hörner abstoßen, dachte sie schmunzelnd.

Dann, am 27. Januar 1896, war es endlich so weit! So viele Jahre, seit sie ein Kind gewesen war, hatte sie auf diesen Moment hingearbeitet, hatte steinige Wege beschritten, eine Hürde nach der anderen genommen und sich allen Widerständen entschlossen gestellt. Sie hatte Menschen verletzt, die sie liebte, und war selbst verletzt worden. Aber Maria bereute nichts. All das war es wert gewesen. Und schließlich war heute der Geburtstag des Kaisers. Was sollte da schon schiefgehen?

Maria ging allein zur Universität. Ihre Mutter und Fränze waren bereits vorausgefahren. Maria wollte vor dem großen Ereignis ein wenig allein sein. Der Tag war eisig kalt, knöcheltief lag der Schnee auf den Gehsteigen. Die kalte Luft schnitt ihr in die Wangen. Maria war es recht.

Am Hauptportal wurde sie von den Professoren Eimer, Brill und Vöchting erwartet. Alexander Brill war inzwischen Rektor des Institutes. Die drei trugen, dem Anlass entsprechend, weiße Hemden und schwarze Fräcke, dazu steife Hüte. Stolz sah Eimer ihr entgegen. Selbst Hermann Vöchting begrüßte sie mit einem wohlwollenden Lächeln. Bei der Erinnerung an ihre erste Begegnung vor den Waschräumen lächelte Maria verhalten und war stolz darauf, sich auch den Respekt und die Anerkennung dieses Professors errungen zu haben.

Professor Theodor Eimer, der Mann, dem Maria am meisten zu verdanken hatte, bot ihr seinen Arm an. »Kommen Sie, Komtesschen«, meinte er schmunzelnd. »Die letzten entscheidenden Schritte müssen Sie nicht allein gehen.«

Gern hängte sich Maria bei ihm ein. Gemächlich stiegen sie die breite Treppe in den ersten Stock hinauf. Bereits auf dem Korridor war das Stimmengewirr aus dem Auditorium maximum zu vernehmen.

»Sie brauchen nicht nervös zu sein«, munterte Professor Brill Maria auf.

»Ich bin nicht nervös. Voll gespannter Erwartung, aber nicht nervös.«

»Warum auch?«, raunte Professor Vöchting. »Komtess von Linden ist die Beste am ganzen Institut.«

Während Maria die Stufen im Hörsaal hinunterging und sich hinter das Pult stellte, verstummten die meisten Gespräche, vereinzelt wurde Beifall geklatscht. Neben Marias Mutter, Fränze und der Witwe Deimling waren auch die Gattinnen der Professoren und deren Töchter gekommen. Und auch Mathilde Weber, Frau Rosenhagen nebst Gatten und die anderen Frauen des Kreises fehlten nicht.

Alle waren festlich gekleidet. Gräfin Eugenie hatte sogar ihre schönste Perlenkette umgelegt, die sie seit dem Tod ihres Mannes nicht mehr getragen hatte. Niemand nahm Anstoß daran, dass die Hauptperson des Tages daherkam wie ein Student auf dem Weg zu einer Vorlesung. Man hatte sich an die »Dame mit dem Hut« gewöhnt.

In dem Hörsaal, in dem sie so viele Stunden zugebracht hatte, auf der anderen Seite am Pult zu stehen, erfüllte Maria mit größter Zufriedenheit. In diesem Moment beschloss sie, nicht nur selbst zu forschen, sondern ihr Wissen an junge Menschen weiterzugeben und ihnen die Tür zur faszinierenden Welt der Wissenschaften zu öffnen. Und sich dabei ganz der hoffentlich immer zahlreicher werdenden Studentinnen anzunehmen und sie zu fördern, würde ihr großes Anliegen sein.

Ein verhaltenes Räuspern von Professor Eimer riss Maria aus ihren Zukunftsplänen. »Sie können beginnen, Komtess von Linden.«

Aus der mitgebrachten Mappe nahm Maria ihre Unterlagen, legte sie auf das Pult und blickte in die vielen Gesichter vor ihr. Sie suchte ein bestimmtes Antlitz, fand es ganz links und lächelte dem schlicht gekleideten Mann kurz zu. Dann wurde es mucksmäuschenstill, gespannte und erwartungsvolle Blicke richteten sich auf Maria.

»Die Entwicklung der Skulptur und der Zeichnung der Gehäuseschnecken des Meeres«, begann sie. Zunächst war ihre Stimme leise, wurde dann immer lauter und fester und war bis in den letzten Winkel des Hörsaals zu vernehmen. Die Mehrheit der Anwesenden, darunter Marias Mutter, verstand kein

Wort von ihrem Vortrag und fragte sich, warum die Erforschung der Gehäuseschnecken von Interesse war und welchen Nutzen die Wissenschaft daraus zog.

Nach einer halben Stunde beendete Maria ihren Vortrag. Applaus brandete auf, die Professoren nickten zustimmend, und Maria nahm den für sie reservierten Platz in der ersten Reihe ein.

Nach ihr trugen erst Heinz Wachtler, dann Jürgen Pfründle und schließlich Hermann Wöhrle die Zusammenfassung ihrer jeweiligen Dissertationen vor.

Nachdem die drei jungen Männer geendet hatten, begann der feierliche Part. Die Professoren kamen nach vorne.

Professor Brill trat ans Pult. Laut und dröhnend klang seine Stimme durch den Saal. »Meine Herren und mein Fräulein«, vereinzelt wurde gelacht, »es ist mir eine große Ehre, am heutigen Tag vier unserer Studenten mit dem Doktortitel auszuzeichnen und hinaus in die Welt zu entlassen.« Er sah zu Maria. »Komtess von Linden, treten Sie bitte zu mir.« Die Hände vor dem Körper verschränkt, den Kopf leicht gesenkt, stellte sich Maria vor ihn. Professor Brill wandte sich wieder dem Publikum zu. »Weder meine geschätzten Kollegen noch ich können und möchten unsere Skepsis verhehlen, als es darum ging, die erste Studentin an unserem Institut zuzulassen. Ein Novum nicht nur an der altehrwürdigen Eberhard Karls Universität, sondern im ganzen Königreich Württemberg! Die Entscheidung fiel nicht einstimmig, und auf Geheiß des Kulturministers wurde Maria Komtess von Linden die ordentliche Immatrikulation verwehrt. Ich gebe mir keine Blöße, hier und heute öffentlich einzugestehen, dass das ein Fehler war.« Ein Raunen ging durch das Publikum, und Maria empfand eine gewisse Genugtuung. »Viele junge

Männer studieren nur um des Studierens willens. Sie überbrücken die Zeit, bis sie in das väterliche Werk eintreten oder Landgüter übernehmen. Manche legen trotzdem großen Fleiß an den Tag, andere nicht. Sie suchen den Sinn des Studiums eher in Wirtshäusern, in denen unser süffiges schwäbisches Bier reichlich ausgeschenkt wird.« Gelächter ging durch den Saal. »Von Beginn an zeigte Maria von Linden uns allen, was wahre Leidenschaft ist. Und dabei, möchte ich behaupten, verfügt die Komtess über eine ganz besonders ausgeprägte Begabung. Ein von Gott gegebenes Talent reicht jedoch nicht aus. Es liegt an jedem Einzelnen selbst, was er, oder in diesem Fall sie, daraus macht, damit die besonderen Anlagen nicht verkümmern. Maria von Lindens unermüdlicher Eifer, ihr unermesslicher Wissensdurst und nicht zuletzt ihre eiserne Disziplin zeigten mir und dem ganzen Kollegium, dass wir es mit einer außergewöhnlichen Dame zu tun haben, die wir anfangs alle unterschätzt hatten.« Applaus brandete auf, auch Gräfin Eugenie klatschte begeistert. Der Professor wartete, bis es wieder ruhiger geworden war, dann wandte er sich Maria zu und fuhr mit seiner Rede fort: »Komtess, Sie haben aus Ihren Fähigkeiten das Beste herausgeholt. Ihr Weg an der Eberhard Karls Universität ist nun zwar zu Ende, aber nur als Studentin, denn als Forscherin sind Sie uns mehr als willkommen. Aber ich möchte Ihre Pläne nicht beeinflussen, denn nun entscheiden Sie selbst, wie Sie Ihr Wissen und Können richtig einsetzen und anwenden wollen.« Brill nahm einen Umschlag und zog ein Dokument heraus. »Es ist mir eine große Ehre und Freude, Ihnen heute den Titel Scientiae Naturalis Doctor im Bereich der Zoologie zu verleihen. Herzlichen Glückwunsch, Fräulein Doktor von Linden. Viel Glück auf Ihrem weiteren Weg, wohin er Sie auch führen mag.«

Mit einem dankenden Lächeln nahm Maria die Urkunde entgegen. In ihrem Inneren brodelte es wie in einem Vulkan. Gegen alle Widerstände, gegen geltendes Recht und Gesetz bekam sie als erste Frau im Königreich Württemberg den Doktortitel verliehen.

Auch für Marias ehemalige Kommilitonen fand Professor Brill wohlwollende, lobende Worte, wenngleich diese Ansprachen deutlich kürzer ausfielen. Nachdem die jungen Herren ihre Urkunden in Empfang genommen hatten, war der offizielle Teil beendet. Mit ihrer Mutter, den Professoren und den ebenfalls neu ernannten Doktores Wachtler und Pfründle würde Maria nun feiern. Es sollte nur ein kleines Fest in ihrer Wohnung sein, auf den heutigen Tag musste jedoch angestoßen werden.

Marias Blick kreuzte sich erneut mit dem des Mannes auf der linken Seite des Saals. Er war nicht mehr jung, zwanzig Jahre älter als Maria, sein dunkelblondes Haar und der Vollbart jedoch waren noch voll. Verstohlen zwinkerte er Maria zu, und sie ging lächelnd zu ihm hinüber.

»Herwig! Wie schön, dass du gekommen bist.«

Er deutete eine Verbeugung an. »Um nichts in der Welt hätte ich mir diesen außergewöhnlichen Augenblick entgehen lassen, Maria. Was wirst du jetzt machen? Tübingen verlassen?«

»Bisher habe ich keine Entscheidung getroffen«, antwortete Maria aufrichtig. »Wie du gehört hast, bietet man mir eine bezahlte Forschungsstelle im hiesigen Institut an. Es gibt aber auch ein verlockendes Angebot aus Halle. Du weißt, wie gern ich reise und unbekannte Städte und Gegenden erkunde.«

Ein Schatten fiel über sein Gesicht. »Ich würde es sehr bedauern, wenn wir unsere Freundschaft nicht fortsetzen könnten.«

Ein warmes Gefühl durchflutete Maria. Sie empfand ähnlich, denn in dem Tübinger Apotheker Herwig Meyer hatte sie einen guten Freund gefunden. Anders als Amon Russak aber zeigte Herwig unverhohlen sein Interesse an Maria als Frau. Im vergangenen Herbst hatten sie sich bei einem Empfang im Haus von Professor Eimer kennengelernt. Auf Anhieb hatte Maria den aufgeschlossenen, liberalen Apotheker sympathisch gefunden, und sie hatten bereits am ersten Abend angeregt miteinander gefachsimpelt. Seitdem trafen sie sich regelmäßig, speisten mal im Restaurant, mal in seiner Wohnung. Er war Witwer, seine beiden Söhne studierten, einer würde die Apotheke nach seinem Abschluss übernehmen. Maria und Herwig zeigten sich in der Öffentlichkeit, böses Gerede blieb jedoch aus. Die Tübinger hatten sich daran gewöhnt, dass Maria anders als die Frauen ihrer Zeit war. Selbst ihre Mutter enthielt sich eines Kommentars. Gräfin Eugenie hatte eingesehen, dass die Tochter ihr eigenes Leben lebte – mit allen Vor- und auch Nachteilen. In der Gesellschaft des charmanten und gebildeten Apothekers fühlte sich Maria sehr wohl. Sie mochte es, wenn er ihre Hand hielt, aber mehr als ein paar Wangenküsse hatte es bisher zwischen ihnen nicht gegeben.

Vielleicht war sie dabei, ein weiteres Mal ihr Herz zu verlieren. Sie spürte, dass sie wieder lieben und geliebt werden wollte. Es war nicht die große Leidenschaft, wie Maria sie für Pierre Beaudemont empfunden hatte, aber das Gefühl von Geborgenheit und gegenseitiges Vertrauen war ihr inzwischen viel mehr wert. Mit sechsundzwanzig Jahren war sie noch jung genug, um abzuwarten und dem Schicksal seinen Lauf zu lassen.

»Sollte ich nach Halle gehen, schreiben wir uns Briefe«, sagte sie jetzt.

»Wenn mein Sohn seinen Abschluss hat, gebe ich die Apotheke in seine Hände. Dann hält mich nichts mehr in Tübingen.«

»Maria, kommst du?«, rief Gräfin Eugenie in diesem Moment. »Wir wollen die Gäste nicht unnötig warten lassen.«

Maria drückte Herwigs Hand. »Kommst du mit? Ich würde mich freuen, wenn du mit uns feierst, denn ich möchte jeden Moment genießen, den ich mit dir verbringen kann.«

»Sehr gern, Maria.«

Hand in Hand verließen sie den Saal, der Maria in den letzten Jahren zu einer Art zweiter Heimat geworden war. Vielleicht würde sie den Hörsaal wieder betreten und als Dozentin auf der anderen Seite stehen. Das aber stand in den Sternen. Die Verleihung des Doktortitels war nicht gleichbedeutend mit der allgemeinen Anerkennung als Wissenschaftlerin. Nach wie vor musste sie sich in einer von Männern dominierten Welt behaupten. War es vermessen, noch mehr anzustreben? War es vermessen zu hoffen, eines Tages den Titel einer Professorin verliehen zu bekommen? Stillstand bedeutete Rückschritt. Das galt für die Wissenschaft ebenso wie für Marias Leben. Würde ihr zukünftiger Weg einfacher werden? Maria bezweifelte es.

Heute aber wollte sie feiern und glücklich sein. Das Leben konnte man nicht planen. Es schlug ständig Kapriolen. Gerade das machte das Dasein aufregend und prickelnd wie ein Glas frisch eingeschenkter Champagner.

Maria war bereit, dem Kommenden zu trotzen. Vielleicht an Herwigs Seite, der ihr eine Stütze in der tosenden Brandung sein konnte. Vielleicht würde auch ein anderer Mann ihren Weg kreuzen. Auch wenn man es ihrer äußerlichen Erscheinung nicht gleich ansah, war Maria durch und durch Frau. Eine Frau, die nicht immer dachte und handelte, wie es von einer Komtess von Linden erwartet wurde.

Aber sie war ganz Frau und würde es immer bleiben.

EPILOG

Maria wickelte den dicken wollenen Umhang fest um ihren Körper. Seit Tagen war ihr ständig kalt, ihre Füße in den mit Lammfell gefütterten Schnürstiefeln fühlten sich an wie zwei Eisklumpen, dabei waren die Sommertage sonnig und warm. Maria erinnerte sich an die Eisenbahnfahrt von Tübingen auf den Burgberg. An den eisigen Winter und an den Tag, als ihr Vater gestorben war. Deutlich stand ihr vor Augen, wie sich in der Heimat alles verändert hatte, nachdem Onkel Karl der neue Graf von Linden geworden war.

Der Burgberg …

Maria seufzte. Vor ihren Augen stieg das Bild des von ihr so geliebten Schlosses mit seinen massiven Mauern, den verwinkelten Treppenhäusern, den schönen lichten Räumen und kleinen Kammern auf. Schließlich hatte Maria, als Onkel Karl im Jahr 1910 gestorben war, den Burgberg doch geerbt. Tante Elisabeth war zu ihrer Familie nach Amerika zurückgekehrt und folgte ihrem Mann nur vier Jahre später in den Tod. Da die Ehe kinderlos geblieben war, wurde Maria die neue Gräfin von Linden. Sechsundzwanzig Jahre hatte sie alles getan, neben ihrer anstrengenden und fordernden Arbeit den Familienbesitz zu erhalten. Es war schwer, aber nicht unmöglich gewesen, auch wenn sie fast jeden Pfennig, der ihr zu Verfügung stand, in das Schloss investiert hatte. Sooft Maria Zeit fand, war sie auf den Burgberg gereist und hatte nach dem Rechten gesehen. Nach ihrer Emigration nach Liechtenstein hatte sie den regen Briefkontakt mit dem Verwalter und den Nachbarn aufrechterhalten.

Und dann war es irgendwann vorbei. Marias Ersparnisse waren nicht endlos. Sie musste ihr Haus in Schaan instand halten, war für ihre Haushälterin verantwortlich, und essen und trinken musste sie auch. Nicht zu vergessen die Kosten für die Instrumente und Materialien, die sie für ihre Forschungsarbeiten brauchte. Das wenige Geld, das die Veröffentlichung ihrer Abhandlungen einbrachte, reichte nicht aus, den Burgberg weiterhin zu erhalten.

Selten in ihrem Leben hatte Maria geweint. Meist hatte sie ihre Gefühle unter einem Panzer versteckt und sich mit Arbeit abgelenkt. An dem Tag, als ihr die Urkunde zugestellt wurde, die besagte, dass der Kaufmann Friedrich Wemmer das Schloss und das rund vierhundert Morgen zählende Grundstück käuflich erworben hatte, hatte sich Maria für den Rest des Tages in ihr Zimmer zurückgezogen und in aller Stille um die verlorene Heimat getrauert. Dann hatte die Vernunft gesiegt. Der Geldbetrag aus dem Verkauf sicherte ihr viele Jahre lang ein sorgenfreies Leben in Liechtenstein.

Maria hustete, in ihrer Brust rasselte und brannte es, das Atmen fiel ihr schwer.

Es klopfte, und die Haushälterin, eine schlanke junge Frau, trat in den kleinen Raum, den sich Maria als Labor eingerichtet hatte.

»Frau Gräfin, ich habe Sie husten gehört. Sollten Sie nicht besser wieder zu Bett gehen? Der Arzt schließt eine Lungenentzündung nicht aus und rät dringlichst zur Schonung.«

Maria hob die Hand. »Ach, ich höre schon lange nicht mehr auf die Quacksalber. Die Ärzte haben meinen Vater nicht retten können. Sie wussten nicht einmal, welche Krankheit ihm das Leben raubte. Bei *Maman*, die lange kränkelte, war es ähnlich. Eines Morgens war sie einfach tot.« Maria hustete erneut, ließ sich die stechenden Schmerzen in der Brust aber nicht anmerken. Nachdem sie wieder zu Atem gekommen war, gelang es ihr, unbeschwert zu lächeln. »Deinen Vater natürlich ausgenommen, Katie.«

Ein Schatten legte sich auf Katharinas Gesicht, wie immer, wenn die Sprache auf ihren Vater kam.

Zwei Jahre zuvor war Katharina, damals gerade sechzehn Jahre alt, vor Marias Tür in Bonn gestanden. Bei ihrem Anblick hatte Maria überrascht die Stirn gerunzelt, denn die Ähnlichkeit zu Amon Russak war unverkennbar. Katharinas Haar hatte jedoch einen blonden Schimmer, ihre Augen waren hellblau und ihre Augenbrauen goldbraun. Als sie ihren Namen nannte, war Maria mehr als überrascht, die Tochter ihres einstigen Studienfreundes vor sich zu haben.

»Es war der letzte Wunsch meines Vaters, dass ich zu Ihnen fahre, Frau Gräfin«, sagte sie mit heller, klarer Stimme.

»Sein letzter Wunsch?«

Katharina nickte, ihre Augen wurden feucht. »Er starb vor vier Wochen. Sie waren zu fünft oder zu sechst und trugen braune Hemden und Armbinden. Vater war auf dem Weg aus der Klinik nach Hause. Er hatte ihnen nichts getan. Er war einfach nur da und kreuzte zufällig ihren Weg.«

»Was ist passiert?«, fragte Maria.

Katharina fiel es offensichtlich schwer, weiterzusprechen. »Man fand Vater in einem Hinterhof. Er war kaum noch bei Besinnung, sein Gesicht war eine einzige blutende Wunde, zahlreiche Knochen waren gebrochen und er hatte schwere innere Verletzungen. Die Männer haben grundlos auf ihn eingeschlagen. Es war ein Wunder, dass er noch zwei Tage lebte und ich noch einmal mit ihm sprechen konnte. ›Geh zu Maria‹, hat er gesagt. ›Sie will das Land, in dem das Leben nicht mehr lebenswert ist, verlassen. Sie wird dich mitnehmen und sich um dich kümmern. Maria steht auf unserer Seite.‹« Katharinas Stimme brach. »Werden Sie mir helfen, Frau Gräfin?«, flüsterte sie.

Keinen Augenblick hatte Maria gezögert. Die meisten ihrer Sachen waren schon gepackt. Sie war bereit, ihr Heimatland zu verlassen – wahrscheinlich für immer. Vor langer Zeit hatte sie Professor Eimer auf einer Reise nach Liechtenstein begleitet und das kleine Land mit den aufgeschlossenen Menschen sofort ins Herz geschlossen. Jetzt ließ die Einwanderungsbehörde immer mehr Deutsche einreisen, ohne Fragen zu stellen. Problemlos gab Maria Amons Tochter als ihre Nichte aus, denn eines war klar: Im Deutschen Reich war Katie nicht länger sicher. Die junge Frau führte Maria den Haushalt und war, trotz des großen Altersunterschieds, zu einer Freundin geworden, die Maria nicht mehr missen wollte. In ihrem Testament hatte Maria sie als alleinige Erbin bestimmt.

Der Briefwechsel mit Amon Russak war nie abgebrochen. So hatte Maria gewusst, dass er 1915 geheiratet hatte.

Als Chirurg an der renommierten Universitätsklinik zu Heidelberg muss man den Verhaltensnormen folgen, um weiterzukommen und Professor zu werden, hatte er geschrieben. *Und wer weiß: Vielleicht finde ich*

an Gertrudes Seite einen Zipfel des Glücks. Sie ist eine
willensstarke, gleichzeitig sanfte und verständnisvolle Frau.
Dir, Maria, nicht unähnlich …

Amon hatte zwar weiterhin gezeichnet und seine Bilder verkauft, sich dann aber doch für die sicherere und bequemere
Seite des Lebens entschieden. Mit allen Konsequenzen.

Maria erinnerte sich wieder an den Tag, als seine Tochter
zu ihr gekommen war.

»Katie … Ich darf dich doch Katie nennen?«, hatte Maria
gefragt.

»Es wäre mir eine Freude, Frau Gräfin. Oder soll ich lieber
Frau Professor sagen?«

»Wie wäre es mit: Die Dame mit dem Hut?«

»Wie bitte?«

Lächelnd deutete Maria auf ihren Kopf. »Das ist mein
Spitzname, da ich seit Jahrzehnten nie ohne einen Herrenhut
anzutreffen bin.«

Selbst im Haus legte sie den strengen schwarzen Hut erst
ab, wenn sie sich für die Nacht bereit machte. Ebenso den drei-
teiligen Anzug, das in der Regel helle Hemd und die schmale,
dunkle Krawatte.

»Mein Vater hat mir erzählt, dass Sie schon als Studentin eine Vorliebe für männliche Kleidung hatten«, sagte Katie.
»Ich finde, es steht Ihnen ausgezeichnet, Frau Gräfin.«

»Du kannst einfach nur Maria sagen.«

»Das geht nicht«, empörte sich Katie. »Schließlich sind Sie
eine Respektsperson.«

»Nun gut, dann eben Gräfin. Namen und Titel sind sowieso nur Schall und Rauch.« Sie musterte das Mädchen fragend. »War die Ehe deiner Eltern glücklich?«

»Wie Sie wissen, starb meine Mutter, als ich noch keine fünf Jahre alt war«, antwortete Katie, über die Frage weder überrascht, noch hielt sie sie für zu privat. »Ich habe nur wenige Erinnerungsfetzen an sie, aber Vater hat immer liebevoll über Mutter gesprochen.«

Augenscheinlich wusste Katie nichts von Amons besonderen Neigungen. Von Maria würde sie es auch nicht erfahren. Damit war niemandem gedient, und jetzt hatte der gute Freund seinen ewigen Frieden gefunden.

Vierunddreißig Jahre lang hatte Maria bei Verwandten des Physikers Heinrich Hertz in Bonn gelebt. Die Töchter des Hauses interessierten sich für Naturwissenschaften, wenngleich keine ein Studium in Erwägung zog. Sie lernten aber von Maria, die nicht müde wurde, von ihren Arbeiten zu berichten. 1933 wurde Gustav Hertz, 1925 mit dem Nobelpreis für Physik ausgezeichnet, aus dem öffentlichen Dienst entfernt. Einzig und allein, weil er und seine Familie jüdischen Glaubens waren. Und von Amon hatte Maria erfahren, dass ihm die längst fällige Beförderung zum Chefarzt der Chirurgie verweigert wurde. Nicht nur am Klinikum Heidelberg, es fand sich kein anderes Institut mehr, das ihn bei sich arbeiten lassen wollte. Zunehmend war Amon Ablehnung entgegengeschlagen, selbst von Kollegen, mit denen er zuvor ausgezeichnet zusammengearbeitet und nach getaner Arbeit so manches Bier getrunken hatte.

Maria hatte sich für die Familie Hertz eingesetzt. Sie hatte sich um eine Genehmigung einer legalen Ausreise nach Norwegen bemüht, wo es Verwandte gab. Maria scheiterte und sah sich nun selbst betroffen. Ihre eigene Abstammung war nach den Richtlinien der neuen Herrscher zwar untadlig, und man konnte ihr die Ausübung ihres Berufes nicht verbieten.

Da Maria jedoch schon vierundsechzig Jahre alt war, wurde sie kurzerhand in den vorzeitigen Ruhestand versetzt. Gegen die Entscheidung legte niemand, weder die hohen Herren der Universität Bonn noch sonst jemand aus ihrem Umfeld, Protest ein. Dem einen und anderen Herrn kam es sogar gelegen, dass sie ihren Stuhl räumen musste. Im 20. Jahrhundert war für die Frauen zwar manches einfacher und besser geworden, aber in den Köpfen der meisten Männer war das alte Gedankengut noch immer vorhanden. Ausgerechnet eine Frau als Professorin? Wie gut, dass sich der Führer auf die bewährten Prinzipien berief. Frauen sollten jede Menge Kinder gebären und ihren Ehemännern den Haushalt führen.

Frau Professor … Dieser Titel war Maria weitaus wichtiger gewesen als der Titel einer Gräfin von Linden. Auch das war ein langer, steiniger Weg gewesen. Aber war in ihrem Leben jemals etwas einfach und glatt verlaufen?, dachte Maria und musste schmunzeln. Sie hatte doch weitaus mehr erreicht als eine andere Frau im Deutschen Reich bislang. Obwohl Maria sehr selbstbewusst und tatkräftig war, nahm sie die moralische Unterstützung von Herwig Meyer gern an. Aus ihrer anfänglichen Freundschaft war bald Liebe geworden. Eine sanfte, ruhige Liebe ohne die Höhen und Tiefen der lustvollen Leidenschaft, deswegen aber umso beständiger. Herwig war Marias Fels in der Brandung, ihr Halt, wenn das Leben wieder einmal Kapriolen schlug. Offiziell jedoch lebten sie nicht wie Mann und Frau zusammen.

Maria bekam zahlreiche Einladungen zu Vorträgen und Diskussionsrunden, und so erfüllte sich wie nebenbei auch ihr Wunsch zu reisen. Häufig wurde sie von Herwig begleitet. In den Hotels und Pensionen gaben sie sich als Ehepaar aus, nie wurde dies in Zweifel gezogen oder gar ein Nachweis gefordert.

Eine Reise führte Maria auch nach Lausanne. Zum damaligen Zeitpunkt hatte sie schon einige Jahre keinen Kontakt mehr zu ihrem Bruder gehabt. Maria fragte bei der letzten ihr bekannten Adresse Wilhelms nach. Dort erfuhr sie, dass der Bruder im Sommer 1915 beim Baden im Genfer See einer Herzattacke erlegen war. Obwohl ihre Verbindung nie eng gewesen war und ihre letzte Begegnung im Streit geendet hatte, weinte Maria an Wilhelms Grab mit dem schlichten Holzkreuz, auf dem nur sein Name und das Geburts- und Todesjahr angegeben waren. Es gelang Maria nicht, herauszufinden, warum niemand von der Familie über Wilhelms Tod informiert worden war.

Mit einunddreißig Jahren wurde Maria von der französischen Akademie der Wissenschaften der Da-Gama-Machado-Preis für ihre Arbeit verliehen. Zusammen mit Herwig reiste sie nach Paris und verliebte sich ebenso schnell in die Stadt wie damals in Straßburg. In diesem Punkt hatte Pierre Beaudemont sie nicht belogen: Paris war die schönste Stadt der Welt!

Würdevoll stand Maria auf dem Podium. Bei der Übergabe des Preises wurden ihre Augen feucht vor Rührung. Im Publikum hielt sich Herwig im Hintergrund. Sein glücklicher Gesichtsausdruck verriet Maria, wie stolz er auf sie war.

Das aufkommende Getuschel ignorierte Maria. Wie gewohnt prallten die Bemerkungen an ihr ab. Später, bei einem Glas Champagner, amüsierten sich Maria und Herwig köstlich darüber.

»Ich bin, wie ich bin, wie ich immer war und wie ich immer sein werde!«

»Und genau diese Maria von Linden liebe und verehre ich«, erwiderte Herwig und küsste sie.

Als Herwig im Jahr 1930 im Alter von achtzig Jahren friedlich die Augen geschlossen hatte, trauerte Maria aufrichtig um ihren Freund und Geliebten. Er hatte ein langes, erfülltes Leben gehabt. Seine letzten Worte an Maria lauteten: »Ich gehe nicht wirklich fort, ich gehe nur voraus und warte auf dich. Aber lass dir Zeit! Die Welt der Wissenschaft braucht dich noch, meine Liebe.«

Ein heftiger Hustenanfall schüttelte Marias Körper, etwas in ihrer Brust schien zu explodieren.

Sanft legte Katie eine Hand auf Marias magere Schulter.

»Bitte, Frau Gräfin, Sie müssen sich ausruhen«, sagte sie eindringlich und voller Sorge. »Sie arbeiten zu viel und gönnen sich keine Pausen.«

Trotz der Schmerzen schmunzelte Maria. »Ach, Katie, du glaubst gar nicht, wie oft im Leben ich das schon gehört habe. Vielleicht hast du recht. Ich gebe es nur ungern zu, aber ich fühle mich wirklich erschöpft und mir ist so furchtbar kalt.«

»Ich bereite Ihnen eine Hühnersuppe zu. Sie wärmt von innen und hat Ihnen immer neue Kraft gegeben, wenn Sie erkältet waren, Frau Gräfin. Aber jetzt bringe ich Sie ins Bett und verbiete Ihnen, es vor morgen früh wieder zu verlassen.«

Maria drohte Katie mit dem Finger und sagte streng: »Du erinnerst mich an eine meiner besonders resoluten Kindermädchen. Es gelang mir aber, sie aus dem Haus zu vergraulen, weil sie allzu streng mit mir gewesen war.« Da Katie trotz der scherzhaft dahingesagten Worte erschrak, fügte Maria schnell hinzu: »Nimm die Worte einer alten Frau nicht ernst, mein Mädchen. Ich möchte deine Gesellschaft niemals wieder missen.«

»Ich Ihre auch nicht, Frau Gräfin«, erwiderte Katie leise.

An der Tür sah Maria über die Schulter zurück auf ihren Arbeitsplatz und das Mikroskop. Bevor Katie gekommen war, hatte sie Hautschuppen eines Hundes präpariert, um sie auf erste Anzeichen auf Krebs zu untersuchen. Die Probe musste nun eben warten, bis es ihr wieder besser ging. Sie hatte ja Zeit. So viel Zeit …

Am Abend aß Maria von der kräftigen Suppe, auch zwei Scheiben gerösteten Brotes mit Butter schmeckten ihr. Sofort fühlte sie sich besser. Nur müde war sie, so unendlich müde! Wenn sie in der kommenden Nacht gut schlief, ginge es ihr bestimmt schnell wieder besser. Dann würde sie wieder im Labor arbeiten. Es wartete jede Menge Arbeit auf sie. So vieles galt es noch zu erforschen und zu erlernen. Die Lust des Entdeckens würde niemals enden.

Aber jetzt wollte Maria schlafen.

Morgen war ein neuer Tag …

NACHWORT

Maria Gräfin von Linden, geboren am 18. Juli 1869 auf Schloss Burgberg, Ostalb, die erste württembergische Studentin, die erste Frau, die dissertiert und einen Doktortitel in Württemberg erhalten hat, die erste *Frau Professor* im deutschen Kaiserreich, starb am 26. August 1936 im Alter von siebenundsechzig Jahren an den Folgen einer Lungenentzündung.

Als der Verlag bei mir anfragte, ob ich mir vorstellen könnte, über Maria Gräfin von Linden zu schreiben, musste ich gestehen: Ich kannte den Namen nicht. Aber schon die erste Recherche, die ersten Zeilen, die ich über Maria las, die Fotografien der Frau mit dem ausdrucksstarken Gesicht weckten mein Interesse an ihr und ihrem außergewöhnlichen Leben. Die erste *Frau Professor* in Deutschland musste ich unbedingt näher kennenlernen! Während ich immer tiefer in ihr Leben eintauchte, wurde mir schnell klar: Ich möchte den Teil von Maria von Lindens Lebensgeschichte, der sie am stärksten geprägt hatte, zu Papier bringen!

Wenngleich mir der Name zunächst nichts sagte, kannte ich doch Marias Geburtsort Schloss Burgberg bei Giengen an der Brenz. Das Dorf ist nicht weit von meinem Wohnort entfernt, und durch mein Faible für alte Häuser, Schlösser und Burgen war mir sowohl der Burgberg bekannt als auch die Tatsache, dass sich die Anlage in Privatbesitz befindet und nicht besichtigt werden kann. Ein Grund mehr, warum ich die Geschichte von Maria niederschreiben wollte, denn vor meinem geistigen Auge stiegen Bilder des Lebens in dieser alten Burg auf.

Obwohl es sich um eine historische Persönlichkeit handelt, ist ›Die Farben der Schmetterlinge‹ ein Roman, angereichert mit fiktiven Szenen und Personen, die es in Marias Leben so nicht gegeben hat. Gleichzeitig habe ich mich streng an die Chronologie von Marias Lebenslauf gehalten, an Kindheit und Jugend und ihren Werdegang als Studentin. Alle Personen in Marias direktem Umfeld der Familie, ihre Freundinnen, die Lehrkräfte am Pensionat in Karlsruhe und die Professoren der Eberhard Karls Universität sind historisch belegt. Die Wanderung in Begleitung von Fränze durch den Schwarzwald, die ungeplante Fahrt nach Basel und Marias späterer Aufenthalt in der Villa Andrian in der Steiermark haben sich tatsächlich zugetragen. Ebenfalls überliefert ist der Bruch mit dem Vater und später mit dem Onkel, Karl Graf von Linden, der Marias Mutter so schlecht behandelte, dass sie den Burgberg freiwillig verließ.

Während meiner intensiven Recherchen über Maria von Linden fiel mir eines auf: Sie pflegte kaum Beziehungen, Männer werden in ihrem Leben – mit Ausnahme ihrer Lehrkräfte und Professoren – fast nicht erwähnt. Marias Dreh- und Angelpunkt waren das Lernen und das Forschen, dem sie sich schon als Kind verschrieben hatte. Vermutlich waren ihr eine gewisse Verbissenheit und vielleicht auch ein übersteigertes Maß an Selbstbezogenheit eigen. Ich bin allerdings überzeugt, dass es auch viele schöne Begebenheiten und liebevolle Beziehungen gab, von denen wir nur leider wenig wissen. Zum Lebenslauf einer Frau aus einem alten württembergischen Adelsgeschlecht, die als Zoologin, Parasitologin und Virologin in die Annalen eingegangen ist, passen romantische Beziehungen wohl nicht so richtig.

Maria von Linden war die erste Frau, die an einer württembergischen Universität als Gasthörerin zugelassen wurde und später den Doktortitel erhielt. In anderen Ländern, wie in Frankreich und der Schweiz, waren Studentinnen bereits vollständig immatrikuliert.

Nach der Dissertation trat Maria von Linden eine Stelle als Assistentin am Zoologischen Institut in Halle an, stieß dort jedoch auf Widerstände und kehrte schon zwei Jahre später nach Tübingen zurück, um mit Professor Theodor Eimer bis zu dessen Tod im Jahr 1888 zusammenzuarbeiten. Danach erhielt sie ein für die damalige Zeit und für eine Frau großzügiges Angebot des Zoologischen und Vergleichenden Anatomischen Instituts der Universität Bonn. Als Assistentin von Professor Hubert Ludwig widmete sie sich verstärkt der Hygiene und der Erforschung tierischer Parasiten. 1908 wurde von Linden die Leitung der neu geschaffenen Abteilung Parasitologie am Hygienischen Institut der Universität Bonn übertragen. Intensiv forschte sie auf dem Gebiet der Virologie und für die Bekämpfung von Tuberkulose und Lepra. Ihre Erkenntnisse und Schriften wurden in den gängigen Fachmagazinen aller deutschsprachigen Länder veröffentlicht und stießen auf positive Resonanz in der Ärzteschaft.

Im selben Jahr, als Karl Graf von Linden gestorben war und Maria von Linden den Burgberg geerbt hatte, 1910 nämlich, erhielt sie die Ernennung zum Titularprofessor. Allerdings wurde ihr Habilitationsgesuch vom preußischen Kultusministerium abgelehnt und ihr damit die Lehrbefugnis verweigert. Die Vorstellung, dass eine Frau männliche Studenten in den Naturwissenschaften und der Medizin unterrichtete, war immer noch abwegig. Auch ihr Salär lag weiter unter dem der männlichen Kollegen, und dass sie nicht selbst lehren durfte, hat Maria von Linden bis an ihr Lebensende belastet.

Der Name Maria Gräfin von Linden ist heutzutage wenig bekannt, sieht man von der Ostalb und von Tübingen ab, wo Straßen und Sporthallen nach ihr benannt sind. Mir erging es ja nicht anders. Das liegt wohl in der Tatsache begründet, dass Maria von Linden im Bereich der Naturwissenschaften zwar Großartiges geleistet hat, aber nie den Gipfel des Olymps erreichen konnte. Dabei hätte auch sie die Auszeichnung mit dem Nobelpreis verdient, allein schon für die Entdeckung der antiseptischen Wirkung von Kupfer bei der Behandlung der Tuberkulose. Eine noch heute in Heidenheim ansässige Firma nutzte von Lindens Entdeckung zur Herstellung von sterilem Verband- und Nahtmaterial, sie selbst und ihr Name jedoch kommen irgendwie nicht vor.

Aber Maria war immer eine Kämpferin. Bis ins Alter verdiente sie nebenbei Geld mit dem Sammeln von Kräutern und anderen Tätigkeiten, die einer Professorin zwar nicht gebührten, zur Finanzierung des Lebens aber notwendig waren. Es gelang ihr als Frau nie, eine ihrer wissenschaftlichen Qualifikation angemessene Stellung zu erreichen.

Bereits in den frühen 1920er-Jahren erkannte Maria von Linden die Gefahr, die damals schon von den Nationalsozialisten ausging, und setzte sich mit Worten und Taten gegen das neue Gedankengut ein.

Nachdem sie sich 1933 für die Ausreise der jüdischstämmigen Familie Hertz engagiert hatte, wurde von Linden vorzeitig in den Ruhestand versetzt. Grundlage war das damals gültige Gesetz zur Wiederherstellung des Berufsbeamtentums. Maria von Lindens Versuch, sich durch ein Forschungsstipendium die Möglichkeit zur weiteren wissenschaftlichen Arbeit zu erhalten, scheiterte. Sie erkannte, dass ihr jede Möglichkeit zur Fortsetzung ihrer Arbeit an der Universität Bonn oder an einem anderen Institut im Deutschen Reich genommen worden war, und emigrierte 1935 nach Liechtenstein.

DANK

Mein herzlicher Dank gilt Karoline Adler von dtv, die mich auf eine außergewöhnlich faszinierende Frau aufmerksam gemacht hat. Die Zusammenarbeit mit ihr war fantastisch, ebenso mit meiner Lektorin Friederike Zeininger, die dem Manuskript den letzten Schliff gab.

Ebenso danke ich meiner lieben Agentin Diana Itterheim (litmedia agency), die meinen Ideen gegenüber immer offen ist und hilft, sie umzusetzen.

Der größte Dank jedoch gilt Ihnen, liebe Leserinnen und Leser! Danke für Ihre Zeit, die Sie darauf verwendet haben, Maria Gräfin von Linden auf dem ersten Drittel ihres Lebenswegs zu begleiten. Zweifelsohne war »die Dame mit dem Hut« Vorreiterin dafür, dass Frauen ein Studium aufnahmen, und sie war in ihrer Art, ihrem Verhalten und ihrem Äußeren für die damalige Zeit sehr besonders. Aber gerade das liefert ja Stoff für einen unterhaltsamen Roman.

Herzlich
Rebecca Michéle